APAISER NOS TEMPÊTES

www.editionsphebus.fr

Windfalls, Atria, New York

ISBN : 978-2-7529-1235-0

JEAN HEGLAND

APAISER NOS TEMPÊTES

ROMAN

Traduit de l'anglais (États-Unis) par
NATHALIE BRU

PHÉBUS
LITTÉRATURE ÉTRANGÈRE

PRÉFACE
À L'ÉDITION FRANÇAISE

Il y a trois décennies, lorsque j'ai appris que j'étais enceinte de mon premier enfant, ce qui n'était pas du tout prévu, je me suis sentie complètement démunie. J'avais trente ans, j'étais mariée, tout allait bien dans mon couple, je menais une carrière épanouissante, que je comptais poursuivre après la naissance du bébé. J'avais toujours eu l'intention d'avoir des enfants, un jour. Mais quand le test de grossesse s'est révélé positif, ma réaction fut beaucoup moins optimiste.

À l'exception de ma mère bien-aimée, j'avais eu peu de modèles maternels. J'étais la première à attendre un bébé, avant mes sœurs, et l'une des premières parmi mes amies. Je n'avais pas passé de temps en compagnie de jeunes enfants depuis une brève expérience de baby-sitter, près de vingt ans plus tôt. Fixant sans y croire l'implacable barre témoin du test de grossesse, je n'avais qu'une seule certitude : je ne savais absolument pas dans quoi je m'embarquais.

Ma grossesse a suivi son cours. Ma fille me rouait de

coups comme si elle s'entraînait à devenir boxeuse. Peu à peu, la pleine lune de mon ventre a éclipsé mes pieds. Les nausées, censées prendre fin au bout de trois mois, ont continué sans faiblir. J'avais l'impression que l'étrangère qui grandissait dans mon corps avalait toute ma vie. En une sorte de désespoir silencieux, j'en vins même à me demander ce qui pouvait bien pousser à choisir d'avoir des enfants.

Dès l'arrivée de ma fille, pourtant, au-delà du soulagement de voir s'achever neuf mois et demi de nausées continuelles, j'ai été sidérée par l'immensité, l'intensité, la constance de mon amour. Tout d'un coup, j'ai compris pourquoi on faisait des bébés. Une obsession enivrante et féroce pour le petit être humain tout neuf que la vie venait de me confier a balayé toutes mes questions, toutes mes angoisses.

Je me suis vite rendu compte, cependant, que devenir mère laissait peu de place au reste. Si mon amour pour ma fille, puis plus tard pour sa sœur et pour leur frère me stupéfiait toujours autant, la fatigue, l'angoisse, l'incertitude, l'ennui souvent me désorientaient. Face à des femmes plus âgées – apparemment saines d'esprit, et qui avaient mené une vie intéressante, tout en élevant leurs enfants pour en faire des adultes responsables –, je me demandais juste comment elles avaient réussi à survivre.

Ainsi que le remarque Adrienne Rich dans *Of Woman Born : Motherhood as Experience and Institution* (« De la femme née : la maternité comme expérience et comme institution[1] »), « sur l'air que nous respirons, ou les mers que nous traversons, nous en savons davantage que sur la nature et le sens de la maternité ». Chaque fois que j'incitais ces mères plus âgées que moi à me raconter comment elles avaient tenu le coup, ce qu'elles avaient appris, en quoi la maternité les avait changées, même celles qui savaient le mieux s'exprimer, même celles qui se connaissaient le mieux n'utilisaient que des clichés. D'abord déconcertée par leurs platitudes, je n'ai pas tardé à comprendre que ce manque d'éloquence ne révélait ni une superficialité ni une banalité de sentiments ou d'idées. Simplement ces idées, ces sentiments étaient si intimes et si complexes qu'ils existaient bien au-delà des mots.

Se servir des mots pour nous emmener là où les mots n'accèdent pas est la tâche des poètes. Bien des poètes de langue anglaise, que ce soit Ben Johnson, Anne Bradstreet ou Gary Snyder, Sharon Olds ou Camille T. Dungy, pour n'en citer que quelques-uns, ont écrit des textes très puissants sur la grossesse et le fait d'être mère ou père. Mais leurs poèmes avaient beau me parler, j'avais soif de cette plongée au plus profond que peut offrir le roman. Je voulais m'immerger dans la vie qu'avaient connue d'autres parents, me servir de leur expérience pour comprendre la mienne. Or, si la fiction s'est largement penchée sur ce qu'*avoir* une mère ou un

1. Ouvrage non traduit en français.

père représente, elle a très peu exploré ce qu'*être* cette mère ou ce père représente – et peut signifier.

Élever la prochaine génération est une tâche cruciale, universelle. Les conflits et dilemmes qui peuvent en découler ont d'ailleurs le potentiel d'alimenter nombre de romans. Pourtant, même l'événement de la naissance, malgré sa charge hautement dramatique, brillait par son absence. Il existe peu d'expériences physiques plus intenses, plus intimes et révélatrices que le sont l'acte sexuel, la mort et l'accouchement. Et si la fiction offre un nombre incalculable de saisissantes scènes de sexe ou de trépas, je n'en ai pas trouvé beaucoup qui rendent compte de la souffrance, de la passion et des défis bouleversants d'une naissance. L'avortement, la stérilisation, l'infertilité sont aussi des sujets fondamentaux, complexes et à fort potentiel dramatique pour la fiction ; pourtant, s'ils ont largement alimenté la controverse à la fin des années 1990, très peu de romans ont exploré leurs effets sur la vie des femmes.

Peut-être est-ce dû en partie au fait que, même si depuis le XVIIIe siècle, qui a vu l'émergence du roman en tant que forme littéraire, on trouve des femmes romancières, peu d'entre elles furent mères. Comme le remarque Tillie Olsen, « en effet, au [XXe siècle] comme au siècle précédent et jusqu'à une époque très récente, seules ou presque, les femmes sans enfants ont réussi à s'illustrer [dans ce domaine] ». Bien sûr, il y eut des exceptions. Harriet Beecher Stowe, autrice de *La Case de l'oncle Tom*, grand succès de librairie du XIXe siècle et livre dont Abraham Lincoln aurait dit qu'il fut à l'origine de la guerre de Sécession, avait six enfants. Mais les mères n'ont commencé à écrire en assez grand nombre des romans que dans la seconde moitié du XXe siècle. Sans pour autant d'ailleurs que la maternité devienne le sujet principal de leurs fictions. Étant donné le statut de seconde zone auquel le patriarcat avait longtemps relégué les activités et le vécu des femmes, peut-être ces premières mères romancières ont-elles craint de n'être pas prises au sérieux en tant que créatrices, si elles décidaient d'explorer une thématique aussi traditionnellement genrée. Par bonheur, ces dernières années, la donne a changé : les parents sont devenus bien plus visibles dans la fiction. Des auteurs et autrices tels que Toni Morrison, Cormac McCarthy, Ann Patchett, Brit Bennett, Marilynne Robinson, Perri Klass, Maggie O'Farrell, Celeste Ng et Pete Fromm, pour ne citer que ceux-là, ont tous interrogé l'impact de la parentalité sur la vie de leurs personnages – et ce n'est qu'un début, j'en suis certaine.

Mon premier roman, *Dans la forêt*, est sorti quand notre benjamin avait quatre ans. Même si une scène d'accouchement y figure, la parentalité n'est pas un thème majeur de cette histoire. Mon précédent livre, *The Life Within : Celebration of a Pregnancy* (« La Vie à l'intérieur : célébration d'une grossesse [1] »), était une exploration

1. Ouvrage non traduit en français.

anthropologique et scientifique de la grossesse ; j'avais aussi écrit plusieurs essais et esquissé quelques poèmes sur mon expérience de la maternité. En revanche, il ne m'était pas venu à l'idée d'écrire un roman sur ce sujet – jusqu'à la découverte de ce bref article, en dernière page d'un journal régional, qui relatait la tragédie d'une jeune mère. J'en ai aujourd'hui oublié la teneur, mais je me souviens encore à quel point le malheur de cette inconnue m'avait bouleversée. Je m'étais demandé qui était cette femme, comment elle allait réussir à s'en remettre, et j'ai senti que ces questions pourraient peut-être alimenter un roman.

C'est à ce moment que j'ai décidé d'explorer la vie de deux femmes. Elles auraient de prime abord peu en commun : issues de milieux différents, elles ne feraient pas le même choix le jour où elles seraient confrontées à une grossesse non désirée. Ce faisant, j'espérais cerner les points communs de leur histoire et, en même temps, montrer combien chaque expérience de la parentalité est unique – propre à chaque parent, à chaque situation, à chaque nouvel enfant. Je voulais découvrir quels changements opérait la maternité chez mes personnages. Je voulais capturer leurs joies, honorer leurs combats, célébrer leur courage, leur persévérance. J'avais l'espoir de donner idée de quelques-unes des épreuves auxquelles même les mères des milieux privilégiés sont confrontées et qu'elles ont à surmonter, tout en montrant que tout ceci est infiniment plus difficile pour les femmes à qui la vie n'a pas offert le même soutien. Je voulais rappeler à ceux qui me liraient – et à moi-même – combien l'amitié, l'art, la bienveillance peuvent avoir sur nos existences des effets inattendus et souvent considérables.

La gestation d'un roman est bien plus longue que celle d'un enfant. J'ai mis sept ans à me familiariser assez avec Cerise et Anna pour me sentir prête à raconter leur histoire. Dans le même temps, j'ai dû faire des recherches sur les banques de graines, la culture du blé en terre sèche et ou encore le street-art. J'ai aussi rencontré des sages-femmes, des infirmières travaillant en maternité, des médecins spécialistes de l'avortement. J'ai traîné dans les chambres noires de labos photos, mangé dans des centres d'hébergement d'urgence et effectué de nombreuses heures de bénévolat dans le cadre d'un programme d'aide aux femmes sans-abri.

Même si, dans ces pages, j'ai pris soin de ne rien utiliser de ce que mes propres enfants disaient ou faisaient, ma vie de mère fut une inépuisable source d'inspiration. J'ai toujours adoré me perdre dans les défis de la langue et de la construction narrative. Ironie de la chose, cette décision d'écrire sur la maternité m'a permis de réinvestir un pan de mon existence que j'avais déserté. J'écrivais surtout à l'heure où mes enfants faisaient la sieste, et le soir quand ils étaient couchés. Appréhender la maternité à travers Cerise et Anna, dans le contexte de leurs joies, de leurs épreuves, de leurs découvertes m'a aidée à affronter mes propres moments de frustration, de doute et de cafard avec bien plus de grâce et d'équanimité que je n'en aurais trouvé en moi-même.

J'espérais pouvoir parler de mes personnages sans le sentimentalisme ni le cynisme qui me semblaient caractériser la majorité des récits de maternité dans notre culture. Je voulais trouver comment creuser au-delà de ces clichés méprisants, afin de saisir plus pleinement cette expérience, accéder à des vérités plus porteuses de sens. En écrivant *Apaiser nos tempêtes*, j'espérais susciter un débat plus honnête sur ce qu'élever un enfant peut signifier, quand votre propre vie est encore en pleine mutation.

Je n'ai pas compris la radicalité de cette ambition avant qu'une première maison d'édition n'annule mon contrat, au motif qu'en général « les mères n'éprouvent pas autant d'ambivalence qu'Anna et Cerise vis-à-vis de leurs enfants ». Heureusement, le roman a rapidement trouvé un éditeur plus réceptif. Il n'en reste pas moins que cette première réponse fut un précieux rappel des réticences sociales à envisager ces vérités qui dérangent.

Une fois publié, un roman peut donner l'impression qu'il est immuable. Le début ne change jamais. La fin est toujours la fin. Les actions, le sort des personnages demeurent semblables, peu importe le nombre de fois où l'on replonge dans leur histoire. Pourtant, même après sa publication, un roman reste toujours très vivant. C'est une collaboration lecteur-auteur, une conversation à travers le temps et l'espace qui se tient dans la tête du lecteur. Chaque fois que cet ensemble de mots inerte trouve un nouvel asile dans la conscience de quelqu'un, il renaît. Même son créateur, chaque fois qu'il relit le texte, y trouve une histoire légèrement différente.

Après une déferlante de rencontres en librairies, de salons du livre et d'échanges avec les lecteurs aux États-Unis, en 2004, au moment de la parution d'*Apaiser nos tempêtes*, je suis passée à de nouveaux projets de romans, me suis immergée dans de nouveaux mondes fictionnels. Plutôt que des présences vivantes, Cerise et Anna sont alors devenues pour moi des amies très chères, perdues de vue sans trop savoir comment. Retourner aujourd'hui dans leur histoire non seulement les ranime, mais m'offre aussi un bel aperçu de cette version plus jeune de moi-même, déterminée à capturer et à explorer l'histoire de l'improbable amitié entre ces deux femmes.

Ce qui m'invite également à comparer leur expérience à celle des jeunes femmes d'aujourd'hui. Si les téléphones portables sont bien plus présents qu'ils ne l'étaient au début des années 2000, époque où se déroule le récit d'*Apaiser nos tempêtes*, le reste a peu changé, malheureusement, du moins aux États-Unis. Comme l'a révélé la pandémie de Covid-19, c'est encore sur les mères que la charge des enfants pèse le plus lourd – les solutions de garde demeurent précaires et la plupart des parents sont toujours confrontés à des difficultés, des dilemmes très similaires à ceux que connaissent Cerise et Anna. Le droit d'une femme à choisir si elle souhaite ou non être mère est toujours remis en question, tandis que persistent l'absence de soins psychiatriques, les problèmes chroniques de logement, ainsi que les terribles inégalités créées par le capitalisme tardif américain. Les températures sur terre continuent d'augmenter, et l'un des tristes quoique compréhensibles corollaires de cette menace existentielle est la réticence croissante de nombreux jeunes couples à faire des enfants dans un monde en péril.

Pour autant, tout n'est pas sombre. L'amour, le courage et la dévotion des parents ne faiblissent pas. Motivés par le souci qu'ils se font pour la planète dont vont hériter leurs enfants, ils sont nombreux à s'engager dans la lutte contre le réchauffement climatique et pour davantage de justice sociale. L'investissement croissant des pères dans les délices comme les devoirs de la parentalité, et ce dès la naissance, est un autre changement prometteur, tout comme la plus forte visibilité des familles recomposées, des parents gay et lesbiens, adoptifs, trans, non binaires et de toutes les autres variétés de coparents. Grâce au gouvernement de Joe Biden, le taux effarant de pauvreté infantile est enfin pris en considération, et toutes les familles, hormis les plus riches, recevront bientôt une allocation mensuelle pour chacun de leurs enfants.

Près de deux décennies après son achèvement, *Apaiser nos tempêtes* a fait puissamment écho dans ma vie. En août 2020, six mois après le confinement dû à la Covid-19, notre maison familiale depuis trente ans a été détruite par l'un de ces incendies apocalyptiques qui ont ravagé la Californie. Mon mari et moi avions élevé nos enfants là-bas, au milieu de ces arbres qui ont inspiré *Dans la forêt* ainsi que le roman que je suis en train de terminer. Et tout à coup, ma forêt si vivante s'est muée en un tas de cendres grises et de charbon noir. Les murs entre lesquels nous avions vécu – ces murs qui contenaient tout notre patrimoine, nos œuvres d'art, nos souvenirs et une bibliothèque de plus de sept mille livres – ne sont plus qu'un infime tas de douloureux décombres.

En plus de notre chat, et de quelques trésors que nous avons pu emporter, j'ai réussi à sauver des flammes l'ordinateur portable contenant la dernière version du roman que j'étais en train d'écrire. En revanche, tous mes matériaux de recherche, toutes les versions antérieures, ainsi que des poèmes, des essais, des journaux intimes, des lettres et les esquisses de mes livres non publiés, tout cela a été détruit. L'élan de soutien dont nous avons bénéficié – dans le respect de la distanciation physique – de la part de notre famille, de nos amis, de nos connaissances et même d'inconnus fut alors incroyable, en particulier dans le contexte de chagrin, d'angoisse et d'isolement induit par la pandémie. Mais malgré cela, il y eut des jours où j'ai cru ne jamais pouvoir me remettre de toutes ces pertes.

Quelques semaines après l'incendie, mon mari, notre chat et moi-même sommes partis en voiture nous installer dans les douze mètres carrés que ma belle-fille et son mari avaient héroïquement construits pour nous dans leur jardin, en guise – nous l'espérions – d'abri anti-Covid. À mi-chemin, nous avons fait halte dans une station-service de la Vallée centrale de Californie pour faire le plein. J'ai remarqué un homme aux cheveux blancs et à l'allure soignée qui se tenait en bordure du parking poids lourds. Il tenait une pancarte sur laquelle était écrit, à la main : « Survivant de l'incendie de Paradise. Propre et sobre. Aidez-moi, s'il vous plaît. »

Moins de vingt mois plus tôt, l'incendie de Paradise avait détruit six cent vingt kilomètres carrés de forêt et deux villes du nord de la Californie. Nous nous sommes aussitôt sentis liés à cet inconnu solitaire. Mon mari s'est arrêté à sa hauteur, j'ai abaissé la vitre pour lui tendre un peu d'argent et lui parler. Il nous a remerciés pour ce simple geste ; je lui ai expliqué que sa situation nous touchait d'autant plus que nous avions récemment vu notre maison réduite en cendres par un incendie de forêt.

Il s'est aussitôt montré plein de sollicitude et nous a posé cette question qui depuis me hante et m'aide à guérir : « Vous avez perdu quelqu'un ? »

Je lui ai répondu que non, par chance nous n'avions perdu personne. Alors, d'une voix détachée, sans rancœur, sans s'apitoyer sur son sort, il nous a raconté que sa sœur et son fils de dix-sept ans avaient péri dans l'incendie. Ce pan de son histoire a instantanément mis mon malheur en perspective, comme nul autre rappel de ma relative bonne fortune n'avait jusque-là réussi à le faire. Avec le recul, je considère comme un acte de bonté presque angélique le fait que cet inconnu nous ait fait part si calmement, sur le parking d'une aire d'autoroute, de l'effroyable désastre qu'il avait vécu.

Comme à ce moment-là nous ne pouvions l'aider davantage, mon mari et moi lui avons souhaité bonne chance, et nous sommes repartis. De retour sur la voie rapide, cependant, j'ai songé à Cerise et à son voyage le long d'une route californienne si semblable à celle-ci. Je me suis souvenue de son endurance, et de sa persévérance, du courage qu'elle trouvait pour avancer vers ce qui comptait le plus, grâce à sa détermination sauvage ou à la gentillesse d'inconnus. Je me suis souvenue d'Anna, qui elle aussi perdait une maison à laquelle elle tenait, sa source d'inspiration, mais qui malgré tout demeurait prête à prendre les risques nécessaires pour que sa famille poursuive son chemin. Et je me suis dit que j'avais de la chance : les combats et les triomphes de ces deux femmes continuent à éclairer les miens.

Chicago (Illinois),
30 avril 2021

À Heather Fisher et Russell Shapiro,
à la famille qu'ils forment.
À Hannah, Tessa et Garth que j'aime
plus que les mots.
Et à Douglas de nouveau.

« Rien n'aurait pu me préparer à la prise de conscience que j'étais une mère, une de ces évidences, alors que je me savais moi-même dans un état de dé-création. »

Adrienne Rich

« De tous les moyens d'expression, la photographie est le seul qui fixe un instant précis. Nous jouons avec des choses qui disparaissent, et, quand elles ont disparu, il est impossible de les faire revivre. »

Henri Cartier-Bresson

« Louons le monde mutilé
et la plume grise qu'une grive a perdue
et la lumière douce qui erre, s'évapore
et revient. »

Adam Zagajewski

APRÈS TOUT

UN ARBRE SE DRESSE sur un versant de colline battu par les vents. Seul entre les cieux qui s'assombrissent et la terre caillouteuse, il tend vers le haut ses branches noueuses, qui sont en pleine floraison. Un soleil bas embrase les nuages lourds, réchauffe son tronc brisé, enflamme ses milliers de fleurs.

L'arbre a presque été fendu en deux – peut-être par la foudre, peut-être par le vent, ou par le poids de ses fruits lors d'un automne trop fécond, il y a longtemps. Une moitié gît au sol à présent, stérile. Mais la moitié vivante se tient fière, parée de fleurs blanches si nombreuses qu'elles semblent en suspens dans l'air lourd. Même les plus petites branches en sont recouvertes, et sur la photo, chaque pétale luit, telle la flamme d'une bougie.

C'est ce nuage efflorescent et lumineux qui attire d'abord le regard. Piégée sous le ciel menaçant, l'improbable multitude de fleurs retient le spectateur lové dans l'instant. La contempler peut le transformer, et de spectateur le muer en témoin – puis, peut-être, en complice.

La photo est belle, magnifique même. Grande mais pas trop, elle a été tirée plein cadre sur du papier mat double épaisseur, et ses noirs veloutés, ses gris étain, ses blancs d'une richesse satinée témoignent tous de la maîtrise technique – et peut-être du cœur – de sa créatrice. Pourtant, le blanc le plus pur ne provient pas de l'intense lumière filtrant à travers les pétales du pommier à l'orée de l'orage, ni de l'éclat tumultueux des nuages sous le soleil rasant. Non. Il provient de la balafre blanche et morte qui barre le tirage sur toute sa longueur – du ciel menaçant jusqu'à la terre rocailleuse en passant par les branches chargées de fleurs.

Quelqu'un a plié la photo en deux. Quelqu'un l'a pliée comme s'il s'agissait d'une lettre ou d'une coupure de journal, et ce pli a craquelé l'émulsion, laissant dans son sillage une longue cicatrice qui ne guérit pas. C'est choquant de voir cette image ainsi dégradée. Mais plus on l'étudie, plus on s'interroge.

Le tirage refuse de se laisser aplatir, ses coins sont cornés, son pourtour abîmé. Il semble avoir été manipulé si souvent que le pli blanc fait désormais quasi office de charnière. Un simple regard ne permet pas de dire si la photo a été sauvegardée ou détruite, si la dernière personne qui l'a eue entre ses mains y voyait un trésor ou la jugeait bonne pour la poubelle. Mais à force de la scruter, un spectateur – ou un complice – finira peut-être par se demander si elle n'a pas eu sa raison d'être, après tout.

PARCE QUE

Les ombres du jour déclinant filtraient déjà dans la pièce depuis un bon moment. Cela faisait plus d'une heure qu'Anna les regardait se densifier dans les coins ainsi que sous les chaises alignées le long des murs. Elle analysait la manière dont l'ombre gagnait en consistance sur le visage des autres étudiants, se rassemblait sous leurs mains ou dans les replis de leurs vêtements ; un moment, elle avait même essayé de fixer toute son attention pour deviner si c'était une ombre unique ou bien plusieurs qui envahissaient la salle d'attente du centre de santé, en cette courte et interminable journée d'hiver.

Elle attendait depuis si longtemps que tous ceux qui se trouvaient là à son arrivée avaient déjà été appelés, cédant leur place à d'autres, partis ensuite à leur tour. Depuis un quart d'heure, un type maigre à la barbe clairsemée vêtu d'un pull-over irlandais taché était vautré sur la chaise à côté d'elle. Il puait le tabac froid, et l'odeur qui envahissait la gorge d'Anna était si dense qu'elle se demanda si elle n'allait pas être prise de haut-le-cœur. Elle commençait aussi à avoir soif et elle avait de nouveau besoin d'aller aux toilettes, mais elle détestait l'idée de devoir quitter la pièce alors que son nom risquait d'être appelé.

Elle essaya d'observer plutôt ce qui l'entourait. C'était un jeu ancien, une habitude qu'elle avait prise enfant. Bien avant d'avoir tenu un appareil photo entre les mains, elle s'était aperçue que, juste en regardant un objet ordinaire, elle pouvait le transformer en quelque chose de rare et d'étrange. Cette sensation que les autres enfants obtenaient en tournant sur eux-mêmes ou en se laissant rouler dans la pente des collines, elle l'éprouvait en scrutant de toutes ses forces le robinet en laiton du mur latéral, ou le moineau qui sautillait sur la terre polie en dessous des balançoires, au point bientôt de ne plus voir que le lustre de l'usure sur le bec du robinet ou l'étincelle dans l'œil du moineau. C'était férocement excitant; même à l'époque, elle avait l'impression d'être une exploratrice, revendiquant quelque chose que personne n'avait encore jamais vu, comme Robert Peary au pôle Nord l'année où sa grand-mère était née, ou Neil Armstrong sur la Lune, quand elle-même avait dix ans.

Au premier abord, la salle où elle se trouvait était laide, mais seulement par inadvertance, d'une laideur si involontaire et assumée qu'elle en devenait presque touchante. Au fil des ans, de la crasse s'était accumulée sur les murs laqués, et les chaises qui longeaient la pièce étaient en piteux état. Dans un coin, il y avait une table basse jonchée de magazines et de dépliants traitant de sujets sérieux, que tout le monde snobait. Effrayée à l'idée de croiser le regard de quelqu'un, Anna évita d'étudier les visages. Elle scruta plutôt les lacets en cuir entortillés des bottines de l'homme assis à côté d'elle, remarqua les boucles des mocassins de la fille en face, analysant la façon dont les ombres se densifiaient sous la table basse à mesure que passaient les minutes.

Bougeant un peu sur son siège, elle jeta un coup d'œil discret à la montre de son voisin, puis leva le regard vers les fenêtres à la française au-dessus de la fille. Ce bâtiment était l'un des plus vieux du campus et le vitrage ancien était gondolé, semé de rides douces, comme le fond sableux d'une mare. Malgré la grisaille du jour, il y avait quelque chose de délicat dans la lumière qui le traversait, quelque chose de si tendre et mélancolique que, l'espace d'un instant, cette lumière eut raison de toutes les angoisses d'Anna, pour l'apaiser et la toucher à tel point qu'elle en oublia depuis combien de temps elle se tenait là, et la raison de sa présence.

La porte au fond de la salle d'attente s'ouvrit. Une infirmière apparut sur le seuil, jeta un œil dans sa chemise en kraft et lança à la cantonade :

– Anna Walters ?

En entendant son nom, Anna eut un mouvement de recul. Elle voulut disparaître sous terre, mais se força à se lever, comme si se montrer responsable et avenante allait pouvoir, même à présent, influer sur la nouvelle qu'elle s'apprêtait à recevoir.

– C'est vous, Anna ?

Le regard de la femme se posa brièvement sur la jupe en jean rapiécée, le chemisier de mousseline et les bottines militaires noires, mais elle ne laissa rien paraître. Anna confirma d'un signe, avant de se pencher maladroitement pour attraper son sac à dos et son carton à dessins.

– Suivez-moi.

Pivotant sur ses talons, l'infirmière la précéda dans un étroit couloir. Anna voyait ses omoplates saillir contre le tissu en polyester de son uniforme, ses fesses plates qui demeuraient immobiles, même lorsqu'elle marchait. C'était perturbant de se dire que cette étrangère sèche savait à son sujet ce dont elle-même n'avait pas encore la certitude. Elle avait de plus en plus envie de faire pipi, elle sentit ses épaules se raidir, un relent amer de café et de peur remonta du fond de sa gorge. Elle supplia l'univers. Elle supplia ses entrailles traîtresses. *Faites que mes nausées soient dues à ma nervosité, que ma fatigue soit due au stress. S'il vous plaît, épargnez-moi, juste cette fois-ci, et je ne prendrai plus un seul risque.*

L'infirmière ouvrit une porte au bout du couloir et fit signe à Anna d'entrer. La petite pièce sentait l'alcool à 90°, l'iode et le parfum, et chacune de ces odeurs en cachait une autre qui s'insinuait partout ces temps-ci, un effluve étrange qu'elle n'arrivait pas à identifier.

Anna vit une table d'examen, un lavabo, deux chaises. Au plafond, au-dessus de la table, on avait punaisé une affiche figurant un chat tigré suspendu à une barre par les griffes. Sous l'image, on lisait « Tiens bon ! » en grosses lettres bombées.

L'infirmière désigna l'une des chaises. D'un coup d'épaule, Anna se débarrassa de son sac à dos et s'assit sagement, son carton à dessins posé sur ses genoux comme un animal fidèle.

– Vous êtes là pour des résultats d'examen, dit l'infirmière en prenant place sur l'autre chaise.

Des résultats d'examen, songea Anna. Présenté ainsi, cela semblait presque anodin, comme si elles discutaient simplement d'un cours. Elle n'avait jamais échoué dans aucune matière, jamais raté un seul examen. Elle avait toujours aimé les épreuves pour le défi transparent qu'elles offraient, et parce qu'elles lui confirmaient qu'elle se débrouillait bien. *Qu'est-ce qui m'inquiète tant ?* se demanda-t-elle. *Ça n'est qu'un examen.*

Face au visage immobile de l'infirmière, Anna fut soudain gênée de faire perdre du temps à quelqu'un, avec ses craintes infondées. Elle songea aux dernières photos qu'elle avait développées et qu'elle avait dû abandonner dans le bac de rinçage pour arriver à l'heure à son rendez-vous. Elle espéra qu'aucun maladroit de premier cycle n'aurait endommagé ou taché avec des pinces contaminées leurs délicates émulsions. En attendant que l'infirmière lui confirme ce qu'elle était soudain certaine d'avoir toujours su, elle laissa son regard errer dans la pièce. Une unique goutte d'eau était suspendue au bec du robinet, sa surface lisse brillait comme une étoile. Sur une photographie, ce grain de lumière serait d'une blancheur parfaite, plus éclatante que tout le reste. Elle fixa cette goutte, anticipant déjà le soulagement penaud qui, elle le savait, allait fatalement suivre l'annonce de l'infirmière.

Celle-ci ouvrit son dossier, jeta un œil à la première page. Le monde s'arrêta, suspendu, chancelant entre deux possibles. Anna regarda la goutte grossir, s'étirer lentement tel un minuscule fruit en train de mûrir, pendant que toute sa terreur ressurgissait. Elle voulut se lever, quitter la pièce avant que la nouvelle ne l'atteigne. Elle aurait de tout son cœur préféré que l'infirmière ne fût pas si mince et si sévère.

L'infirmière lui parlait, « … est positif ». Son ton était neutre, plat.

– Bien sûr, il faudra prévoir un examen médical pour en avoir la certitude, ajouta-t-elle.

Dans la tête d'Anna, les mots se bousculaient. Le temps d'une seconde de déséquilibre, « positif » prit l'allure d'une bonne nouvelle. Puis son sens tout neuf la percuta comme un poing.

– Non, s'étrangla-t-elle en se cramponnant par réflexe à son carton à dessins.

– Je crains que si, dit l'infirmière d'un ton détaché.

Elle portait du mascara noir qui avait bavé sur ses paupières et sur ses pommettes, et un rouge à lèvres de couleur claire. Elle avait un grain de peau épais, dépourvu de lumière.

– C'est impossible, dit Anna, même si, ce faisant, elle sentait l'implacable vérité peser comme une pierre au creux de son ventre.

Voilà pourquoi elle s'était sentie si bizarre, si lointaine, voilà pourquoi le monde avait changé d'odeur, et tous les aliments avaient pris une saveur différente.

– Impossible ? Pourquoi ? demanda l'infirmière en la dévisageant avec une curiosité inattendue.

– Je ne suis pas une mère, lui expliqua Anna avec une logique qui lui avait paru limpide tant que les mots n'étaient pas sortis de sa bouche.

De nouveau, le visage de l'infirmière ne montra rien. Anna laissa échapper un rire nerveux.

– Enfin, c'est que je… fit-elle, mais sa voix laissa place à un silence décontenancé.

Je suis trop jeune, supplia-t-elle secrètement. *J'ai tout un tas de choses importantes à faire. Je suis étudiante, je finis la fac cette année, je suis photographe. Je ne suis la femme de personne. Et puis, personne ne voudrait de moi pour mère.* Elle balaya de nouveau la pièce du regard et ses yeux se posèrent sur le robinet. La goutte étincelante était tombée.

– Il faut du temps, parfois, pour digérer la nouvelle, commenta l'infirmière.

Elle sortit du dossier une liasse de feuilles qu'elle tendit à Anna.

– Voici de la documentation qui vous expliquera vos différentes options. Lisez-la dès que possible.

Anna contempla les papiers. Des mots lui sautèrent au visage – « complications », « renonciation », « curetage » –, un déluge de termes dont elle ne pouvait même pas commencer à intégrer le sens.

– Vous n'êtes pas la première à qui cela arrive, dit l'infirmière, et Anna crut détecter dans le ton de sa voix une pointe de compassion.

– C'était une erreur, dit-elle.

Elle avait brusquement une terrible envie de réconfort, besoin qu'on lui pardonne ou qu'on la comprenne.

– Un accident, ajouta-t-elle. Je n'étais pas… Je veux dire, je n'avais pas… jamais, je ne…

– Comme je viens de vous le dire, insista l'infirmière, vous n'êtes pas la première.

Elle referma le dossier d'Anna, se leva pour prendre congé d'elle, puis, arrivée à la porte, ajouta :

– N'oubliez pas de fixer un rendez-vous avec le médecin en sortant.

C'était comme affronter la fin du monde, le corps imprégné de novocaïne. Étrangement, elle parvint à rassembler ses affaires, parvint aussi à trouver les toilettes et à pisser longtemps et violemment, recroquevillée sur la cuvette, le visage dans ses mains. Étrangement, elle trouva son chemin jusqu'à la salle d'attente pour aller prendre ce rendez-vous avec le médecin, et la force d'essayer de le caser entre ses TD, même si elle peinait à se souvenir desquels il s'agissait et de l'heure à laquelle ils étaient programmés. Elle prit la petite carte que la secrétaire lui tendit et, en se retournant pour partir, elle aperçut tous les autres étudiants qui attendaient. Elle imagina leurs problèmes ordinaires – angine, pneumonie, herpès – et se désola de ne pas réussir à pleurer.

Dans le couloir au sol de linoléum, le grand ascenseur vide attendait. Elle se rua à l'intérieur et appuya sur le bouton du rez-de-chaussée. La cabine fit une embardée, comme un manège de fête foraine. Elle agrippa son carton à dessins et songea à tous les tirages qu'il contenait, aux pellicules dans son sac à dos, prêtes à être développées, enroulées sur elles-mêmes comme autant de promesses tapies dans l'obscurité de leur boîte. Elle faisait vraiment du bon boulot, elle prenait des photos géniales.

Il y eut un soubresaut, puis une autre secousse et la porte s'ouvrit brusquement sur un mur de jeunes gens qui semblaient réunis face à elle à la manière d'un jury. Tandis qu'ils se pressaient pour monter dans l'ascenseur, elle se fraya à l'aveugle un passage parmi eux. À l'arrière de la foule, une femme tenait un bébé dans ses bras. Anna le regarda et le bébé fit de même, calme et détaché. La femme pénétra dans l'ascenseur, la porte se referma et, soudain, Anna fut seule dans le hall désert.

Ce bébé lui rappela les fils de sa sœur, Sally – ses neveux –, les seuls enfants avec lesquels elle avait passé du temps depuis qu'elle n'en était plus un elle-même.

Jesse avait déjà quatre ans, mais Dylan était encore un bébé, de la taille de celui qu'elle venait de croiser.

– Je ne sais pas comment on a fait pour vivre sans lui jusqu'ici, avait roucoulé Sally au téléphone le lendemain de la naissance de Dylan.

Le plaisir dans la voix de sa sœur était presque sexuel, si bien qu'Anna, après cette conversation, s'était attendue à découvrir un Dylan exceptionnel, doté d'une aura irréfutable. Mais en rentrant à la maison pour Noël, elle avait découvert un bébé semblable à n'importe quel autre – mignon, sans doute, dans son style un peu niais, avec sa tête ronde, ses petits poings mous et ses lèvres en bouton de rose, mais quand même un bébé ordinaire, une petite boule grassouillette et creuse qui ne faisait guère plus que dormir, s'agiter et salir ses vêtements.

– Tu as vu, il est merveilleux, lui avait dit sa sœur le premier soir.

Elle était calée comme une reine dans le canapé de leurs parents, Dylan endormi dans ses bras, un cocon.

– Jesse et lui, c'est ce qui m'est arrivé de mieux dans la vie.

Anna avait avalé une gorgée de son lait de poule. Elle avait retenu la crème épaisse et le cognac tiède au creux de sa langue, léché les grains poivrés de muscade entre ses dents, puis avalé le tout, goûtant le feu soyeux à l'arrière de sa gorge. Elle aurait aimé pouvoir dire ce que jamais elle n'oserait formuler : la vie de Sally devait être terriblement misérable si ce qui lui était arrivé de mieux était un garçon crasseux et un bébé moite. Sally était peintre, avant la naissance de Jesse. Elle avait étudié en Italie, obtenu des prix. Elle avait vendu des toiles, participé à des expositions à succès, mais la femme qu'elle avait été à cette époque-là semblait avoir disparu dans le gouffre de la maternité, laissant derrière elle une créature bovine et satisfaite qui s'inquiétait quand Jesse refusait de manger ses petits pois et riait des fuites dans la couche de Dylan qui souillaient ses genoux de traces jaunes.

C'est biologique, c'est tout, s'était dit Anna en fixant le sapin de ses parents jusqu'à ce que les lueurs de la guirlande lumineuse se fondent en une grande tache floue, et que plus une seule aiguille ne se distingue de la masse. La maternité était une ruse, une stratégie hormonale destinée à assurer la survie des petits *Homo sapiens* jusqu'à ce qu'ils puissent à leur tour se reproduire. Les mères étaient des outils, les bonnes âmes de la Nature. Voyant les cheveux ternes de sa sœur, ses poches sous les yeux et sa mine béate, Anna se demanda combien d'œuvres d'art le monde perdait chaque fois que naissait un bébé. Avec une férocité qui l'avait presque effrayée, elle s'était dit : *Je ne serai jamais comme ça.*

Elle traversa le hall de l'université, les jambes en plomb, et sortit du bâtiment. Le monde extérieur avait un drôle d'aspect, il était plat et anguleux à la fois, comme broyé en deux dimensions. La lumière de la fin du jour était huileuse, le ciel bas et gris. Partout autour d'elle, des étudiants passaient, le menton enfoncé dans leur manteau, les pieds lourds dans leurs bottines. Ils se pressaient vers leurs derniers cours de la semaine, ou se dépêchaient de rentrer chez eux, attirés comme un courant de marée vers la promesse du vendredi soir. Tous étaient nés, se dit-elle bêtement. Chacun d'eux avait été l'événement de quelqu'un. Chacun d'eux avait interrompu la vie d'une autre personne.

Elle s'arrêta, fixa le mur du bâtiment qu'elle longeait, le givre sur le mortier pareil à un glaçage entre les briques froides. Elle laissa courir son index dans la rainure jusqu'à ce que la pulpe de son doigt lui fasse mal. Puis elle obliqua pour traverser le campus, le corps meurtri par la laideur de tout ce qu'elle voyait – les tas de vieille neige encroûtée de poussière et de gravier, les étudiants qu'elle croisait, recroquevillés contre le vent. *Qui peut donc avoir envie de naître ?* se demanda-t-elle.

Arrivée au manoir victorien délabré où elle louait une chambre sous les toits, aux abords du campus, elle resta un instant sur le trottoir pour en contempler la façade. Un drapeau américain était suspendu à l'envers à l'une des fenêtres du premier étage, et une guirlande de drapeaux de prière tibétains ornait le garde-corps du belvédère, flottant dans le vent froid comme de vieilles feuilles mortes. De l'endroit où elle se trouvait, elle sentit les vibrations des basses de la chaîne hi-fi dans le salon

– Mick Jagger chantant quelque chose à propos des filles – et sut qu'une fête commençait.

Une voiture pleine de garçons tapageurs, membres d'une quelconque fraternité étudiante, passa à vive allure, déversant de la musique sur son passage. Ses roues projetèrent une giclée de gravier sur le trottoir. Anna inspira une dernière bouffée d'air glacé et gravit la volée de marches abîmées. Quelqu'un avait rhabillé le mannequin de grand magasin qui se tenait telle une sentinelle sur le perron : bikini, manteau de fourrure et masque de Ronald Reagan.

Elle ouvrit la porte et le son l'assaillit. La musique cogna dans sa cage thoracique comme un cœur greffé en plus du sien, et la fumée qui s'échappa était si dense que son estomac se souleva. Scrutant la pénombre, elle vit que la pièce grouillait d'étudiants ou d'inconnus, apercevant même quelques professeurs branchés. Tout le monde criait, riait et faisait circuler des choses en cercles non concentriques – joints, cigarettes, pichets de vin. De grosses guirlandes lumineuses pendaient au plafond et une lumière noire imprégnait la pièce de sa lueur mentholée. Devant une enceinte hurlante, une femme en robe blanche dansait seule, ses cheveux longs jusqu'à la taille cinglant l'air tel un martinet de plumes.

Anna baissa la tête, plaqua son carton à dessins contre elle et plongea dans la petite foule. Elle crut entendre quelqu'un crier son nom mais ne ralentit pas, se frayant un passage comme elle aurait couru une course d'obstacles. Elle était presque arrivée au niveau du couloir quand elle sentit des doigts sur son épaule et entendit une voix à son oreille.

– Je t'ai cherchée partout.

Elle se retourna. C'était la danseuse à la robe blanche – Estelle –, les joues rouges d'excitation. Sous le tissu tendu de sa robe, ses seins étaient souples, bien dessinés, et sa cage thoracique semblable à une série de vaguelettes ondoyantes.

– Va chercher ton appareil photo ! lui cria-t-elle avant de partir dans un grand éclat de rire aussitôt avalé par la musique.

– Pas maintenant, répondit Anna. Je…

– Arden et Rick ont fait un moule du corps de Samantha et ils l'ont rempli de gélatine. Ils sont dans la cuisine, en train de distribuer des cuillères. Dépêche-toi, pressa Estelle.

– Je ne… Vraiment, je…

Anna se passa une main sur le front, hésita.

Elle était soulagée qu'il y ait tant de bruit dans la pièce, cela masquait le tremblement dans sa voix, mais soudain Estelle parut inquiète.

– Tout va bien ? lui cria-t-elle. Tu n'as pas l'air dans ton assiette. Tu étais à une autre fête ? Tu devrais peut-être aller t'allonger un moment.

Anna acquiesça d'un signe et continua à travers la foule, jusqu'à l'escalier mal chauffé au fond de la villa. Arrivée dans sa chambre, elle lâcha son sac à dos par terre, posa son carton à dessins contre le mur et s'affala dos à la porte. Le calme était si grand que tout semblait figé, malgré les sons de la fête qui filtraient jusqu'à elle. Elle était trop lasse pour ôter son manteau, trop lasse même pour allumer le radiateur à l'autre bout de la pièce. Elle s'écroula sur le matelas, s'enroula dans l'édredon de sa grand-mère et enfouit son visage dans l'oreiller glacé. Elle resta allongée là longtemps, à écouter les pulsations distantes de la musique, à respirer la faible odeur de son propre corps sur la taie d'oreiller. Elle sentait l'air qui pesait sur ses épaules comme un gant de toilette froid, et regarda la pièce se vider lentement des dernières lueurs du jour. Elle se souvint de la lumière qui étincelait à travers les hautes fenêtres de la salle d'attente, de l'émotion qui l'avait envahie, du réconfort que lui avait procuré cette tranquillité aqueuse. *Mais c'était avant,* se dit-elle. *Et à présent, on est après.*

Elle éprouvait une solitude béante. Elle aurait voulu trouver quelqu'un qui lui promettrait que tout allait bien se passer. Sangloter dans les bras de quelqu'un, être réconfortée, et pardonnée. Mais elle n'était dans l'Indiana que depuis septembre, trop peu de temps pour avoir tissé de vraies amitiés. Ses anciennes amies s'étaient dispersées à travers le monde telles des aigrettes de pissenlit. Un moment, elle envisagea de partir à la recherche d'un téléphone pour appeler l'une d'elles depuis un endroit isolé. Mais même si elle parvenait à calculer quelle heure il était à New York, à Paris ou dans le North Slope, en

Alaska, et même si elle trouvait l'argent pour appeler, elle n'avait aucune idée de ce qu'elle pourrait dire. Elle s'imagina les doigts serrés autour du combiné, occupée à retenir ses larmes tandis que les précieuses secondes s'écoulaient.

Puis elle songea à sa famille – ses parents, sa grand-mère, sa sœur –, mais ils étaient à la fois trop proches et trop distants pour qu'elle les embête avec ça. En bas, on passait un nouveau disque, un air de Stevie Nicks qui parlait de changements. Anna pensa au sculpteur. Elle se souvint de sa crinière de cheveux auburn, des courbes et des plats de ses épaules et de son torse, de son nez crochu et fier, de ses yeux vert-fauve. Un bref instant, elle s'autorisa à imaginer qu'il se montrerait heureux et tendre en apprenant la nouvelle, qu'il la prendrait dans ses bras à la musculature ciselée, pour l'emporter vers une autre existence. Elle les vit ensemble, quelque part dans une ferme au printemps, lui dans sa fonderie et elle dans sa chambre noire, puis réunis le soir autour d'un repas composé de pain noir, de vin rouge et de soupe fumante. Elle l'imagina posant ses grosses mains sur son ventre bombé, se vit en train de lui sourire, puis leurs regards se croisèrent, emplis de joie.

Le disque était fini et un nouvel éclat de rire secoua la maison. « N'importe quoi », se moqua-t-elle dans l'oreiller, même si l'expression prit aussitôt une saveur aigre, tout en lui paraissant bien trop faible. Si elle en était là, c'était à cause de ça, de ce genre de mièvrerie.

Elle se força à se rappeler la dernière fois qu'elle l'avait vu, sa façon de l'appeler « bébé » et de passer son bras autour d'elle, comme si elle était une chose qui lui appartenait.

Elle se demanda où il était, ce qu'il faisait pendant qu'elle se trouvait là, allongée seule dans l'obscurité de sa chambre glaciale, le lot de cellules qu'ils avaient mises en branle grossissant en elle comme une boule de neige. *C'est sa faute*, se dit-elle. *C'est lui qui m'a fait ça*. Mais avant d'enfler assez pour percer, sa colère fut sapée par une vérité oiseuse. Il n'avait rien fait qu'elle n'ait pas voulu. On ne pouvait pas lui reprocher, à lui, sa décision de l'accueillir dans son lit. Et il n'y était pour rien, si son diaphragme n'avait pas fonctionné.

Il était minuit passé quand elle s'extirpa enfin de l'édredon. Elle chercha à tâtons la chaîne de la lampe, la tira, et une lumière rougeâtre se répandit dans la chambre, à travers l'abat-jour à frange de perles. Se forçant à se lever, elle posa les pieds sur le plancher en pin et gagna le coin de la pièce où se trouvait le radiateur. Elle le brancha et attendit les claquements du métal en train de chauffer. Les paumes tendues, elle resta là, sans plus penser à rien, concentrée sur les tiges rougeoyantes, à s'imprégner du confort élémentaire de la chaleur et de la lumière, jusqu'à ce que le rouge lui pique aux yeux et que les fourmillements dans ses mains lui donnent envie de se gratter. Puis elle retourna s'asseoir sur le lit et sortit les documents que l'infirmière lui avait donnés.

De la documentation, se dit-elle, en étalant les feuilles sur le matelas, tandis qu'elle entendait résonner dans sa tête les paroles de l'infirmière et ses cours d'anglais de premier cycle. « Vous n'êtes pas la première », lui avait dit l'infirmière, même si, dans aucun des romans qu'elle avait lus, Anna ne se souvenait d'avoir croisé le personnage d'une femme dans une chambre mansardée, seule, à demi nauséeuse et occupée à compulser des pages ronéotypées étalées devant elle comme des cartes de tarot prêtes à lui révéler son avenir.

Sous ses pieds, la fête battait son plein. Et elle lisait et relisait chaque mot, y cherchait ces alternatives qu'on lui avait promises, pointilleuse comme elle avait appris à l'être en cours de littérature anglaise. Elle recherchait la décision qui lui rendrait sa vie d'avant. Elle lut les mots jusqu'à les connaître par cœur, jusqu'à ce que sa vue se brouille et sa tête palpite des pleurs retenus. Mais elle avait beau essayer, elle ne trouva aucun choix, aucun refuge, aucune issue.

CERISE DÉVERROUILLA LA PORTE D'ENTRÉE et la poussa d'un coup d'épaule, les bras chargés de manuels scolaires. Un soupir lui échappa quand elle franchit le seuil ; et ce fut comme si la maison elle-même soupirait avec elle après avoir retenu son souffle toute la journée en son absence. À l'intérieur, tout était immobile et parfaitement silencieux, tel que sa mère et elle l'avaient laissé ce matin-là, et pourtant Cerise avait toujours cette même petite impression, celle de revenir dans un monde parallèle, comme dans un vieil épisode de *La Quatrième Dimension*. Il y avait le canapé pastel de sa mère, Rita, la moquette crème, la table basse chromée avec son plateau de verre, encore jonchée de miettes du petit-déjeuner de Cerise. Il y avait les nouveaux rideaux achetés à crédit et l'huile sur toile originale trouvée la semaine précédente lors de la liquidation du stock d'un magasin de meubles. Tout était tel que Cerise se le rappelait, et pourtant tout semblait aussi légèrement différent. *Ou alors*, pensa-t-elle avec résignation, *c'est moi qui suis différente, qui ne suis pas tout à fait à ma place, même dans ma propre maison, même quand je suis seule*.

Elle s'arrêta dans le salon et inspira profondément, parce qu'elle était soulagée d'avoir survécu à une autre journée de cours, et pour se laisser pénétrer par l'odeur de cet endroit qui était son chez-elle. Un bref instant, elle parvint à disséquer cet effluve, indétectable ensuite, lorsqu'elle était dans les lieux depuis déjà un moment – un mélange particulier de parfum et de désinfectant, imprégné de la légère âcreté qu'elle avait toujours associée à sa mère, une odeur de collants sales et de déception refoulée.

C'était une odeur qui intriguait et déconcertait Cerise, une bouffée d'étrangeté au cœur même de sa personne. Ça lui rappelait ce qu'elle éprouvait tous les ans, au printemps, ouvrant l'enveloppe qui contenait ses photos de classe pour découvrir toute une planche de petites Cerise identiques. Elle savait que ces visages sur papier brillant offraient une image plus fidèle d'elle-même que ce que lui renvoyaient les vitres ou les miroirs. Elle avait pourtant le sentiment tenace de n'y voir que des cousines éloignées.

Malgré le mutisme de la maison, il était réconfortant d'être de retour chez soi. En traversant le salon et le couloir, Cerise sentit son visage se détendre, se délester des expressions qu'elle avait affichées toute la journée tel un masque. Ses épaules se relâchèrent, sa colonne vertébrale s'avachit, et même son bassin se décontracta. Mais un instant plus tard, en montant dans sa chambre, elle sentit revenir, comme chaque après-midi, cette petite douleur causée par le silence qui se refermait sur elle.

Sauf qu'aujourd'hui, c'était pire.

Une microseconde, elle s'autorisa à penser à Sam, comme si le souvenir de ce qu'il venait de faire allait être moins pénible si elle l'abordait de la façon dont on prend une boisson trop chaude, par petites gorgées. Mais elle ne parvint pas à contrôler la brûlure. La honte et le désir se déversèrent sur elle en un flot bouillant. Elle se rappela les doigts de Sam s'attardant dans sa paume, la manière qu'il avait eue, sans jamais la regarder, de lui donner l'impression qu'ils partageaient un secret, comme s'il devinait qu'elle pensait souvent à lui – dans le bus, pendant ces stupides cours d'algèbre, et le soir, dans son lit.

Elle lâcha sa pile de livres sur une chaise de sa chambre et ôta ses mocassins neufs d'un coup de pied, en espérant presque en griffer le cuir. Pour ses quinze ans, elle avait demandé à sa mère des rangers d'occasion récupérées d'un surplus militaire parce qu'elle aimait leur usure et leur robustesse, et parce que c'était ce que portaient les filles qu'elle admirait le plus, au lycée. Mais ayant décrété qu'il était hors de question qu'elle dépense autant d'argent pour voir sa fille se balader chaussée des bottines râpées d'un inconnu, Rita avait préféré lui offrir une paire de mocassins neufs.

C'était un vieux sujet de discorde, avec sa mère, ce penchant qu'elle avait pour la fripe. Les exclus, les laissés-pour-compte, tous ces objets qui avaient servi et que l'on avait appréciés avant de les mettre au rebut l'avaient toujours touchée comme rien de neuf ne pourrait jamais le faire. Ça mettait Rita hors d'elle, de voir Cerise extraire d'une poubelle une tirelire ébréchée ou une poupée de chiffon dégoûtante, pleine de microbes, qu'elle rapportait ensuite à la maison pour la laver au liquide vaisselle avant de la recoudre et de jouer avec, plutôt que celles qu'elle lui achetait.

Les poupées de Rita s'accompagnaient de tenues et d'escarpins minuscules qui se fixaient à leurs pieds rigides en forme de S. Avec leurs cheveux brillants, leur air mutin et leurs seins durs, sans mamelons, elles n'avaient pas l'air d'avoir besoin de Cerise ; et puisque Cerise était incapable d'imaginer comment les animer, elle n'avait jamais eu besoin de ces poupées-là. Quand elle avait cinq ans, six ans, sept ou huit ans, elle préférait passer des heures à jouer avec les créatures rescapées de la poubelle, dans la chambre que sa mère avait décorée pour elle. En bas, au salon, son père hurlait et sa mère pleurait, tandis que, tapie derrière sa porte fermée, Cerise inventait des histoires de souffrance et de rédemption, sauvait inlassablement ses poupées des sorcières ou des voleurs, les giflait, leur donnait la fessée quand elles faisaient des bêtises, puis les embrassait, les berçait, leur pardonnait. Pendant que ses parents hurlaient et sanglotaient en bas, Cerise avait puisé du réconfort dans la mélasse féconde de ses propres émotions.

Les poupées de Rita étaient toujours dans sa chambre, bien alignées, sur l'étagère au-dessus du lit. Cerise les considéra un instant. À présent que leur peau était poussiéreuse et leurs robes fanées, elles ressemblaient presque aux jouets qu'elle adorait quand elle était petite. Une seconde, elle s'imagina laver leurs vêtements et leur épousseter le visage. Mais, en repensant à Sam, elle se dit qu'elle était trop grande pour s'amuser à ça.

Autrefois, en rentrant de l'école, Cerise trouvait certains jours sa chambre parfumée au citron, au pin et à l'ammoniaque, tandis que sa mère passait l'aspirateur sous le petit lit à baldaquin en râlant, toutes ses poupées-poubelle volatilisées, expulsées telles des étrangères en situation irrégulière.

– Tu aurais dû voir ta chambre, maugréait Rita comme

si Cerise rentrait d'un long séjour loin de chez elle. Je ne sais pas comment tu peux supporter de vivre dans un taudis pareil.

Mais en CE2, tout changea. Cerise reçut en cadeau de son père un téléviseur, afin qu'elle se souvienne de lui, et il partit s'installer plus au sud, abandonnant Rita et sa fille à Rossi, cette ville entre San Francisco et la Central Valley sortie de terre presque en totalité depuis la naissance de Cerise. Son mari envolé, les seins de Rita se raffermirent, ses cheveux se mirent à briller et ses pieds dessinèrent un S dans les escarpins qu'elle portait chaque jour. Elle trouva du travail et rentra tous les soirs à l'heure du dîner, rapportant à la maison ses maux de crâne et des repas à emporter, gorgés d'eau dans leur emballage en papier d'aluminium. Dès lors, plus personne ne toucha aux trésors dénichés dans les poubelles. On avait parfois le sentiment que plus rien ne changeait d'une année sur l'autre, sinon le poids des livres que Cerise rapportait de l'école.

Debout au pied de son lit, Cerise retira son pantalon pattes d'éléphant et le lança vers le panier à linge sale. Avant d'attraper un T-shirt dans sa commode, elle secoua les épaules pour faire glisser son chemisier en se disant qu'au moins, c'était le plus beau de sa garde-robe. Au moins, elle n'avait peut-être pas été trop moche.

Tout à l'heure, dans le bus, elle n'arrivait pas à décider si elle devait s'arrêter à l'épicerie s'acheter un Coca. On était vendredi, elle avait eu envie d'une petite récompense pour se féliciter d'avoir tenu une semaine de plus. Elle allait passer le week-end toute seule, comme d'habitude, alors elle voulait le commencer par un petit plaisir, et puis elle s'était dit aussi que, si Sam travaillait, cet après-midi-là, elle pourrait peut-être l'apercevoir. Avant de descendre, elle avait décidé de renoncer au Coca, de peur qu'il la remarque. Mais ses pas, dans la rue à l'odeur de diesel, l'avaient finalement guidée jusqu'à l'épicerie.

Elle l'avait aperçu aussitôt poussée la vieille porte-moustiquaire. Appuyé contre le comptoir, à côté de la caisse, il lisait un magazine. Figée sur le seuil, elle avait senti une chaleur trouble l'envahir et, seulement parce qu'elle avait eu peur qu'il ne lève les yeux et ne la voie discrètement s'éclipser, elle avait décidé d'entrer. En catimini, comme une voleuse, elle avait sorti une bouteille de Coca du frigo, puis elle était restée plantée là, à faire semblant d'examiner le jambon et les spaghettis en conserve, le temps de trouver le courage d'aller poser la bouteille sur le comptoir.

En encaissant, Sam n'avait pas prononcé un mot, ni « Salut », ni « Il te faut autre chose ? », ni même « T'as besoin du décapsuleur ? ». Les yeux rivés sur la photo du magazine, qu'elle voyait à l'envers – une fille en bikini chevauchant une moto rutilante –, elle lui avait tendu son billet de dix dollars, puis sa main, sans un mot, pour récupérer la monnaie. Quand, au beau milieu des pièces qui s'entrechoquaient, elle avait senti l'index du garçon contre sa peau, elle avait levé les yeux, interloquée.

Mais si le doigt de Sam dessinait des cercles lents autour des pièces, son visage était aussi inexpressif que devant la télé. Elle avait retiré sa main d'un coup, la monnaie s'était répandue sur le comptoir puis sur le sol poisseux. En hâte, elle s'était agenouillée pour la ramasser, et quand elle avait risqué un regard vers Sam, il était de nouveau plongé dans son magazine, même si elle avait cru entrapercevoir l'ombre d'un sourire.

En y repensant, tandis qu'elle traversait sa chambre pour allumer sa télévision en enjambant tout ce qui traînait par terre, elle se sentit rougir. Les rires en boîte d'un vieil épisode de *I Love Lucy* percèrent un petit trou dans le silence de la maison et elle resta plantée devant l'écran télé, où Ethel essayait de réconforter Lucy. Sans en décoller les yeux, elle se pencha pour attraper la boîte de mélange pour pâtisserie prêt à l'emploi qu'elle avait prélevée dans le placard de la cuisine. Assise par terre, elle en avala des cuillerées entières, s'étouffant presque avec la farine crayeuse, frottant les grains de sucre contre son palais jusqu'à ce que la douceur disparaisse et qu'elle puisse goûter dans sa bouche le sel secret de son sang. Mais même après avoir avalé la moitié du paquet, elle voyait toujours le demi-sourire de Sam, elle sentait toujours son doigt contre sa paume, et entendait la clameur du trouble qui l'avait submergée.

Elle sortit de sa chambre pour errer d'une pièce à l'autre comme un spectre. Au rez-de-chaussée, elle fixa si longtemps la toile achetée par Rita qu'elle crut presque voir bouger les chiots aux oreilles tombantes. Elle se sentit prise d'un tel élan d'amour pour ces créatures qu'elle fut tentée de les dessiner. Au collège, quand elle trouvait une image qui lui plaisait dans un calendrier ou sur une carte de vœux, c'était ce qu'elle faisait, sur une page arrachée dans son classeur. À cause des carreaux du papier, les paniers de fleurs, les chatons ou les poulains avaient l'air de prisonniers derrière des barreaux, mais même Rita reconnaissait qu'elle savait très bien recopier.

– Je ne sais pas d'où tu tiens ça, pas de moi, en tout cas, ça c'est sûr, ni de ton père, disait-elle avant d'enchaîner, pleine d'amertume : Ton père n'était même pas fichu de se dessiner un avenir.

Et Cerise en éprouvait un remords plein de culpabilité, comme si ce don pour le dessin était une énième poupée sortie d'une poubelle.

À présent, elle imaginait Sam tombant sur le dessin qu'elle aurait fait à partir de la toile de Rita, puis posant sur elle des yeux pleins d'admiration. Mais l'expression sur son visage la dernière fois qu'elle l'avait vu s'invita dans sa rêverie. Cerise tourna les talons avec une grimace, laissant les chiots batifoler sans elle.

Dans la chambre de Rita, elle envoya valser les bas qui gisaient sur les draps tels des fantômes avachis avant de s'écrouler sur le lit défait. Attrapant le *Cosmopolitan* posé contre l'oreiller de sa mère, elle se mit à le feuilleter, un mannequin maigre et bronzé après l'autre, à tel point qu'elle finit par se trouver tout à fait répugnante. Contrairement à ces filles, contrairement aux poupées de Rita, quand ses seins à elle avaient poussé, ils étaient arrivés striés de vergetures argentées et affublés de tétons qui durcissaient ou ramollissaient aussi inexplicablement que la lune était parfois ronde comme une pizza et d'autres fois aussi rabougrie qu'une rognure d'ongle, quand elle n'était pas tout bonnement absente du ciel de Rossi. Les pieds de Cerise avaient grandi, eux aussi ; ils s'étalaient devant elle, longs et plats, et si elle avait conservé son épaisse chevelure blonde, de drôles de petits cheveux étaient apparus dans le V poisseux de ses aisselles et de son entrejambe.

C'était presque comme si elle n'avait jamais eu conscience de son corps avant que ses seins ne commencent à pousser. En primaire, il était discret, fiable comme une machine. Mais au collège, cette machine l'avait trahie ; elle était devenue si grande, si massive et malodorante qu'on aurait dit que Cerise s'était transformée en une sorte d'animal. Elle n'avait rien de cette créature lisse que vendaient les photos des magazines féminins lus par sa mère. Puis elle fut, tout d'un coup, la plus imposante de tous les élèves du collège ; les garçons minuscules et les filles pas formées qui l'avaient ignorée l'année précédente la regardaient bouche bée, sifflaient et chuchotaient sur son passage.

– Hé, le Pivot, tu me mets un panier avec tes ballons ! lui criaient les garçons quand elle passait d'un pas pressé dans un couloir, livres plaqués contre elle comme pour faire rentrer ses seins à l'intérieur de son corps.

Mais elle était trop maladroite et trop complexée pour jouer au basket, et plus tard, quand le mot « ballons » commença à faire moins mal, les garçons passèrent à « bouées », ou firent claquer l'élastique de son soutien-gorge en lui demandant la taille de ses bonnets.

– Hé, Miss Bouées, lui criaient-ils quand elle les ignorait. Qu'est-ce qui va pas ? T'as tes ragnagnas ?

– Je m'appelle Cerise, avait-elle rétorqué un jour, Rita lui ayant dit qu'il fallait leur tenir tête, et que personne ne ferait à sa place ce qu'elle était trop lâche pour entreprendre elle-même.

Mais Cerise l'avait dit avec si peu de conviction et d'une voix si aiguë sur la fin qu'elle avait fait de son prénom une question, si bien que ses protestations ne firent qu'alimenter les railleries.

– « Cerise ? » l'imitèrent-ils. « Je m'appelle Cerise ? »

Et quand elle finit par fondre en larmes, ils demandèrent :

– « Cerise ? »... est flagada ? « Cerise ? »... a ses ragnagnas ?

Dégoûtée d'elle-même, Cerise referma le magazine et se rendit à la cuisine. Ouvrant le réfrigérateur, elle resta plantée là, dans le courant d'air frais, à avaler une grosse gorgée de lait, ronger un pilon de poulet froid pioché dans la boîte du Kentucky Fried Chicken, puis tremper copieusement le doigt dans le pot de crème fouettée. Elle jeta un œil à l'horloge au-dessus de la cuisinière, vit qu'il était bientôt l'heure de *Star Trek* et referma le réfrigérateur.

Mais un mot sur la table de la cuisine attira son attention : « CERISE – LINGE À PLIER ET À REPASSER ». Elle fixa son prénom jusqu'à ce que sa vue se brouille, effaçant presque les mots sur la feuille. Elle avait toujours détesté ce Cerise. C'était gênant et inhabituel, ça semblait davantage lié aux prétentions ou aux aspirations de Rita qu'à sa propre personne. Un jour, elle avait cherché dans un guide des prénoms et elle s'était trouvée, balayée en quatre mots : « terme français pour "*cherry*" ». La référence au fruit lui plaisait, mais le français lui était étranger, or ce qui était étranger était bizarre et elle était assez bizarre comme ça sans avoir à porter un prénom que les professeurs remplaçants, pour le plus grand plaisir du reste de la classe, prononçaient toujours de travers – *Chir-ize* ? *Si-rez* ?

Elle froissa le message en soupirant et le jeta à la poubelle, avant de s'activer. Elle alla chercher le fer et la table à repasser, le panier de linge et le spray d'amidon. De retour dans la cuisine, elle brancha le fer et attendit paresseusement qu'il chauffe. Quand l'air au-dessus de la semelle ondula sous l'effet de la chaleur, elle se lécha l'index et effleura le métal, sentant le grésillement de la salive qui s'évaporait sous son doigt. C'était satisfaisant, ce geste net et vif, mais c'était aussi étrangement excitant, de sentir le danger si proche.

« Cerise ! » cria-t-elle brusquement.

Sans broncher, elle plaqua son poignet contre le métal brûlant. La douleur fut vive. Elle laissa échapper un petit bruit, comme un gémissement poussé par quelqu'un d'autre. Des larmes jaillirent de ses yeux, mais elle se servit de son autre main pour maintenir son poignet contre le fer. *C'est moi*, se dit-elle, *c'est moi en train de brûler*, et l'espace d'un instant, elle en éprouva une sorte de triomphe qui éclipsa toute sa douleur. Quand elle ne put plus le supporter, elle retira son poignet, le porta d'abord à son nez pour le renifler, puis l'écarta pour mieux voir la bande à la fois cendrée, blanche et nette, pareille à un bracelet en travers de cette peau tendre qui pourrait accueillir un rasoir. C'était étrange, se dit-elle, fière de son courage, de sa capacité à se punir pour sa taille ingrate et son affreux prénom. Elle imagina Sam découvrant sa blessure, impressionné – peut-être même un peu intimidé – par ce qu'elle était capable de faire.

En regardant la brûlure sur la peau pâle à l'intérieur de son poignet, elle ne put s'empêcher de repenser au doigt de Sam dans le creux de sa paume. Mais curieusement, toute la honte et tout le trouble de ce moment s'étaient dissipés tel un trait de salive sur un fer chaud. Elle se sentait les idées claires, concentrée, plus proche du bonheur qu'elle ne l'avait été depuis longtemps. Alors qu'elle tendait la main vers le fer, un sentiment gonfla en elle qui cette fois ne pouvait être que de l'espoir.

QUAND LE BUS ARRIVA À SON ARRÊT, Anna avait l'esprit tellement à vif à force de tourner et de retourner dans sa tête ces mêmes tristes faits aboutissant tous à une seule conclusion, qu'elle avait presque tout à fait cessé de penser. Elle s'avança d'un pas mécanique dans l'allée centrale du véhicule, posa le pied sur le trottoir de la rue et s'arrêta là, dans l'air chargé de poussière et de vapeurs de diesel, aveuglée par la lumière abrasive, le temps de se ressaisir. Il y avait un gros attroupement sur le trottoir au bas de l'immeuble où elle voulait se rendre. Elle crut d'abord à un accident. Mais la foule avait un air trop résolu pour être simplement en train d'attendre une ambulance. Dans la seconde qui suivit, l'idée lui vint qu'elle s'était peut-être trompée d'adresse, ou d'heure pour son rendez-vous, mais tout en fouillant ses souvenirs, elle savait qu'elle n'avait pu faire d'erreur.

Elle avait apporté un livre, au cas où elle aurait à attendre ; alors elle le colla contre sa poitrine et pressa le pas. En approchant, elle commença à distinguer les individus qui composaient ce groupe, même si, à ses yeux, ils se ressemblaient tous – les femmes portaient des collants épais et des jupes qui leur couvraient les genoux, les hommes étaient coiffés en brosse et vêtus de blousons en polyester. Il y avait aussi plusieurs enfants au visage rougi, habillés de vieux vêtements propres. Elle se rendit compte avec inquiétude qu'ils la regardaient tous.

Ses pensées s'entrechoquèrent et son pas ralentit.

L'espace d'une seconde, elle se dit qu'il fallait peut-être tenter de leur parler. Mais avant d'avoir eu le temps de réfléchir à ce qu'elle pourrait bien leur dire, elle remarqua leur air soupçonneux, et son appréhension s'aiguisa, avant de se muer en peur. L'un des hommes brandissait une pancarte vers les voitures qui passaient dans la rue. Quand il la tourna vers elle et qu'elle put lire le mot en lettres écarlates, elle sursauta comme sous l'effet d'une gifle. L'envie de protester la prit telle une envie de vomir. Elle voulait tout à la fois faire volte-face, partir en courant, et s'arrêter pour leur cracher sa colère. Mais elle concentra toute son attention sur ses pas.

Quand elle comprit que, d'une manière ou d'une autre, elle allait devoir traverser le groupe pour atteindre l'immeuble où elle avait rendez-vous, elle sentit un nouveau trouble palpiter dans sa poitrine. Mais tandis qu'elle hésitait, la foule s'écarta à contrecœur, lui ouvrant un corridor. Ses épaules se crispèrent pour se préparer aux coups qu'elle allait probablement prendre si elle essayait d'arriver jusqu'à ces portes, tout au bout. Mais elle se força à avancer malgré cela, passant si près des corps des manifestants qu'elle sentit les odeurs piquantes d'après-rasage et l'âcreté du musc dégagé par le stress ; si près, qu'elle perçut le blâme dans leur respiration. Tandis que ses pieds la propulsaient vers l'avant, elle garda les yeux rivés au sol, braqués sur le bout de ses bottines, et sur les mauvaises herbes qui poussaient dans les crevasses du trottoir.

– J'élèverai ton bébé, lui dit un homme quand elle arriva à sa hauteur.

Sa voix était basse, pleine de sous-entendus. Jetant un regard oblique dans sa direction, elle vit son visage luisant et la façon dont son ventre déformait l'écossais de sa chemise sous son blouson ouvert, puis elle se détourna, dégoûtée à l'idée de lui donner quoi que ce soit qui vînt d'elle. L'entrée se profilait droit devant, une porte à double battant munie de poignées métalliques en forme de demi-lunes jumelles. Elle tendit le bras, nageuse épuisée cherchant un quai. Mais soudain, une enfant de dix à douze ans se jeta entre elle et cette porte.

– Mademoiselle ? dit-elle. Vous voulez bien lire ça ?

Elle tendit un prospectus à Anna, tout en tournant la tête vers l'arrière, l'air de s'adresser à quelqu'un d'autre. Anna le prit car cette fille semblait terriblement mal à l'aise – plus pitoyable qu'elle ne l'était elle-même. Puis, parce qu'elle voulait rassurer la gamine et prouver à la foule qui l'observait qu'elle n'était pas un monstre, elle esquissa un sourire.

Mais les muscles de son visage tremblèrent si violemment qu'on eût pu croire qu'elle avait oublié comment faire. Un son monta du fond de sa gorge, aussi incontrôlé qu'un amas de glaire dans un accès de toux, et l'enfant la dévisagea, l'air surprise. Leurs regards se croisèrent, figés. Les yeux bleus de la fille lui parurent étrangement familiers. L'espace d'une seconde, Anna eut la folle sensation de regarder dans un miroir, même si elle avait quant à elle les yeux marron, et deux fois l'âge de cette gamine.

Quelque part dans la foule, une voix d'homme s'éleva : « Souviens-toi de Jésus ! » La peur envahit le regard de l'enfant, et Anna baissa les yeux vers le prospectus entre ses mains, une manière de les protéger toutes les deux. Mais la photo en couverture était si choquante que, avant d'avoir pu noter l'absence de contrastes, la mauvaise mise au point et la composition chargée, elle fut effarée par ce qu'elle représentait.

C'était la photo d'un nouveau-né, plus jeune encore que Dylan à Noël. Sauf qu'il n'était pas dans les bras de sa mère, mais étendu, sans vie, au sommet d'une poubelle pleine d'ordures. C'était aussi répugnant et fascinant que de la pornographie, de sorte que, un bref instant, Anna en oublia la foule. Une seconde plus tard, l'horreur de l'image la heurta en plein visage et elle jeta le prospectus par terre.

– C'est ton bébé, dit la voix d'homme alors qu'elle arrivait à la porte de la clinique. Ne jette pas ton bébé.

Elle pénétra dans la salle d'attente en tremblant. Ses jambes lui paraissaient poreuses, trop frêles pour supporter son propre poids. Elle se laissa tomber sur l'une des chaises en plastique disposées tout autour de la pièce, et l'espace d'une microseconde, affolée, elle se demanda si elle ne s'était pas fait dessus. L'idée la traversa qu'elle ferait mieux de repartir. Elle pouvait reprendre le bus, retourner sur le campus et reporter tout cela au lendemain, mais sa peur de la foule à l'extérieur l'empêchait de bouger.

Il y avait d'autres gens dans la pièce, six ou huit femmes, et deux hommes. Anna étudia leur visage à la dérobée pour s'assurer qu'ils n'avaient pas été témoins de la confrontation devant l'immeuble et qu'ils n'étaient pas en train de la fixer. La plupart des femmes s'étaient assises ainsi qu'Anna l'avait fait d'instinct, en laissant une place vide entre elle et la personne la plus proche. Toutes avaient l'air à la fois secouées et résignées, comme si elles venaient d'apprendre une mauvaise nouvelle et attendaient désormais leur bus. L'un des hommes n'était encore presque qu'un garçon, un adolescent au poil rare, accroché à la main de la fille assise à son côté. Un autre, celui-là entre deux âges, impassible, lisait un journal sans prêter attention à la femme qui patientait avec lui.

Il y avait un comptoir. En dessous, un écriteau où on lisait : « Merci de confirmer votre rendez-vous avant de vous asseoir. » Anna traversa la salle.

– Mon nom est Anna Walters, se força-t-elle à dire à la réceptionniste, même si sa voix râpait comme du sable.

– Walters ? répéta la femme sans lever les yeux.

Anna s'éclaircit la gorge.

– Oui.

La réceptionniste attrapa une pile de dossiers, et Anna remarqua qu'elle était obligée d'écarter les doigts pour manipuler les feuilles, tant ses ongles étaient longs. De sorte que ses mouvements paraissaient craintifs, et qu'elle touchait tout à contrecœur.

– J'ai rendez-vous à 11 heures, précisa Anna.

La femme fit signe qu'elle avait compris et entreprit d'éplucher les dossiers. Quand elle eut trouvé celui qu'elle cherchait, elle l'ouvrit, l'étudia et demanda :

– Vous avez l'argent ?

Anna savait qu'elle devait apporter de l'argent, ce qui ne l'empêcha pas de trouver la question grossière et la voix de la réceptionniste si peu discrète que sa gorge se bloqua de nouveau. Elle toussa et répondit :

– Oui.

– Liquide ? chèque ?

– Liquide, répondit Anna d'un ton rauque, ouvrant son sac à dos pour y prendre la somme qu'elle avait retirée à la banque : près de la moitié de ce qu'il lui restait pour vivre jusqu'à la fin du semestre.

Elle n'avait rien dit au sculpteur, même si son aide financière aurait été bienvenue. Le mêler à tout ça lui aurait semblé aussi bête que chercher quelle personne avait éternué la veille du jour où vous aviez attrapé la grippe, pour exiger qu'elle prenne en charge votre aspirine. Et puis, l'idée de révéler un échec si intime à un inconnu ne l'enchantait pas. Mais à présent, seule devant la réceptionniste avec l'argent du loyer, elle regretta fugacement de n'avoir rien dit.

– Voici votre reçu, dit la réceptionniste en lui tendant

un bout de papier au-dessus du comptoir. Vous avez le formulaire de consentement ?

Anna fit signe que oui. Elle sortit d'entre les pages de *Sur la photographie* une feuille de papier pliée qu'elle ouvrit sur le comptoir. Des mots lui écorchèrent les yeux – « perforation », « hémorragie », « infection », « décès ». Pas plus tard qu'en octobre dernier, au Texas, une femme était morte.

– Vous pouvez le signer, maintenant, dit la réceptionniste en lui tendant un stylo.

Mais là, c'est différent, se dit Anna en écrivant son nom. Elle payait comptant pour qu'on lui fasse ça, dans une clinique. C'était légal et sans risque. Ce n'était même pas une opération. Une « procédure chirurgicale », indiquaient les documents d'information que l'infirmière lui avait donnés, et onze fois plus sûre qu'un accouchement.

– Très bien, dit la réceptionniste en glissant le formulaire signé dans son dossier. Allez vous asseoir, l'infirmière vous appellera dès qu'ils seront prêts.

Au moment où la femme leva le visage vers elle, la bienveillance dans ses yeux noirs fut telle qu'Anna détourna le regard, décontenancée.

Elle retourna s'asseoir à la même place, ouvrit son livre et fixa la page jusqu'à ce que les mots se brouillent. Il y avait des toilettes dans la salle d'attente. Au bout d'un moment, l'une des femmes se leva et disparut à l'intérieur. À travers la porte fermée, Anna entendit les haut-le-cœur et le *floc* des vomissures qui se déversaient dans la cuvette. Il y eut un bruit d'eau qui coule, le rugissement d'une chasse d'eau, puis un instant plus tard, la femme réapparut, livide.

Une autre porte s'ouvrit et une infirmière appela une liste de noms. En entendant le sien, Anna sentit la peur l'assaillir. Toutes les femmes dans la salle se levèrent, l'une après l'autre, en se jetant des coups d'œil hésitants. L'air mal à l'aise, elles se rassemblèrent autour de l'infirmière, qui leur fit signe de la suivre de l'autre côté de la porte.

– Ils vont s'occuper de nous toutes en même temps ? demanda une voix stressée tandis qu'elles avançaient dans un étroit couloir.

– Vous allez subir l'intervention l'une après l'autre, répondit l'infirmière. Mais vous vous préparerez et vous reposerez ensemble.

Elle les conduisit dans une salle pleine de lits de camp qui faisait penser au dortoir d'une colonie de vacances.

– Trouvez-vous un lit et enfilez vos blouses. L'ouverture est dans le dos, dit l'infirmière.

– Ça va faire mal ? demanda timidement la fille qui était assise à côté de l'adolescent dans la salle d'attente.

– On vous a donné un comprimé pour ça, répondit sèchement l'infirmière. Et vous aurez du gaz à respirer, pendant l'intervention.

Pendant qu'Anna se déshabillait, dos tourné à toutes ces inconnues, plusieurs d'entre elles commencèrent à discuter. Elles parlaient fort et leurs voix étaient sans relief, terminant tout ce qu'elles disaient par un éclat de rire qui lui fit penser à de la laine de verre, rose, duveteuse et coupante.

Alors qu'elle fourrait ses chaussettes dans ses bottines, d'un lit voisin elle entendit une voix qui disait : « Je voulais le garder, mais mon petit ami n'était pas prêt. » Anna crut tout d'abord qu'elle parlait d'une plante ou d'un animal, et quand elle comprit ce que la femme voulait dire, elle fut déconcertée de se rendre compte qu'elle n'avait jamais pensé en ces termes, qu'elle ne s'était jamais posé la question de garder ou de ne pas garder. Pour elle, il avait été question d'être ou de ne pas être.

Une mère.

Puisqu'elle n'était pas une mère, comment pourrait-elle avoir un bébé ? Avoir un bébé ne pouvait être qu'un accident, un échec, une énorme erreur. Car, en ayant un bébé, elle perdrait tout ce qu'elle était et tout ce qu'elle voulait devenir, tout ce qu'elle espérait faire de sa vie et tout ce qu'elle espérait créer. Et à quoi cela rimerait-il, pour le bébé, d'avoir une mère qui ne ressemblerait en rien à la femme qu'elle aurait dû être ?

Les mains gelées, elle plia ses vêtements, glissa sa culotte sous la jupe et le chemisier, puis s'assit au bord du lit, les yeux clos. Elle voulait ne pas bouger, être patiente, prête pour la suite, quelle qu'elle soit. On appela des noms. Anna entendit des femmes quitter leur lit de camp, puis revenir. L'idée de méditer lui traversa l'esprit, mais lorsqu'elle essaya de réciter son mantra en silence, ce fut comme tenter de courir dans du sable.

– Anna Walters, appela l'infirmière.

Anna ouvrit les paupières. Elle se leva, s'éclaircit la gorge et maintint sa blouse dans son dos telle une enfant. En quittant la pièce à la suite de l'infirmière, elle remarqua que quelques-unes des femmes déjà revenues se tenaient allongées face au mur, tandis que d'autres mangeaient des Oreo assises sur leur lit en buvant un jus violet dans de minuscules gobelets en carton. Dans la pièce, plus personne ne parlait, les bavardages et les rires s'étaient tus.

Pieds nus, une main toujours dans le dos pour tenir fermée sa blouse, Anna suivit l'infirmière jusqu'à une salle où trônait une table d'opération en inox. Dans un coin se trouvait une machine trapue. À côté de la table, un plateau était couvert d'outils pareils à des tournevis incurvés, avec un autre gadget, une sorte de crochet en plastique.

– Montez, dit l'infirmière d'une voix détachée, et placez les pieds dans les étriers.

Anna se hissa sur la table et s'allongea. En calant ses pieds contre l'acier, elle sentit l'infime résidu de chaleur laissé par ceux de l'inconnue qui l'avait précédée. Elle en éprouva un vague réconfort.

L'infirmière lui sangla les bras.

– C'est nécess… commença à articuler Anna en essayant de se rasseoir.

– Simplement pour vous rappeler de ne pas bouger, coupa l'infirmière en la forçant à se rallonger.

Arriva une autre infirmière portant un masque chirurgical. Un homme entra, le médecin, lui aussi masqué et vêtu d'une blouse bleue. Il salua Anna d'un hochement de tête, sans croiser son regard.

– Écartez les jambes, ordonna l'infirmière.

Personne n'avait dit à Anna que ça ferait si mal. Personne ne lui avait dit que l'infirmière lui poserait un masque noir sur le visage, un masque lourd et caoutchouteux qui puait et menaçait de l'étouffer. Personne ne lui avait dit que l'homme en blouse bleue aboierait « Ne bougez pas », tout en tordant ses instruments l'un après l'autre à l'intérieur de son corps. Personne ne lui avait raconté qu'il essaierait de la fendre en deux, de l'évider comme une pomme, personne ne lui avait parlé de la douleur rouge, odieuse et implacable. Une machine se mit en route, avec un bruit de shampouineuse à moquette, mais Anna était trop obnubilée par sa souffrance pour réfléchir à la signification de ce bruit. Personne ne lui avait dit qu'elle se tordrait de douleur, qu'elle transpirerait tout entière d'une sueur épaisse, qu'elle cesserait de se préoccuper de sa blouse béante, ou de s'inquiéter des bruits qu'elle faisait. Personne ne lui avait dit qu'en combattant la douleur et ce masque étouffant, elle détesterait les gens qui étaient en train de l'aider tout autant qu'elle détestait le sculpteur et qu'elle se détestait elle-même.

Quand la machine se tut enfin, Anna resta là, sur la table, haletante et défaite, la sueur perlant dans son cou, son ventre et ses cuisses, froide tout d'un coup, pendant que le médecin retirait ses derniers instruments. En scrutant au-dessus du masque les yeux inexpressifs de l'infirmière qui libérait ses bras des sangles, Anna repensa à la fille devant la clinique, au bébé désarticulé sur la photo et à la pancarte de l'homme, avec ce mot écrit en rouge : « MEURTRE ».

Toujours allongée, elle articula :

– Je peux le voir ?

– C'est terminé, maintenant, lui répondit l'infirmière. Il est temps de retourner en salle de récupération.

– Je veux voir, répéta Anna, surprise par sa propre insistance. J'ai besoin de voir… ce qui est sorti.

L'infirmière fronça les sourcils et jeta un œil vers le médecin.

– Ça arrive qu'elles le demandent, lui dit-il en haussant les épaules.

Puis, pour la première fois depuis qu'il lui avait ordonné de ne pas bouger, il s'adressa à Anna directement :

– Vous êtes sûre ?

Incapable de faire confiance à sa voix, elle fit signe que oui. Luttant contre la panique qui fondait sur elle, elle se hissa sur ses coudes pour s'asseoir, chancelante et mouillée, au bord de la table d'opération. L'infirmière retira le bocal en verre de la machine et le présenta à Anna, qui se pencha, terrifiée. Ce qu'elle vit à l'intérieur du bocal était stupéfiant.

Il y avait, en suspension dans le liquide clair, un nuage de tissu organique ondulant. Pareil à une fleur étrange ou à une créature marine, tout en roses tendres, blancs iridescents, délicatement veiné de pourpre. Anna se pencha davantage et, un moment, elle crut apercevoir la main d'un elfe – une main si minuscule que la poupée à qui elle appartenait aurait pu dormir pour l'éternité dans une coque de noix, comme Tom Pouce.

« Oh », s'étrangla-t-elle.

Elle regarda, traversée d'émotions qu'elle était bien incapable de nommer, puis l'infirmière eut un léger mouvement d'impatience. Le contenu du bocal se mit à remuer. Alors, s'arrachant à sa contemplation, Anna murmura « Merci », et, tremblante, elle descendit de la table.

LA PEAU BRÛLÉE AUX POIGNETS DE CERISE se changea en croûtes qui se craquelaient et s'accrochaient à tout ce qu'elle frôlait, se déchiraient et saignaient. Assise au fond de la classe en cours d'histoire des États-Unis, de littérature anglaise ou d'algèbre, elle suçait ce qui suintait de ses plaies en se disant : *C'est moi* ; et sans laisser le temps aux brûlures de guérir, elle reprit le fer à repasser.

Au début, elle avait presque espéré que quelqu'un les découvre, ces blessures semblables à une rangée de bouches à l'intérieur de chaque poignet – peut-être un des profs de son lycée, ou Sam, ou même Rita. Elle imaginait qu'on lui demanderait alors ce qui lui était arrivé, espérant qu'en l'expliquant à quelqu'un d'autre, elle-même le comprendrait. Elle espérait qu'il ou elle serait capable de cette compassion dont elle avait tant besoin, qu'il ou elle saurait ce qu'elle ne saisissait pas toute seule. Quelquefois, elle imaginait Sam laissant courir le bout de ses doigts sur la surface labourée de ses poignets, d'un geste lent et tranquille, aussi tendre que celui d'une fille.

D'abord, elle avait cru que, si quelqu'un remarquait ses balafres, les choses changeraient. Puis la peau moche et les croûtes commencèrent à l'embarrasser. Au lycée, en voyant les poignets des autres filles, propres et nets comme des draps frais, Cerise ne tarda pas à comprendre que quelque chose ne tournait pas rond dans sa tête, que son geste était tordu, honteux. Elle se mit à porter des T-shirts à manches longues qui lui couvraient la moitié des mains. Désormais, elle avait peur de se faire prendre, peur qu'on lui demande d'avouer ou d'expliquer, peur de se voir livrée aux railleries de tout le lycée. Mais chaque après-midi, en rentrant chez elle, il lui fallait lutter contre cette envie folle de se brûler.

Quand Sam lui demanda d'attendre qu'il ait fini son service, elle accepta, pour éviter de rester seule à la maison avec le fer qui la narguait, juché sur le plan de travail de la cuisine telle une idole brûlante. Assise sur le banc devant l'épicerie, elle fixait les équations dans son livre d'algèbre, grattant discrètement ses cloques et ses croûtes, terrifiée comme avant une interro surprise. Cependant, elle était aussi excitée – à présent que Sam l'avait remarquée, que quelqu'un l'avait choisie au milieu de la foule, sa vraie vie semblait enfin sur le point de commencer.

S'il y avait des choses que Cerise avait envie de vivre, elle n'arrivait pas contrairement à Rita à mettre des mots sur ses désirs ; dire qu'elle voulait une Cadillac DeVille, un nouveau tapis à poil long, un voyage à Hawaï lui était impossible. Au lieu de cela, elle rêvait avec ardeur de ce qu'elle entrevoyait juste au-delà de sa propre vie et, bien qu'incapable de formuler en quoi cela pouvait consister, elle se disait avec espoir que Sam en était peut-être le commencement.

Sam était plus âgé qu'elle, il avait dix-neuf ans et il avait laissé tomber l'école. Il l'avait emmenée dans l'appartement qu'il partageait avec d'autres garçons, lui avait appris à garder dans ses poumons la fumée épaisse d'un joint de skunk jusqu'à ce qu'ils convulsent par manque d'oxygène, puis à exhaler une bouffée triomphante qui l'étourdissait. Il n'en revint pas de la voir tirer si fort sur le joint avant d'affirmer, une fois qu'il ne resta plus que le filtre humide, que ça ne lui faisait pratiquement rien. Il fut ravi de la voir accepter si facilement de s'allonger près de lui sur son lit, même si, les après-midi suivants, il se plaignit du peu d'intérêt qu'elle semblait trouver à ce qu'il lui faisait.

Les moments que Cerise préférait étaient ceux juste

après l'amour, quand les coups de reins et les grognements cessaient, et qu'elle pouvait coller l'oreille contre la poitrine de Sam pour écouter les battements de son cœur. Elle aimait se sentir petite dans ses bras, rêvait de pouvoir passer toute la nuit lovée comme un bébé contre lui, au lieu de devoir se lever et se rhabiller en vitesse pour rentrer avant que Rita ne revienne du travail. Parfois, ça effrayait Sam de la voir se blottir si passionnément contre lui ou respirer son odeur avec une telle férocité. Mais les rares fois où, sous l'effet de la drogue, de la fierté ou d'un désir trop puissant, il lui disait qu'il l'aimait, jamais elle ne répondait, et lorsqu'il jouissait à l'intérieur de son corps, c'était toujours seul.

L'année scolaire était presque terminée quand Cerise commença à se demander si elle n'était pas enceinte. Elle ne se souvenait pas d'avoir eu ses règles depuis janvier, peut-être même décembre. Pourtant, elle ne se posa vraiment la question que fin mars, puis laissa encore passer une semaine avant de se mettre à angoisser. Elle ne pouvait s'imaginer en parler à Sam, prononcer des mots tels que « règles » ou « enceinte » ; alors, à la place, elle scella un pacte avec l'univers, ou le sort, ou Dieu. Pacte selon lequel ses règles viendraient si elle laissait guérir ses poignets.

Malgré les vagues de panique qui lui firent tourner la tête, elle respecta ses engagements. Mais l'entrejambe de sa culotte resta parfaitement blanc. Nuit après nuit, elle se prenait le ventre à deux mains et le tordait de toutes ses forces ou lui donnait des coups de poing. Il lui arrivait même de s'enfoncer une main dans le corps pour essayer de déloger ce qui empêchait le sang de s'écouler. Mais elle ne savait pas ce qu'elle cherchait à attraper, et elle avait beau cogner et appuyer de toutes ses forces, elle n'arrivait pas à faire affluer le sang.

Tous les soirs, elle se jurait de traiter le problème dès le lendemain matin, mais ses craintes étaient chaque fois émoussées par la nuit. De plus, le matin venu, il lui semblait impossible de croire que ce que Sam lui faisait puisse suffire à la mettre enceinte, d'autant qu'elle n'avait rien ressenti de ce désir torride qu'on voyait à la télé ni de cette envie irrépressible contre laquelle le prof de biologie avait mis en garde toutes les filles de sa classe.

À la fin de la première semaine d'avril, elle composa enfin le seul numéro de l'annuaire qui avait l'air de promettre une aide. Elle appela depuis la cabine devant l'épicerie, pendant que Sam balayait la réserve. Elle regarda dans le vide pendant que ça sonnait, chez quelqu'un qu'elle ne connaissait pas. « Problèmes de grossesse ? Nous pouvons vous aider », indiquaient les Pages jaunes.

Trois heures plus tard, enfoncée dans les coussins d'un canapé déglingué au local de l'association Life-Right, elle écouta Jon et Sylvia, assis face à elle sur des chaises pliantes, lui annoncer avec des sourires tendres et affligés que le gobelet en plastique plein d'urine timidement remis à Sylvia venait de confirmer qu'elle était bel et bien enceinte.

Jon était taillé comme un arrière de football américain, il avait de grosses mains et ses oreilles saillaient de sa tête. Petite, réservée, Sylvia portait un chemisier parfaitement lisse et une jupe qui lui couvrait les genoux même lorsqu'elle était assise, malgré la chaleur printanière. Prenant la main de Jon, elle se pencha vers Cerise, les yeux brillants.

– On croit parfois qu'on cherche quelqu'un qui va nous aimer, dit-elle, mais en réalité, on est en quête de l'amour de Dieu. Dieu n'aime pas nos péchés, jamais. Mais Il nous aime nous, toujours. Et Il t'a offert la plus merveilleuse de toutes les occasions de Lui prouver ton amour : Il t'a confié la vie d'un bébé.

Par terre à côté de Cerise, un sachet de thé à la menthe teintait de vert clair une eau tiédasse. Tout à l'heure, quand ils avaient fait circuler une assiette de cookies industriels, Cerise, intimidée et parce qu'elle avait envie de sucre, en avait pris quatre, Sylvia zéro et Jon deux, qu'il avait engloutis d'une seule bouchée, comme s'il s'agissait de vitamines.

– Dieu a parfois des manières très dures de nous tester, s'Il nous estime assez solide. Et tu es solide, Cerise, lui dit Sylvia avec un sourire.

Elle posa la main sur le genou de Cerise et le secoua un peu pour l'encourager.

– Dieu nous demande d'honorer nos parents, continua-t-elle, parce qu'ils nous ont donné la vie. Tu feras ce qu'il faut, Cerise, nous le savons. Nous allons prier pour toi.

Ça gênait Cerise de parler de cette chose qu'ils appelaient son péché, et la pile de cookies posés sur ses genoux dans une serviette en papier la gênait également. Mais elle aimait la façon dont Jon et Sylvia se tenaient par la main. Elle aimait la façon dont leurs yeux cherchaient à se croiser, comme si c'étaient des miroirs dans lesquels ils pouvaient admirer leur propre reflet. Elle ne pouvait imaginer Jon faisant à Sylvia ce que Sam lui avait fait à elle.

– Ce n'est pas parce que le gouvernement a commis l'erreur de légaliser l'infanticide que l'on doit croire que c'est bien – ni même sans risque. Nous voulons que tu aies toutes les informations à ta disposition. Pas seulement ce qu'ils te diront à l'usine à avortements.

Ils lui expliquèrent que, dans son ventre, le cœur de son bébé battait, qu'il respirait déjà. Ils lui dirent que son bébé suçait son petit pouce, qu'il pleurerait et lutterait quand le tueur-de-bébés l'arracherait à son corps. Ils lui dirent aussi :

– Dieu ne fabrique rien qui soit bon à jeter.

Ils lui racontèrent que l'avortement fait mal, que la douleur pouvait être insoutenable. L'avortement était risqué, insistèrent-ils. Si Cerise choisissait d'avorter, elle pourrait mourir – ou peut-être qu'elle ne pourrait plus jamais avoir de bébé. Ils lui dirent que les femmes qui avaient avorté augmentaient leur risque de sombrer dans la drogue ou de se suicider, et l'espace d'une seconde, Cerise fut rassurée, puisqu'elle n'était pas encore une femme. Ils lui montrèrent des images – des photographies en couleurs de bras et de jambes minuscules, de mains parfaites dépassant d'une masse informe qui rappelèrent à Cerise ces animaux écrasés sur le bitume. Ils lui montrèrent des photos granuleuses en noir et blanc de bébés morts jetés dans des poubelles comme de vieilles poupées. Ils lui dirent que son bébé lui faisait confiance. Avec des yeux pleins de tendresse et de lumière, ils lui promirent que son bébé l'aimerait toujours, quoi qu'elle décide – qu'elle le confie à un couple sans enfant, ou même qu'elle choisisse de le garder et de l'élever seule.

Ils lui dirent :

– Nous serons là pour toi, jusqu'au bout.

Elle les regarda se pencher vers elle main dans la main avec tout l'enthousiasme de leur conviction. C'était chouette de se dire que son bébé l'aimait, et elle voulait que Sylvia et Jon l'aiment aussi. Elle s'imagina marchant dans la rue à leurs côtés, petite, en sécurité et les tenant tous les deux par la main. Elle pensa au bébé qui était dans son ventre, comme ils le lui avaient dit, une minuscule poupée parfaite qu'elle avait sauvée de la poubelle. Et elle s'imagina plus tard, quand ce bébé serait devenu une petite fille qui l'aimerait plus que tout au monde, comme Sylvia le lui avait promis.

Quand Jon lui expliqua les avocats et la paperasse qu'il

faudrait si elle confiait son bébé à des inconnus, Cerise sut qu'elle était trop timide, trop brouillonne, trop vite perdue pour envisager l'adoption. Alors ce soir-là, quand Rita rentra du travail et lui tendit le sac du dîner, Cerise en sortit les hamburgers et les frites, planta une paille dans les gobelets de Coca et, quand elle eut terminé, la tête basse, elle lui annonça qu'elle allait avoir un bébé.

Rita se mit à crier, à sangloter, assez longtemps pour que les frites aient le temps de ramollir et les glaçons celui de fondre. Elle traita Cerise de traînée, lui demanda comment elle comptait gérer ce pétrin dans lequel elle s'était fourrée.

– Je vais garder le bébé, répondit Cerise.

– Pas question ! s'exclama Rita

– Si, rétorqua Cerise.

Elle n'osait pas lever la tête et pourtant ses mots l'emplirent d'un sentiment de triomphe, semblable à ce qu'elle ressentait quand elle pressait le fer à repasser contre son poignet.

Rita promit à Cerise de lui payer l'avortement. Elle lui ferait même cadeau de cent autres dollars afin de s'acheter de nouvelles tenues pour le lycée – mais il était absolument hors de question qu'elle aide Cerise à élever un bébé.

– J'ai des choses plus importantes à faire ! hurla-t-elle.

Cerise grattait du bout de l'index son gobelet de Coca.

– Si tu veux ficher ta vie en l'air, vas-y, je t'en prie. Je ne peux pas faire grand-chose pour t'en empêcher, lui asséna Rita quand elle eut fini par se calmer. En tout cas, ne t'avise pas de venir réclamer mon aide en pleurnichant. Je me décarcasse déjà assez. Je bosse comme une folle pour que tu puisses aller au lycée ou profiter de ta jeunesse, et voilà comment tu me remercies. Tu vas devoir apprendre à assumer les conséquences de tes actes.

Elle disparut dans sa chambre, claquant la porte derrière elle avec la force d'un coup de poing. Cerise attendit les éclats de rire de la télévision pour mordre dans son hamburger ramolli et boire son Coca gorgé d'eau.

APRÈS, IL Y EUT DU SANG, PLUS DE SANG que ce à quoi Anna s'attendait en perdant cette chose ultralégère et flottante. Lasse dans le bus qui la ramenait chez elle après la clinique, elle attendit son arrêt la tête appuyée contre la vitre brinquebalante. À la sensation du sang chaud qui suintait, elle eut peur de ne pas réussir à regagner sa chambre avant que la grosse serviette hygiénique frottant entre ses jambes ne soit saturée.

Elle était fatiguée et avait mal au ventre. Son corps entier rêvait du bain bouillant contre-indiqué dans les recommandations qu'on lui avait remises à la clinique. Mais elle n'avait plus la nausée et, même si elle tenait à peine debout, elle était aussi soulagée que si elle avait échappé à un accident, saine et sauve sur la bande d'arrêt d'urgence de l'autoroute.

Elle arriva chez elle sans avoir croisé personne.

S'écroulant sur son lit, elle ôta du bout du pied une chaussure puis l'autre et se débarrassa de son manteau avant de ramper sous les couvertures tout habillée, sombrant aussitôt dans un sommeil lourd, comme si une main énorme la maintenait sous la surface de la conscience. Elle se réveilla quatorze heures plus tard, se doucha, s'habilla et sortit de sa chambre. Il faisait encore nuit noire et, pour une fois, la cuisine était déserte. Sur le plan de travail gisaient les bouteilles vides et les cendriers pleins de la veille au soir. Un seau à compost débordant trônait tel un crapaud au milieu des restes de cire des bougies consumées. Elle fit chauffer de l'eau et se prépara un mug de café. Debout près de la fenêtre, elle avala un bol de *granola* et un yaourt, savourant autant sa faim que ces saveurs qui lui faisaient du bien, exaltée de voir ses sens revenir à la vie. Elle rinça sa vaisselle au fond de l'évier taché, la mit à sécher sur l'égouttoir à l'odeur de moisi, puis sortit dans l'aube froide, pressant le pas vers le campus.

Elle arrivait au carrefour quand elle entendit quelqu'un la héler.

– Hé, Anna ! Attends.

En se retournant, elle vit Estelle courir dans sa direction. La jeune femme avait les cheveux relevés en un chignon de ballerine et, sous son trench, elle portait des jambières rayées et des Adidas noires.

– C'est trop dur de se lever si tôt ! grogna Estelle en parvenant à sa hauteur.

Son haleine s'échappait de sa bouche en un nuage dense et gris. Frissonnante, elle fit faire à son écharpe un tour de plus.

– Tu vas où ? demanda-t-elle.

– Au labo photo, répondit Anna en franchissant le caniveau gelé.

Songeant aux tirages déjà développés qui attendaient un passe-partout, ainsi qu'aux négatifs qui patientaient telles des cartes divinatoires encore muettes, elle pressa le pas. Se tournant vers Estelle, elle demanda :

– Et toi ?

– Répétition, répondit Estelle, avant d'ajouter : Et sinon, tu faisais quoi de beau, ces derniers temps ?

– Moi ? fit Anna.

– On en parlait hier soir. Ça fait des semaines qu'on ne te voit plus.

Le cerveau d'Anna se figea. Elles longeaient une rangée de résidences universitaires pour garçons. Sur le trottoir devant elles, un gros chat de gouttière roux fouillait rageusement dans un sac en kraft. *Je me suis fait avorter*, songea Anna. Mais, même dans sa tête, ces mots étaient à la fois trop violents et tout à fait insuffisants pour décrire ce qu'elle avait vécu. Derrière les logements universitaires, les lignes téléphoniques et les érables squelettiques, le ciel était barbouillé d'un rose aussi délicat que l'intérieur d'un coquillage. L'image du contenu du bocal, pareil à une anémone de mer à la dérive, lui revint.

– T'es une revenante, ou un truc comme ça ? s'amusa Estelle en la regardant.

Le chat déguerpit de l'autre côté de la rue, abandonnant le sac béant. Anna eut l'idée de tout raconter à Estelle. Prononcer ces mots à voix haute lui permettrait de réduire l'ensemble à un unique souvenir, plat et gérable, un truc dont elle pourrait se plaindre, avant de l'oublier, comme une cuite du vendredi soir, ou une trop longue série de partiels. Elle sentit ce besoin de soulagement frémir au fond de sa gorge. Elle avait envie qu'Estelle compatisse, que tout ça se termine pour de bon, par le simple récit des événements.

Mais en repensant au tissu organique iridescent qui flottait dans son bocal, elle éprouva une douleur étrange, pareille à un vide, mais à l'envers. Elle n'était pas de l'avis des militants ; pour elle, ce que le médecin avait retiré de son corps ne pouvait pas mourir, et pourtant, alors qu'elle regardait le soleil se lever, elle savait qu'il avait perdu toute chance de vivre. Elle se sentit envahie par un impératif de fidélité, un étrange désir de protéger ce petit bout de matière et de préserver la manière dont il chatoyait dans sa tête.

– J'avais des trucs à faire, dit-elle, la brume dense de ses mots se mêlant à la lumière qui devenait plus vive.

– Du genre ? insista Estelle.

– Rien d'intéressant, fit Anna avec un haussement d'épaules. Des trucs pour la fac. Pas grand-chose.

Elles pénétrèrent dans l'enceinte de l'université. Pour

une fois la cour en brique était déserte et le bruit de leurs pas résonna, sinistre, entre les bâtiments.

– Et pourquoi… ? commença Estelle.

Mais Anna coupa court.

– Bonne répétition ! fit-elle, pressant l'allure.

En franchissant les portes du bâtiment des beaux-arts, elle inhala les odeurs de poussière d'argile et de vernis. *Je suis chez moi*, songea-t-elle. *C'est derrière moi, maintenant. Je suis de retour. Je m'en suis sortie.*

Arrivée dans son studio, elle se rua sur ses clichés les plus récents. Elle commencerait sa matinée par la fabrication d'un ou deux passe-partout, puis elle irait travailler dans la chambre noire si elle se sentait d'attaque. Mais quand elle posa la pile de photos sur la table, celle qui se trouvait sur le dessus lui parut si insipide qu'elle se demanda comment elle avait pu la classer parmi ses meilleurs travaux.

C'était une nappe en dentelle qu'elle avait trouvée dans une brocante. Elle l'avait accrochée à la fenêtre de sa mansarde, deux mois auparavant, puis elle avait passé tout un week-end à la prendre en photo sous tous les éclairages possibles. Elle avait adoré la façon dont les plis épousaient gracieusement le rebord de la fenêtre. Et plus tard, après avoir développé ce cliché, elle avait été charmée par la délicatesse de la dentelle artisanale abîmée par les années. Pour son exposition de fin d'études, elle avait prévu d'appeler la photo *Chaque fil est une toile*. Mais ce matin-là, elle la trouva affectée et sans intérêt – juste une vieille nappe piteusement pendue à un cadre de fenêtre défoncé. Désormais, elle ne voyait plus que l'écart entre ce qu'elle avait voulu faire et ce qu'elle avait raté.

J'étais à côté de la plaque depuis un bout de temps, se dit-elle en songeant à ces six semaines de peur, de tristesse, de nausées. Elle parcourut en hâte le reste de la pile, espérant y trouver de quoi se réconcilier avec son travail. Mais elle ne trouva rien. Toutes les photos étaient immatures et ordinaires, du travail guindé, d'amatrice, des tons boueux, sur des sujets à l'eau de rose. Qu'elle ait eu l'intention d'exposer ces tirages la fit rougir. Seule dans le couloir désert, elle se demanda comment elle avait pu à ce point se tromper.

SYLVIA ET JON ACCOMPAGNÈRENT CERISE au bureau de l'aide sociale. Ils l'aidèrent à rassembler les documents dont les fonctionnaires avaient besoin, à remplir les formulaires attestant qu'elle était mineure émancipée, ceux pour les coupons alimentaires, ceux pour la demande d'allocations et ceux pour bénéficier de la couverture maladie universelle. Ils l'emmenèrent à la clinique, où un médecin aux cheveux gris lui enfonça un spéculum dans le corps, appuya sur son ventre et posa le losange froid de son stéthoscope contre ses seins. Puis ils l'aidèrent à trouver un appartement à l'autre bout de Rossi, l'aidèrent à y déménager ses vêtements, sa télé et le matelas de son lit pendant que Rita était à son travail.

L'appartement de Cerise comptait quatre pièces en enfilade, telles les voitures d'un train – un salon minuscule en façade, une chambre à l'odeur de moisi tout au fond, ainsi qu'une cuisine étroite et sombre, avec une salle de bains humide coincée entre tout ça. Sylvia l'aida à y faire le ménage, et Cerise découpa des images dans des magazines pour décorer les murs : des fleurs, des bébés animaux et des papillons aux couleurs vives, ainsi qu'une étrange photo sans couleurs sur laquelle une rivière aux doux méandres argentés coulait vers des montagnes à la beauté sauvage. C'était le côté fier et indomptable du paysage qui l'avait attirée, même si, quand Sylvia lui demanda pourquoi elle l'avait choisie, Cerise haussa timidement les épaules et répondit : « J'en sais rien. »

Quand elle lui avait annoncé qu'elle était enceinte, Sam avait d'abord réagi comme un petit garçon accusé d'avoir cassé la vitre du voisin avec une balle de base-ball, mais lorsqu'il comprit que personne n'allait lui demander de payer pour ses bêtises, il se mit à fanfaronner et à parler du « gamin » pour désigner le ventre de Cerise, qui enflait de plus en plus.

Jon et Sylvia disaient que ce serait mieux si Sam l'épousait – pour le bien du bébé, et pour le bien de l'âme éternelle de Cerise. Mais Cerise avait du mal à se représenter le bien d'un enfant, ou même de son âme à elle, alors qu'elle ne visualisait pas l'enfant et que parfois, tout lui donnait plutôt l'impression qu'elle avait davantage de chances d'accoucher d'un ballon de plage. Elle n'arrivait pas plus à imaginer Sam en père qu'elle n'arrivait à s'imaginer mère, ou mariée à Sam.

Parfois, elle essayait de prier, comme Sylvia et Jon le lui avaient conseillé. Mais les réponses qui lui venaient quand elle tentait d'adresser ses réflexions à Dieu pour qu'il lui serve de guide ne ressemblaient jamais à ce qui aurait plu à Sylvia et à Jon, si bien que Cerise se disait qu'elle s'y prenait mal, que ses prières passaient sans doute à côté de Dieu sans l'atteindre, comme quand elle composait un faux numéro et se retrouvait avec un inconnu au bout du fil.

Elle avait obtenu une permission spéciale du proviseur pour reprendre le lycée à la rentrée de septembre. Même si les professeurs manifestaient leur désapprobation en faisant comme si elle n'existait pas, pour une fois, les autres élèves s'attroupaient autour d'elle dans les couloirs, impressionnés et envieux, parce qu'elle avait son propre appartement, et parce qu'elle avait manifestement fait l'amour. Ils se battaient pour toucher son ventre et lui suggérer des prénoms. Mais plus tard, quand elle cessa de venir en cours, parce qu'elle était trop fatiguée pour rester concentrée, ou trop grosse pour se glisser entre le siège et le pupitre, pas un seul de ses camarades ne vint lui rendre visite.

Elle passa des journées entières dans l'appartement, devant la télévision, à attendre mollement la suite. Elle aimait l'idée que le bébé soit une poupée vivante qu'elle pourrait habiller, embrasser et bercer dans ses bras, mais elle n'avait jamais changé de couches de sa vie ni préparé de biberon. Elle n'était même pas sûre d'avoir un jour tenu un nourrisson contre elle, même si maintenant, à la télé, elle essayait de bien faire attention aux bébés. Ceux de la télé faisaient de la pub pour des pneus, de la lessive, de l'essuie-tout. Dans les sitcoms ils réconciliaient les familles déchirées, ou hurlaient à l'improviste depuis les profondeurs de leur berceau, et tous paraissaient plus réels à Cerise que le bébé censé se trouver dans son ventre, prétendue cause de ses aigreurs d'estomac, de ses hémorroïdes et de ses bleus aux côtes, à cause de ses coups de pied.

Ses camarades de lycée avaient débattu du prénom, décrétant ce qui serait mignon, ce qui serait cool. Rita, suffisamment radoucie pour s'intéresser au sujet, avait elle aussi dressé sa propre liste. Mais Cerise avait du mal à imaginer ces « Nicole », « Scott », « Tanya », « Zachary » ou « Jason » dans son ventre. Quand elle étalait un pyjama zéro mois sur son ventre protubérant, il lui paraissait à la fois trop petit pour aller à un quelconque être humain, et trop grand pour ce qu'on pourrait tirer un jour de son corps.

La nuit, seule sur son matelas une place, elle soulevait parfois son T-shirt et tendait le cou pour regarder son ventre en essayant d'imaginer ce qu'il y avait à l'intérieur. Sylvia lui avait dit qu'elle et son bébé partageaient déjà un lien, mais quand Cerise essayait d'entrer en communication avec lui, elle avait l'impression d'être le capitaine Kirk essayant de contacter un vaisseau extra-terrestre qui n'existait peut-être même pas.

Lorsqu'elle fut trop grosse pour supporter le poids du corps de Sam, qui lui labourait l'entrejambe et lui écrasait le ventre au point qu'elle se sentait prête à exploser comme une bombe à eau, il suggéra d'autres façons de s'y prendre. Mais elle était trop mal à l'aise et trop encombrée par sa propre corpulence pour se soumettre à quoi que ce soit de nouveau. Peu de temps après, Sam laissa entendre qu'il voyait une autre fille. Il fit en sorte que Cerise sache que cette autre fille le suppliait de faire tout ce qu'elle lui refusait. Cerise savait ce que les aveux de Sam étaient censés provoquer chez elle, et quand elle s'aperçut qu'elle se fichait de savoir que cette autre fille adorait qu'on lui suce la chatte, qu'elle se fichait que l'autre fille aime lécher le machin de Sam comme une glace à deux boules un jour de canicule, de nouveau il lui sembla qu'elle avait échoué à quelque chose.

Au neuvième mois de grossesse, Jon et Sylvia partirent s'installer ailleurs.

– C'est la volonté de Dieu, lui dit Sylvia, assise sur le canapé de Cerise avec un sourire chagriné. Tous nos amis d'ici vont nous manquer, mais avec ce poste à Chicago, le Seigneur a offert à Jon un nouveau défi.

Tout en tapotant la main de Sylvia, Jon adressa à Cerise un large sourire :

– Dès que le bébé vient au monde, tu nous tiens au courant, d'accord ?

Cerise se tourna vers Sylvia :

– Mais tu m'avais dit que tu m'aiderais, quand… tu sais… quand il serait en train de naître.

– Bien sûr que tu auras mon aide, répondit Sylvia avec résolution. Nous t'aiderons tous les deux par la prière.

Et comme Cerise avait l'air désemparée, elle ajouta :

– De toute façon, même si on restait, je ne pourrais pas être physiquement avec toi dans la salle d'accouchement. Sache que Dieu ne t'imposera jamais plus de douleur que ce que tu peux supporter, c'est important que tu y croies. Et puis si c'est un peu trop difficile, tu pourras toujours demander au médecin une péridurale.

Sylvia lui expliqua que la péridurale était une nouveauté fantastique ; avec une péridurale, les femmes pouvaient prier ou même regarder la télé pendant que le bébé venait au monde. Mais après des heures de douleurs atroces bien pires que ce qu'elle avait pu imaginer, quand Cerise demanda timidement sa péridurale, l'infirmière jeta un œil sur son dossier et lui annonça :

– Désolée, ma jolie, tu as une assurance maladie publique. L'État ne prend pas en charge les péridurales. Les péridurales, c'est pour les dames qui ont des assurances privées.

Le produit que l'infirmière injecta à la place dans le verrou à l'héparine au poignet de Cerise ne calma pas sa douleur. Au contraire, il fit oublier à Cerise qu'elle avait connu d'autres états que celui-là. Elle somnolait entre deux contractions, et, de temps à autre, se réveillait en sursaut, aux prises avec une douleur barbare dont elle avait perdu l'origine. Au fil des heures, la douleur l'écrasa et la poussa jusqu'aux plus lointains retranchements de son être. Puis une nouvelle infirmière apparut au pied du lit.

– Voyons voir où nous en sommes.

Elle introduisit une main gantée dans Cerise et fixa le plafond, comme si elle écoutait une musique à distance.

– Ça y est, enfin on dirait que tu es prête ! annonça-t-elle. On va te transférer en salle d'accouchement.

Ils firent glisser Cerise sur un brancard à roulettes et l'emmenèrent dans une salle pleine de machines, baignée de lumière, et puis l'aidèrent à se hisser sur un lit si haut et étroit qu'elle eut peur d'en tomber et de se briser par terre comme Humpty Dumpty.

– Vous allez m'ouvrir le ventre ? demanda-t-elle à la vue de ce matériel rutilant.

– Tu n'auras pas cette chance, non, lui répondit l'infirmière. Tu vas devoir le faire à la dure, toute seule, comme une grande.

La salle s'emplit de gens qui tournèrent tous la tête vers un écran semblable à une télé, où une lumière bleue dessinait des montagnes. Ils lui dirent d'abord de pousser dès qu'elle en éprouverait le besoin, mais quand il devint clair qu'elle n'en éprouverait jamais le besoin, toujours sans quitter l'écran des yeux, ils lui demandèrent de pousser quand on le lui dirait :

– Maintenant, pousse ! Pousse !

Cerise voulait leur faire plaisir, mais elle était trop fatiguée, ou bien elle ne savait pas ce que « pousser » voulait dire – pousser quoi avec quoi ? De plus, elle sentait que si elle se mettait à pousser fort elle allait se fendre en deux et, même si elle avait envie de mourir, elle ne voulait plus de cette douleur. Ils apportèrent quelque chose pour extraire le bébé, un outil qui ressemblait aux pinces à salade de Rita, mais en beaucoup plus grand, et à cet instant précis Cerise fut certaine qu'on allait l'éviscérer. Ce qui était coincé dans son corps serait mis en charpie, mais elle n'en avait presque plus rien à faire.

Quand ils lui posèrent enfin le bébé dans les bras, elle se dit aussitôt qu'elle avait fait quelque chose de mal. Dans le lange de flanelle, le petit visage était tellement écrasé, tellement grossier, comme s'il était cassé, que ça lui fit penser aux photos des brochures antiavortement de Sylvia plutôt qu'aux bébés aux yeux ronds de la télé. Avec précaution, elle toucha les bleus sur les tempes du nouveau-né, fit doucement glisser un doigt sur ses joues marbrées, incroyablement douces, et comme il ne hurlait pas son désaccord, elle posa la main contre sa poitrine et le sentit respirer sous sa paume. Il poussa un petit gémissement, yeux grands ouverts mais qui ne fixaient rien. Elle se pencha pour le renifler, inhaler l'odeur de ses entrailles à elle que le bébé avait apportée dans le monde, et tout d'un coup, elle se sentit submergée par une passion jalouse et vorace.

L'infirmière lui jeta un regard sévère.

– Tu ne veux même pas savoir si c'est un garçon ou une fille ?

– Si, dit timidement Cerise, sans décoller les yeux du visage bouffi du bébé. Si... oui...

– C'est une fille, annonça l'infirmière presque sur le ton de la colère.

– Une fille, répéta Cerise sans lever les yeux.

Un instant plus tard, l'infirmière emporta le bébé et Cerise balaya la salle du regard. Elle vit le médecin dans sa blouse verte penché entre ses jambes, occupé à la recoudre, elle vit les autres infirmières portant du linge et affairées autour des machines, et dans un sursaut, elle prit conscience que tous ces gens avaient été des bébés, eux aussi. Quelqu'un s'était occupé du médecin quand il était petit pour le maintenir en vie, quelqu'un l'avait nourri, lavé, habillé, cette personne était née avant lui, elle aussi, et quelqu'un d'autre encore, bien avant, s'était occupé d'elle. Les infirmières avaient été des petites filles. Elle imagina ces mains qui détachaient les câbles et installaient les draps occupées à faire des gâteaux de boue ou à habiller leurs poupées.

– Comment comptez-vous la nourrir ? demanda le médecin, en tirant d'un petit coup sec sur l'aiguille entre ses jambes.

Elle jeta un regard perplexe à la plus gentille des infirmières, laquelle lui glissa :

– Biberon ou sein ?

Rita lui avait dit que donner le sein la ferait grossir, et Sam, avant qu'il s'en aille, avait un jour fait remarquer qu'il n'y avait que les vaches qui produisaient du lait. De toute façon, elle était trop timide pour prononcer le mot « sein » à voix haute dans une pièce pleine de gens qu'elle connaissait à peine. Alors elle murmura « biberon ? » et tout le monde approuva, comme si elle avait donné la bonne réponse à un examen.

Plus tard, pendant que son bébé dormait dans la pouponnière, Cerise mangea la purée grise et le steak élastique de son plateau-repas, avant de passer un appel longue distance au bureau de LifeRight à Chicago. Mais l'inconnu qui décrocha lui dit que Sylvia et Jon étaient en intervention de sauvetage. Elle mangea son crumble aux pommes plein d'eau et appela le fort, au Texas, où Sam suivait sa troisième semaine d'entraînement de base. Quand le caporal lui demanda qui il devait annoncer, Cerise répondit :

– Dites-lui simplement que c'est une petite fille de deux kilos sept.

Puis elle raccrocha sans laisser au caporal le temps d'ajouter quoi que ce soit.

Plus tard ce premier soir, alors que le bâtiment était plongé dans la pénombre et le silence, bien après la visite de Rita qui s'était extasiée, puis montrée plaintive, une infirmière lui apporta son bébé afin qu'elle puisse s'entraîner à lui donner le biberon. Et l'infirmière resta là pendant qu'elle essayait de glisser la tétine en caoutchouc dans la bouche du bébé. Elle observait Cerise avec une telle défiance qu'on aurait dit que c'était le bébé de l'hôpital et non le sien.

L'infirmière finit par être appelée et Cerise se retrouva seule avec sa fille pour la première fois. Quand le biberon fut vidé et que sa fille eut fait un rot si sonore que ce ne pouvait être qu'une nouvelle preuve de ses talents prodigieux, Cerise la berça dans ses bras. Penchée au-dessus d'elle pour mieux la voir, elle l'inspecta, chercha des signes, un sens, absorba son être jusque dans les profondeurs de ses os. Elle n'en revenait pas que son bébé sût déjà comment sucer et avaler et respirer, elle n'en revenait pas qu'une créature si parfaite pût consentir à se reposer dans ses bras sans se plaindre.

Une émotion si forte l'étreignit qu'elle se mit à pleurer, mais quand elle y chercha de la tristesse, le seul regret qu'elle fut capable de trouver était celui de ne pas avoir su plus tôt à quel point c'était si merveilleux, d'avoir un bébé. Le mot « bénédiction » lui vint à l'esprit. Et même si c'était celui de Sylvia et que Sylvia était partie, le mot resta là, luisant comme un cierge dans cette austère chambre d'hôpital.

Lorsque Cerise baissa la tête et vit que ses larmes étaient tombées sur les joues de la minuscule petite fille endormie dans son giron, elle s'empressa de les essuyer, par peur qu'elles ne soient sales ou bien qu'elles ne portent malheur, par peur que l'infirmière ne revienne et ne remette en cause, en la voyant pleurer, son droit à garder ce petit être qui avait fait naître en elle une joie si inespérée.

Tandis qu'elle nettoyait ses larmes sur les joues de sa fille, un autre mot lui vint – un prénom cette fois-ci. C'était un prénom qui ressemblait à un poème, le prénom le plus beau qu'elle eût jamais entendu, le mot qu'elle était sûre de vouloir prononcer tous les jours pour le restant de sa vie, le nom qu'elle voulait murmurer la nuit venue et crier sur l'aire de jeux après l'école. Elle savait que Rita serait indignée et ses anciennes camarades de classe déçues, mais avant que l'infirmière ne vienne récupérer sa fille pour la ramener à la pouponnière où elle passerait la nuit, Cerise lui avait donné un prénom.

Melody.

Elle appela son bébé Melody, pour la sonorité, qui lui inspirait quelque chose de petit, de calme et de féminin, et parce que c'était un mot que tout le monde connaissait. Elle appela son bébé Melody parce qu'elle se souvint que la professeure de musique, à l'école primaire, avait lors d'un de ses rares passages dans la classe de Cerise expliqué qu'il y avait une mélodie au cœur de chaque chanson.

Quand l'hôpital annonça qu'elles pouvaient s'en aller, Cerise emporta Melody chez elle, dans son appartement, même si Rita avait insisté pour qu'elles reviennent habiter sous son toit.

– Tu ne sais absolument pas ce que c'est, d'avoir un

bébé, dit Rita à sa fille, assise à côté d'elle sur le siège passager, Melody dans ses bras, tandis qu'elles quittaient le parking de l'hôpital.

– Je sais la première chose, je crois, répondit Cerise d'une voix douce.

Elle se pencha pour renifler le ballot qu'elle tenait et fourrer son visage dans le duvet vaporeux sur le haut du petit crâne chaud de Melody.

– Qu'est-ce que tu feras quand elle aura de la fièvre ? insista sa mère. Qu'est-ce que tu feras si elle n'arrête pas de pleurer ?

– Je trouverai.

– Si c'est ce que tu veux, débrouille-toi, dit Rita en écrasant l'accélérateur quand le feu passa au vert. D'accord pour que tu habites avec moi, mais ne t'avise pas de m'appeler à la rescousse au milieu de la nuit alors que le lendemain matin je dois aller bosser.

– On s'en sortira, assura Cerise. J'ai un thermomètre.

Quand Rita fut partie et qu'elle se retrouva seule avec cette étrange créature molle, elle se sentit aussi désemparée, gauche et maladroite que la première fois qu'elle avait été seule avec Sam. Et lorsque Melody se mit à chouiner et se mordre les poings, Cerise, paniquée, attrapa le téléphone. Confier son bébé à Rita serait aussi simple que se mettre au lit. Rita installerait Melody dans l'ancienne chambre de Cerise. Cerise prendrait la chambre d'amis au sous-sol et, l'automne prochain, elle retournerait au lycée comme si de rien n'était. Rita se plaindrait sans doute du surcroît de travail et des contrariétés, mais Cerise savait qu'au fond d'elle, sa mère serait ravie d'avoir Melody – d'autant qu'elle était déjà convaincue que Melody serait plus jolie, plus ordonnée et plus populaire qu'elle-même ne l'avait jamais été.

Avant que Cerise ait eu le temps de composer le numéro, cependant, les gémissements devinrent des pleurs. Ils faisaient beaucoup de bruit, mais surtout, ils pénétraient dans son corps comme des doigts et agrippaient son ventre sans bébé. Imaginant Melody dans la chambre où elle avait passé son enfance solitaire, Cerise se mit à envisager les choses autrement. Quand la voix dans le récepteur lui demanda de bien vouloir raccrocher et renouveler son appel, elle reposa le combiné sur son socle et prépara un biberon pour le bébé.

Une fois que le lait fut chaud, Cerise en testa la température avec soin, appuyant la tétine en caoutchouc contre les légères cicatrices de son poignet, jusqu'à ce que quelques gouttes blanches en sortent. Puis elle s'installa sur le canapé et essaya de convaincre Melody d'entrouvrir assez les lèvres pour glisser la tétine entre ses gencives minuscules. À plusieurs reprises, Melody rata la cible, remuant la tête ou se cognant la joue contre le caoutchouc. Mais alors que Cerise était sur le point de laisser tomber, elle referma brusquement la bouche dessus, engloutissant la tétine avec un tel air de surprise sur son petit visage froissé que Cerise éclata de rire.

Une fois le biberon vidé, Cerise redressa Melody contre son épaule et lui tapota le dos du plat de la main, jusqu'au rot, puis elle la serra fort contre ses seins douloureux et elle resta comme ça, tandis que la pièce se vidait lentement des lueurs du jour. Dehors, dans la pénombre de l'autre côté de la porte fermée à clé, on entendait des sirènes, des klaxons et des gens qui se saluaient bruyamment ou se criaient des obscénités. Mais entre les murs de son petit appartement, Cerise tenait Melody endormie tout contre elle. Elle resta assise là des heures, en proie à un bonheur fou, jusqu'à en avoir des fourmis dans les bras, mal au dos et à la vessie. Certaine jusqu'au tréfonds d'elle-même que rien ne l'empêcherait jamais de protéger son bébé.

LES DERNIÈRES CONGÈRES DE NEIGE GRAVILLONNEUSES disparurent bientôt de la chaussée, laissant de petits tas boueux pareils à des autels dressés à la gloire d'une chose dont personne ne tenait à se souvenir. Bientôt, Anna ne perdit plus que quelques vilains caillots, puis elle cessa complètement de saigner. L'air se réchauffait, sous la vigueur renouvelée d'un soleil de printemps qui le rendait presque crémeux. Le semestre touchait péniblement à sa fin et Anna jugeait toujours tous ses travaux vains et sans intérêt. Les efforts qu'elle faisait pour essayer de trouver un sujet neuf à photographier, à développer, à caler dans un passe-partout et à signer avant de l'encadrer se dissolvaient dans une accablante impression de stérilité.

Le vendredi des examens de fin d'année, Anna brûla l'ensemble de ses tirages et de ses négatifs sur un petit bûcher érigé avec les lattes d'un sommier cassé. Dans la cour envahie par les mauvaises herbes, derrière la maison, l'air sous les flammes pâles était flou, comme brouillé par des larmes. Mais elle aimait la morsure de la chaleur et de la fumée, elle aimait l'autorité avec laquelle le feu revendiquait son travail. Distordus par les flammes, les tirages avaient l'air plus vivants que jamais. Accroupie à côté de son petit brasier, Anna se dit qu'elle prouvait son dévouement à son art en détruisant ainsi tout ce qui n'était pas parfait. Quand tous les tirages ne furent plus qu'un tas de croûtes noires et de cendres, son dernier négatif réduit à un nœud fondu en forme de cœur, elle éprouva une sorte de triomphe. Elle se sentit tellement bien purgée, si fière qu'elle aurait voulu pouvoir prendre quelqu'un pour témoin de cette certitude.

Mais le feu commença à faiblir et, en contemplant la dentelle de cendres qu'était devenu son travail, elle se demanda : *Et maintenant ?* Brusquement, elle eut peur d'avoir été observée. Elle leva la tête, embarrassée, scruta les vitres de la maison pour essayer d'y distinguer des visages, avant de balayer la cour du regard. Mais il n'y avait que les fenêtres vides, la pelouse abîmée et le squelette d'une bicyclette appuyée contre les marches qui menaient à la porte de derrière, une grappe de jonquilles rabougries poussant entre ses rayons tordus. Malgré ses petits malheurs et ses petites envies, le monde continuait à tourner, et Anna en fut soudain transpercée par une angoisse profonde.

Le lendemain, elle partit pour Spokane, passer l'été chez ses parents, et travailler au cabinet d'assurances de son père. Elle n'avait rien de mieux à faire au cours des trois prochains mois et avait besoin de l'argent qu'elle allait pouvoir mettre de côté. Cependant, alors que la voiture traversait les prairies verdoyantes et les Rocheuses étincelantes, elle eut envie de pleurer, parce qu'elle avait vingt-deux ans – parce qu'elle était jeune, adulte, qu'on n'avait qu'une vie – et qu'elle était réduite à passer l'été chez ses parents.

– Alors, ce semestre ? lui demanda son père le premier soir, dans la cuisine maternelle immaculée, alors qu'Anna dégustait des plats qu'elle ne mangeait qu'ici – poulet aux herbes, œufs à la diable, tarte au citron – sous le regard de ses hôtes attentionnés.

– C'était super ! lui répondit-elle.

Mais elle avait mis tant d'entrain dans sa réponse qu'ils flairaient le mensonge, elle en était sûre. S'efforçant de dissimuler le chagrin dans sa voix, elle ajouta :

– C'est un chouette programme.

– Tu seras diplômée quand ? renchérit son père.

Elle hésita une demi-seconde de trop, si bien que, pour finir, elle fut obligée de répondre :

– Je ne sais pas vraiment.

– Tu ne sais pas ? s'étonna sa mère.

– Il y a beaucoup de facteurs qui entrent en jeu, commença Anna, alors que déjà l'inquiétude gagnait la cuisine.

Elle le vit à la tension presque imperceptible des rides qui encadraient le sourire de son père, et à la décontraction consciencieuse avec laquelle sa mère essuyait le plan de travail déjà propre. L'instant vacillait comme l'air au-dessus des flammes. Une seconde, elle envisagea de dire… de dire quoi ? Je me suis fait avorter ? J'ai brûlé toutes mes photos ? Mais en voulant imaginer la réponse de ses parents, elle comprit que dans tous les cas, quoi qu'ils disent ou quoi qu'ils fassent, ajouter leur peine, leur inquiétude ou leur colère à la sienne serait plus qu'elle ne pourrait supporter.

– Il y a beaucoup de choses à prendre en compte, insista-t-elle en attrapant la tarte sur le plan de travail. Mais mon expo est prévue pour décembre.

Elle prit le couteau et continua :

– Si ça plaît à mon comité, j'aurai mon diplôme au printemps prochain.

L'instant se pétrifia encore une fois. Sa mère acquiesça d'un geste brusque, comme si elle l'avait toujours su. L'expression sur le visage de son père resta la même, mais il sourit de nouveau.

– Au printemps prochain, dit-il en se détendant. C'est très bien.

– Comment vont les garçons ? demanda Anna, ignorant

le sentiment de solitude qui lui transperça le ventre. Sally dit que Dylan marche déjà à quatre pattes.

Posant la pointe du couteau au centre de la tarte, elle enfonça la lame dans la meringue mousseuse.

Elle passa les deux mois qui suivirent à répondre au téléphone, à remplir des déclarations de sinistre, à regarder David Brinkley au journal télévisé du soir et à avaler les quiches, côtes de porc et salades d'épinards de sa mère. Le week-end, elle écumait Spokane avec son appareil photo, le long du fleuve, sur Division Avenue et dans l'Arboretum, cherchant à remplacer les photos qu'elle avait brûlées. Elle traîna dans le lobby de l'hôtel Davenport, longea les boutiques de prêteurs sur gages de Mission, traversa les Jardins japonais sans trouver la force de prendre la moindre photo. Vint la mi-août, puis le semestre d'automne se profila tel un iceberg dans un océan sombre. Parfois vaguement, parfois désespérément, Anna se demandait quoi faire. L'idée qu'elle puisse retourner à la fac les mains vides la mettait hors d'elle, mais la perspective de rester à Spokane la plongeait dans un tel désespoir qu'elle en avait le souffle coupé.

– Il faut que tu passes voir ta grand-mère avant de repartir, lui dit sa mère un soir, au dîner. Elle te réclame sans arrêt.

– Je sais, répondit Anna, contrite. Je voulais y aller plus tôt. C'est juste que j'ai été…

Elle voulut dire « occupée », mais songeant au regard que ses parents pourraient échanger, elle préféra se taire.

– J'irai ce week-end, ajouta-t-elle pour camoufler l'échec de sa phrase, avant de se tourner vers son père : Je peux prendre mon vendredi, patron ?

Le vendredi, elle travailla jusqu'à midi et partit directement du bureau, s'arrêtant dans un drive-in pour y prendre un café. Elle quitta la ville par l'ouest puis abandonna la quatre-voies pour filer vers le sud par la route nationale. Elle avait emprunté cette route toute sa vie, et pourtant après les plaines du Midwest et les Rocheuses boisées le paysage lui sembla presque étranger. Sous le ciel sans nuages, la lumière d'un soir de fin d'été badigeonnait tout d'un vernis flamboyant. Dans toutes les directions, il y avait des champs, pareils à des vagues terrestres, sans une clôture, sans un arbre, vaste labyrinthe de houle et de courbes.

De temps à autre, une brise faisait ondoyer le grain presque mûr. S'élançant d'un poteau téléphonique, une buse à queue rousse dessina un arc de cercle au ras de la route, sous le regard indifférent d'Anna. Elle se rappela que le temps filait, qu'il fallait qu'elle se mette enfin au travail, mais elle ne trouvait toujours pas la force de s'arrêter pour aller chercher l'appareil photo dans le coffre de sa voiture.

Une main sur le volant, elle porta le gobelet en plastique à sa bouche. Le café avait un goût amer, chimique, son âpreté ressemblait à une pénitence. Elle pensa à sa destination, à la ferme sage au milieu des champs, à sa grand-mère balayant les marches devant la maison, ou assise sous la véranda avec son tricot. Elle aurait aimé avoir de nouveau dix ans, sentir l'excitation d'un week-end seule là-bas. Elle s'en voulait de ne pas être allée la voir plus tôt, et en même temps ça l'agaçait de devoir y sacrifier son temps libre juste en ce moment. C'était étrange, ces dernières années elle avait l'impression d'avoir passé l'âge d'aller la voir. Aujourd'hui, sa grand-mère lui paraissait trop simple et trop gentille pour comprendre ce qu'elle était devenue, trop frêle, trop vieille et trop craintive pour être exposée à son monde.

Cent vingt kilomètres après Spokane, Anna pénétra dans la petite ville de Salish. Elle longea le musée des Pionniers, l'entrée de l'université de Spaulding, où Mike, le mari de Sally, enseignait l'anglais, puis la piscine municipale où son grand-père les déposait elle et sa sœur, les après-midi d'été, pendant qu'il allait faire un tour à la concession de tracteurs John Deere ou à l'antenne locale de la National Grange, l'association d'agriculteurs. Un peu moins de quatre kilomètres après le bourg, elle quitta la nationale et s'engagea sur une route secondaire qui partait vers le sud. Après les gémissements du bitume, le crissement du gravier sous ses pneus était solide et sécurisant, un petit réconfort qui ne lui appartenait pas vraiment.

Elle passa devant l'élévateur à grain des Levitt, gratte-ciel de bois solitaire dressé au-dessus de la forêt, puis devant chez les Hopkins et devant chez les Jones, longea le bosquet de pins jaunes où elle avait un jour aperçu un renard. Des souvenirs remontaient à la surface, intenses comme les bonbons amers que son grand-père rapportait de la National Grange. Elle se vit juchée avec Sally au sommet d'un tas de grain, regardant le camion de la ferme partir vers le silo, elle vit ses cheveux battus par le vent chaud, le chargement de grain poussiéreux qui ondoyait sous le soleil, les poignées de blé qu'elle et sa sœur mâchaient jusqu'à en faire un chewing-gum gluant en contemplant la terre dorée, telles deux princesses brûlées par le soleil. Elle se vit ramassant des roses avec sa grand-mère et partant à la chasse dans le pick-up de son grand-père.

– Ne cherche pas un chevreuil, lui avait-il dit un jour tandis qu'il conduisait. Cherche un endroit où tu ne vois pas de champ. Quelquefois, il faut trouver ce qui manque pour voir ce qui est vraiment là.

La voiture s'engagea poussivement dans une côte, Anna rétrograda en deuxième. Tout en haut, elle lâcha l'accélérateur et fit une pause pour contempler la vallée où se trouvait la ferme de ses grands-parents. La maison était plantée dans un îlot propret de verdure, au milieu des champs dorés, minuscule à côté du grand cèdre que son grand-père avait planté l'année du krach boursier. *Grand-père est mort,* se souvint-elle. Et la vive douleur qui s'ensuivit lui fit presque du bien, au sens où – un instant – elle écarta toutes les autres déclinaisons du vide.

Elle descendit dans la vallée et se gara à l'ombre du vieux cèdre. La porte d'entrée s'ouvrit et sa grand-mère apparut sous la véranda, une main en visière comme pour un salut militaire, regardant dans sa direction d'un air inquiet. Elle portait une robe d'intérieur et un tablier, des collants opaques et de solides chaussures noires. Voyant combien elle s'était tassée, ridée, épuisée, effacée, Anna fut saisie d'une étrange étincelle de colère. Un bref instant, ça l'agaça que sa grand-mère se soit laissée vieillir ainsi.

– Te voilà ! dit cette dernière en descendant de la véranda, les bras tendus vers Anna.

Elle avait les doigts couverts de taches de vieillesse et, quand Anna lui prit les mains, leur douceur la surprit, comme si les rides et les crevasses n'existaient plus.

– Je ne t'attendais pas avant le dîner, lui dit la vieille femme, confuse. Je préparais les betteraves.

– Les betteraves ? répéta Anna en lâchant les mains veloutées pour la prendre prudemment dans ses bras.

Elle sentit ses épaules étroites et la robustesse de ses vertèbres sous le tissu du tablier, de la robe et de la combinaison, huma le parfum de lavande, de savon et l'odeur terreuse des betteraves.

Sa grand-mère leva les bras pour lui tapoter les épaules comme elle l'aurait fait à une petite fille ou à un brave chien.

– Oui, des betteraves. Irene Hodge en a apporté un boisseau. Je ne pense pas pouvoir en manger autant, mais je ne supporterais pas de les voir gâchées. Tu vas en emporter des bocaux ! ajouta-t-elle gaiement.

Autant de travail pour des betteraves, pensa Anna avec lassitude, mais elle dit simplement :

– Je crois que je n'ai encore jamais fait de conserves de betteraves.

– Ah bon ? fit sa grand-mère en reculant pour mieux l'examiner, à la fois ravie et consternée. Dis donc…

– Tu vas pouvoir m'apprendre, proposa Anna, gênée.

– Bien sûr. Mais d'abord, dis-moi tout : comment ça va ?

C'était la question la plus innocente de la terre, mais Anna fut prise de court. Le regard perdu sur les mornes étendues de blé, elle chercha à la hâte une réponse parmi celles qu'elle avait employées tout l'été. Je vais bien. Ça va super. Tout se passe à merveille. Mais elle n'eut pas le temps de tester ces mots que d'autres lui échappèrent :

– Ne me pose pas cette question.

Sa grand-mère la regarda, surprise. Anna tressaillit, effarée par la rudesse dans sa voix, terrifiée à l'idée de ce qui risquait de suivre.

– S'il te plaît, ajouta-t-elle avec un regard implorant.

La vieille femme eut une expression qu'Anna ne lui avait jamais vue – curieuse, résolue, bienveillante et presque malicieuse. Elle dévisagea Anna longtemps, puis acquiesça, comme si elle lui faisait – ou restait fidèle à – un genre de promesse.

– Veux-tu commencer à rentrer tes affaires ? demanda-t-elle en désignant la voiture.

Et l'instant cicatrisa de lui-même avec une telle fluidité que, sans le tremblement dans les doigts d'Anna au moment de sortir sa valise du coffre, il aurait pu ne jamais avoir eu lieu.

Ce soir-là, une fois la montagne de betteraves bouillie, pelée, tranchée, salée et mise en bocaux, une fois les couvercles brûlants vissés, et les conserves plongées dans la grande marmite d'eau frémissante, puis retirées fumantes et dégoulinantes et laissées à refroidir sur le plan de travail, une fois avalés le rôti à la cocotte, la purée, les haricots verts et le petit verre de chablis dont sa grand-mère conservait une bouteille au réfrigérateur pour les grandes occasions, la vaisselle faite et rangée dans le placard, le balai et la serpillière passés, puis les restes emballés et mis au frais, Anna et sa grand-mère sortirent s'asseoir sous la véranda, espérant profiter de la légère brise vespérale.

Le soleil venait de se coucher et les dernières lueurs rougeâtres se répandaient sur le monde, brunissant les champs et illuminant les roses le long de la rampe, intensifiant le pourpre des variétés Lincoln à l'en rendre presque noir, embrasant les blancs des Bridal White et des Summer Snow. Assise sur la dernière marche, Anna les contemplait sans éprouver rien d'autre qu'une vague nostalgie de l'époque où cette lumière avait pu l'émouvoir.

Un léger tintement métallique leur parvint de la cuisine, signe qu'un autre bocal venait de se sceller.

– Dix-neuf, compta sa grand-mère, d'une voix presque fiérote.

Elle était assise dans un fauteuil d'osier blanc, une pelote de laine jaune pastel sur les genoux, et ses aiguilles à tricoter étincelaient dans la lumière rosée.

– On a bien travaillé aujourd'hui, ajouta-t-elle.

– Oui, murmura Anna en laissant son regard se perdre sur les champs silencieux.

Les aiguilles à tricoter se turent et Anna leva la tête. La vieille femme comptait les mailles. L'arthrite qui déformait ses doigts n'avait pas entamé sa dextérité au tricot. Anna se rappela combien ses mains étaient douces quand elle les avait prises, cet après-midi, tellement douces qu'elle se demanda si les doigts de sa grand-mère pouvaient laisser leur empreinte sur les choses. C'était comme si celle-ci avait sacrifié jusqu'à son identité à l'infinie besogne anonyme des tâches ménagères, et à présent, en regardant ces mains, Anna frissonnait, réalisant combien la vie de cette femme avait été étriquée et protégée. *Pas étonnant qu'on n'ait pas grand-chose à se dire*, songea-t-elle.

– Qu'est-ce que tu tricotes ? demanda-t-elle pour se faire pardonner ses pensées.

– Un pull-over pour Dylan, répondit sa grand-mère en levant son ouvrage afin qu'Anna puisse admirer ce vêtement grand comme un couvre-théière, embroché entre les deux aiguilles.

– C'est gentil, répondit Anna. Sally va adorer.

Un autre silence les enveloppa, seulement rompu par

le cliquetis des aiguilles. Un nouveau couvercle tinta à la cuisine.

– Vingt, commenta sa grand-mère.

Anna acquiesça dans un murmure. Elle se demanda s'il était trop tôt pour prendre congé et aller se coucher.

– J'ai une lubie à propos de ces conserves, dit sa grand-mère.

– Une lubie ? demanda Anna poliment. Tu veux dire que tu en es fière ?

– Eh bien, fit sa grand-mère en laissant échapper un petit rire, « lubie » est un mot qu'on n'utilise plus trop, à part dans nos campagnes. Ce que je veux dire, c'est que j'ai cette idée qui me trotte dans la tête – une idée un peu prétentieuse peut-être. Elle m'est venue il y a bien longtemps, quand les garçons étaient encore des bébés. À l'époque, je passais tout le mois d'août dans la cuisine. Quand je ne préparais pas les repas pour les moissonneurs, je mettais en conserve tout ce qui me tombait sous la main. On aurait dit qu'il fallait que tous les haricots, toutes les baies puissent passer l'hiver.

La laine pâle dansait et sautait entre les aiguilles.

– Il m'est venu un jour à l'esprit que tout ce que je faisais, avec ces conserves, c'était de préserver la lumière – la lumière du soleil, tu sais, continua-t-elle, celle dont les fruits et les légumes regorgent –, c'était la lumière, que je mettais en bocal, et je la préservais dans la cave pour le moment où on en aurait besoin, au milieu de l'hiver.

Elle leva vers Anna un regard timide.

– Tu trouves sans doute tout ça ridicule…

– Non, répondit Anna, les yeux toujours perdus en direction des champs silencieux, en essayant de masquer la douleur dans sa voix. Préserver la lumière… c'est une belle idée.

Au-dessus d'elles, dans le ciel plus noir, les premières étoiles apparaissaient. Anna sentit la douleur s'intensifier, elle sentit revenir la béance du manque.

– J'avais toujours l'esprit tellement pratique, dit sa grand-mère d'une voix légère. Alors ça m'a fait peur, quand je me suis mise à penser comme ça. Et puis je m'y suis habituée, je crois.

Anna marmonna une approbation, puis se redressa pour demander :

– D'où t'est venue cette idée ? Au départ ?

Il y eut un si long silence qu'Anna crut que sa grand-mère n'avait pas entendu. Mais celle-ci finit par répondre :

– J'ai perdu une fille.

Perdu ? songea Anna, en essayant de faire tenir les mots dans sa tête. *Une fille ?* Un frisson d'appréhension lui parcourut l'échine. Elle demeura un instant incrédule, refusant l'information ; comme si sa grand-mère plaisantait, ou peut-être même mentait, ou comme si, pour une raison ou pour une autre, elle se trompait sur sa propre vie. Anna lui jeta un regard surpris, mais sa grand-mère avait l'air aussi sereine que d'habitude, elle regardait le jardin disparaître dans la pénombre.

– Ton père ne t'en a sans doute pas parlé, dit-elle.
– Non, répondit Anna. Papa n'a jamais rien dit.
Sa grand-mère acquiesça du menton.
– C'était avant sa naissance – et celles de Charles et d'Henry, bien sûr.
Elle se tut un instant avant de laisser échapper un petit rire doux.
– Je n'ai pas parlé d'elle depuis des années – peut-être même des décennies, maintenant.
Je ne veux pas entendre ça, c'est trop dur, se dit Anna.
– Qu'est-ce qui s'est passé ? demanda-t-elle quand même.
– Elle est morte, répondit sa grand-mère. En naissant.
Elle s'exprimait d'une voix si plate qu'elle aurait tout aussi bien pu être en train de parler d'une recette ou de la météo.
– Je l'ai portée jusqu'au terme, mais je l'ai perdue avant qu'elle ait eu le temps de respirer.
Anna laissa échapper un gémissement, un petit bruit de douleur et de compassion.
– Ce fut un accouchement difficile, continua sa grand-mère, sans interrompre son tricot. Un « accouchement à sec », c'est comme ça qu'on appelait la chose à l'époque. Il m'a fallu tellement de temps pour l'expulser que j'avais presque moi aussi abandonné l'idée de vivre. Je me suis parfois demandé si c'était ça qui l'avait tuée, le fait que, dans ma douleur, j'aie fini par l'oublier.
– Oh non, répondit Anna avec ardeur en tendant la

main vers sa grand-mère, même si elle était trop loin pour la toucher. Ça ne peut pas…

– Je le sais, maintenant, l'interrompit sa grand-mère. Mais il me fallait absolument une raison, à l'époque. J'avais besoin de comprendre, besoin de blâmer. Même si je ne pouvais blâmer que moi-même, c'était plus facile à supporter. C'est ça le plus compliqué, tu sais : accepter simplement les choses telles qu'elles sont.

Derrière la crête de la colline la plus éloignée, une lueur se répandait sur l'horizon, chaude comme celle d'une bougie. *La lune,* pensa Anna, et contre toute attente, elle sentit l'espoir fleurir en elle.

– Après, continua sa grand-mère, tout le monde eut sa théorie pour me consoler. Ils me disaient que le Seigneur avait besoin d'elle au paradis, ou que son cœur était si faible qu'elle n'aurait de toute façon connu qu'une vie de souffrances, ou bien que c'était une bénédiction que je ne l'aie pas eue plus longtemps à mes côtés, car je l'aurais connue et aimée davantage avant qu'elle ne me quitte. Mais ça me donnait envie de les frapper, qu'ils me disent des choses pareilles, tous – le médecin et le pasteur et même ma propre mère. J'aurais voulu leur cracher au visage, donner des coups de pied, hurler. J'avais une sauvagerie en moi que je n'avais jamais connue jusqu'alors, dit-elle, mal à l'aise. Cet hiver-là, j'ai souvent eu envie d'arracher mon tablier et tous mes vêtements pour courir dans les champs enneigés et m'y laisser mourir. J'aurais voulu que le blé d'hiver pousse à travers moi, à travers ma cage thoracique. J'aurais voulu la rejoindre, rejoindre ma fille unique dans la terre.

Toutes les roses pourpres s'étaient évaporées dans le soir, mais les blanches étaient toujours là, fleurs fantômes luisant dans la pénombre.

– Elle était comment ? s'enquit Anna avant de grimacer, craignant d'avoir posé une question qu'il fallait taire.

– Il n'y avait rien de plus joli qu'elle, répondit promptement sa grand-mère, sur un ton qui donnait l'impression qu'elle lisait un passage de la Bible ou racontait une histoire sue par cœur. Même si je n'ai pu que l'apercevoir dans les bras de l'infirmière. Ils disaient que ça me bouleverserait trop, de la prendre. Mais je n'ai jamais oublié à quoi elle ressemblait. C'était la plus jolie de tous mes bébés, la plus jolie.

Le haut de la lune franchit l'horizon, nimbant de lumière jaune le ciel bleu nuit.

– Comment tu as pu le supporter ? demanda doucement Anna. Supporter de la perdre ?

La réponse de sa grand-mère fut si brusque qu'elle lui fit presque l'effet d'un reproche.

– Je n'ai pas eu le choix.

– Je… je sais, dit Anna. Désolée.

Elle posa sa main ouverte contre son ventre.

– Personne n'a le choix, ajouta doucement sa grand-mère. On se dit toujours « je ne pourrais pas le supporter », mais quand ça arrive, on voit que c'est la seule option possible : supporter.

La lune se détacha de l'horizon, pleine et gigantesque et dorée dans le ciel sans nuages. Sa grand-mère se remit à parler :

– On replie le souvenir comme on peut et on le range dans un recoin de sa vie. Sans doute qu'un bout de mon cœur est mort pour de bon avec elle. Mais le reste a tant bien que mal pris le relais, comme on dit des aveugles qu'ils ont les autres sens plus affûtés.

« C'est étrange, continua-t-elle. Tous les garçons ont grandi, ils sont allés vivre leur vie ailleurs. Mais elle, toutes ces années, elle est restée avec moi. Je lui ai imaginé une vie, bien sûr, quel âge elle aurait eu, ce qu'elle aurait fait, le genre de femme qu'elle serait devenue, mais elle ne m'a jamais quittée, elle n'a jamais bougé.

– Elle s'appelait comment ? murmura Anna, timidement.

– Ils l'ont enterrée avant que j'aie eu la possibilité de lui donner un prénom. Ils disaient que c'était mieux comme ça, mieux de ne pas attendre. Mais plus tard, je l'ai fait quand même, pour moi. Je l'aurais appelée Lucy, si elle avait vécu. C'est curieux, ajouta-t-elle, mais je viens juste de m'en rendre compte… je crois que je ne l'avais encore jamais dit à personne.

– Lucy, répéta Anna en regardant la lune.

Elle aurait aimé avoir le courage de traverser la

véranda et de prendre sa grand-mère dans ses br
aurait aimé que sa grand-mère traverse le porche
serrer contre elle.

– Ça vient du latin, dit la vieille femme, ça veut dire lumière.

La brise qu'elles attendaient arriva soudain, froissant le blé tel un dormeur qui bouge, soulevant vers elles la senteur des roses et léchant les bras nus d'Anna, qui frissonna et colla ses jambes contre sa poitrine. Dans l'obscurité, les roses étaient encore en fleur, offrant à la nuit les formes et les couleurs que l'œil humain ne percevait plus.

– Sans doute qu'on continue malgré tout, médita Anna, d'un ton si doux qu'elle n'était pas sûre que sa grand-mère l'entende.

Il y eut un si long silence que, lorsque sa grand-mère s'exprima de nouveau, la lune était plus haute dans le ciel.

– Pas « malgré tout », répondit-elle par-dessus le cliquètement de ses aiguilles. *Parce que*.

La lune à présent était petite, haute et blanche. Autour d'elles, les champs semblaient flotter dans sa lueur comme des roses pâles. En parcourant du regard leurs courbes et leurs ombres, Anna eut le sentiment de les découvrir pour la première fois. C'était comme si sa vision était devenue double, comme si sa vue dilatée incluait aussi désormais ce qui était perdu. Elle éprouva une douleur profonde et extatique, elle sentit la longue brûlure des larmes en train de monter, les pulsations du vide en elle, pareilles à un cadeau.

– Parce que, murmura-t-elle en contemplant les champs éclatants à travers le film vivant de ses larmes. *Parce que*.

DANS LE FLUX

LE SAMEDI MATIN ÉTAIT TOUJOURS LE MOMENT le plus enchanteur de la semaine. Les cinq jours passés à courir et à travailler d'arrache-pied loin de Melody se dissolvaient déjà dans le passé et tout le week-end était encore à venir, comme une plage qu'aucune trace de pas n'avait souillée, ou un gâteau entier. Le samedi matin, Cerise n'avait pas à pointer à la maison de retraite deux heures avant que Melody ne parte à l'école. Le samedi matin, elles pouvaient se lever ensemble. Réveillée bien avant sa fille, Cerise paressait sous les draps, au chaud, reconnaissante et somnolente, en attendant que Melody quitte son matelas, posé au pied du sien, pour venir se lover dans ses bras. Le samedi matin, Cerise n'avait pas à s'inquiéter que Melody n'oublie pas de se lever, de s'habiller et de se préparer son bol de céréales avant de partir pour l'école pendant qu'elle était elle-même à vingt-cinq kilomètres de là, à parcourir les couloirs interminables de Woodland Manor, armée de sa serpillière.

Le samedi matin, elles pouvaient petit-déjeuner

ensemble, agenouillées côte à côte contre la table basse, dans cette pièce principale tout encombrée. Devant les dessins animés, elles mangeaient des gaufres maison couvertes de beurre de cacahuètes et dégoulinantes de sirop d'érable. C'était leur petit-déjeuner préféré – celui du samedi, pour lequel Cerise ne lésinait pas à la dépense. C'était le petit-déjeuner que chacune préparait pour l'autre, coude contre coude dans la cuisine exiguë et sombre – Cerise surveillait le gaufrier capricieux pendant que Melody étalait le beurre de cacahuètes onctueux sur les gaufres fumantes.

C'était le petit-déjeuner qu'elles pouvaient savourer. Cerise prenait son temps entre chaque bouchée, Melody portait l'assiette à ses lèvres et la léchait jusqu'à ce qu'il ne reste plus une seule trace gluante et sucrée. Tandis qu'elles mangeaient, Melody parlait de ses camarades de classe et de ce que sa maîtresse avait dit, elle expliquait à sa mère les devoirs qu'elle avait à faire ou lui décrivait les vêtements qu'elle trouvait jolis, et Cerise, tout en repensant à ses années malheureuses à l'école, écoutait le bavardage de sa fille avec un étonnement teinté de fierté.

Les samedis avaient leur propre rythme, une progression dans les plaisirs que la répétition ne faisait qu'aiguiser. Une fois le repas terminé, Cerise débarrassait la table pendant que Melody courait à la salle de bains chercher la brosse à cheveux ainsi que la boîte contenant leurs vaporisateurs, leurs gels et leurs nœuds. Toute la semaine, Melody se coiffait seule. Mais le samedi, sa mère pouvait le faire pour elle. Le samedi, Cerise avait le droit de prendre son temps, de savourer l'épaisse chevelure dorée de sa fille, qu'elle brossait jusqu'à ce qu'elle brille et crépite ; puis, une fois la cascade domptée et posée sagement sur ses épaules et dans son dos, elle essayait les styles qu'elle avait imaginés toute la semaine en lavant les sols ou en faisant les poussières.

Passé les premiers nœuds, Melody devenait rêveuse sous la caresse de la brosse. Elle restait parfois ainsi plus d'une heure, les yeux rivés sur l'écran de télé, les lèvres légèrement entrouvertes et les yeux mi-clos, sa tête dodelinant selon les gestes de sa mère.

– Quand tu seras plus grande, lui promit Cerise en s'interrompant pour étudier les filles de la télé, on trouvera l'argent pour t'inscrire dans une école de mannequins.

Ses doigts volaient, fermes, habiles et assurés, tordant et lissant les mèches.

– Ça te plairait, pas vrai ? dit-elle en désignant l'écran d'un hochement de tête. De passer à la télé, toi aussi.

C'était un samedi pluvieux de la mi-novembre, mais avec la grisaille au-dehors, l'appartement n'en devenait que plus douillet. Quand ses mains s'occupaient des cheveux de Melody, quand la télé murmurait et que la matinée n'était même pas encore à moitié entamée, tout ne pouvait que bien se passer, tout ne pouvait tourner que comme Cerise l'envisageait. Melody deviendrait mannequin, et peut-être qu'elles pourraient louer un appartement plus grand ou même s'offrir une maison, mais rien d'autre ne changerait. Elles auraient toujours leurs samedis matin, leurs gaufres et tous leurs autres plaisirs du week-end.

Elles conservaient une boîte de crayons et une pile de coloriages sous le canapé, et chaque samedi, lorsque Cerise était satisfaite de la coiffure de Melody, elles les sortaient. Le coloriage était un autre de leurs rituels, une passion du week-end née il y a si longtemps qu'elle paraissait toujours avoir été là. Ensemble, elles avaient affûté leurs goûts et leur technique, décidé des critères auxquels devait répondre un coloriage pour être déclaré terminé. Les ombres et les contours n'avaient plus de secrets pour elles, elles savaient quand opter pour des coups de crayon parallèles et où privilégier plutôt le remplissage par petits cercles. Elles détestaient dépasser, ou appuyer trop fort, au point que la cire de la mine s'émiette sur leur travail. Elles avaient appris à conserver la pointe de leur crayon en le faisant pivoter au fil du dessin, et à éplucher proprement, par petites bandes nettes, le film de plastique qui le protégeait.

C'était Melody qui avait tenu à ce que la boîte soit rangée « comme l'arc-en-ciel » et elles avaient vite mémorisé le nom de chaque couleur, qu'elles lisaient sur l'étiquette comme s'il s'agissait d'indications taxinomiques – rouge indien, rose œillet, bleu pacifique, chair. Le magenta et le doré étaient leurs préférées, donc les couleurs qu'elles devaient rationner, alors elles se forçaient à utiliser aussi les tons moches – olive, brique, gris phoque.

Une ou deux fois, Cerise avait essayé de divertir Melody en recopiant les images de ses livres de coloriages. Mais au lieu d'être ravie, Melody avait été frustrée de ne pas pouvoir égaler les talents de sa mère. Alors Cerise avait laissé tomber le dessin et repris le coloriage, pour le simple plaisir de choisir des couleurs, pour le petit défi que ça représentait, de ne pas dépasser, parce que c'était une activité où Melody et elle pouvaient officier à égalité.

Installée à côté de sa fille alors que dehors la pluie tombait, Cerise feuilleta le livre de coloriages que Melody avait posé devant elle et choisit la page où elle voulait commencer. Elle attrapa le crayon prune, coincé entre le glycine et le violet, et s'attaqua à la jupe de Blanche-Neige. Melody choisit l'aigue-marine pour Peter Pan. Longtemps, on n'entendit plus que le crépitement de la pluie, la danse des crayons sur le papier, leurs deux respirations et les gloussements télévisés. C'était hypnotique, cette façon qu'avait chaque geste de déposer sa couleur sur le papier rugueux, et fascinant de voir les couleurs chanter, s'entrechoquer. Le coloriage c'était pour les enfants, Cerise le savait, mais c'était terriblement reposant, le samedi matin, de faire glisser ses crayons sur la page en calant son rythme sur celui de sa fille. Et terriblement satisfaisant, de respirer la senteur boisée du papier, l'odeur de beurre et de vaseline des Crayola. Et puis parfois, étrangement, elle éprouvait comme une urgence à remplir ces formes vides avec de la couleur.

Cerise posa le crayon prune et prit le crayon beurre pour le col de la robe de Blanche-Neige. Peu à peu, elle oublia ses maux de dos et la nausée née des soucis qu'elle charriait la semaine durant. Elle oublia la facture d'électricité et le four en panne, sa molaire qui lui faisait mal et sa promesse d'appeler Rita, elle oublia le nouveau short de gym que Melody réclamait pour l'école, et une fois de plus Melody et elle, seules ensemble, remplirent le monde tout entier.

Quand elle entendit frapper à la porte, son premier réflexe fut de l'ignorer, de rester assise là sans un mot jusqu'à ce que la personne s'en aille. Mais, posant les yeux sur Melody, elle se rendit compte que cela aurait été une sorte de mensonge, de prétendre qu'il n'y avait personne, alors elle se leva pour aller ouvrir.

– Mamie ! s'écria Melody en apercevant Rita à la porte. On est en train de faire des coloriages.

– C'est bien, ma chérie, répondit Rita.

Elle portait un legging noir et des talons aiguilles sous son manteau, et en entrant, elle satura la pièce de son parfum. Se tournant vers Cerise, elle annonça :

– Je t'ai trouvé un rencard pour la soirée !

– Un rencard ? répéta Cerise, surprise.

– Ce soir, confirma Rita. Fred a un neveu qui vient de

se faire larguer par sa femme. Il a un petit garçon qui a à peu près l'âge de Melody. Fred et moi on va s'occuper des enfants, et vous pourrez sortir vous amuser.

– Un garçon ? s'exclama Melody en levant les yeux de son coloriage avec une grimace de dégoût.

– Je ne sais pas, dit Cerise à sa mère, méfiante. Peut-être pas ce soir.

– Pourquoi ça ? fit Rita en parcourant la pièce du regard – les coloriages, les crayons, le vieil écran de télévision et le canapé élimé. Tu as prévu autre chose, peut-être ?

– Ben, Melody… risqua Cerise

– Melody peut rester avec nous, coupa Rita. Elle se fera un nouveau copain.

– Un garçon ? s'exclama de nouveau Melody avec indignation.

Se tournant vers Cerise, Rita lui dit :

– Tu as besoin de passer plus de temps avec des gens de ton âge. Il faut te trouver des centres d'intérêt en dehors de la maison. Et Melody aussi. Elle doit se faire des amis.

– J'ai déjà des amies ! objecta Melody. À l'école. J'en ai beaucoup et c'est des filles !

– Elle a besoin qu'il se passe plus de choses à la maison, insista Rita en s'adressant à Cerise. Pour l'amour du Ciel, elle a presque dix ans ! Elle a largement passé l'âge de colorier tous les week-ends. Il lui faut un père.

Cerise se sentit inquiète et perdue. Elle avait beau

redouter l'idée de passer une soirée avec un inconnu, elle voulait le meilleur pour sa fille.

– Je n'ai jamais eu de père, moi, rétorqua-t-elle à sa mère.

– Ce n'est pas faute d'avoir essayé, répondit sèchement Rita. Et puis, vois le résultat. Tu t'en serais beaucoup mieux sortie si Fred était arrivé dans notre vie plus tôt.

– Je suis bien comme je suis, répondit Cerise d'une voix douce.

Rita jeta un regard dédaigneux autour d'elle.

– Tu vis dans ce taudis depuis que tu m'as abandonnée. Ce canapé doit avoir au moins quatre-vingt-dix ans, et de toute façon, même neuf c'était déjà de la camelote. Tu as besoin d'un homme pour avancer. Depuis combien de temps est-ce que tu travailles dans cette maison de retraite, d'ailleurs ?

– À Woodland Manor ? Quatre ans la semaine dernière. Depuis que Melody a commencé l'école.

– Tu vois ? Rester là-bas ne te mènera nulle part. Tous ces vieux…

Rita frémit.

– Ils ne me gênent pas, répondit Cerise. Je les aime bien. Ce n'est pas leur faute s'ils sont vieux.

– Le neveu de Fred, lui, est un type super. Il a sa propre affaire. Tu es peut-être un peu grande pour lui question taille, mais il est aux Alcooliques anonymes depuis dix-huit mois déjà !

– Je suis sûre qu'il est gentil. Mais je…

– Ta vie ne peut pas tourner tout entière autour d'un enfant, ce n'est pas bon. Qu'est-ce que tu feras quand Melody sera adulte et qu'elle sera partie ?

Melody leva les yeux de son coloriage, indignée.

– Je partirai jamais ! lança-t-elle. J'adore être ici. Je quitterai jamais ma maman, jamais, jamais !

Cerise contempla sa fille, le cœur si plein de joie qu'elle n'écoutait plus que d'une oreille les propos de sa mère.

– Quand tu seras plus grande, déclara cette dernière en regardant Melody, la voix perchée quelque part entre le sucre et l'acide, tu changeras d'avis. Tu voudras un mari et une jolie maison rien que pour toi.

– Je voudrai jamais de mari si c'est un garçon ! s'exclama Melody.

Se tournant vers Cerise, Rita ajouta :

– Ne viens pas me dire que je n'ai jamais essayé de t'aider. Je te l'interdis. Si tu en es là, ce n'est qu'à toi que tu le dois.

– Je sais, dit Cerise avec douceur, la tête basse.

– Du coloriage ! fit Rita, sarcastique, en jetant un dernier regard dédaigneux à la pièce, avant d'aller retrouver la pluie.

Cerise referma la porte sur sa mère et l'écho de ses talons résonna dans l'escalier, mais le parfum de Rita refusa de s'en aller, s'attardant tel un reproche qui empêchait Cerise de reprendre le fil de sa matinée. En regardant Melody penchée sur son coloriage, son joli visage concentré, ses tresses plaquées qui épousaient la courbe parfaite de son crâne, elle se dit que Rita avait sans doute raison. Melody avait besoin de davantage dans la vie que d'une mère toujours épuisée ou de week-ends passés à faire des gaufres et des coloriages. Elle avait besoin de davantage que la promesse d'hypothétiques leçons de mannequinat.

Mais même si elle parvenait à contenter Rita et à se trouver un mari, elle n'aimait pas l'idée de devoir partager Melody avec quelqu'un d'autre. Elle ne voulait pas avoir à partager ses week-ends entre sa fille et un inconnu que Melody serait censée appeler « papa ». Elle ne voulait pas prendre le risque de perdre la vie qu'elle avait aujourd'hui en essayant de faire mieux. Et puis, Melody ne venait-elle pas de dire que jamais elle ne la quitterait ? Et même si elle changeait d'avis un jour, même si, une fois devenue adulte, elle déménageait, est-ce que ça n'était pas une raison supplémentaire d'en profiter autant qu'elle pouvait maintenant ?

UNE SEMAINE PLUS TÔT, ils avaient eu droit à une visite guidée des salles de travail et d'accouchement de l'hôpital de Salish. Anna, Eliot et les autres membres de leurs séances de préparation suivaient leur instructrice en touristes curieux, timides et gauches, un peu impressionnés par les infirmières à l'œuvre, les couloirs rutilants, les machines. Le tour de taille de leur instructrice, une femme vive et avenante avec une coupe à la garçonne, semblait s'amenuiser un peu plus à chaque séance. Au bout du couloir, après le bureau des infirmières, elle s'arrêta devant une porte fermée et attendit que toute la troupe se masse autour d'elle, les femmes à l'air placide et aux cheveux ternes, et derrière elles les hommes, gênés, rendus plus petits par le ventre imposant de leurs moitiés. Désignant la porte, elle annonça :

– Et là, c'est notre salle d'accouchement. J'aimerais pouvoir vous la montrer, mais elle est occupée. Vous pourrez passer plus tard jeter un œil si vous le souhaitez.

Elle enchaîna par une description de la table d'accouchement, mais l'attention d'Anna fut attirée par un son derrière la porte. Un son d'abord si ténu qu'elle n'était pas sûre qu'il existe vraiment, puis qui devint plus ample, plus pressant, au point d'envahir bientôt le couloir tout entier. Un son perturbant et embarrassant, qui rappelait une agonie ou un accouplement. Il persistait dans l'air aseptisé, cru, continu, de plus en plus impossible à ignorer. Une vague de rires nerveux avait parcouru le petit groupe et Anna s'était sentie transpirer, prise de vertiges, exposée. Puis, dans un dernier râle épuisé, le gémissement s'était enfin tu, laissant son écho planer autour du groupe comme une odeur désagréable.

À présent, c'était elle qui se trouvait dans cette salle. Laquelle ressemblait en réalité davantage à une salle de torture médiévale qu'au lieu accueillant vanté par leur instructrice. Des chaînes, des pointes et des crochets en métal pendaient aux murs, le sol était maculé de taches sinistres et, en lieu et place de la table d'accouchement en chêne que l'instructrice avait mentionnée, une table en bois grossier trônait au centre de la pièce. Anna n'avait aucun de ces symptômes qu'Eliot et elle avaient découverts lors des séances de préparation à l'accouchement, mais elle savait qu'elle était censée être en travail, elle savait qu'on attendait d'elle qu'elle accouche, et vite, car d'autres femmes patientaient derrière la porte. Alors, docilement, elle grimpa sur la table et s'allongea sur les planches grossières.

« Dépêche-toi », fit une voix venue de l'intérieur d'elle-même ou de quelque part au-delà des murs de pierre. Mais elle avait beau bander tous les muscles de ses jambes et de son ventre, ça ne suffisait pas : elle ignorait comment obliger son corps à délivrer un bébé. Levant la tête, elle chercha Eliot du regard. Mais la pièce était déserte et, quand elle ouvrit la bouche pour crier son nom, aucun son n'en sortit. Une réponse lui vint malgré tout, de cette même voix désincarnée qui était à la fois la sienne et celle d'une autorité lointaine : « Oublie Eliot, personne ne peut t'aider. »

Je ne vais pas y arriver seule, suppliait-elle. *Je ne sais pas faire.*

« Tu l'as voulu, répondait froidement la voix. Tu disais que tu le voulais. »

Elle comprit alors qu'afin que le bébé naisse, elle allait devoir renoncer à une partie de son corps – un œil, peut-être, ou bien un bras ou une jambe, sa tête, même. Mais si elle était prête à tout pour quitter cette pièce, elle n'arrivait pas à décider de quel morceau de son corps elle acceptait de se défaire. *J'ai besoin de tout*, gémissait-elle. *Je ne pourrai pas être mère, si je ne suis pas là tout entière.*

Au désespoir, Anna se redressa et alla détacher du mur l'un des lourds crochets de fer. De retour sur la table d'accouchement, sans faire cas de son gros ventre, elle se planta le crochet dans le cœur. *Le bébé pourra sortir par là*, se dit-elle, satisfaite, en creusant dans sa poitrine pour s'ouvrir en deux. Elle n'avait pas mal, mais quand elle baissa la tête pour voir ce qu'elle avait fait, le carnage l'horrifia. Il y avait un trou béant là où s'était trouvé son cœur, la chair était déchirée, à vif, suintante. Elle comprit alors avec effroi qu'elle ne serait plus jamais la même.

Elle se réveilla en sursaut, frissonnante. Elle était allongée sur le côté telle une baleine échouée, aussi essoufflée que si elle avait gravi une colline en courant. Un long moment, elle garda la sensation du trou dans sa poitrine. La peur lui avait donné la nausée. Mais la sensation s'atténua lentement au contact des draps, des lourdes couvertures et de l'air frais de la nuit contre son visage. Un rêve, comprit-elle, inondée par un soulagement aussi brûlant qu'une eau-de-vie. Elle ouvrit les yeux, vit cette chambre qui était la sienne depuis trois ans, après avoir été celle de ses grands-parents durant les six décennies précédentes, et éprouva un élan de gratitude pour les fenêtres sans rideaux, pour les murs éclairés par la lune, pour sa poitrine intacte qui était un cadeau, pour le bébé toujours bien à l'abri en elle, et pour la chaleur de son mari allongé à ses côtés.

Eliot, dit-elle dans sa tête, et elle entendit son souffle patient qui lui répondait. Elle se tourna vers lui, lourdement, un phoque sur un quai. Elle se rapprocha autant que son ventre le permettait, coinça les fesses d'Eliot contre ce qui lui restait de ses cuisses à elle, replia les genoux dans le creux de ceux de son mari, et passa un bras sur son torse.

Il grogna.

– J'ai fait un rêve, dit-elle à sa nuque.

Il répondit par un grognement bienveillant.

– Je ne devrais pas te réveiller, ajouta-t-elle, pleine de remords.

Tendant la main derrière lui, il lui tapota mollement la hanche.

– Ça m'entraîne, marmonna-t-il, la voix rauque de sommeil.

– Ça t'entraîne ?

– Pour quand le bébé sera là.

– Je n'arrivais pas à l'expulser, dit-elle.

– Hein ?

– Le bébé. Dans mon rêve. Je ne savais pas comment le faire naître.

Elle s'interrompit, puis cracha cette chose qu'elle avait eu peur de dire :

– Et si je n'y arrivais pas ?

– Si tu n'arrivais pas à quoi ?

– À avoir le bébé.

Elle frissonna en repensant à la table qui ressemblait à une planche à découper ou à un autel sacrificiel, en repensant au crochet ensanglanté…

– Tu as déjà le bébé, répondit Eliot, la voix moins ensommeillée.

– Quoi ?

Il tendit de nouveau la main derrière lui et lui caressa le ventre, comme s'il polissait un grand bol en cuivre.

– Il est juste là, dit-il.

– Je parle de l'accouchement, insista-t-elle.

– Tu vas y arriver.

– Dans mon rêve, je n'y arrivais pas.

Son gémissement craintif la fit grimacer.

– Tu es sérieuse, là, en fait ? dit-il en se retournant pour lui faire face, son visage comme une ombre pâle dans le clair de lune.

– Je crois, oui.

L'espace d'un instant, Eliot se tut si fort qu'Anna crut entendre le silence des champs noirs au-dehors. Puis il lui dit :

– Tu te souviens à quel point on s'est bien débrouillés pour mettre ce bébé dans ton ventre ?

– Pour mettre ce bébé dans mon ventre ?

– L'été dernier ? Tu te souviens ?

– Oui, mais c'est diff…

– Tu te souviens ? insista-t-il d'une voix ardente et ferme. Sur la butte ?

Dans le long crépuscule d'une fin de juin, ils avaient gravi le flanc ouest du grand tertre qui saillait derrière chez eux telle une île au milieu d'une mer de collines. Ils avaient disposé leur plaid de sorte que le monde entier s'étale sous leurs pieds, vert, propre et brumeux de lumière vespérale, et ils avaient partagé un repas de pain, de fromage et de vin, avec les premières tomates du jardin, alors que le couchant s'embrasait derrière les montagnes lointaines.

Lestés de leurs vêtements, leurs deux corps semblaient plus nus qu'entre quatre murs, pâles et vulnérables, aussi éphémères que des fleurs. Quand il l'avait pénétrée, elle avait éprouvé un choc délicieux dans toutes ses cellules. *Eliot en moi*, s'était-elle dit, en levant le bassin pour l'accueillir. Au-dessus d'eux, dans la nuit qui tombait, elle voyait presque trembler les premières étoiles, sentait presque la douleur ténue de leur présence imparfaite. S'enfonçant toujours plus profondément en elle, Eliot l'avait emportée jusqu'aux obscurs tréfonds d'elle-même, jusqu'au noyau de désir en fusion, elle en avait oublié les champs lointains, les ombres épaisses, la concrétion des étoiles, elle en avait oublié la griffure des herbes à travers le plaid, l'arête des pierres contre son dos, le lapement de l'air sur ses cuisses, ses orteils qui creusaient la terre, elle en avait oublié tout, à tel point que dans le doux air du soir il n'y avait plus eu qu'eux deux, plus qu'eux deux devenus un, et elle s'était si bien abandonnée à ce un, à cette béance, que le monde avait semblé s'agréger tout entier en un *Je veux tout*, et elle l'avait pensé ou dit ou crié : *Tout*.

– Tu te souviens ? demanda délicatement Eliot, en laissant pendre ses doigts le long de l'endroit où sa taille était cachée, les faisant courir sous la ligne de son ventre tendu, sa paume épousant la courbe qui portait leur bébé.

Elle acquiesça d'un signe, la tête contre la poitrine d'Eliot. Elle se souvenait du son pur de leur plaisir dans l'air crépusculaire, et du pépiement du rouge-gorge juste après, comme s'il leur répondait, sa voix perçant le soir à l'instar de l'étoile soudain apparue dans le ciel à l'aplomb de leurs corps – étoile qui était là depuis le début.

– Tu savais ce que tu faisais, ce jour-là, dit-il en laissant remonter sa main le long de la cuisse d'Anna. Tu savais faire un bébé, murmura-t-il en se penchant pour lécher son mamelon. Alors bien sûr que tu sauras te débrouiller pour la suite.

Elle le laissa frotter son nez contre son sein, tracer du doigt un chemin entre ses jambes et elle s'emplit de son odeur. De la langue, elle suivit la courbe de sa clavicule, goûta le sel et la chaleur de sa peau. Elle sentit son pénis bouger contre sa cuisse et le prit dans sa main, éprouvant la pression et la tension dans sa paume. Il l'embrassa et sa bouche était douce et elle avait le goût du sommeil. Dans son ventre, le bébé donnait des coups et s'étirait. Elle sentit sa tête contre le col de son utérus, en train de cogner contre ce muscle circulaire qui le séparait du monde extérieur. *Il y a quelqu'un d'autre en moi,* s'émerveilla-t-elle, en souriant contre le baiser d'Eliot. Il ouvrit la bouche pour ajouter son sourire à celui d'Anna et ils s'éloignèrent un peu l'un de l'autre pour mieux en profiter, tandis que le bébé batifolait entre eux comme un petit chiot.

Cette fois, quand il la pénétra, le bébé s'immobilisa, pas endormi mais attentif, comme s'il s'imprégnait de leur tendresse jusque dans ses os en formation, comme s'il mettait leur désir en lieu sûr dans son cerveau tout neuf, comme s'il laissait leur bonheur tracer les contours de son cœur.

Après quoi, alors qu'ils étaient allongés dans les bras l'un de l'autre, laissant le lent reflux du plaisir les ramener de ce stupéfiant au-delà, le bébé s'ébroua soudain et son pied buta contre les côtes d'Anna, la tête poussant si fermement contre le col qu'elle donna un petit coup sur la queue molle d'Eliot qui glissa hors d'elle au moment de leur éclat de rire.

– Tu vois, dit-il, le nez contre son épaule. Tu sauras exactement quoi faire.

– J'espère, répondit-elle, reconnaissante.

– C'est moi qui serai paumé, ajouta-t-il. Je demanderai à tout le monde où j'ai bien pu mettre mes cigares.

– Rendors-toi, grogna-t-elle.

– D'accord, répondit-il instantanément en calant la tête contre son oreiller.

Tendant la main, il lui donna une dernière tape compatissante sur le ventre, avant d'ajouter :

– Toi aussi.

Mais tandis que le souffle d'Eliot s'était depuis longtemps calé sur un rythme lent et régulier, Anna, toujours réveillée, réfléchissait à l'entrelacs de choix et de hasards qui avait dessiné sa vie. Allongée les yeux grands ouverts à côté de son mari, dans la ferme que son arrière-grand-père avait bâtie, ses arrière-grands-parents et ses grands-parents enterrés dans le cimetière des pionniers à l'ouest de Salish, et son bébé frétillant dans son ventre à la manière d'un saumon, elle se laissait happer par des souvenirs qui la traversaient avec la logique des rêves. Elle se souvint de la première nuit qu'Eliot et elle avaient passée ensemble dans cette pièce, dans cette maison où elle se sentait perdue sans sa grand-mère, perdue mais aussi satisfaite, car elle avait pu acheter cette bâtisse qui abritait depuis si longtemps sa famille.

Dans la partie basse de son abdomen, Anna sentit la pression d'un pied ou d'une main minuscule. Elle appuya à cet endroit-là, et pensa aux mains de sa grand-mère quand elle l'avait vue pour la dernière fois, dans la maison de retraite de Spokane où ils l'avaient installée, à la fin. Quelqu'un – sans doute une aide-soignante ou un bénévole – lui avait fait les ongles avec du vernis rose, et dans sa démence, ces touches de couleur l'avaient déroutée et ravie.

– Regardez-moi ça ! s'exclamait-elle sans arrêt, en étudiant ses doigts tordus décorés de rose, comme si elle ne parvenait pas à comprendre de quoi il s'agissait ou d'où ils pouvaient bien venir.

Le bébé fit un nouveau bond, et un autre souvenir se substitua au précédent : les mains d'Eliot lui offrant un verre de vin le soir de leur rencontre. Elle revit ses cheveux en bataille et ses yeux presque aussi bleus que la glace, mais doux et chaleureux. C'était il y a six ans, lors d'une soirée que l'université de Spaulding avait organisée en l'honneur des nouveaux professeurs. L'événement était guindé et le vin aigre, mais douze mois plus tard, ils s'étaient mariés et, trois ans plus tard, ils s'étaient installés dans la ferme. Quand le reste des terres avaient dû être vendu pour régler l'héritage, ça ne l'avait pas vraiment dérangée, parce qu'elle avait Eliot, parce qu'elle avait son travail et la maison de famille, et parce qu'elle savait que, de toute façon, ces terres ne pourraient pas ne pas lui appartenir – pas tant qu'elle les verrait tous les jours.

– Le blé vivace, avait répondu Eliot ce premier soir quand Anna lui avait demandé son sujet de recherche.

Elle avait assez de son grand-père en elle pour se mettre à rire de ce paradoxe, et assez de sa grand-mère pour se sentir titillée par la promesse.

– Moi aussi, je travaille sur le blé, avait-elle dit, presque avec coquetterie, en avalant une gorgée de mauvais vin et en repensant à ses photos. Mais au département des beaux-arts.

– Mettre au point une souche durable de blé vivace

prendra peut-être une vie, avait expliqué Eliot plus tard ce même soir alors qu'il la raccompagnait à l'appartement qu'elle louait en bordure du campus. Mais ce sera une vie réussie. Pour l'instant, chaque boisseau de blé qu'on récolte coûte à la planète deux boisseaux de sol érodé. Il faut qu'on arrive à concevoir une agriculture durable, ou c'est toute notre civilisation qui va s'effondrer.

Il avait mis tant d'ardeur dans ses propos, d'une voix si claire et si assurée dans la nuit automnale, que quelque chose s'était ouvert en elle.

Elle était encore si plongée dans ses souvenirs que, lorsque la première contraction survint, c'est à peine si elle s'en aperçut. C'était comme si on lui enserrait le ventre, comme la pression d'un tensiomètre, mais la sensation se dissipa sans lui avoir causé de vraie douleur. Plus tard, en revanche, alors qu'elle s'apprêtait enfin à sombrer dans le sommeil, la sensation revint : un mouvement de fond cette fois, assez fort pour la ramener brusquement à la réalité, comme on tire un bouchon de liège d'une bouteille. *Ce n'est probablement rien,* se dit-elle, les mains posées sur son ventre, au moment où la douleur refluait.

Il était trop tôt pour réveiller Eliot, mais elle sut qu'elle n'allait pas dormir. Le plus silencieusement possible, elle se hissa hors du lit, glissa les bras dans les manches de sa robe de chambre et serra la ceinture sur son ventre bombé. Elle coula les pieds dans ses chaussons qui traînaient et gagna mollement la pièce que sa grand-mère avait toujours qualifiée de chambre d'amis. Sur le seuil, elle distinguait à peine le rocking-chair de la vieille femme et la commode ancienne que Sally avait rénovée pour eux, dont les tiroirs étaient déjà pleins de couches, de T-shirts minuscules et de chaussettes grandes comme le pouce.

Une contraction la surprit, plus forte celle-ci. Prenant appui contre le chambranle, elle voulut la laisser déferler, mais sa puissance la prit un peu au dépourvu. Anna attendit qu'elle reflue pour traverser la pièce et s'asseoir dans le rocking-chair face à la fenêtre. La lune s'était couchée et le monde était plongé dans le noir. Elle riva son regard à la nuit, attendant que le matin se lève ou que surgisse une autre contraction, tandis que les pensées continuaient à affluer par bribes, tourbillonnant dans sa tête.

Dans la pénombre du petit matin, la pièce où elle se trouvait était presque angoissante – elle semblait moins attendre un ami qu'un étranger, un être que personne sur terre n'avait encore rencontré. « Avoir un bébé, c'est exactement comme tomber amoureuse », avait dit la secrétaire du département des beaux-arts lors de la petite fête entre femmes qu'Anna avait organisée pour célébrer la venue prochaine du bébé. Anna avait acquiescé d'un sourire en avalant une autre bouchée du gâteau au citron de Sally. Mais ce matin, ces mots lui revenaient drapés d'un présage. Les yeux sur la vitre noire, elle contempla le froid sans relief et songea aux mille manières de se tromper en amour. Elle pensa à toutes les erreurs qu'elle avait faites avant de rencontrer Eliot, au discernement et à la vigilance qu'il fallait pour garder en vie même un couple harmonieux, et de nouveau elle fut frappée par tout ce qui était en jeu, par la façon dont un bébé rendait tout précaire. Elle se rendit compte en frissonnant que l'accouchement était peut-être la partie la plus facile. « Tu l'as voulu, avait dit la voix dans son rêve. Tu disais que tu le voulais. »

C'était ce que je croyais, lui répondit-elle à présent. *Mais peut-être que je ne savais pas.*

Elle se demanda si une lueur timide avait commencé à pointer à l'est. Se penchant vers le carreau pour scruter l'obscurité, elle essaya de saisir l'instant exact où la terre émergerait de la nuit. Mais comme toujours, il lui échappa. Il était impossible de dire avec précision quand le jardin et les champs apparurent, mais brusquement, ils furent là – ombres vagues dans la lente lumière du matin – et, avant qu'elle ait pu le savourer, l'instant qu'elle attendait avait disparu. C'était comme dans le labo photo, lorsqu'on guettait cette seconde où les premières ombres tachaient le papier vierge dans le bac de révélateur.

Quand elle pensa au labo, le chagrin lui pinça le cœur. Elle n'avait pas développé un seul film ni réalisé le moindre tirage depuis le début de sa grossesse. D'abord, elle avait essayé d'assouvir son besoin de travailler en photographiant, même si elle savait qu'elle allait devoir attendre que le bébé soit sevré avant de voir le résultat. Mais elle avait fini par laisser tomber. Cela faisait maintenant six mois qu'elle n'avait pas pris une photo, et même si ça lui manquait toujours terriblement, cette impression qu'elle avait de se sentir lavée et affûtée par son travail – par ce travail qui l'ouvrait au monde, qui l'éveillait et qui rendait sa vie précieuse et juste –, elle commençait à se demander si elle aurait à la fois le temps d'enseigner, d'être mère et de prendre des photos, même une fois le bébé sevré. Cette interrogation l'emplissait parfois d'un vague désespoir, comme si elle était, elle aussi, piégée dans son utérus, mais à d'autres moments l'idée que sa vie pourrait être complète sans l'art était presque attrayante.

Dehors, la lumière rendait peu à peu sa texture au monde. Au début de la semaine, il avait soufflé un vent chaud et sec, qui avait effacé la neige de la terre révélée par l'aube. Dans le jardin, les roses de sa grand-mère, en dormance, étaient blotties tels des fagots sous leur couverture de paille froide. Par-delà les collines nues, Anna apercevait la plus infime des brumes vertes – les milliards de pousses minuscules de blé d'hiver attendant que la longue lumière du printemps les réveille. Sa grand-mère avait un jour voulu voir ce blé pousser à travers ses os, et maintenant, face au matin qui s'affirmait, Anna se souvint comment ce deuil, quand elle l'avait appris, l'avait aidée à affronter le sien.

Elle aurait dix ans maintenant, si elle avait existé

– cette volute, cette douleur, cette perle, cette graine de lumière. Encore aujourd'hui, son image s'invitait parfois dans sa tête, vaporeuse comme une étoile juste avant que la tombée du soir ne la fasse apparaître. C'était encore un vide trop précieux pour être dissout dans des mots. Anna n'en avait parlé à personne, pas même à Eliot. Elle n'en avait jamais rien dit, et elle n'avait jamais oublié. Pendant dix ans, cela avait été son talisman, son grigri, un mémento de tout ce qu'elle devait au monde.

Pas *malgré tout*, avait dit sa grand-mère : *Parce que*. Et le lendemain, Anna avait sorti son appareil photo du coffre de la petite Subaru qu'elle conduisait à l'époque. Elle avait terminé trois pellicules avant la nuit, prenant avidement en photo tout ce qu'elle voyait – les tas grossiers de betteraves, les bocaux pleins qui brillaient tels des secrets dans la pénombre de la cave, les collines couvertes de grain ondulant sous l'effet du vent, les roses ébouriffées, les mains de sa grand-mère sillonnées de longues veines. *Parce que,* se répétait-elle, comme un mantra, une bénédiction ou un plaidoyer, chaque fois qu'elle appuyait sur le déclencheur. *Parce que*.

Son utérus se serra de nouveau, lentement – une sensation pénétrante qui alla crescendo jusqu'à la morsure de la douleur. Deux ans plus tôt, à la moisson, elle avait pris à la chambre une photographie de la vue exactement depuis cette fenêtre. Elle avait baptisé ce cliché *Parce que* et un tirage en était exposé au Whitney Museum de New York. Elle aimait imaginer les inconnus qui s'arrêtaient devant. Elle aimait imaginer que peut-être quelques-uns comprenaient.

Son ventre continua de se tendre. La douleur était plus consistante cette fois, méchante, inattendue. Une bouffée de son rêve lui revint. Elle fut prise d'un accès de panique, se rappela le crochet, la table, son cœur mutilé. La douleur creusa, se répandit, grimpa le long de sa colonne, lui inondant le bassin et coulant le long de ses jambes. Puis elle lui arracha un râle, grave et guttural, un quasi-grognement qui épousait parfaitement les contours de sa gorge. Elle entendit dans sa voix le son qui l'avait horrifiée dans le couloir de l'hôpital de Salish, mais elle le comprenait maintenant, et elle lui répondit en lui laissant le champ libre.

Je vais avoir un bébé, pensa-t-elle avec stupéfaction alors que la contraction commençait à se calmer. Malgré sa douleur, l'euphorie lui envahit la poitrine. Elle se rappela la réponse ensommeillée d'Eliot : « Tu as déjà le bébé. » Regardant le matin de l'autre côté de la vitre, elle se sentit frissonnante, à fleur de peau, tout à fait vivante. *Je l'ai voulu*, se dit-elle à l'arrivée de la contraction suivante.

MRS SONNEGRAD ÉTANT MORTE PENDANT LA NUIT, la 304 était vide. Les pompes funèbres étaient déjà venues pour le corps ; l'aide-soignante avait enlevé les draps et ouvert la fenêtre afin que la chaleur de l'été cuise l'odeur de la mort. À présent, c'était à Cerise de rassembler les affaires, puis de préparer les lieux pour le prochain pensionnaire. Une corvée à laquelle elle s'était déjà pliée des douzaines de fois, depuis presque sept ans qu'elle était employée à Woodland Manor. Pourtant, elle pénétra dans la 304 prudemment, même si, une fois à l'intérieur, il était difficile de voir une menace dans la chambre paisible, dans les robes ou dans les bibelots que Mrs Sonnegrad avait laissés derrière elle.

Cerise se mit au travail, vaporisa l'alèse en plastique puis l'essuya, avant de soulever le matelas pour s'occuper du sommier. Elle avait désinfecté la 304 pour la dernière fois moins d'un mois plus tôt, alors c'était facile. Pas comme certaines autres fois, quand c'était un résident occupant la pièce depuis plusieurs années qui mourait. Car ces fois-là, il n'y avait pas simplement la poussière sur les ressorts du matelas, il y avait aussi la tristesse. Cerise n'avait qu'un vague souvenir de Mrs Sonnegrad, celui d'une femme ratatinée qui ne disait jamais rien, allongée entre les rails de sécurité de son lit, son fils aux cheveux gris penché vers elle, qui lui tenait la main.

Elle arracha un sac-poubelle au rouleau accroché à son chariot et entreprit d'y déposer ses affaires. C'était étrange de se dire que Mrs Sonnegrad était partie, alors que ses culottes en nylon et son Sonotone rose étaient toujours là. Quand Cerise essaya d'imaginer où la vieille dame se trouvait à présent, elle se sentit propulsée dans l'espace, au sommet d'une tour gigantesque qui donnait sur l'infini. Elle frissonna et reprit son travail, triant et pliant les vêtements, coinçant les mules l'une dans l'autre, tête-bêche, et disposant le tout bien proprement au fond du sac-poubelle flasque. Puis elle passa aux bricoles qui traînaient sur le secrétaire – un calendrier de poche, un portrait en couleurs de deux petits enfants roux, une photo en noir et blanc d'une femme au visage doux en robe de soirée ornée de perles.

Le dernier objet était une figurine, un petit faon en porcelaine sans valeur, que Cerise ne fourra pas tout de suite dans le sac. Il était craquant avec ses grands yeux, ses pattes écartées et ses flancs tachetés. En le retournant, elle vit qu'il avait été cassé. Ses pattes étaient sillonnées de traits de colle époxy jaunissante et l'une d'elles avait été fixée de travers. La pitié lui serra le cœur : quelqu'un avait accordé assez de valeur à cette chose pour la réparer, et de tous les bibelots qu'une dame comme Mrs Sonnegrad avait dû posséder dans sa vie, c'était ce petit faon qui l'avait suivie jusqu'à la fin. Il avait l'air important, précieux en un sens, et l'idée de l'enfermer dans le plastique sombre la rebuta.

Depuis toutes ces années qu'elle travaillait auprès des faibles et des séniles, à manipuler leurs montres, leurs porte-monnaie, leurs alliances, elle s'était toujours fait une fierté de n'avoir jamais rien volé ni cassé. Mais à présent, elle imagina qu'elle pourrait sauver ce faon, et eut brusquement envie de le glisser dans sa poche et de l'emporter chez elle – pas pour elle, mais pour Melody.

En pensant à Melody, elle fut de nouveau propulsée

au sommet de cette tour, avec l'impression de regarder le vide sous ses pieds. Melody allait sur ses douze ans à présent, et elle était presque aussi grande que Cerise. Ces derniers mois, c'était comme si une autre personne, complètement nouvelle, avait pris sa place dans son corps maladroit. Des petits bouts de seins replets gonflaient au niveau de sa poitrine, et elle tournait depuis peu le dos à Cerise quand elle se déshabillait. Même son odeur changeait, elle devenait plus forte, plus rugueuse, plus complexe. Cerise ne trouvait plus, dans ses cheveux et sur sa peau, ce parfum d'animal propre qu'elle avait encore un an auparavant.

Depuis l'été, Melody ne dormait plus sur son matelas au pied du lit de Cerise, elle préférait le canapé du salon. Le week-end, au lieu de colorier avec sa mère ou de la laisser la coiffer, elle voulait faire du patin à glace ou aller au cinéma avec ses copines. Et quand Cerise lui disait non, quand elle lui répliquait qu'elle avait des devoirs à faire ou qu'elles n'avaient pas d'argent pour des patins, du Coca ou un ticket de cinéma, Melody levait au ciel des yeux dédaigneux.

Les magazines féminins que Cerise récupérait dans la salle de repos des employés à Woodland Manor expliquaient que les préados boudaient ou se renfermaient facilement sur eux-mêmes. Ils conseillaient aux parents de veiller à leur communication et de poser des limites sans attendre, avant que leurs enfants ne deviennent de vrais adolescents. À les lire, Melody était une bombe à retardement qu'il fallait absolument désamorcer avant qu'elle n'explose, mais si Cerise voulait tout faire pour arranger les choses, elle ne savait pas du tout par où commencer. Ces derniers temps, on aurait dit qu'être gentille avec Melody revenait à verser de l'eau sur du sable, et qu'exiger qu'elle fasse le ménage dans la cuisine ou ses devoirs, ou bien qu'elle lui parle sur un autre ton, ne conduisait qu'à aggraver la situation.

Il semblait encore tout proche, ce jour où Melody avait promis à Cerise qu'elle ne la quitterait jamais, et voilà qu'en fait, elle était déjà partie. En repensant à tous ces jours qui s'étaient enchaînés depuis la naissance de Melody, Cerise n'avait pas l'impression qu'ils étaient reliés les uns aux autres par ces premières fois dont les magazines parlaient sans cesse, mais au contraire par des centaines de dernières fois passées inaperçues. Elle se souvenait du jour où Melody avait eu sa première dent, elle se souvenait de ses premiers pas. Elle se souvenait de ses premiers mots et de son premier jour d'école. Mais, étrangement, ces jalons n'étaient pas du tout aussi éloquents que ceux dont Cerise ne parvenait pas à se souvenir – la dernière fois qu'elles avaient colorié ensemble, la dernière fois que Melody avait laissé Cerise la coiffer, le dernier petit-déjeuner du samedi qu'elles avaient partagé côte à côte.

Cerise fixa le bibelot dans sa main calleuse et s'imagina enseignant à Melody les astuces qu'elle tenait de son enfance à elle : elle se vit montrant à sa fille comment nettoyer le petit faon avec un chiffon mouillé afin de ne pas réduire la colle, ou l'aidant à l'habiller avec des chutes de tissus. Elle vit Melody prendre le faon et inventer de petites histoires, elle la vit se blottir contre elle pour les lui raconter. Elle se dit que personne ne le saurait jamais, si elle sauvait ce faon de la poubelle pour l'offrir à Melody. Et même si quelqu'un s'en apercevait, qu'est-ce que ça pourrait bien leur faire ? Elle imagina le fils aux cheveux gris ouvrant le sac qui contenait les affaires de sa mère et jetant le petit faon à la poubelle.

Et puis elle vit à quel point il était usé, crasseux et délavé. Et ça lui coupa le souffle, de comprendre que Melody ne voudrait pas de quelque chose de si vieux et de si abîmé. Melody aimait les trucs des centres commerciaux – lisses, neufs, étincelants. Au mieux, elle se montrerait indifférente, polie. Elle dirait peut-être « merci, maman » avant de fourrer la figurine au fond de son tiroir à sous-vêtements. Mais au pire, elle demanderait froidement : « Où t'as eu ce truc ? » Et Cerise aurait alors à choisir entre la disgrâce de devoir mentir à sa fille et l'humiliation de la vérité.

Ses épaules s'affaissèrent. Elle enveloppa le faon de plusieurs épaisseurs de mouchoirs en papier et le posa sur le reste des déchets. Refermant le sac avec un lien, elle le plaça sur le matelas désinfecté, triste et discipliné comme le baluchon d'un vagabond, avant de s'en aller vers la chambre 306.

SALLY S'AGENOUILLA SUR LA TOILE DE PROTECTION qui couvrait le sol de son salon et fit sauter le couvercle du pot de peinture à l'aide d'un tournevis.

– J'ai appris un nouveau mot, hier soir, dit-elle.

Derrière la bonne humeur dans la voix de sa sœur, Anna perçut une aigreur inattendue qui lui fit penser à du papier de verre ou à du vinaigre.

– Un nouveau mot ? demanda-t-elle en changeant de position avec précaution, afin d'éviter de réveiller le bébé endormi contre sa poitrine.

Elle se pencha pour fourrer son nez dans le duvet qui recouvrait le petit crâne de Lucy et inhala. L'odeur de son bébé lui emplit le cerveau comme des phéromones, ou une drogue nécessaire. *Lucy,* se dit-elle, pleine de gratitude, et elle ferma les paupières le temps d'une seconde quasi extatique, avant de les rouvrir pour adresser un regard interrogateur à Sally.

– Être mariée à un prof d'anglais enrichit sacrément ton vocabulaire, ajouta sèchement Sally.

Levant le pot à deux mains, elle le pencha pour verser une cascade de peinture moutarde dans le bac posé par terre à côté d'elle. Puis, d'un geste précis, elle fit pivoter le pot pour arrêter le flot sans qu'une seule goutte tombe.

– Et c'était quoi, ce mot ? s'enquit Anna.

On était à la mi-septembre et il faisait beau. Pour aérer, Sally avait ouvert la porte de derrière. L'air qui pénétrait dans la pièce charriait une forte odeur de feuilles mortes. De sa place sur le canapé recouvert d'un drap, Anna dévora des yeux les érables baignés de lumière qui bordaient le jardin de sa sœur. Tout en s'imprégnant de leur beauté, elle pensait angle de prise de vue et vitesse d'obturation, imaginait comment elle les photographierait. Cela faisait quinze mois qu'elle n'avait rien développé, mais depuis la naissance de Lucy six mois plus tôt, elle avait pris un grand nombre de photos à la chambre. C'était comme si l'arrivée du bébé lui avait offert une autre paire d'yeux, et même s'il fallait encore attendre un peu, jusqu'à ce que Lucy soit sevrée, pour pouvoir développer le tas de plans-films qu'elle avait accumulés, le simple fait d'y penser l'emplissait de promesses, comme si elle faisait provision de richesses secrètes, ou portait de la nouveauté en gestation.

– *Teenful*, répondit Sally en renfonçant le couvercle sur le pot de peinture à l'aide d'un marteau, avant de décocher à Anna un regard qui contenait autant de grimace que de sourire. Le mot d'hier soir, c'était *teenful*.

– *Teenful* ? répéta Anna, dubitative. Comme dans *full of teen* ? Plein d'ado ?

– *Teenful*, comme dans « source d'ennuis ou de chagrin, énervant, colérique, malveillant, injurieux, méchant », récita Sally, exaspérée.

Du talon de la main, elle écarta de sa tempe une grosse mèche de cheveux gris acier. Elle avait déjà quarante ans, sept ans de plus qu'Anna. Ces dernières années, Anna avait eu l'impression que le visage de sa sœur rajeunissait sous ses cheveux prématurément grisonnants, mais en la regardant maintenant, elle remarqua une nouvelle ride autour de sa bouche, une sorte de résignation dans son regard endurci.

– Tout va bien ? demanda-t-elle.

Elle n'était pas venue la voir depuis un moment, alors elle se demanda tardivement ce qui s'était passé dans la vie de sa sœur pendant qu'elle-même était accaparée par Lucy.

– Oui, oui, tout va bien, répondit Sally nerveusement. Jesse a juste emprunté la voiture hier soir.

– Waouh, je n'avais pas réalisé qu'il avait son permis !

– Il ne l'a pas, justement, dit sombrement Sally. Mais il a une petite copine, et il s'est dit que ce serait une super idée de faire le mur et de l'emmener en virée.

– Oh, non ! s'étrangla Anna en s'agrippant inconsciemment à Lucy. Qu'est-ce qui s'est passé ?

– On nous a appelés à 2 heures du matin. Ma Chrysler était dans un fossé de Hodge Road et Jesse au poste de police, en attendant qu'on vienne le chercher.

– Il va bien ? demanda Anna, qui commençait à paniquer, décontenancée par le calme de sa sœur. Et sa copine ?

– Tout le monde va bien, répondit Sally, plus en colère que soulagée.

– Il a dû être terrifié, dit Anna.

Elle sentait le poids et la chaleur de Lucy contre sa

poitrine, comme un cadeau. *Un don*, songea-t-elle, en s'imprégnant de cette présence, reconnaissante que la chair de Lucy lui serve ainsi de réconfort et d'ancre, même en ce moment.

– Jesse n'était pas terrifié ! s'exclama Sally dans un éclat de rire en se tournant vers Anna. Il était *teenful*. En rentrant, elle débordait tant, son adolescence, qu'il a même eu le culot de m'engueuler, parce qu'on l'avait soi-disant traité comme un enfant devant sa copine.

De fureur, sa voix monta dans les aigus :

– Bien sûr qu'on l'a traité comme un enfant ! C'est un enfant ! Tu vois des adultes se voler leurs voitures pour des petites virées, toi ? Je lui ai dit qu'on le traiterait comme un adulte quand il se comporterait comme tel, et pas une seconde avant.

Pour fuir la colère de sa sœur aînée, Anna baissa la tête et déposa un long baiser sur le crâne de Lucy. Sous ses cheveux fins comme du duvet, la peau était humide de sommeil. Quand elle recula, les cheveux restèrent accrochés à ses lèvres, légers comme la lumière.

– Et tu vas faire quoi, maintenant ? demanda-t-elle.

Sally haussa les épaules.

– Qu'est-ce que tu veux que je fasse ? La police n'a pas encore décidé s'ils allaient classer l'affaire ou non. Ce n'est plus de notre ressort.

– Oui, mais je veux dire…

– Il est puni, bien sûr, et il n'aura plus d'argent de poche jusqu'à Noël.

– Tu ne vas pas lui parler ? demanda Anna.

– On lui a bien fait comprendre qu'il n'avait pas intérêt à se ficher encore une fois de nous comme ça.

– Mais vous n'avez pas envie de savoir pourquoi il a fait ça ?

Sally regarda sa sœur d'un drôle d'air.

– Il l'a fait pour impressionner sa copine, asséna-t-elle.

– Peut-être sur le moment, mais…

– Mais quoi ?

– Il a quinze ans, risqua Anna. Tu ne crois pas qu'il essaie d'y comprendre quelque chose ?

– Y comprendre quelque chose ? pouffa Sally. Comprendre quoi ? Comment marche l'embrayage ?

– De comprendre comment vivre, de comprendre ce qui est important, et ce que tout ça veut dire ? Tu sais… les questions qu'on se posait nous aussi au même âge.

– Pas Jesse, dit Sally, sarcastique. Il croit qu'il a déjà tout compris. De toute façon, autant essayer d'engager la conversation avec un sac de navets.

Elle descendit d'une octave :

– « Chais pas. Ouais. Putain, nan… », voilà en gros ce que tu peux tirer de lui. Vivre avec un prof d'anglais n'a pas enrichi son vocabulaire à lui.

Jetant un regard vers Anna, elle ajouta, sombrement :

– Tu verras. Ton tour viendra. La petite Lucy partira en virée dans la campagne une bière dans une main, un joint dans l'autre et les doigts d'un garçon sur sa cuisse sans que tu aies eu le temps de te rendre compte de rien.

Pas Lucy, se dit aussitôt Anna, *jamais Lucy*.

Elle le savait d'instinct, elle en était sûre, mais elle ne trouva pas comment le formuler sans avoir l'air suffisante ou naïve, et sans que sa sœur se moque.

– Peut-être, dit-elle à contrecœur. On verra.

– Ah ça, tu verras ! fit Sally en déchirant avec les dents l'emballage d'un lot d'éponges naturelles.

Elle ne se déridait pas. Son regard au-dessus du paquet d'éponges avait l'air si perdu qu'il surprit Anna. Ce n'était pas la première fois qu'elle voyait Sally en difficulté avec Jesse, mais jusqu'ici, la colère de sa sœur lui était toujours apparue comme la conclusion logique de son amour. Aujourd'hui, en revanche, c'était comme si quelque chose d'élémentaire avait changé, comme si un élément essentiel du lien qui l'unissait à son fils s'était ossifié ou dégradé, à la manière d'un mariage qui aurait mal tourné. *Elle a renoncé*, pensa Anna dans un frisson.

Sally plongea une éponge dans la peinture moutarde et l'égoutta consciencieusement contre le bord du bac.

– Ça a intérêt à marcher, annonça-t-elle d'un air grave. Safran sur orge. Mais ça n'a jamais la même gueule dans une pièce entière.

Méthodiquement, elle commença à pommeler le mur couleur crème avec l'éponge. On aurait dit des taches de lumière ou des traits de crayon gras sur du ciment.

– Qu'est-ce que tu en dis ? demanda-t-elle en reculant pour étudier le résultat.

– C'est joli, fit Anna, avec un enthousiasme exagéré.

Elle voulait supplier Sally de faire quelque chose, sans savoir du tout quoi lui suggérer. Elle se demanda si elle ne devrait pas aller, elle, parler à Jesse – mais elle eut peur que Jesse ne lui en veuille, tout comme Sally et Mike d'ailleurs, si elle essayait de s'en mêler. De toute façon, Jesse n'était plus le petit garçon au visage poupin qui aimait venir les voir à la ferme. Il s'était renfrogné, ces dernières années, et il en voulait à tous les adultes. Percer sa carapace ne serait probablement pas aussi facile qu'elle l'imaginait.

– Ça va prendre du temps, disait Sally en trempant de nouveau l'éponge dans la peinture. Mais ça devrait en valoir la peine. Cette pièce n'a jamais été assez douillette, marmonna-t-elle avant de se tourner vers le mur.

Sur les genoux d'Anna, Lucy poussa un petit gémissement. Cambrant le dos, elle étira un poing souple au-dessus de sa tête et son petit visage se tordit en une grimace de réveil. Ses yeux s'ouvrirent et elle regarda solennellement autour d'elle, accordant une égale attention à tout ce qui se trouvait dans sa ligne de mire – l'encadrement de la porte, l'échelle, les feuilles d'érable rougeoyantes. *Elle me ressemble,* pensa Anna avec un étrange frisson de fierté et de peur.

Elle remonta son chemisier et dégrafa son soutien-gorge. Lucy se mit à téter, fixant gravement de ses yeux noirs l'encadrement de la porte baigné de soleil, une petite main légère comme un souffle posée contre le ventre d'Anna. *Chair de ma chair,* se dit Anna en caressant le bras de sa fille.

Levant les yeux, elle vit Sally qui les observait, l'éponge à la main. Il y avait quelque chose de clinique dans son regard, mais aussi de la mélancolie, comme si elle entendait une musique lointaine qui ravivait un souvenir venu du fond des âges.

– Un jour, on m'a fichue à la porte du Chicago Art Institute parce que j'allaitais Jesse, dit-elle.

– C'est vrai ? fit Anna. Je ne me souviens pas de ça.

– C'était l'été où Mike finissait sa thèse. On passait tous nos mardis là-bas, Jesse et moi, parce que le mardi, c'était gratuit.

Elle trempa de nouveau son éponge dans la peinture et s'attaqua à un autre pan de mur.

– Bref, j'étais assise devant une des madones aux seins nus de Gauguin et, tout d'un coup, un gardien s'est approché de moi et m'a demandé d'aller faire ça aux toilettes.

– Aux toilettes ?

Anna n'en revenait pas.

– Sur le coup, je n'ai pas compris ce qu'il voulait dire. Mais quand ça m'est venu, j'ai dit bien fort, pour que tout le monde entende : « J'ai l'air d'avoir envie de chier à ce point ? »

– Tu déconnes !

Le rire d'Anna fit sursauter Lucy, qui lâcha son sein. Elle regarda autour d'elle, perplexe, puis ses yeux se posèrent sur sa mère et son visage s'illumina d'un sourire laiteux.

– J'étais plutôt culottée, dit Sally d'une voix où la fierté se mêlait au regret. À l'époque.

Anna sourit à Lucy.

– Pas si différente de Jesse... suggéra-t-elle doucement.

– Pas du tout comme Jesse, répondit Sally avec une vigueur surprenante. Je n'ai jamais volé la voiture de mes parents. Je n'ai jamais conduit sans avoir le permis. Ce petit con aurait pu se tuer. Il aurait pu mourir. Et sa copine aussi. Il aurait pu tuer cette fille, et moi j'aurais dû expliquer à ses parents les agissements de mon putain de fils.

Sally ne badigeonnait plus le mur. Elle parlait fort, d'une voix aiguë, et elle avait des étincelles dans les yeux. Un trait de peinture moutarde lui décorait la joue comme une vieille ecchymose.

– J'ai juste... commença-t-elle, impuissante, avant de s'interrompre, le temps de se calmer un peu. C'est dur, marmonna-t-elle.

Puis, se tournant vers Anna, elle ajouta :

– J'aurais dû te prévenir, peut-être.

– Me prévenir ? fit Anna, perplexe.

– De ce que c'est, d'avoir des gosses.

– Oh ! Non... commença Anna, en serrant fort Lucy comme s'il était encore possible, même maintenant, qu'on la lui reprenne.

Sally étudia froidement sa sœur un instant, puis, avec une amertume qui brisa le cœur d'Anna, elle ajouta :

– Peut-être que tu te débrouilleras mieux que moi.

– Mais, Sally, fit Anna avec ferveur, ce n'est pas trop…

– Ou peut-être que je ferais mieux de me taire, coupa Sally. Je suis désolée. Ce n'est pas juste. Tu n'as pas besoin que je te raconte tout ça maintenant. Il faut que tu profites de ton bonheur tant que tu peux.

J'en profiterai toujours, répondit Anna dans sa tête. Mais en regardant sa sœur debout dans la lumière chaude de l'automne, son beau visage tendu par la colère et le chagrin, elle fut soudain la proie d'une peur si intense qu'un court instant, elle ne sut plus comment respirer.

QUAND CERISE PÉNÉTRA DANS LA SALLE À MANGER de Woodland Manor, des rais du soleil matinal filtraient à travers les grandes fenêtres à l'est, dessinant de larges rectangles de lumière vive sur le linoléum. L'endroit était aussi paisible qu'une chapelle. Le personnel de cuisine avait déjà débarrassé la vaisselle du petit-déjeuner, mais des fragments de porridge, des miettes et des serviettes en papier détrempées jonchaient encore les tables et les chaises. « Nous prenons nos repas comme en famille. » Cerise avait dû entendre ces mots un millier de fois, lorsque le directeur faisait visiter les lieux aux proches de résidents potentiels.

Elle gara son chariot à l'intérieur de la porte à double battant et se mit au travail. Elle arrosa d'un geste vif les surfaces de spray nettoyant, passa un coup de chiffon sur les nappes et sur l'assise des chaises, puis hissa ces dernières sur les tables. Ses baskets couinaient sur le lino. Elle s'arrêta un instant pour se dégager une mèche de cheveux du visage avec l'avant-bras. Elle avait prévu de faire une pause dès qu'elle aurait fini. En se dépêchant, elle aurait peut-être la salle de repos pour elle seule, et elle appellerait à la maison afin de s'assurer que Melody était bien partie en cours. Une fois toutes les chaises sur les tables, elle alla chercher le balai sur le chariot. En se penchant pour faire glisser des miettes et des bouts d'œuf dans la pelle, elle se demanda combien de fois elle avait nettoyé ce sol depuis qu'elle travaillait ici.

Elle savait qu'elle pouvait le calculer – cinq jours par semaine, cinquante semaines par an multiplié par neuf ans, moins les jours où Melody avait été trop malade pour qu'elle puisse la laisser seule à la maison, et les rares jours qu'elle avait dû poser pour elle-même, à l'occasion d'un rendez-vous chez le médecin du dispensaire à cause de son dos, ou pour aller à l'école dentaire faire soigner un abcès à une molaire. En versant le contenu de la pelle dans le sac-poubelle de son chariot, elle se dit qu'elle pourrait le calculer, mais que ça ne ferait que la fatiguer.

La porte de la cuisine s'ouvrit sur une cantinière qui venait chercher le distributeur de café. Une forte odeur de viande, d'amidon et de chlore flotta jusqu'à Cerise, déclenchant cette nausée qui semblait la suivre partout ces jours-ci, comme si les soucis que lui causait Melody étaient une nouvelle grossesse qui lui remontait au fond de la gorge en nausées permanentes. Elle eut un haut-le-cœur, pratiquement malade en repensant à l'attitude de sa fille ce matin-là, et crut qu'elle allait vomir. Elle l'avait trouvée affalée sur le canapé, tellement à côté de la plaque que ni ses questions, ni ses plaidoyers, ni ses menaces n'avaient eu le moindre effet sur elle, qui se contentait de lui répéter « Va-t'en » en agitant mollement le bras.

La serpillière passée, Cerise poussa son chariot dans le couloir jusqu'à la salle de repos et coula un œil à l'intérieur. Il n'y avait personne. Elle entra avec un soupir. D'habitude, songer aux cannettes premier prix dans son réfrigérateur, qu'elle buvait à raison d'une par jour en rentrant du boulot, lui permettait de résister à l'appel de la machine à sodas qui ronronnait à côté de l'horloge. Mais aujourd'hui, elle ne lutta pas longtemps ; fouillant dans ses poches, elle trouva trois pièces de vingt-cinq *cents* et les glissa dans la fente. Elle fit sa sélection et une cannette de Coca Zero tomba dans le bac de récupération.

Debout devant le four à micro-ondes crasseux, elle tira sur la languette et avala la première gorgée, laissant les bulles glacées lui mordre l'intérieur de la bouche, et le goût sucré se répandre en elle comme un petit cadeau. Elle s'assit sur le vinyle de l'une des chaises installées le long des murs, près du téléphone mural, et après avoir bu la moitié de son Coca, elle appela à la maison. Le téléphone sonna, une sonnerie longue et régulière, comme le battement d'un cœur, puis elle finit par raccrocher.

Deux douzaines de magazines – principalement des revues de mode ou pour les parents, ainsi que quelques autres, d'actualités ou de voyages – jonchaient la table basse au milieu de la salle. Sur leur couverture, toute une gamme de femmes la regardaient, aussi délicieuses que des pêches mûries sur l'arbre. Ces temps-ci, ça faisait rire Melody, de voir sa mère rêver qu'elle devienne mannequin.

– Reviens sur terre, avait-elle dit la semaine précédente quand Cerise lui avait suggéré d'envoyer sa photo au concours d'entrée dans une école spécialisée dont elle avait vu la pub dans un magasin Rite Aid. Tu crois quand même pas que j'aie ma chance, si ? En plus, c'est de la merde tout ça.

Melody disait que le mannequinat, ça ne valait rien. Elle disait qu'elle voulait être artiste, mais pour Cerise, ce n'était pas une carrière, même si elle trouvait que les réalisations de Melody pouvaient être considérées comme de l'art. Visiblement, sa fille avait hérité de son don pour le dessin. Il y a quelques années, Cerise s'était aperçue qu'elle pouvait recopier des images et même reproduire fidèlement ce qu'elle voyait. Mais au lieu de se servir de ses talents pour représenter de jolies choses – des choses qui pourraient apaiser les gens ou leur offrir un peu de gaieté –, Melody dessinait des crânes de lézards et des lapins écrasés, des bâtons de rouge à lèvres vides ou des cannettes de soda cabossées.

L'automne dernier, pour l'exposition organisée par le

lycée, elle avait récupéré le long de l'autoroute un sac-poubelle plein qu'elle avait peint en doré et juché sur un piédestal, avant de l'intituler *Moisson*. Quand Cerise s'était indignée, en remarquant que ce n'était qu'un tas d'ordures, Melody avait levé les yeux au ciel et rabattu ses cheveux en arrière en grognant, comme si ça ne servait à rien d'essayer de lui expliquer.

Melody se coiffait seule à présent ou, pour être plus exacte, elle ne se coiffait plus. Au contraire, tous les jours, elle trouvait une nouvelle façon de maltraiter ses cheveux magnifiques. Le lendemain du jour où Cerise avait mentionné le concours de mannequins, Melody les avait teints en noir corbeau, et depuis, elle avait tressé au hasard des plumes et des perles dans ses mèches, laissant le reste lui pendouiller dans le dos comme une crinière morte. Lorsque Cerise s'en était indignée, déclarant à Melody qu'elle était plus jolie avant, sa fille lui avait répondu qu'être jolie c'était nul, et que ses nouvelles copines trouvaient son look grave chanmé. Melody était fière que ses amis soient beaucoup plus âgés qu'elles – des filles de dix-sept ou dix-huit ans aux visages aussi lisses et durs que des masques de faïence, et des garçons avachis qui n'étaient déjà plus au lycée.

La veille au soir, Melody était sortie avec ces copains-là. Quand Cerise lui avait fait remarquer qu'elle avait cours le lendemain, Melody lui avait répondu qu'ils allaient simplement à la bibliothèque préparer un contrôle.

– Je croyais que tu voulais que j'aie des bonnes notes ! s'était-elle énervée.

Mais la bibliothèque fermait à 21 heures et, à 2 heures du matin, Cerise n'était toujours pas couchée, car elle attendait encore Melody. Elle avait passé la dernière heure la main posée sur le combiné du téléphone, guettant la sonnerie autant qu'elle la craignait. Elle avait songé à téléphoner à quelqu'un – la police peut-être, ou un autre parent – mais elle appréhendait ce qui risquait d'arriver si elle mêlait les forces de l'ordre aux histoires de Melody ; et l'idée de réveiller un inconnu pour lui avouer que sa fille manquait à l'appel la rebutait. Comme elle devait embaucher à 6 heures, elle avait fini par aller se coucher et elle s'était endormie si profondément qu'elle n'avait pas entendu Melody rentrer.

Cerise remarqua des voix derrière la porte de la salle de repos. Décollant les yeux du tas de magazines, elle cligna plusieurs fois des paupières pour ajuster sa vision.

– L'extérieur uniquement, disait un homme. On dirait que pour Monsieur Cordon-de-la-bourse, tout ce qui compte c'est la gueule que ça a depuis la rue.

Les deux hommes qui entrèrent portaient des chaussures de sécurité et des combinaisons en toile, bariolées d'une douzaine de couleurs de peinture différentes, comme des costumes de clowns. Ils charriaient une brise de térébenthine et de soleil.

– Zut ! fit le plus grand en voyant Cerise.

– Quoi ? dit-elle en se levant d'un bond, comme s'ils

venaient de la surprendre en flagrant délit de quelque chose.

Il sourit de la voir si perturbée.

– Vous êtes sa fille ? demanda-t-il.

Les cheveux châtains de l'homme étaient couverts d'une poussière de peinture blanche qui lui donnait l'air plus vieux, même si l'espace d'un instant, Cerise entraperçut le gamin qu'il avait sans doute été : vif et insolent, jean déchiré, tignasse en bataille, sourire de pierre en fusion.

– Quoi ? répéta-t-elle, mal à l'aise, debout devant lui.

Elle se détestait de ne jamais trouver à temps les mots qu'il fallait. Mais l'homme se mit à rire comme si elle avait dit quelque chose d'intelligent.

– C'est ça : pas qui, mais quoi. Monsieur Cordon-de-la-bourse. Herr Docteur Directeur. Monsieur Harding, voilà quoi.

– C'est mon patron.

– Je savais que tu étais trop jolie pour être sa fille, fit-il, pendant que l'autre cherchait au fond de ses poches de quoi se payer un soda.

Il la dévisagea encore un peu, puis il ajouta :

– C'est mon patron à moi aussi.

Se tournant vers son camarade, il lui demanda :

– Tu crois que ça veut dire qu'elle et moi, on est de la même famille ?

Écartant grand les bras comme s'il s'apprêtait à la serrer contre lui, il lança à Cerise :

– Tu te souviens de moi, ma chérie ? Ton oncle Jake préféré ! Viens donc faire un câlin à tonton Jakie.

Mais Cerise esquiva son étreinte.

– Il faut que j'aille travailler, dit-elle en jetant sa canette vide dans le carton à côté du distributeur.

Et elle sortit, laissant la porte de la salle de repos se refermer sur les éclats de rire des deux hommes.

Il n'y avait personne à la maison quand Cerise rentra du travail, mais Melody était partout dans la pagaille qu'elle avait laissée – vêtements sur le canapé, vaisselle par terre, livres de cours empilés sur la table basse sans avoir été ouverts. Un mot posé sur le dessus de la pile annonçait qu'elle était partie réviser à la bibliothèque. Il était signé d'un impératif « BISE, MELODY ».

Cerise abandonna ses chaussures à côté de la porte et traversa la pièce pour allumer la télévision. Une image apparut docilement sur l'écran, montage cadencé de boissons fraîches et de bouches grandes ouvertes. Elle resta là à regarder, hypnotisée par le flot de vitalité et d'urgence qui en émanait, jusqu'à ce que sa propre soif l'entraîne vers la cuisine.

En ouvrant le réfrigérateur, elle vit que son pack de six colas sans sucre avait disparu et sa première idée fut de sortir en racheter. Puis elle se souvint qu'elle avait donné à Melody le peu d'argent qui restait pour les courses afin qu'elle puisse payer les bottes en cuir qu'elle avait fait mettre de côté en octobre dernier.

– Qu'est-ce qui t'a pris, de réserver quelque chose d'aussi cher ? lui avait demandé Cerise en apprenant que Melody perdrait l'acompte si elle ne réglait pas l'intégralité de l'achat dans la semaine.

– J'avais pas le choix, j'avais pas assez pour payer.

Voilà la réponse qu'elle avait obtenue. La voix de Melody était pleine d'une patience excédée, comme si elle donnait une explication à un enfant un peu bête.

– Et c'est toujours le cas, lui avait asséné Cerise.

– Il manque juste vingt dollars, avait supplié Melody. Sans ça je vais perdre les quatre-vingt-cinq que j'ai déjà payés.

– Quatre-vingt-cinq ?

Cerise avait songé au loyer, à la facture d'électricité, à tout ce qu'elle devait encore à l'école dentaire. Mais elle lui avait tout de même donné l'argent ; et Melody l'avait prise dans ses bras, très fort, puis elle avait été adorable le reste de la soirée, comme si tout était presque redevenu comme avant.

Cerise se servit un verre d'eau au robinet et se prépara un sandwich au salami. Elle posa son repas sur la table basse, s'assit sur le canapé et fouilla les plaids à la recherche de la télécommande. Elle dînait si souvent seule devant la télévision, ces derniers temps, qu'il lui arrivait d'avoir envie de ressortir les crayons pour colorier tout en mangeant. Mais imaginer le mépris sur le visage de Melody si elle la surprenait la faisait chaque fois renoncer.

Elle mordit dans le sandwich, fit défiler les chaînes et s'arrêta sur un bout de reportage à propos d'une adolescente disparue. Un présentateur expliquait que la fille avait fait le mur pour se rendre à une soirée et avait été vue pour la dernière fois la veille au soir, partie à moto avec un homme qu'elle avait rencontré là-bas. Dans le but d'étendre ses recherches, la police lançait un appel à témoins, expliquèrent les présentateurs avec un petit froncement de sourcils parfaitement maîtrisé.

Puis vint l'actualité boursière, mais Cerise était trop épuisée pour prendre la peine de changer de chaîne. Cela la faisait paniquer, de penser à ce que Melody était peut-être en train de faire, loin sans doute de la bibliothèque. Il y avait des centaines de façons de mourir, des milliers de façons de ficher sa vie en l'air, et Melody semblait n'en avoir rien à faire – c'était d'ailleurs ce qui effrayait le plus Cerise. On aurait dit, ces temps-ci, qu'elle se souciait moins de sa propre vie que sa mère.

Je ferais mieux de démissionner, songea Cerise en fixant l'écran de télévision, où une femme et un homme couraient l'un vers l'autre dans une prairie en fleurs. Melody avait besoin que quelqu'un garde un œil sur elle. Elle avait besoin qu'on la pousse à faire ses devoirs, qu'on s'assure qu'elle aille bien en cours tous les jours, et qu'elle rentre à l'heure le soir. Elle avait besoin que quelqu'un soit là pour elle, besoin qu'on l'écoute, comme les articles et les émissions d'information disaient que les parents d'adolescents étaient censés le faire. Les choses n'avaient pas été faciles pour Melody, Cerise le savait – une enfance sans argent et sans père, dans un appartement miteux, avec une mère toujours au boulot, toujours épuisée.

Elle s'en voulait. Elle repensa à ces fois où, malade, Melody avait dû rester seule, parce que Cerise ne pouvait pas se permettre de poser un autre jour de congé, sans quoi elle n'aurait plus gagné assez pour le loyer. De temps à autre, il y avait eu une amie qui passait vérifier que tout allait bien, ou Rita venait pendant sa pause déjeuner – avant qu'elle ne parte s'installer avec Fred en Floride. Mais la plupart du temps, Melody avait dû endurer ses accès de fièvre, ses rhumes et ses grippes sans le soutien de personne, devant la télé, un paquet de biscuits salés et une soupe en boîte en guise de repas.

Je devrais démissionner, se répéta Cerise au moment où le couple se rencontrait dans la prairie. Maintenant, avant qu'il ne soit trop tard, elle devrait se dévouer tout entière à Melody. Elles pourraient faire du pop-corn ensemble, regarder les émissions de deuxième partie de soirée. Cerise essaierait d'aider Melody à faire ses devoirs. Elle ferait la connaissance de ses nouveaux amis. Et elles prendraient leurs repas à deux, comme une vraie famille.

Puis ses réflexions se mirent à dessiner des cercles dans sa tête, des boucles aussi familières et sans fin que celles qu'elle traçait avec sa serpillière dans les couloirs de Woodland Manor – car n'avait-elle pas déjà tout fait pour Melody ? N'avait-elle pas consacré ses quatorze dernières années à Melody, et à elle seule ? Toutes ces heures supplémentaires qu'elle avait fournies, n'était-ce pas pour elle ? Pour la nourrir, lui assurer un toit, lui acheter des vêtements ? N'avait-elle pas déjà fait tout ce qu'elle pouvait pour sa fille ?

Sans compter que démissionner signifiait recommencer à vivre des allocs. Cerise regarda une bande de cafards de dessin animé fuir un spray d'insecticide géant. Elle sentit le poids de la défaite lui écraser les épaules, comme chaque fois qu'elle pensait au bureau de l'aide sociale, à ses salles crasseuses pleines d'inconnus aussi centrés sur leurs propres besoins que des parieurs aux courses hippiques. Elle pensa aux règlements, à la tonne de formulaires, elle pensa à ce flot d'employés fatigués qui tous refusaient d'admettre que sa courte liste de frais fixes n'était jamais couverte en totalité par les aides. Certains étaient aimables, d'autres méchants, mais tous insistaient pour la prévenir que, si elle omettait de déclarer le moindre revenu supplémentaire, elle pourrait finir en prison ; aucun, en revanche, ne lui avait une seule fois demandé comment elle parvenait à s'acquitter de la différence. Elle se rappela à quel point l'aide que Rita lui avait consentie à contrecœur avait été nécessaire et se dit qu'il y avait vraiment peu de chances que sa mère recommence, à présent.

Et si elle dépendait de nouveau des allocs, Melody en tirerait quoi, de toute façon ? Surtout maintenant qu'elle renvoyait tout le temps Cerise aux échecs de son passé lorsque celle-ci se faisait du souci pour elle. Démissionner pour aller pointer à l'aide sociale – même si c'était pour son bien – ne ferait que prouver à Melody qu'elle avait raison.

Le ronflement d'un moteur de voiture mal réglé la tira de son sommeil. La moitié abandonnée d'un sandwich gisait par terre et l'appartement était plongé dans la pénombre, éclairé seulement par la télévision et les réverbères de la rue. Elle avait mal partout d'avoir dormi sur le canapé et son cerveau était à l'arrêt, englué, mais elle se leva et traversa la pièce sans trébucher. Elle alla ouvrir la porte d'entrée et se trouva nez à nez avec Melody, qui avait la tête penchée sur le côté, ses cheveux noirs ramassés sur une épaule comme un châle en lambeaux.

– Tout va bien ? demanda-t-elle, d'une voix éraillée de sommeil.

Quelque chose dans l'attitude de sa fille clochait à tel point que Cerise repensa à cette nuit où Melody avait eu plus de quarante de fièvre. En se réveillant, elle avait trouvé son bébé agitée de soubresauts dans des draps humides de transpiration, les yeux révulsés comme si elle regardait à l'intérieur de son cerveau.

– Ça… ça va, bafouilla Melody, qui tanguait sous l'effet d'une brise qu'elle seule pouvait sentir.

– Qu'est-ce qui s'est passé ? demanda Cerise, tirée d'un coup de sa torpeur par la frayeur dans sa propre voix.

La lueur de l'ampoule au-dessus de la porte venait se

perdre dans les cheveux noirs de Melody, qui s'écroula contre le chambranle et répondit :

– Rien.

Des papillons de nuit attirés par la lumière se cognèrent contre le globe de verre pendant que les informations concernant la scène qu'elles étaient en train de vivre se frayaient un chemin à travers leurs deux hébétudes. Pour finir, renvoyant ses cheveux vers l'arrière d'un geste maladroit, parodie de celui qu'elle réussissait cent fois par jour, Melody articula d'une voix pâteuse :

– Oh, t'es debout…

Cerise pesa ses mots avant de les prononcer, s'assurant qu'aucun ne fût miné :

– Tu étais où ?

– À la bibliothèque. Tu veux bien éteindre la télé ? Je veux me coucher.

Elle bouscula sa mère pour aller s'effondrer sur le canapé, laissant flotter dans son sillage l'odeur visqueuse de l'alcool. À tâtons, Cerise chercha l'interrupteur sur le mur à côté de la porte et une vive lumière inonda la pièce. Melody plissa les yeux en grimaçant. Quand elle se pencha pour retirer avec des gestes maladroits ses nouvelles bottes, Cerise remarqua de longues griffures sur le cuir de la tige.

– Qu'est-ce qui s'est passé ? demanda-t-elle, chancelant entre peur et colère. Tes bottes sont fichues.

D'un coup de pied, Melody en envoya valdinguer une,

manquant de perdre l'équilibre. Puis elle releva la tête pour regarder sa mère.

– Tu veux bien, là ? fit-elle, agacée. Je suis fatiguée, je veux me mettre au lit.

Dans son cou et sur sa poitrine, sous le chemisier boutonné de travers, Cerise aperçut des ecchymoses, rouges comme des roses écrasées, là où quelqu'un avait sucé la peau de sa fille pour faire remonter le sang.

– On dirait que tu étais déjà dans un lit, remarqua-t-elle.

Soudain, un visage de femme apparut sur l'écran de la télévision. Une femme au sourire d'une tendresse infinie, avec un subtil froncement de sourcils. Entre ses lèvres, ses dents étaient aussi lisses que des ongles manucurés. Puis elle disparut, cédant la place à une voiture qui filait sur une route le long d'une falaise. La lumière se réverbérait sur le pare-chocs et sur la vitre arrière, sur l'asphalte et sur les vagues au loin. Un instant, mère et fille se perdirent dans cette image et voyagèrent ensemble sur le bitume luisant.

– Quoi ? fit Melody, en se tortillant pour enlever son blouson. T'as dit quoi ?

– J'ai dit : on dirait que tu étais déjà dans un lit.

Cette fois, les mots parvinrent jusqu'à Melody. Elle baissa la tête vers sa poitrine et rapprocha à la hâte les deux pans de son chemisier, comme si elle pouvait encore cacher les suçons à sa mère. Puis elle haussa les épaules.

– Et alors ? dit-elle finalement sur un ton de défi.

– Tu couches avec quelqu'un ? demanda Cerise.

– À ton avis ? fit Melody, sous l'écran de ses cheveux noirs comme la mort, tout en se penchant pour se battre avec sa deuxième botte abîmée.

– Avec qui ?

– Calme-toi, d'accord ? C'est mon corps ! C'est pas parce que personne veut coucher avec toi que…

– Melody, l'interrompit Cerise. Il faut que tu m'écoutes. Je…

– « Je, je, je… » Va te faire foutre !

La botte céda et Melody fut projetée vers l'arrière. Elle leva les yeux pour fusiller sa mère du regard.

– Tu sais quoi ? Moi au moins, je sais ce que c'est la contraception, putain ! Quand t'avais mon âge, t'étais enceinte.

Elle éructa le dernier mot comme une malédiction.

– J'étais plus vieille.

– De quoi ? un an ?

– … et j'étais enceinte de toi, nom d'un chien ! J'étais enceinte de toi !

– Et donc ? Ça veut dire quoi ? Tu veux dire que, du coup, c'est bon ? Ou que tu aurais préféré que je sois pas née ?

Faire coïncider les sentiments avec des mots était terriblement difficile ; c'était comme essayer de trouver les numéros gagnants au Loto, ou choisir la combinaison qui ouvrirait en grand la porte du monde.

– Je t'aimais, dit Cerise. Je veux dire, je t'aime. Tu m'as sauvé la vie. Je te l'ai déjà dit. Tu es la plus belle chose qui me soit arrivée. Mais je ne vais pas dire que ça a été facile. Et toi… personne n'a besoin de te sauver.

Alors Melody renvoya ses cheveux vers l'arrière avec une agilité qui faisait la nique à son ivresse. Plantant des yeux durs comme la glace dans ceux de sa mère, elle lui demanda :

– Qu'est-ce que t'en sais ?

L'ÉTÉ DE SES QUATRE ANS, l'haleine de Lucy sentait le cèdre et sa peau était douce comme les pétales des roses de son arrière-grand-mère. Ses cheveux avaient le brillant d'un teck lustré, et sur ses épaules bronzées, sur ses bras et sur ses genoux noueux, le duvet chatoyait, saupoudré de lumière. L'été de ses quatre ans, elle se réveillait à l'aube, mangeait des Cheerios et des petits pois fraîchement cueillis pour le petit-déjeuner, pendant que le soleil s'invitait lentement dans la cuisine, enflammant le formica et le linoléum, mouillant les yeux d'Anna comme une sorte de joie. L'été de ses quatre ans, elle chantait des chansons sur les araignées, les baleines et les étoiles, déroulait l'alphabet, comptait mille fois jusqu'à vingt. L'été de ses quatre ans, elle oublia un jour de mettre une culotte, détestait qu'on lui lave les cheveux, fabriquait des poupées avec les passeroses qui poussaient derrière la remise et adoptait les grenouilles qu'elle trouvait dans l'abreuvoir aux oiseaux, sous l'épicéa de son arrière-grand-père. L'été de ses quatre ans, ses clavicules saillaient de son dos comme des ailes en devenir, et ses flancs et sa colonne gracile inondaient Anna d'un amour sensuel tellement démuni qu'il frisait – presque – le désir.

Assise sous la véranda avec ses parents après le dîner, Lucy entendait les insectes vrombir et disait : « Les étoiles ronronnent. » En voyant le vent glisser dans les champs qui s'assombrissaient, elle disait : « Le blé danse. » Quand elle tournoyait sur la pelouse comme une fée derviche, les bras tendus pour saisir le monde, sa robe gonflait d'un coup loin de ses jambes maigres, et quand elle perdait l'équilibre, les quatre fers en l'air sur la pelouse, elle disait, sans plus bouger dans l'herbe verte, d'une voix ronde de stupeur : « Le monde me respire. »

Elle avait été un bébé adorable, espiègle, grassouillette, avec de grands yeux étonnés, mais l'été de ses quatre ans, tout cela était si récent qu'Anna se souvenait surtout des jours flous et des nuits sans sommeil. Trop peu de temps s'était écoulé pour qu'elle ait envie de les vivre à nouveau, pour se languir de la chair de bébé à l'aspect de beurre frais ou de son amour muet. Elle préférait s'émerveiller des prouesses de Lucy, qu'elle trouvait tellement intéressante et divertissante, maintenant qu'elle pouvait s'habiller toute seule, manger toute seule, maintenant qu'elle pouvait dire où elle avait bobo et expliquer pourquoi elle était heureuse.

L'été des quatre ans de Lucy était parfait, même alors qu'ils le vivaient – les jours lumineux et les vastes soirées, les nuits soyeuses. Les croisements de blés d'Eliot se portaient bien, dans leurs carrés de culture, ses projets d'avenir étaient fermes et sûrs. Tous les matins, il partait à l'aube, et tous les après-midi, quand il rentrait, sa raison d'être s'était encore trouvée exhaussée par le plaisir qu'il prenait à son travail, par la promesse qu'il y voyait. Au 4 Juillet, quand Mike, le mari de Sally, lui demanda des nouvelles de ses recherches, Eliot leva sa bière vers le ciel et dit :

– On s'approche toujours un peu plus du but. Il a fallu cent ans pour transformer l'amidonnier sauvage en blé domestique. Si on parvient à développer une souche vivace en moitié moins de temps, ce sera presque aussi miraculeux.

Cet été-là, Eliot rentra tôt afin qu'Anna puisse travailler sur les photos de son exposition berlinoise pendant que Lucy et lui s'occupaient du jardin et préparaient le dîner. L'après-midi, ils avaient l'air si comblés, tous les deux – quand ils faisaient des arcs-en-ciel dans le jardin avec le tuyau d'arrosage ou quand ils cherchaient des cosses mûres dans les pois grimpants – qu'Anna avait du mal à les abandonner pour aller s'enfermer dans son labo, installé dans cette cave à l'éclairage violent et qui sentait le renfermé. Mais une fois qu'elle y parvenait, leur bonheur l'aidait justement à les oublier. Lorsqu'elle était seule dans l'obscurité ambrée, il n'y avait plus rien d'autre que sa tête, ses mains et ses yeux aux pupilles dilatées. Elle jurait comme une charretière, marmonnait comme une sorcière en comptant les secondes qui s'égrenaient au minuteur rond comme la pleine lune ; et pendant ce temps-là, les heures filaient, imperceptibles.

Elle faisait des tirages grands comme la fenêtre de sa cuisine, cet été-là, projetant les plans-films de son appareil photo à chambre sur du papier photo aux dimensions si importantes qu'elle devait en coller les feuilles au mur pour les exposer, puis les développer dans des poubelles en plastique. Sur ses tirages, chaque nuage, chaque épi de blé, chaque motte de terre était tel que Dieu le voyait peut-être, égal, exact, lumineux. C'était ainsi que lui apparaissait le monde, cet été-là, chaque chose bénie des dieux, précieuse, complètement elle-même et intrinsèquement connectée à tout le reste. Seule dans son labo à l'odeur acide, elle sentait l'exaltation monter, cette conviction qu'elle était à deux doigts de quelque chose de bon.

Et quand elle en avait fini pour la journée, elle suspendait ses immenses tirages au fil à linge que son grand-père avait tendu, des décennies plus tôt, à côté de ces étagères où les dernières confitures de sa grand-mère retenaient encore dans leurs bocaux poussiéreux la lumière de vieux étés. Puis, gravissant l'escalier construit par son grand-père avant la Première Guerre mondiale, elle émergeait, éblouie, dans la lumière lucide d'un soir d'été, le dîner sur la table.

« Merci pour nous », disait Lucy en renversant la tête en arrière pour proclamer la grâce qu'elle avait apportée, et Anna était si pleine de gratitude et de joie que l'avenir ne pouvait pas lui paraître autre chose qu'une continuation de ces jours rayonnants. L'été où Lucy avait quatre ans, la vie d'Anna semblait sans accroc, un tout enrichi par chacune de ses parties. En servant à Lucy des haricots verts, en lui passant les tomates découpées en tranches, en l'aidant avec son pilon, Anna se disait que quoi que cela ait coûté d'en arriver là, et que quelles que fussent les difficultés qui viendraient peut-être, cela valait la peine, ne serait-ce que pour ce riche été-là.

Un jour, au beau milieu de la saison, Lucy annonça qu'elle voulait dormir dans le jardin, toute seule.

– Tu es sûre ? demanda Anna, mais Lucy fit si énergiquement oui de la tête qu'Anna n'eut pas le choix que de la prendre au sérieux. Et si tu te réveilles pendant la nuit ? demanda-t-elle.

À quoi Lucy répondit :

– Je compterai toutes les étoiles jusqu'à me rendormir.

Anna déposa un baiser dans ses cheveux aigres et demanda :

– On peut dormir dehors avec toi, papa et moi ?

Lucy secoua la tête avec une telle détermination que ses yeux se fermèrent et que ses cheveux volèrent loin de ses oreilles.

– C'est une aventure que si je le fais seule.

– Et le noir ? demanda Anna, qui hésitait à suggérer

une peur qui n'existait peut-être pas encore, mais réticente à l'idée que Lucy pourrait la découvrir seule au milieu de la nuit.

– Le noir veillera sur moi, répondit Lucy.

– Ah bon ? fit Anna, surprise.

– Le noir veille sur la lumière jusqu'au matin, affirma-t-elle, posément. Il fera pareil avec moi. Je veux dormir dans mon « doux V » rouge.

Cette nuit-là, quand Lucy fut installée sur la pelouse, en voyant le peu de place que son petit corps occupait dans le duvet, en voyant sa petite tête posée sur le grand oreiller blanc, et toute cette herbe sombre et froide autour d'elle, Anna sentit son cœur se serrer. Mais quand elle se glissa dehors à minuit afin de s'assurer que tout allait bien, son visage dans le clair de lune avait l'air presque extatique, même si elle était si profondément endormie que, lorsque Anna l'embrassa, elle ne cilla pas. Elle paraissait lointaine, sous cette lumière froide, complètement tournée vers sa propre vie, avec ses yeux fermés lisses comme des œufs, son souffle tel un murmure minuscule dans la nuit. Elle était une personne distincte de sa mère et, en s'agenouillant à côté d'elle, Anna sentit l'étrangeté de tout cela l'inonder : Lucy avait commencé en elle, elle avait ouvert Anna pour sortir. Contemplant les doux traits de sa fille, elle sentit à nouveau son bassin s'étirer et Lucy pousser pour émerger. Au milieu du vaste silence de la nuit qui brillait, dans son jardin, elle fut touchée jusqu'au vertige par l'insondable réalité de la vie.

– Comment s'est passée ta nuit ? demanda Anna le matin venu, quand Lucy vint les rejoindre pour le petit-déjeuner, le pas vacillant et des traces de brins d'herbe sur la joue.

– Ma nuit a été chouette, annonça Lucy solennellement.

– Tu n'as pas eu froid ? s'enquit Anna.

Elle écossait des pois encore froids du jardin dans le bol bleu de Lucy, et chaque pois heurtait la porcelaine avec un petit tintement musical.

– Non, répondit Lucy.

– Tu t'es sentie seule ? demanda Anna, déchirée entre le désir que jamais Lucy ne connaisse ce sentiment et l'espoir qu'elle lui avait peut-être manqué.

– J'avais Noranella, répondit Lucy en attrapant un pois. Je ne pourrai jamais me sentir seule avec Noranella.

– Noranella ? Qui est-ce ?

– C'est mon amie.

– Ton amie de la maternelle ? demanda Anna, perdue.

– Non, répondit Lucy en posant un pois dans le creux de sa langue, à la manière d'une ostie.

– D'où, alors ? insista Anna, en essayant de se souvenir d'une enfant qui aurait porté ce prénom.

– Elle habite ici, répondit Lucy en mâchant.

– Ici, sur la même route ?

– Ici, dans notre maison. Elle habite dans notre maison parce que je l'ai invitée et elle a des longs cheveux blonds et elle mange de la terre et des nouilles, et sa maman à elle, elle ne lui demande jamais de se laver les cheveux.

L'été des quatre ans de Lucy, il existait une membrane perméable entre la réalité et la fiction, entre ce qu'elle voulait et ce qui était. Plus tard cette semaine-là, alors qu'elle mangeait de la glace chez Sally, sur la terrasse récemment carrelée, elle déclara :

– Je fais croire que cette glace, c'est vraiment de la glace.

Et après avoir léché le bol jusqu'à ce qu'il ne reste plus rien, elle annonça :

– Noranella aussi veut de la glace.

– Lucy ! s'indigna Anna, faussement sévère.

– Oh, ça n'est que de la glace, dit Sally en se hissant hors du fauteuil en osier, à côté de la toute nouvelle fontaine, pour attraper le bol de Lucy. Autant lui faire plaisir tant qu'on le peut.

Sally apporta un autre bol, dans lequel Lucy mangea pour Noranella. Quand elle eut terminé, Sally lui dit :

– Va courir, maintenant, ma puce, et montre-moi comment tu fais un saut périlleux ou autre chose.

Dès que Lucy eut quitté la terrasse, Sally baissa la voix pour annoncer à Anna que Jesse avait été arrêté la nuit précédente parce qu'il avait peint un graffiti à la bombe sur la fontaine du Seattle Center.

– Oh non ! s'étrangla Anna.

– Oh si, répondit Sally.

Elle avait dans la voix une sorte de satisfaction triste,

comme si les événements finissaient par lui donner raison.

– Il est où, maintenant ? demanda Anna.

– Toujours à Seattle, répondit sèchement Sally. En prison.

– Oh mon Dieu ! s'exclama Anna. Tu veux qu'on garde Dylan le temps que tu ailles le chercher ?

– Il a dix-huit ans, fit Sally avec un haussement d'épaules rageur. Il est assez grand pour assumer les conséquences de ses actes. Il sait que Mike est parti à Londres faire des recherches pour son livre, et que j'ai un gros chantier de décoration. Pas question de sacrifier ma vie pour la sienne une fois de plus.

– Mais… bégaya Anna.

Sur la pelouse, Lucy avait écarté les bras et commençait à tourner sur elle-même.

– Mais quoi ? dit sèchement Sally.

Dans la lumière orangée du coucher de soleil, les rides sur son visage étaient profondes et dures.

– Il a peut-être besoin de toi, suggéra faiblement Anna.

– Bien sûr qu'il a besoin de moi, dit Sally avec aigreur. Mais jamais de la vie il ne l'admettra. Et moi, dans tout ça ?

« C'est ton fils », avait envie d'implorer Anna. Les yeux sur Lucy, qui tournait joyeusement sur elle-même en titubant, elle suggéra prudemment :

– Peut-être que si tu l'aidais maintenant, les choses s'arrangeraient, plus tard.

– Je suis censée faire quoi ? rétorqua Sally, la voix étranglée par une fureur contenue. Il faudrait que je dise à ma cliente que sa maison ne sera pas prête à temps pour le mariage de sa fille ? Que je vous confie Dylan et coure à Seattle payer la caution de Jesse puis le ramène à la maison – en passant tout le trajet de retour à lui faire pour la énième fois la leçon sur les émanations toxiques des bombes de peinture, les dangers de l'autoroute, des gangs et du casier judiciaire ? Il faudrait que je l'installe dans sa chambre d'enfant, que je le nourrisse et que je lui achète des vêtements ? Et puis, quand je lui demanderai de sortir la poubelle ou de me dire où il part comme ça avec ma voiture, il faudrait en plus que je l'écoute me répondre qu'il a dix-huit ans et qu'il n'a plus de comptes à me rendre ? Non merci. Je préfère arrêter les frais tout de suite.

Le rire de Lucy flotta à travers le jardin et arriva jusqu'aux deux femmes, se mêlant au bruit de l'eau dans la fontaine. Anna avait vu Jesse pour la dernière fois lors de la fête que Sally avait organisée pour inaugurer sa nouvelle terrasse. Anna et Eliot étaient arrivés tôt, et pendant qu'Eliot et Mike grillaient des montagnes de gambas au barbecue, que Sally gérait les plateaux de hors-d'œuvre, elle-même s'était installée sur la terrasse pour préparer les bouquets de tournesols dans des seaux en fer-blanc que Sally avait prévu de disposer autour de la piscine. À sa grande surprise, Jesse était venu la trouver, avec son pantalon trois fois trop grand et ses cheveux verts, l'air gauche et en colère, comme toujours.

– J'ai un truc à te montrer, je peux ? avait-il demandé, presque plaintif.

Elle avait levé les yeux de ses fleurs, surprise.

– Bien sûr.

Jesse avait dû lui adresser en tout et pour tout une douzaine de mots, ces dernières années.

– Quel genre de truc ? avait-elle demandé, d'une voix la plus avenante possible, même si elle avait subitement craint qu'il ne se fût agi d'une arme.

– J'écris, avait-il timidement répondu en plongeant la main dans la grande poche arrière de son jean pour en sortir une photo froissée.

– Tu écris ?

– Graffeur, avait-il expliqué, la voix grave. Tu sais, des tags, tout ça. Et je me disais que bon, puisque toi aussi t'es artiste…

Laissant sa phrase en suspens, il avait tendu d'un geste sec la photo à Anna : un immense mur antibruit couvert d'un enchevêtrement de lettres colorées qui composaient un mot qu'elle ne parvenait pas à lire, tout en flèches, en angles et en courbes moelleuses.

– C'est toi qui l'as peint ? avait-elle demandé, en décollant les yeux de l'image pour les poser sur son pantalon baggy, ses épaules tombantes, puis son visage encore joufflu sous les cheveux verts.

– Ne le dis pas à mes parents, s'était-il empressé de répondre.

Profitant du fait qu'ils étaient seuls, il lui avait ensuite raconté ce que cela faisait, de peindre dans le noir, et expliqué comment il choisissait ses couleurs, changeait les embouts de ses bombes de peinture. Il parla aussi d'une technique qu'il appelait « trait à la bombe contrôlé » et lui dit qu'il pouvait travailler sur un dessin pendant des mois, le faire et le refaire avant de le considérer comme enfin prêt à figurer sur un mur. Il lui raconta l'excitation de pratiquer un art illégal et l'effet que ça faisait de contempler le travail fini, de se trouver devant une œuvre à la fois anonyme et publique. Posant les yeux sur les tournesols, il dit :

– C'est comme les fleurs, sans doute, ou les feux d'artifice, ou un truc comme ça. Je sais pas. Même en faisant le graff, on sait d'avance qu'il va pas rester longtemps. Mais on veut quand même qu'il soit le plus parfait possible.

Il s'était montré aussi honnête et passionné que tous les jeunes étudiants qui venaient la trouver dans les couloirs du département des beaux-arts, et Anna avait vu dans ses yeux la même soif – ce désir absolu de produire quelque chose qui pourrait refléter toute la douleur et toute la terreur mêlée d'admiration qu'il portait en lui. *Pourquoi n'avais-je pas vu ?* s'était-elle demandé.

– Tu as envisagé les beaux-arts ? lui avait-elle glissé, mais Sally était apparue sur la terrasse avec ses plateaux délicieusement décorés et Jesse s'était aussitôt renfrogné.

Il avait remis à la hâte la photo dans sa poche, tournant

les talons. Elle avait passé le restant de la soirée à le chercher, mais il avait dû s'éclipser, parce que, malgré sa vigilance, elle ne l'avait pas revu.

Depuis, elle n'avait cessé de se dire, vaguement mais sans jamais le faire, qu'elle le recontacterait. Peut-être pour l'inviter à déjeuner, ou pour l'emmener voir une exposition sur le campus, ou même une galerie à Spokane. Mais tout l'été, elle avait été trop occupée, trop heureuse, et elle était réticente à prendre le risque de semer la zizanie dans la famille. Et voilà qu'à présent Jesse était en prison à Seattle.

Assise à côté de la fontaine de Sally, Anna se demanda comment sa sœur réagirait si elle lui proposait de se rendre à Seattle à sa place, elle se demanda quelles complications cela créerait si elle proposait à Jesse de venir vivre quelque temps avec eux à la ferme. Et puis elle se demanda s'il se droguait, s'il avait rejoint un gang, s'il pouvait d'une manière ou d'une autre représenter une menace pour Lucy.

Sur la pelouse, Lucy titubait sous le poids de son étourdissement. Les bras tendus sur les côtés comme si l'air pouvait la rattraper, elle bascula joyeusement dans l'herbe, qui avait pris la teinte du crépuscule. Elle resta là à glousser une seconde. Mais l'instant d'après, elle se mit à hurler et, quand elle se releva pour traverser le jardin d'un pas mal assuré, son hurlement s'envola dans les airs comme une sirène. Anna bondit de sa chaise, la panique se densifiant dans ses veines.

– Qu'est-ce qu'il y a ? cria-t-elle. Qu'est-ce qui s'est passé, Lucy, dis-moi ?

– Une abeille, une abeille, une abeille, glapit Lucy en plaquant la tête contre le ventre de sa mère. Une abeille, hurla-t-elle, en se blottissant et en regardant, horrifiée, la bosse blanche qui gonflait sur sa main.

Aussitôt, elle fondit en larmes. Sally courut à l'intérieur chercher du bicarbonate de soude et Anna hissa Lucy sur ses genoux, toute inquiétude pour Jesse chassée au second plan par les cris de sa fille.

– Ça pique ! gémit Lucy en se blottissant encore un peu plus. Ça pique…

Et l'été des quatre ans de Lucy, même ça, étrangement, fut un plaisir : tenir sa fille en larmes sur ses genoux pour la consoler, respirer l'odeur de sa tête humide et chaude, serrer son petit corps contre ses seins brusquement attendris en lui murmurant des mots d'amour et de réconfort, à l'aise dans la certitude qu'elle pouvait arranger les choses, à l'abri dans la conviction que tout irait bien.

CERISE S'ÉTAIT VRAIMENT AMUSÉE, le premier soir avec Jake, dans le bar où il l'avait emmenée ; il était si drôle, en plus, quand il lançait à tous les gens autour d'eux « vous êtes bien allés à la selle ? » en imitant l'infirmière de Woodland Manor, dont c'était la mission quotidienne de glisser la tête dans toutes les chambres et de crier cette question aux pensionnaires durs d'oreille, pour ensuite noter sur son écritoire à pince la réponse qu'ils lui marmonnaient.

– Vous êtes bien allé à la selle ? lança Jake au barman, et tout le bar éclata de rire.

Cerise était fière, et elle se sentait vraiment chanceuse, en plus, que quelqu'un comme lui, quelqu'un qui soit capable de faire rire toute une assemblée l'ait invitée à sortir.

La deuxième fois que Jake lui avait adressé la parole, elle passait la serpillière dans le long couloir sud, obnubilée par le souvenir de la veille au soir, Melody saoule aux prises avec ses bottes abîmées. Elle ne s'était rendu compte qu'on la regardait qu'en s'arrêtant pour rincer sa serpillière. Levant la tête, elle avait vu le peintre en bâtiment qui lui avait parlé dans la salle de repos, le grand avec son sourire de gamin, appuyé contre le mur. Son corps formait comme un autre mur perpendiculaire à celui qu'elle suivait avec sa serpillière, comme pour créer, dans ce lieu de passage, une pièce rien que pour eux deux.

– Je croyais que j'avais un sale boulot, mais il se pourrait que le tien soit pire, commenta-t-il quand, arrivée à sa hauteur, elle fut contrainte de s'arrêter.

Il parlait d'une voix douce et pleine de sous-entendus, comme s'ils partageaient déjà un secret.

– Pourquoi ? demanda-t-elle sans y prêter attention, appuyée sur le manche de son balai en attendant qu'il s'écarte.

– C'est comme repeindre le Golden Gate, non ?

– Hein ?

– Pour eux aussi, c'est sans fin – le temps qu'ils aient terminé d'un côté, il faut recommencer de l'autre.

La tête baissée vers elle, il sourit et ajouta :

– Mais au moins, ils ont des pauses, eux.

– Moi aussi, j'ai des pauses, répondit résolument Cerise.

Il avait sauté sur l'occasion :

– Quand ?

Ça faisait du bien de passer du temps avec quelqu'un qui n'était ni sénile ni mourant. C'était gratifiant, d'avoir quelqu'un qui pouvait rire de ce qui se passait à Woodland Manor sans mépriser le travail qu'elle y faisait toute la journée. C'était un répit d'aller boire un verre avec lui après le boulot, au lieu de rentrer pour se trouver confrontée soit à la colère de Melody, soit à son absence. Et c'était incroyable – aussi incroyable que de trouver une bague en diamants dans la rue – de découvrir qu'un homme aimait sa stature, ses grands pieds, ses seins lourds et les vallons qui marquaient sa taille.

La première fois que Cerise ramena Jake chez elle, elle éprouva un soulagement coupable de voir que Melody n'était pas là. Et plus tard, quand ils firent l'amour, elle lui avoua que c'était sa première fois.

– La gamine est pas à toi ? demanda-t-il, perplexe.

Ignorant sa transpiration soudaine et son corps nu qui s'était mis à rougir tout entier, elle lui expliqua que c'était la première fois qu'elle avait aimé ça, la première fois qu'elle avait joui, et que c'était ça qu'elle voulait dire.

Jake affirmait que les préservatifs le gênaient, et malgré tout l'arsenal de crèmes et de gels que Cerise tenait à utiliser, le jour de son rendez-vous au dispensaire, il était déjà trop tard pour prendre la pilule qu'elle était venue chercher. Cette fois, elle se douta tout de suite qu'elle était enceinte, et plutôt que d'appeler LifeRight, elle acheta un test de grossesse avec l'argent que Jake lui avait donné pour payer son abonnement au câble.

Dans la salle de bains embuée, une fois Melody partie au collège, elle lut la notice et suivit les instructions de son mieux, le kit placé en équilibre précaire sur le rebord du lavabo. Elle plongea la tige en plastique dans le petit gobelet qui contenait son urine et retint son souffle, labourant des ongles la chair de ses poignets, en essayant d'envoyer l'ordre à la tige de rester blanche. Et quand, malgré tout, la ligne rose apparut, elle murmura « merde », avant de s'asseoir lourdement sur l'abattant de la cuvette, la tige pendue au bout de ses doigts.

Passé le choc initial, lorsqu'il apprit qu'il allait être père, Jake réagit étonnamment bien. Il dit qu'il espérait que le bébé serait un garçon parce qu'il voulait quelqu'un avec qui il pourrait aller à la pêche, et il avait l'air satisfait que ses spermatozoïdes aient su déjouer tous les pièges que Cerise avait semés sur leur route.

– Les petits gars sont passés au travers, siffla-t-il, impressionné. T'en fais pas, ma belle, ajouta-t-il en prenant Cerise dans ses bras. Ça va changer quoi, un bébé en plus, dans toute cette pagaille ? On va voir si je peux pas arriver à te faire des jumeaux tant qu'on y est !

Mais quand Cerise annonça à Melody qu'elle était enceinte, on aurait dit que les rôles s'inversaient de nouveau : Melody était la mère furieuse et Cerise la fille rebelle.

– Comment tu as fait ton compte ? hurla-t-elle.

Et quand Cerise, en essayant, pour une fois, de faire de l'humour, répondit :

– Comme on fait d'habitude, je crois.

Melody répliqua d'un ton sec :

– C'est dégueulasse.

– Tu vas avoir une petite sœur ou un petit frère, dit Cerise. Ce sera chouette. On prendra un appartement plus grand. Tu auras ta chambre. On sera une famille.

– Je veux pas de famille, asséna Melody.

Puis elle ajouta cette phrase qui déchira le cœur de Cerise :

– Et le « juste toi et moi », il est passé où ?

« Jake Faux-Cul », l'appelait Melody, « Jake le Crotale », « Jake le Con », si bien que, pour Cerise, tenter de faire d'eux tous une famille revenait à essayer de balayer les petites billes de mercure quand quelqu'un faisait tomber un thermomètre, à la maison de retraite. Mais malgré tout, malgré les nausées du matin qui la faisaient vomir dans les toilettes qu'elle était en train de nettoyer, elle était quelque part heureuse d'être enceinte. Cette fois, elle faisait attention aux remous dans son ventre et parvenait à imaginer le bébé qui s'y cachait. Cette fois, sa grossesse ressemblait à une seconde chance, une opportunité de bien faire, d'être à nouveau la bonne mère de l'époque où Melody était enfant, et non cette femme qui, sans trop savoir comment, avait élevé une étrangère pleine d'amertume.

Quand elle perdit les eaux, Cerise faisait le ménage dans la salle à manger après le déjeuner. Elle n'attendait pas le bébé avant au moins quelques jours encore. Elle s'arrêta pour essuyer la flaque qu'elle avait causée, poussa son chariot jusqu'à la réserve et alla pointer pour signaler sa sortie, avant d'appeler Jake et le médecin.

Cette fois, pendant le travail, Cerise n'eut pas peur. Elle n'était pas droguée et ne gémit pas comme lors de la naissance de Melody. Penaud face à sa concentration et à l'autorité du médecin, Jake offrait à Cerise des morceaux de glace à sucer ou lui frottait le dos. Cette fois, quand la douleur menaça de la fendre en deux, elle parvint à se concentrer sur le bébé qui arrivait, à se souvenir pourquoi elle faisait tout ça. Elle sut quand il fallait pousser, et elle chevaucha les vagues de ses dernières contractions telle une surfeuse.

– Allez, bébé ! criait-elle en poussant avec le millier de muscles qu'elle venait juste de découvrir. Vas-y, vas-y ! criait-elle encore, comme si elle était seule chez elle avec Jake dans la chambre, porte fermée.

Lorsqu'elle fut complètement ouverte, elle se pencha,

écarta d'un geste les mains gantées de latex du médecin et cala à la place les siennes entre ses cuisses. Faisant fi des protestations de plus en plus vives autour d'elle, elle donna tout ce qu'elle avait une dernière fois, tendit tout son être et poussa. Elle poussa la tête vers ses mains, puis poussa encore, pour accueillir le bébé seule, guidant le petit corps visqueux hors du sien avant de le soulever en riant pour le poser contre sa poitrine, chaud, mouillé, gémissant.

Lorsqu'elle tordit le cou pour contempler sa petite tête bouffie et étonnée, toute sa douleur s'envola. Allongée sur le lit d'hôpital, les jambes encore écartées, elle eut la sensation étrange que tout s'élevait dans les airs – la salle, le bâtiment, Jake et le bébé. Tout montait vers les étoiles, même alors que le médecin la recousait, même alors que les infirmières la réprimandaient et que Jack s'éclipsait pour aller fumer une cigarette.

Travis n'avait pas encore six mois que le chantier sur lequel Jake travaillait s'acheva.

– T'en fais pas, ma belle, dit-il en annonçant à Cerise qu'il avait été licencié. Il y aura toujours des murs qui ont besoin d'une couche de peinture.

Mais soit c'était la fin du boom dans la construction, soit la chance de Jake avait tourné, car il ne parvint à se faire réembaucher nulle part. Il passait à présent ses journées dans les bars, avec ses camarades licenciés comme lui, qui célébraient tous en chœur leurs vacances forcées, convertissant en alcool leurs allocations chômage et se lamentant de toutes les saloperies qui leur pourrissaient la vie – surtout les patrons, le gouvernement et les femmes.

Les emplois du temps de Jake et de Cerise ne s'articulaient plus très bien. Le bar fermait trop tard pour qu'il puisse passer la voir souvent. Encore fallait-il que Melody et Travis – avec un peu de chance – soient endormis, et Cerise pas trop épuisée, à force de se lever la nuit pour le bébé. Il arrivait aussi à Jake de faire un saut chez elle à son réveil à lui, dans l'après-midi, tant qu'il n'avait encore rien de mieux à faire, et parfois ces jours-là, comme Melody était au collège et Travis couché pour la sieste, Cerise et Jake faisaient l'amour. Il se montrait si tendre que tous les deux en avaient les larmes aux yeux – Jake disait à Cerise qu'elle méritait mieux que lui, il jurait qu'il n'était pas à la hauteur de son amour.

Mais d'autres fois, il avait trop la gueule de bois pour les mots doux, ou alors il était tellement remonté contre la marche du monde qu'il était prêt à cogner les murs, et lorsque Cerise essayait de le calmer, ou de le faire rire, ou bien de le supplier de ne pas réveiller le bébé, il la traitait de salope en brandissant entre eux un poing tremblant, avant de tourner les talons et de partir en claquant la porte.

Jake au chômage, lorsque Cerise cessa de percevoir ses allocations de congé maternité, elle dut décider s'il valait mieux démissionner pour vivre des allocs ou consacrer la moitié de son salaire à faire garder Travis. Elle avait beau détester dépendre de l'argent du gouvernement, elle ne supportait pas l'idée d'être loin de son fils toute la journée, alors elle retourna pointer au bureau de l'aide sociale.

– C'est quoi ce délire, là ? s'exclama Jake en apprenant que Cerise l'avait fait inscrire comme père de Travis sur la déclaration de situation. Pourquoi t'as fait ça, putain ?

Si elle avait pu, elle n'aurait pas choisi cet après-midi-là pour le lui annoncer. Jake était blême, il avait la peau grasse et son odeur donnait l'impression qu'il suintait l'alcool.

– Ils ne nous aideront pas sauf si j'indique qui est son père, expliqua-t-elle.

– Et pourquoi l'État se mêle de nos affaires ? En quoi c'est leurs oignons d'où il vient, le jus que t'as pris dans la chatte ?

– C'est une nouvelle règle, expliqua Cerise, soulagée que Melody ne soit pas là pour entendre Jake parler comme ça. Ils veulent s'assurer que le père verse bien une pension alimentaire.

– Et je fais pas ce que je peux pour t'aider, moi ?

– Si, bien sûr, s'empressa de dire Cerise. Mais avec toi qui… tu sais, ça ne suffit pas vraiment, je veux dire. Et puis, ajouta-t-elle d'une voix mélancolique, je croyais que tu étais fier d'être son père.

– Si je pige bien, je vais devoir verser une pension au

putain d'État de Californie, c'est ça ? Tu m'as bien foutu dans la merde, là, salope !

Elle essaya de rester compréhensive le plus longtemps possible, mais arriva un point où, chaque fois que Jake venait la voir, ils passaient tout le temps qu'ils avaient ensemble à se chamailler comme des frère et sœur en colère, chacun accusant l'autre d'être la cause de tous ses problèmes. Pourtant, elle pleura quand il quitta Rossi pour aller tenter sa chance dans l'un des nombreux chantiers du sud. Avant de partir, il lui assura qu'il reviendrait dès qu'il aurait trouvé du travail, pour l'épouser. Mais chaque fois qu'il lui téléphonait, il expliquait que le boulot était tellement rare qu'il n'avait même pas de quoi se payer un loyer, qu'il devait squatter chez des potes ou dormir dans sa voiture, sur le chantier. Jamais il n'arrivait à verser ni à elle ni à l'État l'argent qu'il devait. De temps en temps, cependant, tard le soir, il l'appelait – quand les bars étaient fermés ou que le téléphone était moins cher. Et pendant qu'elle lui parlait, il arrivait à Cerise de se dire qu'elle préférait sentir que Jake lui manquait plutôt que de l'avoir à ses côtés.

Quand Travis eut vingt mois, Cerise reçut, avec son chèque d'allocations, une lettre lui indiquant que l'ensemble du programme d'aides sociales était en cours de refonte. La lettre la convoquait à un rendez-vous où on lui présenterait sa situation et les options qui s'offraient à elle. Pendant le rendez-vous, assise sur une chaise face à la conseillère, essayant tant bien que mal de garder Travis sur ses genoux, Cerise l'écouta lui expliquer que, l'État de Californie étant tout à fait conscient qu'elle préférait être un membre productif de la société plutôt que de gâcher sa vie à dépendre des prestations sociales, ses allocations prendraient fin dans vingt-quatre mois.

– Mais dans vingt-quatre mois, Travis n'aura pas encore l'âge d'entrer en maternelle, fit-elle remarquer en attrapant la main de son fils avant qu'il n'arrache son dossier sur la table de la conseillère.

– Vous allez devoir trouver du travail, répondit celle-ci, en articulant exagérément comme si Cerise était sourde.

– J'avais un boulot avant qu'il naisse. Mais je ne gagnais pas assez pour le faire garder, répondit Cerise.

– Il existe des programmes de formation qui vous permettront de candidater à des postes mieux rémunérés, expliqua la conseillère. L'État peut vous aider à les financer. Mais il faut vous dépêcher, avant que toutes les bourses aient été attribuées.

– Oh, fit Cerise.

– Que voulez-vous étudier ?

– Je n'ai jamais fini le lycée, expliqua Cerise tout en essayant de capter l'attention de Travis à l'aide de l'un des vieux jouets qu'elle avait apportés.

– Quelque chose dans l'informatique, ou la restauration ? Pourquoi pas la puériculture ou même le secrétariat ?

– La puériculture, peut-être ? dit Cerise en retirant un

coupe-papier des mains de Travis. Comme ça en même temps je pourrais le garder.

– Peut-être, dit la conseillère d'un ton sec. Mais pour l'heure, le plus important reste de vous remettre au travail.

Le seul programme de formation en puériculture approuvé par le bureau d'aide sociale qui pouvait encore accepter Cerise pour son trimestre d'été dépendait d'un petit institut d'enseignement technique du sud de San Francisco. D'abord, l'idée d'un déménagement lui parut insurmontable, mais l'employée de l'institut à qui elle eut affaire se montra si rassurante, et la conseillère de l'aide sociale si inflexible, que Cerise remplit les formulaires, passa les coups de fil et rassembla les documents lui permettant de s'inscrire. Elle appela Rita en PCV en Floride pour lui emprunter de l'argent, même si elle savait qu'elle se privait ainsi d'une chance de pouvoir le faire en cas de véritable urgence.

– Si seulement tu te mariais, rien de tout ça ne serait nécessaire, lui lança Rita avant d'accepter.

– Le père de Travis a été licencié, rétorqua Cerise.

– Alors trouve-toi quelqu'un d'autre.

– Je vais essayer, mentit Cerise. Mais pour l'instant, il me faut ce diplôme de puériculture, ou je vais finir à la rue.

Elle appela Jake pour lui demander de rentrer leur donner un coup de main pour le déménagement, même si elle avait peur d'avoir mal en le revoyant.

Néanmoins, le vrai problème, c'était Melody.

– Pas question que je quitte mes amis, dit-elle tout net lorsque Cerise lui fit part de ses projets.

Elle était dans la salle de bains. Elle y passait un temps fou, avec ses brosses, ses crèmes et tous ses produits de beauté qu'elle logeait au milieu des canards en plastique et des sacs de couches de Travis. Cerise, elle, était dans le salon, sur le canapé jonché de jouets, penchée sur le catalogue de l'institut d'enseignement technique, qu'elle avait posé sur ses genoux, en train de cocher et de recocher les cours qu'elle allait devoir suivre, comme si en mémorisant leurs numéros et leurs horaires, elle aurait plus de chances d'y avoir de bonnes notes.

– Tu te feras de nouveaux amis ! cria-t-elle à Melody. Et j'ai vraiment besoin de ce certificat !

– Pourquoi tu ne retournes pas juste bosser à Woodland Manor ? cria Melody en retour.

– Je n'aurais pas de quoi payer le loyer plus une nounou, avec ce que je gagnerais là-bas.

– Alors dans ce cas, ne bosse pas et continue à toucher les allocs jusqu'à ce que Trav aille à l'école, comme t'as fait pour moi.

– Je ne peux pas. Les règles ont changé. Tu crois que ça me réjouit, de laisser Travis à quelqu'un d'autre toute la sainte journée ?

– Je m'occuperai de lui pendant que tu bosses, promit Melody en sortant de la salle de bains vêtue d'une minijupe en cuir et d'un haut en velours.

Elle était de nouveau blonde. Avec son maquillage parfait et ses jambes sveltes, elle avait l'air magnifique et hautain de ce mannequin que Cerise avait un temps rêvé la voir devenir. Sauf qu'aujourd'hui, la beauté de Melody lui faisait l'effet d'une arme sans le cran de sûreté – aussi dangereuse pour sa propriétaire que pour les autres autour d'elle.

Quand Melody se pencha pour sortir Travis d'un tas de jouets semblables à des offrandes, Cerise aperçut la soie noire d'une culotte sous l'ourlet souple de la jupe. Melody portait de plus en plus souvent des vêtements que Cerise ne lui avait pas achetés. Vestes en daim, jeans de marque, chemisiers à sequins… Melody disait toujours que c'étaient des emprunts, des cadeaux ou des dons de copines que Cerise n'avait jamais vues.

– On s'amuserait bien, pas vrai, Travie ? fit Melody.

Travis gloussa de joie quand elle le souleva dans les airs.

– D'où elle vient, cette jupe ? demanda Cerise.

– Oh, ça ?

Melody baissa les yeux, avant de reposer Travis en haussant les épaules.

– C'est Justine qui me l'a donnée. Elle m'a dit qu'elle en avait marre de la porter.

– Tu es sûre ? insista Cerise.

– Comment ça, je suis sûre ? s'énerva Melody. Genre je sais pas quand ma copine me donne une jupe, c'est ça ?

– Je veux juste en être certaine, fit Cerise.

Melody changea posément de sujet :

– Bon, je vais garder Travis, comme ça tu pourras retourner bosser, trancha-t-elle.

– Tu as école, répondit Cerise. Le nouveau règlement du bureau de l'aide sociale dit que si un mineur interrompt sa scolarité, le foyer allocataire perd les prestations auxquelles il aurait droit.

– Le « foyer allocataire » ? C'est quoi ça, putain ?

– Ne parle pas comme ça devant le bébé. Un foyer allocataire, c'est une famille, comme nous.

– Je hais le lycée.

– Il faut que tu tiennes jusqu'au diplôme, répéta Cerise. Tu n'as pas besoin de galérer comme moi. Avec ton intelligence et ton physique, tu…

– « Mon intelligence et mon physique »…

Melody renvoya ses cheveux en arrière d'un grand geste et se redressa pour faire face à sa mère.

– Non mais reviens sur terre, là ! Sur quel genre de nuage tu vis avec ta télé, hein ? J'aurai jamais la moindre chance de…

– Il faut que tu la saisisses, coupa Cerise, suppliante. Tu dois réussir !

– Écoute, dit Melody en crachant le mot comme un fruit pourri, je pourrais être une gentille petite fille. Ouais, c'est vrai, je pourrais aller à l'école et bosser comme une débile. Je pourrais avoir de bonnes notes. Et même, si je suis vraiment douée, avec un peu de chance, je pourrais finir dans une petite fac publique, moi aussi. Waouh, la classe !

« Et après, continua-t-elle, agressive, après, je jonglerai avec deux boulots histoire de pouvoir apprendre tout un tas de trucs inutiles, pour avoir accès à quoi ? À un petit bout de papier qui me donnera le droit d'aller me casser le cul dans un autre boulot à la con pour le restant de mes jours ? Merci beaucoup mais sans moi, putain ! Je hais les études. C'est de l'arnaque, les études !

– J'ai reçu ton bulletin, hier, dit Cerise. Tu n'as la moyenne dans aucune des matières.

Melody se tourna brusquement vers elle.

– Et en arts plastiques ? J'ai un A en arts plastiques.

– Les arts plastiques, ce n'est pas une matière.

– Quoi ?

– L'anglais, c'est une matière, dit Cerise. Les maths, c'est une matière. L'histoire, c'est une matière. Les sciences, c'est une matière. Les arts plastiques, c'est comme le sport. Ou la fanfare. Ça ne sert à rien. Ce n'est pas vraiment du travail.

– En arts plastiques, je travaille dur.

– Qu'est-ce que tu fais ? Tu démontes des grille-pain ? Tu dessines des bennes à ordures ? Si j'étais ton professeur d'arts plastiques, je ne te mettrais pas la moyenne là non plus.

– Non mais j'y crois pas ! s'exclama Melody en levant les yeux au ciel, comme si elle avait une chance de trouver là-haut un juge impartial.

– L'art, dit Cerise, ça ne te mènera à rien.

– Ah, ouais ! Genre toi t'es experte en ce-qui-va-mener-quelque-part, bordel !

– C'est ce que j'essaie de faire ! En ce moment même ! J'essaie d'aller quelque part ! cria Cerise pour noyer le tremblement de terreur dans sa voix. Et je vais t'emmener avec moi !

SIX SEMAINES APRÈS LE REFUS DE TITULARISATION essuyé par Eliot, Anna se tenait debout devant le lavabo de la salle de bains, une tige en plastique à bout rose à la main. En se penchant vers le miroir, elle vit venir à sa rencontre un visage aux traits marqués par l'hébétude. Il y avait sous ses yeux deux cernes sombres en forme de demi-lune, les rides autour de sa bouche s'étaient creusées et ses joues avaient l'air molles, pâteuses. Coinçant sa lèvre inférieure entre ses dents, elle mordit jusqu'à la douleur, regrettant de ne pas avoir le courage d'aller jusqu'au sang. Ses yeux cherchaient leur reflet comme si elle espérait encore y trouver une réponse. Mais il n'y avait que deux trous qui menaient directement à son cerveau, et ce cerveau n'était qu'un nœud de chair au désespoir.

Un petit gobelet en plastique à demi rempli d'urine était posé à côté de la vasque devant elle. Elle le ramassa, vida son contenu dans les toilettes et ferma l'abattant de la cuvette. Une fois le flacon et la tige replacés dans leur boîte d'origine, elle cacha le tout au fond de la poubelle, où personne n'irait le chercher. Assise sur l'abattant, elle se fourra le visage dans les mains et essaya de réfléchir.

Elle en était déjà à huit semaines au moins – peut-être même dix, voire douze. Au début, elle s'était dit que ses règles n'étaient pas vraiment en retard, que c'était simplement qu'elle avait perdu le compte du calendrier, à cause de tout le souci qu'elle se faisait pour Eliot. Puis, rien ne venant, elle avait mis ça sur le compte du stress, tout comme la fatigue et les nausées.

Mais maintenant, le trait rose disait autre chose.

En février, quand il avait annoncé à Anna que son poste allait être supprimé, Eliot lui avait déclaré :

– Je ne sais pas qui est le plus ridicule. Moi parce que j'ai vraiment cru que je pouvais continuer à bosser éternellement sur un projet qui pourrait donner des résultats concrets dans un demi-siècle ? Ou la fac, parce que, encore maintenant, ils font semblant de croire qu'on pourra vraiment s'en tenir à des sparadraps.

Ils étaient dans la cuisine. Anna préparait le dîner, pendant que Lucy fabriquait une petite maison pour Noranella, sous la table. Debout au milieu de la pièce, Eliot continua. Il n'avait même pas retiré son blouson.

– L'érosion a emporté un tiers des terres arables au cours de ces quarante dernières années et l'université de Spaulding me refuse la titularisation, en soutenant que mes recherches ne sont pas assez convaincantes !

– Ils se trompent, répondit Anna en s'essuyant les mains dans un torchon, avant de lui tendre les bras. On le sait tous les deux. Et pour tes cours, tu as les meilleures évaluations du département.

– L'enseignement est le dernier des soucis des comités de titularisation, remarqua Eliot.

Il la serra machinalement contre lui, juste un instant, avant de s'écarter de nouveau.

– Ça aussi, on le sait. En vérité, rien ne compte mis à part les financements, dit-il amèrement. Et on consacre beaucoup plus de fric à l'épissage de gènes de souris dans la tomate qu'au développement d'un blé vivace !

– Oui, mais…

Eliot ne lui laissa pas le temps de terminer sa phrase.

– Enfin, bref, coupa-t-il, j'ai perdu mon boulot, voilà.

Malgré la colère dans sa voix, il avait l'air si désespéré qu'Anna prit peur.

– Je ne sais pas du tout ce qu'on va faire, dit-il en regardant par-dessus l'épaule de sa femme, vers la fenêtre au-dessus de l'évier.

– On trouvera, dit Anna. On a encore mon boulot à moi. Et pour toi, il y a forcément une solution.

– Pas par ici, répondit-il sombrement. À moins qu'ils n'embauchent des profs de génétique au McDo.

– On va trouver, lui promit Anna, malgré son inquiétude. On va y arriver. Tout ira bien.

– Qu'est-ce qu'il y a ? fit la petite voix de Lucy sous la table. Qu'est-ce qui s'est passé ?

Coulant la tête entre les plaids dont elle avait couvert la table, elle demanda :

– Qu'est-ce qui va bien aller ?

– Tout, répondit Anna en attrapant un couteau pour essayer de se concentrer de nouveau sur la salade qu'elle préparait. C'est juste que les choses ont un peu changé.

– Qu'est-ce qui a changé ? demanda Lucy, inquiète.

– J'avais bien dit que ça risquait d'arriver, renchérit Eliot pour Anna, sans prêter attention à Lucy. Mais il faut croire que je n'y croyais pas vraiment.

– Parce que ça n'aurait pas dû se passer comme ça, dit fermement Anna.

– Si je veux retrouver du boulot, il faudrait qu'on déménage. Ou au moins que moi, je déménage.

Il avait hésité sur la dernière phrase. Anna leva les yeux.

– Tout seul ? demanda-t-elle, étonnée.

– Tu as pensé à tout ce que tu abandonnerais si tu déménageais, toi aussi ?

La question donnait le vertige. Bien sûr qu'elle avait pensé à ce qui risquait d'arriver si Eliot n'était pas titularisé, mais pas plus que ça – vaguement. Eliot était un bon scientifique, trop respecté de ses collègues et de ses étudiants pour qu'elle puisse imaginer qu'il connaisse le chômage un jour. En un sens, elle s'était dit que ce n'était pas bien, de trop y réfléchir, comme si envisager le pire risquait de le faire advenir. Mais brusquement, l'angoisse lui brûla le sang. *C'est réel*, se dit-elle.

Elle balaya la pièce du regard, s'attardant sur la fenêtre au-dessus de l'évier. Dehors, le soleil couchant brunissait les collines gelées. D'aussi loin qu'elle se souvienne, elle avait adoré cette vue, adoré voir les saisons s'y succéder, elle la trouvait belle quelle que soit la lumière. Elle pensa à l'exposition qu'elle préparait – jamais encore elle n'avait montré son travail dans une galerie aussi prestigieuse – et, de nouveau, elle se rendit compte à quel point son art reposait sur ce qui se passait au-delà de cette fenêtre. Elle songea à toutes les photos qu'elle voulait encore faire de cette terre – des centaines –, chacune menant à la suivante comme par une magie infinie, comme l'Inépuisable marmite de pâtes de l'histoire préférée de Lucy. Elle songea à son poste à elle à l'université, à ses collègues, à ses étudiants et à ses amis. Elle songea à Sally et Mike à Salish, et à ses parents qui vivaient tout à côté, à Spokane.

Elle se dit : *Je perdrais tout, si je partais.*

– On va partir d'ici ? fit Lucy.

Elle avait l'air horrifiée.

Anna arracha son regard à la fenêtre et parcourut automatiquement la pièce du regard, avant de croiser les yeux d'Eliot. Un instant, elle eut l'impression de ne pas le reconnaître : il avait l'air terriblement triste et fatigué, seul et dévasté. Elle baissa les yeux vers Lucy, de plus en plus inquiète, qui se tenait debout devant elle, à hauteur de sa taille, attendant une réponse.

– On risque de devoir déménager, oui, répondit-elle en regardant Eliot droit dans les yeux.

Elle liquidait en quelques mots tous les autres avenirs

possibles. Puis, baissant la tête vers Lucy, elle ajouta, avec douceur :

– Mais on n'en sait encore rien.

– Qui va vivre notre vie, si on s'en va ? demanda Lucy.

– Ce sera encore notre vie, répondit Anna, plus sûre d'elle dans son ton que dans sa chair.

Elle s'essuya les mains au torchon et enveloppa Lucy de ses bras.

– On emportera nos vies avec nous, quand on partira.

Disant cela, elle éprouva comme un sentiment de triomphe, une bouffée d'espoir.

– Tout se passera bien, tant qu'on est tous ensemble, promit-elle à sa fille.

Mais Lucy, en se baissant, se dégagea des bras de sa mère.

– Noranella ne viendra pas, dit-elle, seule au milieu de la pièce.

– Et pourquoi ça ? demanda Eliot en prenant la main d'Anna.

– Noranella ne partira pas de chez elle.

– Oh, Lucy, je t'en prie, supplia Anna, bêtement. Tu pourrais la convaincre de venir.

Avec beaucoup de dignité, Lucy répondit :

– Je peux pas. Je ne pourrais jamais faire un truc aussi *noncroyable* à Noranella.

– Lucy... avait alors risqué Eliot, tu sais, tout le monde peut être capable d'envisager chaque situation de plusieurs manières.

Lucy avait alors croisé les bras sur sa poitrine, comme une femme adulte.

– Pas Noranella.

Sur ce, elle leur avait tourné le dos.

Seule dans la salle de bains à présent, Anna leva la tête de ses mains et regarda autour d'elle. Elle vit la collection de jeunes pousses et de boutures d'Eliot, sur le rebord de la fenêtre, les tas de jouets de bain et les serviettes placées n'importe comment sur le porte-serviettes, mais son cerveau ne trouvait aucun sens à ces choses. Quand elle l'avait retirée de l'emballage, la tige de plastique avait l'air tellement inoffensive, presque comme une pièce de jeu de société, ou un jouet d'enfant – un hochet pour bébé. Une étrange tentation la titilla, pareille aux accords d'une musique lointaine. Elle réfréna l'envie d'aller récupérer la boîte dans la poubelle et de ressortir la tige de son emballage pour la regarder à nouveau.

C'était impossible – elle ne pouvait pas.

Elle ne pouvait pas avoir un bébé sans prendre de congé pour s'en occuper. Mais elle ne pouvait pas demander un congé sans solde à l'université alors que son travail allait être leur seule source de revenus. Elle ne pourrait pas faire tous les tirages pour son exposition de Los Angeles sans travailler dans sa chambre noire, mais elle ne pouvait pas travailler dans sa chambre noire sans exposer un embryon à la nocivité des produits chimiques et des métaux lourds. Annuler une exposition aussi importante était impensable, mais il lui était impossible de la préparer en étant enceinte.

Si, par miracle, Eliot se voyait offrir un poste ailleurs, elle ne pourrait pas lui demander de le refuser simplement parce qu'elle ne voulait pas déménager, surtout alors qu'il en était encore à digérer la brutalité de son récent échec. Mais elle ne pouvait pas s'imaginer déménager avec un bébé et ne pouvait pas non plus s'imaginer avoir un deuxième bébé sans le soutien de sa famille et de ses amis.

C'était impossible. Fou et irresponsable, une erreur de mettre un bébé au monde en ce moment. Elle devait l'empêcher. Pour le bien de sa famille – pour celui d'Eliot, pour celui de Lucy et pour le sien propre –, elle devait renvoyer cette possibilité minuscule d'où elle était venue, comme une lettre livrée à la mauvaise adresse, comme un message destiné à quelqu'un d'autre.

Cela demanderait du courage et de l'imagination. Mais Anna se dit qu'elle y parviendrait sans que personne ait à porter avec elle le fardeau de sa décision. Elle pourrait fixer les rendez-vous nécessaires à des moments où Eliot travaillait. Elle pourrait s'arranger pour que l'intervention ait lieu un après-midi où elle n'avait pas cours, s'organiser pour que Lucy rentre de l'école avec une amie ce jour-là. Et le soir, elle prétexterait une petite grippe puis irait se coucher. Avec tout le travail et tout le stress qu'ils allaient devoir affronter, ne pas faire l'amour jusqu'à la cicatrisation ne serait pas trop difficile. Plus tard, se promit-elle, quand tout se serait calmé, ils pourraient avoir un autre bébé – mais pas tout de suite.

Avant de pouvoir s'en empêcher, cependant, elle se mit à penser bébés, elle se rappela à quel point les nouveau-nés étaient délicieux, avec leur petit air sage et niais. Elle se rappela Lucy à cet âge, puis un peu plus grande, ses grosses joues, elle se rappela son sourire de diablotin et ses yeux toujours grands ouverts. Elle pensa à Lucy maintenant, tellement elle-même, tellement inévitable, tellement essentielle, et elle sentit le désir de bébé l'envahir, irrépressible envie qui défiait toute logique. Tout d'un coup et contre toute raison, elle voulut la chair d'un bébé, l'odeur d'un bébé, la promesse et le réconfort d'un bébé.

On pourrait y arriver, plaida-t-elle à cette autre elle-même. La main posée sur son ventre, elle imagina l'embryon gros comme un germe de haricot qui était tapi là ; elle se demanda quel genre de personne était en train de s'élever vers le monde. Elle se rappela le bout de tissu organique à la dérive qu'elle avait autorisé le médecin à exciser, se rappela à quel point il était adorable et abandonné ; et en pensant aux longues heures qu'elle avait passées dans son labo, au Dektol et au sélénium auxquels cette petite pousse avait déjà été exposée, elle sentit monter en elle un élan maternel d'inquiétude. *Arrête !* se dit-elle, sévèrement – *n'oublie pas à quel point c'est impossible*. Mais déjà, dans un recoin traître et reculé de son être, elle sentait frémir une joie immodérée. Un

« bienvenue » qui se répandait dans sa chair, et un élan d'enthousiasme qui frôlait l'inconscience face à l'avenir qui, d'une embardée, échappait à son contrôle.

CERISE TROUVA UN MOBIL-HOME DE TROIS PIÈCES aussi près de l'institut de technologie qu'elle pouvait financièrement se le permettre, sur un petit terrain collectif poussiéreux, plein d'herbes folles et de carcasses de voitures. Elle emballa leurs affaires dans des sacs de supermarché et des cartons à bouteilles, et Jake vint l'aider à déménager au volant d'un pick-up d'emprunt. Il arriva chargé d'une douzaine de roses rouges pour Cerise, d'un flacon de vernis à ongles à couleur changeante pour Melody, d'un pack de Budweiser pour lui et d'un fusil laser à piles pour Travis, qui passa un après-midi extatique à appuyer sur la détente en glapissant joyeusement chaque fois que le canon en plastique se mettait à clignoter et qu'une voix électronique annonçait : *Attention. Jetez vos armes. Feu. Touché.*

Cerise était un peu triste de quitter cet appartement qui avait été leur chez-eux, mais en traversant Rossi pour la dernière fois, entassée avec Jake, Travis et Melody dans la cabine du pick-up, elle regarda à travers la vitre les nouvelles zones commerciales, les palmiers crasseux, et trouva étrange de se dire qu'elle avait un jour vécu là.

Le mobil-home était deux fois moins grand que leur appartement. Les équipements de la cuisine auraient pu tenir dans une maison de poupée – le réfrigérateur au freezer si petit qu'on pouvait à peine y caler un pot de crème glacée, ou la gazinière à deux feux, avec son four grand comme un jouet. Cerise laissa la chambre du fond à Melody et s'installa avec Travis dans celle de devant, même si elle était si petite que matelas et berceau y étaient presque collés.

À la pharmacie où elle alla acheter des couches, du papier-toilette et du shampoing, elle trouva des graines de fleurs en solde, à dix *cents*. Elle en prit pour un dollar et les planta sous les fenêtres de leurs chambres en suivant scrupuleusement le mode d'emploi inscrit sur le sachet. Armée d'une petite truelle, elle brisa la terre, tassa soigneusement les graines sous le terreau, et arrosa avec une casserole qu'elle remplissait dans la cuisine. Elle surprit Travis en train d'essayer de les déterrer le lendemain matin, mais au milieu de l'été, quelques pois de senteur commencèrent à fleurir, et l'un des zinnias fit des bourgeons pareils à de gros pouces verts.

Le premier jour, sur le campus, elle passa son temps à attendre qu'on s'aperçoive qu'elle n'était qu'une intruse et qu'on lui demande de partir. Endurant le mépris de Melody, elle avait mis encore plus de soin à choisir sa tenue que pour ses rendez-vous avec Jake. N'empêche, ses mains poissaient comme si elles avaient passé toute la journée enfermées dans des gants de ménage, et Cerise gardait les coudes serrés contre elle pour essayer de masquer la transpiration qui dessinait des cercles sombres sur son chemisier au niveau des aisselles. Elle marchait d'un pas rapide sur les trottoirs où se pressaient les étudiants, sans trop savoir où elle allait, ses nouveaux livres de cours plaqués contre sa poitrine, comme si elle avait douze ans de nouveau.

Elle échoua un peu au hasard dans la bonne salle de classe. Et la retrouva le lendemain. Sa terreur s'apaisait peu à peu, si bien qu'elle commençait même à se dire que sa conseillère avait peut-être raison – peut-être, en fin de compte, que tout était possible, si on faisait les efforts, si on le voulait de toutes ses forces.

Ce qu'elle préférait, dans ces études, c'étaient les heures qu'elle passait à la crèche du campus, à s'occuper des tout-petits. Dès que les enfants eurent fait sa connaissance, ils se mirent à courir vers elle quand elle arrivait, et avec leurs petits bras et leurs frimousses tendus dans sa direction, on aurait dit des tournesols tout excités. Pendant le temps calme, ils se pressaient sur ses genoux, lui montraient leurs bobos invisibles, lui racontaient des histoires interminables sur leurs rêves ou sur des vidéos qu'ils avaient vues. Si bien qu'au milieu du semestre, sa professeure référente assura à Cerise qu'elle devait être une sorte de magicienne, vu sa facilité à les calmer à l'heure de la sieste.

Même si leur déménagement l'avait mise très en colère, Melody sembla aller un peu mieux cet été-là. Elle gardait Travis pendant que Cerise était en cours et trouva du boulot en soirée, dans un fast-food, non loin de l'endroit où elles habitaient. Elle se fit de nouveaux amis – pas des gamins bardés de cuir qui conduisaient des voitures bruyantes, cette fois, mais une bande d'adolescents rêveurs et dépenaillés. Ces nouveaux amis-là marchaient pieds nus, écrivaient des poèmes et portaient des dreadlocks de cheveux clairs, même si certaines des filles se rasaient la tête et quelques garçons arboraient des jupes.

Melody disait qu'ils avaient pour ambition de sauver la Terre. Elle disait qu'ils voulaient vivre comme les gens étaient censés vivre, en harmonie avec la nature, en tribus. Ils se faisaient appeler les Enfants perdus, alors Cerise pensa au film *Peter Pan*, mais quand elle le mentionna à Melody, celle-ci lui rappela sur un ton méprisant que, dans le film, il n'y avait que des garçons.

Quand arriva le 4 Juillet, Melody annonça qu'elle était amoureuse de l'un d'entre eux, un garçon élancé aux boucles noir corbeau qu'elle appelait Tree. Il était propriétaire d'un vieux car de ramassage scolaire que Melody l'aida à repeindre, le couvrant de fleurs sinueuses, d'animaux aux yeux sombres et de formes géométriques dont elle disait qu'elles avaient des significations sacrées. Tree avait aussi un pistolet à tatouage et proposait ses services lors des concerts ou des fêtes foraines. Melody raconta à Cerise que Tree tatouait parfois des dessins qu'elle avait faits, et elle affirma qu'elle allait bientôt se mettre à son compte, elle aussi : elle peindrait ces dessins à la bombe sur des T-shirts, des foulards en soie et des sacs de toile.

Une nuit, à la mi-juillet, bien après avoir couché Travis, Cerise était assise sur le canapé, penchée sur ses cours, tellement concentrée qu'elle leva à peine les yeux quand la porte du mobil-home s'ouvrit sur Melody.

– Salut, lui dit-elle avant de s'interrompre un instant pour surligner un passage de son manuel sur le lien mère-bébé. C'était comment, le boulot ?

– Pourri, répondit Melody. Mais... mate ça, fit-elle en lançant quelque chose à côté de sa mère, sur le canapé.

– C'est quoi ? demanda Cerise, qui leva un instant les yeux pour voir ce que Melody avait jeté.

Elle crut d'abord à une décoration conçue pour un étrange sapin de Noël, mais en le ramassant, elle vit qu'il s'agissait d'un pamplemousse, dont l'épaisse peau rosée avait été décorée d'une étoile tortueuse aux branches multiples.

– C'est celtique, dit Melody en désignant l'étoile. C'est complètement magique. Tree me dit que j'apprends vite, ajouta-t-elle fièrement. Il dit que je suis presque prête à essayer de tatouer pour de vrai. Il faut juste que je travaille un peu plus sur la profondeur.

– Tatouer pour de vrai ? fit Cerise, circonspecte.

– Tatoueuse, ça gagne bien. Si je deviens bonne, je me ferai bien plus de fric en tatouant qu'en vendant des burgers au McVomi. Même les profs et les banquiers veulent des tatouages, maintenant. Tree dit que mes dessins sont vraiment cool.

– Tant que tu ne te fais pas tatouer, toi, dit Cerise en

songeant à la peau parfaite de Melody et en examinant l'étoile gravée dans l'écorce cireuse du pamplemousse.

Elle se souvenait des tatouages sur les biceps flasques et les avant-bras ridés des résidents de Woodland Manor – des ancres et des drapeaux violets, tout flous ; ils lui rappelaient les polycopiés que ses maîtres et ses maîtresses distribuaient à l'école primaire.

– Lorsqu'on se fait tatouer, c'est pour la vie, ajouta-t-elle. On est coincé avec le dessin, pour toujours.

– C'est le but, répondit Melody sans se braquer. C'est important d'avoir des trucs qui vont nous accompagner toute notre vie. Mais t'inquiète pas – si je m'en fais faire un, il sera petit et facile à cacher. Tree dit que les tatouages sont plus sexy quand il faut les chercher. Il y a des gens qui s'entraînent sur des poulets, continua-t-elle, mais comme j'ai arrêté de manger de la viande…

– Tu as arrêté de manger de la viande ? Quand ça ?

– Quand j'ai rencontré Tree.

– Et pourquoi ?

– T'as une idée de tous les poisons qu'ils injectent dans la viande ? Les hormones et les médocs, tout ce genre de merdes ? Et puis, dit Melody en récupérant son pamplemousse et en l'examinant fièrement, Tree dit que manger la chair d'un autre être vivant sans lui demander d'abord la permission, ça te file un mauvais karma.

Cela n'avait aucun sens, que Melody arrête de manger de la viande, d'autant qu'à chacun de ses services elle avait droit à un double hamburger gratuit, accompagné d'une grande frite et d'une boisson. Et ça rendait Cerise malade de penser qu'un seul petit papillon tatoué sur sa cheville ou sur son omoplate pourrait défigurer son adorable fille. Au moins, Melody avait un travail. Au moins, elle ne rentrait pas saoule, même si parfois Cerise reconnaissait l'odeur de la marijuana dans ses cheveux. Au moins, les vêtements que Melody portait étaient les siens, maintenant, ou alors ils étaient de si mauvaise qualité ou tellement abîmés que Cerise ne s'inquiétait pas de savoir d'où elle les tenait. Et, au moins, Tree ne trimballait pas un couteau sur lui, et il ne laissait pas de suçons dans le cou de Melody.

Une ou deux fois après ce jour-là, comme elle avait réussi à coucher Travis à l'heure, que Melody était rentrée du boulot et qu'elle-même était trop fatiguée pour songer à réviser, Melody et elle se trouvèrent un vieux film à la télé, se préparèrent du pop-corn qu'elles arrosèrent de fromage en poudre récupéré dans une boîte de macaronis avant de se vautrer ensemble sur le canapé sans dire un mot, les yeux rivés sur l'écran et le pop-corn posé entre elles, avec pour seul mouvement celui de leurs mâchoires et de leurs doigts se frôlant quand elles piochaient dans le saladier en même temps.

Mais avant la mi-août, Melody fut renvoyée parce qu'elle avait aidé les Enfants perdus à organiser un sit-in avec des pancartes qui disaient « Injuste envers les animaux » et « Mangez votre propre chair » devant le fast-food même où elle travaillait.

– Tu as perdu ton boulot ? répéta Cerise. Tu veux dire que tu t'es fait virer ?

– De toute façon, j'en pouvais plus de bosser dans un endroit qui vend des animaux assassinés. Tu sais que ces vaches ne voient pas la lumière du jour une seule fois dans leur vie ? Elles passent toute leur existence à piétiner dans leur merde. Elles peuvent même pas marcher.

– Tu t'en sortais tellement bien, remarqua Cerise, la voix pleine de regrets.

Travis, qui regardait des dessins animés sur le canapé pendant que Cerise essayait de réviser, se laissa glisser par terre et alla chercher son fusil laser.

– Ah ouais, d'accord ! pouffa Melody. Genre un job chez McNazi, c'est bien s'en sortir !

– C'était un début, répondit Cerise. Ça va être plus compliqué de trouver autre chose, maintenant que tu as été renvoyée.

– Mais alors je m'en tape, lança Melody, si tu savais !

– Mama. Medi, fit Travis en pointant son jouet laser dans leur direction.

Il appuya sur la détente, le fusil se mit à clignoter et à débiter son catéchisme électronique, mais les lumières semblaient moins vives, la voix plus grave et moins articulée que d'habitude.

– Ne pointe pas ce machin sur les gens, Trav, ordonna Cerise avant de se tourner vers Melody. C'est bientôt la rentrée, dit-elle. Comment tu vas t'acheter des vêtements, si tu n'as plus de travail ?

Travis tira de nouveau et les lumières clignotèrent péniblement.

– *Tou-ché,* fit une voix traînante et plus grave.

– Il y a une boutique au centre commercial, la patronne a dit qu'ils allaient prendre mes T-shirts, déclara Melody.

– Tu as perdu un bon travail, un travail stable, dit Cerise, entre peur et colère. Tu as été renvoyée…

– Lâche-moi, d'accord ? Tu devrais être fière que des gens veuillent acheter mes créations. Je m'en branle d'avoir été virée ! De toute façon, c'est ma vie !

– C'est la mienne aussi, remarqua Cerise en refermant son livre d'un coup sec, envoyant le surligneur jaune voler à travers la pièce. Et je…

Elle fut interrompue par le hurlement de Travis.

– Qu'est-ce qu'il y a, Travie ? fit Melody, se tournant vers son petit frère avec sollicitude, pendant que Cerise bondissait du canapé.

– Qu'est-ce qui se passe, poussin ? cria Cerise en s'emparant de Travis avant Melody.

Dans sa tête, elle voyait déjà des veuves noires, des scorpions, des frelons.

– Qu'est-ce qu'il y a ? insista-t-elle.

Travis hurlait toujours. *Ouin, ouin*. Les traits crispés, rouge de frustration, il appuyait sur la détente de son fusil laser devenu silencieux.

– Laisse-moi voir, Travie, fit Melody en lui prenant le jouet pour l'essayer. Il ne marche plus, annonça-t-elle, couvrant ses pleurs. Y a des piles quelque part ?

– Tu te fous de moi ? hurla Cerise. Je n'ai même pas de quoi acheter des couches !

– Pil, pil, répéta Travis, à qui le mot n'avait pas échappé.

Secouant le jouet dans son petit poing potelé, agrippé à Cerise, il hurlait :

– Pil pil pil pil !

– Attends, Travis, dit Melody en lui reprenant le fusil des mains, le temps de faire glisser le couvercle du compartiment à piles. Bon, c'est une pile carrée avec les petits bitoniaux sur le dessus qu'il nous faut. Dans quoi d'autre on trouve ça ? demanda-t-elle en balayant la pièce du regard.

– Dans rien de ce qu'on a, fit Cerise avec un haussement d'épaules.

Elle tapota le dos de Travis

– Ce n'est pas grave, Trav. C'est juste un jouet.

– Je vais le réparer, promit Melody qui venait de repérer le détecteur de fumée collé au plafond de l'étroit couloir.

– Tu ne touches pas à ça ! s'exclama Cerise alors que Melody levait déjà le bras pour ôter le couvercle.

– Oh, allez ! fit Melody en interrompant son geste. C'est juste pour ce soir ! J'achèterai une pile pour le détecteur de fumée demain. De toute façon, elle a sans doute besoin d'être changée.

Froidement, Cerise demanda :

– Et tu comptes faire ça avec quel argent, si tu n'as plus de travail ?

– Du fric, j'en aurai bientôt – plein de fric, maintenant que je suis à mon compte. Dès que mes T-shirts commenceront à se vendre, je pourrai te payer toutes les piles qu'il te faudra.

– Pil ! cria Travis, en tendant les bras vers Melody.

Cerise pivota pour que Melody n'atteigne pas son petit frère, alors après un haussement d'épaules, Melody laissa retomber son bras. Passant devant eux, elle se dirigea vers la minuscule cuisine.

– Tu laisses ce détecteur de fumée là où il est, répéta Cerise par-dessus son épaule. Je suis sérieuse, ajouta-t-elle d'un air grave avant d'aller coucher son enfant, qui hurlait toujours.

– T'en fais pas, Travie, lui cria Melody en ouvrant le réfrigérateur. Medi va te payer des piles toutes neuves. Promis.

APRÈS LA FIN DE TOUT

AU MOMENT OÙ ILS FIRENT LES CARTONS, Anna était certaine que l'amie imaginaire de Lucy finirait par céder et choisirait de partir en Californie avec eux. Mais même quand la maison ne fut plus qu'une coquille vide pleine d'échos, et qu'ils eurent dit au revoir à Sally et Mike, aux parents d'Anna et à tous leurs amis, Noranella tint bon.

Le matin du départ, alors que la voiture chargée quittait en marche arrière son abri sous l'épicéa de l'arrière-grand-père d'Anna, puis s'engageait sur le sentier menant à la route, Lucy, le cou tendu derrière elle, regarda disparaître dans la vallée la seule maison qu'elle ait jamais connue.

– Au revoir, Noranella, murmura-t-elle sur la banquette arrière, avec une telle tristesse dans la voix que, l'espace d'une folle seconde, Anna se dit qu'il vaudrait mieux trouver une solution pour rester, pour le seul bien de Noranella.

– Oh Lucy, supplia-t-elle alors qu'ils franchissaient la

colline, la maison disparaissant de leur vue. S'il te plaît, dis à Noranella de venir.

– J'ai essayé, répondit Lucy avec mélancolie. Mais elle ne veut pas abandonner la maison.

On était au mois d'août, Anna était enceinte de presque neuf mois, si tendue par le bébé qu'elle pouvait à peine respirer. Eliot lui avait proposé de faire la route seul et qu'elle le rejoigne en avion avec Lucy, mais Anna tenait à ce qu'ils restent ensemble. Elle comptait aussi sur le long trajet en voiture pour rendre plus réel le déménagement ; à présent, cependant, alors qu'elle essayait d'ajuster la ceinture de sécurité sur son ventre bombé, le regard perdu dans le paysage, elle n'était plus sûre d'avoir pris la bonne décision.

Ils s'enfonçaient dans le matin étincelant, mais ils n'avaient pas encore atteint Salish qu'elle avait déjà l'impression d'être une étrangère, de traverser une terre qui n'était plus la sienne. La saison des moissons battait son plein. Les pick-up étaient garés un peu partout dans les collines fraîchement dénudées et les moissonneuses sillonnaient les champs, pareilles à des meutes de dinosaures. Anna repensa aux moissons de son enfance, elle se revit avec Sally dans les camions pleins de blé, filant vers l'élévateur à grain. Elle se rappela son grand-père disant dans un éclat de rire que les millions de graines que contenait chaque boisseau de blé faisaient de lui un millionnaire. Elle se souvint des dîners d'été que sa grand-mère préparait, de la crème glacée qu'elle barattait à la main. Puis d'Eliot et elle, plus tard, faisant l'amour sur la pente de la butte. Elle se souvint du jour, aussi, où elle avait aidé Lucy à déplier son sac de couchage sous les étoiles. Et en quittant à présent tout cela pour la Californie, elle ne se sentit pas transplantée ; elle eut plutôt l'impression qu'on lui arrachait ses racines.

– La Californie, avait-elle répété, le regard vide, la première fois qu'Eliot lui avait mentionné le poste qu'il avait décroché en tant que directeur du Centre de germoplasme des plantes géré par le ministère de l'Agriculture à Santa Dorothea, un campus de l'Université de Californie.

– Le Centre de germoplasme des plantes ? Qu'est-ce que c'est ?

– Une banque de graines, avait répondu Eliot, un programme public de promotion de la recherche pour préserver peut-être un peu de diversité génétique. Pas très lucratif, mais c'est plutôt un joli poste, pour un type fraîchement guillotiné par l'Université.

– En Californie, avait-elle répété, en essayant d'afficher un même enthousiasme.

– Au nord de la Californie, précisa Eliot. Au nord de San Francisco.

Après des mois d'inquiétude et d'efforts, c'était fantastique de se dire qu'Eliot avait peut-être trouvé du boulot, mais nord ou sud, Anna ne pouvait s'imaginer de la Californie que les palmiers, les autoroutes et les photos du Yosemite par Ansel Adams. Elle n'était jamais allée là-bas. Elle comptait le faire pour le vernissage de son exposition à Los Angeles, mais avec sa grossesse, elle avait dû appeler pour tout annuler. Et quand Eliot était allé à Santa Dorothea leur trouver une maison, elle n'avait pas pu l'accompagner, car elle avait des cours à finir et son bureau à vider avant l'arrivée du nouveau photographe.

Le bébé remua dans son ventre. Elle posa la main sur l'endroit où elle le sentait le mieux. Quand elle avait annoncé sa grossesse à Eliot, il avait pâli, puis il avait ouvert les bras – pas pour fêter la nouvelle, plutôt comme si un grand désastre venait de les frapper.

– Un bébé, avait-il répété, sonné. Tu es sûre ?

Face à la peur et à la folle envie qu'il lut dans les tremblements du visage d'Anna, il s'était repris. Sa posture était devenue plus ferme, plus solide.

– On va se débrouiller, avait-il promis.

Sa voix n'avait jamais semblé aussi convaincue depuis qu'il avait perdu son poste à l'université.

– Comment ça va ? lui demandait-il maintenant, tendant la main vers le siège passager pour la poser sur le genou d'Anna.

– Bien, répondit-elle d'une voix qu'elle aurait voulue enjouée, mais qui avait un ton maussade. Je vais bien.

Dans quelques heures, cet après-midi-là, des étrangers déverrouilleraient la maison qui avait abrité sa famille pendant quatre générations. Des mains inconnues ouvriraient les placards et les tiroirs que son arrière-grand-père avait fabriqués, des pieds étrangers graviraient les marches de l'escalier pour aller revendiquer les chambres. Et plus tard, dans la soirée, des étrangers sentiraient le parfum des roses de sa grand-mère flottant dans le jardin.

– Et toi, ma crevette ? Comment ça va, là-derrière ? s'enquit Eliot en tordant la tête vers la banquette arrière.

– Ça va, répondit la voix mélancolique de Lucy.

– Tu veux que je mette une cassette ?

– Non.

– Tu as faim ? On demande à ta mère de nous préparer un petit casse-croûte vite fait ?

– Non.

– Tu as soif ?

– Non.

Eliot jeta un regard oblique à Anna, qui sortit de sa torpeur pour demander :

– Tu es sûre que tu ne veux rien ?

– Oui.

Lucy avait l'air terriblement triste. Anna aurait aimé pouvoir se reprendre, pour la consoler, mais elle se sentait inerte, trop stupide et hébétée. La matinée durant, elle avait regardé les collines se muer en plaines, la lumière des moissons faiblir et le paysage devenir plus sec, plus rocailleux, moins luxuriant. Sur cent soixante kilomètres, ils longèrent la Columbia River et ses barrages, Anna se laissant tristement bercer par son pouvoir léthargique. À Biggs Junction, ils s'éloignèrent du fleuve et, en milieu d'après-midi, ils roulaient sur un haut plateau semé de sauge et de rochers.

– C'est vide, comme paysage, hein ? fit Eliot. On a peut-être bien fait de laisser Jesse nous vendre ce téléphone portable, finalement.

À la mention de Jesse, Anna sentit le pincement d'un remords qu'elle connaissait trop bien. Après quelques autres déboires avec la justice, son neveu s'était mis à fréquenter une église, il avait épousé une fille rencontrée durant leurs séances d'études de la Bible, et repris une boutique franchisée de téléphonie mobile. L'été précédent, il en avait confié la décoration à sa mère, et désormais tout le monde dans la famille trouvait qu'il s'en était bien tiré. Mais Anna n'avait pas oublié l'ardeur dans sa voix le soir où il lui avait parlé de son art. Elle se demanda si l'excitation et la satisfaction de peindre dans le noir lui manquaient. Avant de se demander ce qui était le plus triste, que cela lui manque ou qu'il n'y pense plus jamais.

Lucy rompit le silence :

– Devinez quoi !

– Quoi ? demanda Eliot.

– Devinez qui vient avec nous.

Anna sentit le frisson de la découverte dans la voix de Lucy, et sortit de sa torpeur pour répondre :

– Noranella ?

– Non.

– Qui, alors ?

– Le fantôme de Noranella ! annonça Lucy, triomphante.

– Son fantôme ? dit Eliot.

– Oui ! confirma Lucy. Et le fantôme de Noranella a très très faim de M&M's.

Peut-être que tout va bien se passer, songea Anna, qui regardait le désert défiler devant eux, tout en écoutant Lucy partager ses bonbons pour en offrir la moitié au fantôme de son amie imaginaire. Le bébé donna un coup contre sa vessie. Elle posa une main sur celle d'Eliot.

– Ça va ? demanda-t-il en tournant un instant le regard vers elle.

Mais avant qu'elle ait eu le temps de répondre, Lucy reprit la parole.

– On est où ? demanda-t-elle d'une petite voix triste. Le fantôme de Noranella veut savoir.

– Au milieu de l'Oregon, répondit Eliot. Juste au nord de Shaniko.

– Et on va où ?

– Dans notre nouvelle maison, répondit Anna patiemment. Tu te souviens ? On déménage en Californie.

– La Californie, c'est après la fin de tout ?

La voix de Lucy trahissait de la panique et, quand Anna se contorsionna pour la regarder, elle vit sa fille qui contemplait le paysage stérile, son joli petit visage pincé de désespoir.

DEPUIS QU'ELLE AVAIT PERDU SON TRAVAIL, Melody passait de moins en moins de temps au mobil-home et, lorsqu'elle était là, Cerise avait l'impression de ne l'avoir jamais connue aussi triste.

– Qu'est-ce qui ne va pas ? lui demanda-t-elle quand, en levant la tête de son livre d'algèbre, un soir, elle la découvrit qui fixait la télévision des larmes plein les yeux.

– Le monde, répondit sombrement Melody. Tout.

Mais lorsque Cerise tenta de comprendre ce qu'elle voulait dire, Melody secoua la tête d'un air impatient et quitta la pièce. Comme Cerise avait un examen le lendemain, elle se contenta de la suivre du regard, le cœur lourd.

Le trimestre d'été s'acheva. Cerise reçut ses notes par la poste. Au moment de décacheter l'enveloppe, elle eut l'impression que la foudre allait s'abattre sur elle, comme quand elle était petite, le jour de son bulletin. Mais cette fois-ci, elle arriva à peine à y croire : deux B et trois A. Une énorme vague de fierté l'envahit, tempérée la seconde suivante par une petite pointe de déception à l'idée que personne d'autre qu'elle n'accorderait une telle valeur à ces notes.

La rentrée approchait, mais lorsque Cerise proposa à Melody de l'accompagner s'inscrire au lycée du coin, Melody évoqua le lycée alternatif où Tree était allé. Un lycée génial, lui dit-elle, où elle pourrait se concentrer sur ce qu'elle avait vraiment envie d'étudier. Sans avoir à endurer toutes ces autres conneries, les réunions des supporters des équipes de sport, les salles d'étude, les bandes. Ce qui lui permettrait de mieux préparer son diplôme que les autres jeunes de son âge.

– Et pour la fac, après ? demanda Cerise.

Avec désinvolture, Melody lui rétorqua que Tree avait été accepté au MIT.

– Alors, il va bientôt partir ? fit Cerise avec espoir.

D'un mouvement de tête, Melody renvoya ses cheveux vers l'arrière, qui s'éparpillèrent dans son dos, pareils à une rivière de lumière blonde.

– Il n'y va pas tout de suite, dit-elle. Il a des trucs plus importants à faire.

– Qu'est-ce qu'il…

Melody l'interrompit et, avec un autre mouvement de tête, elle changea de sujet :

– En plus tu ne te rends pas bien compte à quel point c'est dangereux, les lycées, ces temps-ci. Y a tout le temps des jeunes qui s'y font tuer.

Elle rappela à Cerise le massacre de Columbine et la fusillade à Jefferson High, puis lui assura que, l'an passé, deux garçons avaient été poignardés à la cafétéria du lycée où elle voulait l'inscrire. Il y avait aussi le prof de biologie qui avait trouvé une bombe dans sa voiture, et le fait que toutes les anciennes élèves qu'elle connaissait lui avaient dit préférer risquer une infection urinaire plutôt que d'utiliser les toilettes, dont un gang de filles avait fait son QG.

– J'en reviens pas que tu sois prête à mettre ma vie en danger en m'envoyant dans un endroit comme ça, conclut-elle.

– Je ne veux pas qu'il t'arrive du mal, répondit Cerise. C'est juste que…

– Bref, fit Melody, comme au lycée alternatif, les places sont vite attribuées, je suis allée m'inscrire.

– Tu t'es inscrite ? Sans m'en parler ?

– T'étais dans tes révisions, alors j'ai imité ta signature. C'est bon, c'est réglé, ajouta-t-elle avec insouciance.

– Bon… fit Cerise, qui hésitait entre le plaisir de voir Melody prendre des initiatives, la terreur qu'un malheur lui arrive, l'inquiétude pour son avenir et la culpabilité de ne s'être pas impliquée davantage. Fais en sorte d'avoir des bonnes notes, alors. Il faut que tu restes scolarisée, sinon on aura des problèmes avec les allocs.

– T'en fais pas, t'auras tes sous, promit Melody, le sarcasme de sa remarque presque neutralisé par l'affection dans sa voix.

Puis la rentrée de septembre arriva et Cerise fut à nouveau si happée par les études et ses autres responsabilités qu'elle dut partir du principe que tout allait bien du côté de Melody, et se satisfaire que l'emploi du temps de sa fille lui permette de garder Travis assez souvent pour ne pas avoir à chercher une crèche.

Mais tard un vendredi soir de septembre, alors que Travis était sorti de son lit aux barreaux désormais toujours abaissés pour venir la rejoindre, elle remarqua en entrouvrant les paupières le trait de lumière qui encadrait sa porte fermée. D'abord, elle ne bougea pas, resta allongée à côté de Travis endormi, puis la négligence de Melody l'agaça, et elle s'inquiéta de son impact sur la facture d'électricité, alors elle se leva. Elle gagna la porte sur la pointe des pieds et l'ouvrit doucement pour éviter de la faire grincer. Une fois dans le couloir étroit, elle se figea, sidérée par ce que la lumière lui révélait.

Debout devant la cuisinière, Melody lui tournait le dos. Cerise crut d'abord qu'elle cuisinait, mais elle n'eut pas le temps de lui demander ce qu'elle préparait que Melody replia son poignet et le plaqua sur la résistance en spirale. Une demi-seconde plus tard, elle le retira d'un geste sec. Portant le poignet à hauteur de ses yeux, elle étudia la brûlure qu'elle venait de s'infliger, aussi détachée que si elle examinait une nouvelle manucure.

– Melody ! s'exclama Cerise d'une voix étranglée, comme pour la prévenir d'un danger qu'elle n'aurait pas vu.

D'un bond, Melody s'éloigna de la cuisinière, surprise. Elle se retourna pour faire face à sa mère, et Cerise regarda les expressions se succéder sur son visage à une cadence impressionnante, passant de la honte à la satisfaction, puis à un genre de furtivité animale, avant de se durcir dans le défi.

– Quoi ? s'exclama Melody, agressive. Tu m'as fait peur !

– Qu'est-ce que tu fabriques ? demanda Cerise.

– Je fais chauffer de l'eau. Il est où, le chocolat en poudre ?

– Tu t'es brûlée ?

– N… Oui. J'ai pas fait exprès. On a des sparadraps ?

– Melody, pourquoi ? supplia Cerise.

– Pourquoi quoi ?

– Pourquoi tu t'es fait du mal ?

– Qu'est-ce que tu veux dire ? s'indigna Melody. Je t'ai dit que c'était un accident !

– Mais j'ai vu…

– T'as vu quoi ?

Dans la seconde qui suivit, toutes les fautes de Cerise, tous ses manquements en tant que mère, tous les défauts de son amour l'assaillirent. Tout d'un coup, on aurait dit qu'elle se souvenait de toutes les réprimandes qu'elle avait faites à sa fille, de toutes les accusations qu'elle lui avait lancées. Elle se souvint de toutes les fois où elle avait dit non, de toutes celles où elle avait commis l'erreur de dire oui. Elle se souvint de toutes les démonstrations de son ignorance, se rappela son impatience, son épuisement, les millions de fois où elle n'avait pas été à la hauteur pour sa fille. Et elle sentit venir la honte causée par ce qui lui paraissait à présent la plus grande faute de toutes : sans savoir comment et sans l'avoir voulu, elle avait transmis à Melody ce besoin de se faire du mal, et même le moyen d'y parvenir. Sentant le défi dans le regard de Melody, elle se détourna, incapable d'affronter la dureté de ce besoin dans les yeux de sa fille.

De nouveau allongée sur son matelas, elle resta réveillée à côté du petit corps chaud et inerte de Travis. Le rai de lumière autour de la porte avait disparu et, pendant un moment, elle entendit Melody fouiller dans la salle d'eau. Puis un silence pesant s'installa et Cerise resta là, à fixer l'obscurité, essayant d'imaginer comment elle pourrait aider sa fille. Juste avant l'aube, néanmoins, ses projets se perdirent dans un flot de rêves aux contours tranchants, et quand son réveil sonna, à 5 heures, Melody n'était déjà plus là.

Toute la journée, pendant qu'elle révisait, qu'elle s'occupait des courses, qu'elle jouait avec Travis et qu'elle faisait le ménage pour la semaine dans le mobil-home, Cerise se demanda ce que cela signifiait, pour Melody, de se brûler la peau. D'un côté, elle se disait que ce n'était pas grave, que sa fille s'en sortirait. Cerise l'avait fait, elle aussi, après tout, et elle n'avait rien d'une droguée ni d'une criminelle. Mais, d'un autre côté, elle avait mal, et sa souffrance d'aujourd'hui se superposait à celle dont elle se souvenait – pas tant les brûlures sur la peau tendre que le supplice du trou à l'âme qu'elles étaient censées cautériser. Elle savait qu'elle ne pouvait pas rester les bras ballants, mais elle avait peur de ne parvenir qu'à aggraver les choses.

Cette nuit-là, alors que Travis était couché et qu'elle essayait de mémoriser les étapes du développement cognitif selon Piaget, elle entendit la clé de Melody tourner dans la serrure. Elle sentit d'abord ses épaules se détendre, comme chaque fois qu'elle était soulagée de voir Melody rentrer sans encombre, puis elle se crispa de nouveau presque aussitôt, de peur de ce qui allait suivre.

Elle n'était cependant pas prête, en levant les yeux de son livre, à voir le visage tuméfié de Melody.

– Mon Dieu, s'étrangla-t-elle. Qu'est-ce qui s'est passé ? Tree t'a frappée ?

– Non, bien sûr que non, répondit sèchement Melody. Tree ne ferait pas de mal à une mouche. Je me suis fait ça toute seule.

Tournant sa joue décolorée vers Cerise, elle ajouta :

– Quand ça aura dégonflé, ça sera parfait. Le contraste sera bien meilleur. Je l'ai fait avec des encres de qualité.

Et elle continua, récitant les noms des couleurs comme elle récitait à dix ans celles de ses crayons.

– Vert empereur, bleu marine, bleu Texas et noir pélican.

Sous l'œil gauche de Melody était grossièrement tatouée une larme bleue soulignée de noir.

Et une terre miniature était suspendue dans la larme, les eaux bleues de l'océan contrastant avec le bleu pâle de la goutte, l'Amérique du Nord et du Sud minuscule mais reconnaissable, en vert.

– J'ai été obligée de tout faire en inversé, continua Melody pendant que Cerise sentait l'horreur la gagner face à la ruine qu'était devenu le visage de sa fille. Dans le miroir. J'ai cru que j'allais perdre mon bras !

Elle se mit à rire.

– Ça faisait tellement mal que j'arrêtais pas de pleurer, et avec les larmes, ma joue était glissante.

Dans le mobil-home, tout se mit à tourner. La vie entière de Cerise se trouva brusquement réduite à ce seul moment affreux dans cette pièce suffocante. Plus rien ne pourrait être normal, maintenant que sa fille splendide – son bébé parfait – avait démoli son visage.

– Pourquoi ? finit-elle par demander. Pour l'amour du Ciel, pourquoi ?

Melody se mit à rire.

– Pour l'amour de la Terre, plutôt, maman.

Mais Cerise ne releva pas.

– Pourquoi tu as fait ça ?

– Tu comprends pas ou quoi ? Je pleure pour la Terre.

– Mais ton visage… tu ne pourras plus jamais l'enlever.

– C'est l'idée.

– Tu as saccagé ton visage !

– Il est pas saccagé. La Terre est saccagée, sourit Melody, avant d'ajouter : Tree trouve ça sexy.

– Comment tu oses ! s'emporta Cerise.

– Maman, même toi tu devrais ouvrir les yeux sur ce qui arrive à la Terre, dit Melody avec emphase.

Prise d'un élan de sauvagerie qui la poussait à vouloir infliger de la douleur à ce qui avait détruit sa fille, Cerise gifla Melody ; elle frappa si fort sa joue tatouée que la tête de sa fille partit brusquement en arrière. Melody, surprise, laissa échapper un cri et plaqua ses deux mains sur son visage, comme s'il s'agissait d'un objet précieux qu'il fallait rattraper avant qu'il ne tombe et se brise.

– Qu'est-ce que t'as fait ? gémit Melody, le visage dans les mains, en se dandinant de douleur. Qu'est-ce que tu viens de me faire ?

Avant que Cerise ait pu rassembler dans son esprit les éléments d'une réponse, Melody fit volte-face et disparut en courant dans la nuit, après avoir claqué si fort la porte que tout le mobil-home trembla, réveillant Travis, qui se mit à hurler. Cerise se rua dans leur chambre, l'arracha à son lit et le cala contre sa hanche. Criant le nom de Melody, elle se précipita sur la route obscure. Elle aperçut des visages indiscrets derrière les vitres éclairées des mobil-homes voisins, mais nulle part le moindre signe de Melody.

Pour finir, elle dut se résoudre à rentrer chez elle et à donner le sein à Travis pour le rendormir, en espérant que, le lendemain matin, Melody serait revenue. Et ensuite, Melody ne rentrant toujours pas, elle dut se résoudre à vivre dans l'angoisse de son absence. Elle passa les coups de fil qu'elle put, mais aucun des Enfants perdus ne figurait dans l'annuaire, la secrétaire du lycée alternatif lui apprit qu'aucune Melody Johnson n'était inscrite chez eux, et la propriétaire de la boutique du centre commercial lui assura qu'elle n'avait jamais commandé à une quelconque Melody des T-shirts peints à la bombe.

Cerise avait peur d'appeler la police pour signaler sa fugue, de crainte d'aggraver les problèmes de sa fille – et elle avait peur, aussi, que le bureau de l'aide sociale ne réduise le montant de ses allocations s'ils apprenaient que Melody ne faisait plus partie du foyer. Elle ne pouvait pas interrompre ses études, elle ne pouvait pas espérer trouver un logement moins cher, et elle ne pouvait pas compromettre l'avenir de Travis ou le sien parce que Melody s'était enfuie. Alors elle trouva une crèche qui pouvait accepter Travis en urgence et, inquiète, plongée dans ses livres, elle attendit que Melody rentre à la maison.

« POUSSEZ », LUI DISAIENT-ILS SANS ARRÊT – Eliot, le médecin, le chœur d'infirmières – « poussez, poussez, allez-y poussez… » Et heure après heure, Anna poussa. Elle se donna à fond, mobilisant tous ses muscles, tous ses tendons. Elle poussait tant qu'elle en tremblait. Poussait au-delà de l'épuisement, au-delà des attentes, poussait jusqu'au cœur de la douleur, tant et tant qu'elle avait l'impression que sa vie ne serait plus jamais rien d'autre que cette cruelle pression, ce pic et ce plongeon, cette horrible poussée.

– Je l'ai déjà fait, s'était-elle étranglée tout à l'heure, quand elle pouvait encore parler. Pourquoi c'est si dur cette fois ?

– Ce bébé-ci est peut-être un peu plus gros que votre précédent, répondit une infirmière, en lui enfilant le brassard d'un tensiomètre. Ou il ne se présente pas de la même façon. Chaque accouchement est unique, ajouta-t-elle, avant de se concentrer calmement sur son stéthoscope.

– Qu'est-ce que…

Mais avant d'avoir pu articuler le reste de sa question, elle fut à nouveau entraînée sous les vagues, accrochée à la main d'Eliot, seul capable a priori de l'empêcher de disparaître hors de portée pour toujours.

« Poussez », la pressaient-ils tous – « poussez ».

J'aimerais bien vous y voir, pensa-t-elle, mobilisant une dernière particule d'humour amer. Mais elle se redressa et poussa – pas parce qu'elle croyait que pousser ferait une différence, mais simplement elle ne voyait pas quoi faire d'autre, simplement il était impossible de ne pas le faire, pousser était l'unique certitude de la vie. Siècle après siècle, elle poussa. Poussa de toutes les cellules et de toutes les fibres de son corps, poussa comme si elle poussait la montagne vers Mahomet, comme si elle était Sisyphe poussant le rocher vers le haut de la colline.

Et pendant tout ce temps, ils criaient : « Poussez, poussez, poussez plus fort, faites que cette poussée compte ! » Allant chercher une flammèche encore active de sa conscience ordinaire, elle s'aperçut qu'une tension nouvelle avait envahi la salle, que les ordres du médecin étaient plus secs à présent, que les infirmières avaient cessé leurs bavardages et surveillaient consciencieusement les moniteurs, et elle fut presque soulagée qu'ils aient enfin tous compris à quel stade de désespoir elle se trouvait.

Des lustres après avoir poussé tout ce qu'il y avait d'autre à éjecter de son corps – la merde, la bave, la pisse, l'espoir –, elle poussa de toutes ses forces une dernière fois, de tous ses muscles présents et passés. Elle trembla si fort qu'Eliot dut la maintenir pour qu'elle ne tombe pas. Elle poussa, et soudain elle sentit que quelque chose cédait, elle sentit presque un soulagement exquis suivi d'un besoin désespéré de pousser encore.

– Voilà la tête, annonça quelqu'un.

– Arrêtez ! ordonna le médecin d'une voix de sergent. Maintenant, ne poussez plus.

– Soufflez, ajouta une infirmière, soufflez pour vous retenir de pousser.

– Ne pousse plus, répéta Eliot dans l'oreille d'Anna, pendant qu'une autre infirmière se précipitait à côté du médecin au bout de la table d'accouchement. Il faut faire une pause, Anna. Ils doivent nettoyer les poumons du bébé.

Cela n'avait aucun sens, mais elle essaya malgré tout d'obtempérer, soufflant et tremblant et gémissant pendant que la douleur dans son corps lui demandait de pousser. L'infirmière au bout de la table plongea la tête entre les jambes d'Anna, et Anna crut la voir sucer l'extrémité d'un tube en plastique.

Mais avant qu'elle ait réussi à donner un sens à tout cela, une autre contraction la submergea.

– Je ne peux pas, s'étrangla-t-elle. Je ne peux pas ne pas pousser.

– Juste… répondit le médecin.

Mais déjà Anna se cabrait contre cette chose qui l'emplissait au-delà de l'éclatement. Elle poussa et, brusquement, il s'échappa de ses lèvres en feu, glissa hors d'elle en un flot chaud et délicieux. Le médecin l'attrapa – « une fille ! » annonça une infirmière – tandis qu'Anna se laissait retomber dans les oreillers, exténuée.

C'est terminé, songea-t-elle. *J'y suis arrivée.* Fermant les yeux, elle se laissa flotter dans un soulagement aussi doux que l'extase, Eliot penché sur elle pour la bercer dans ses bras.

– Elle est là, murmura-t-il. Elle est avec nous. Notre petite fille est là.

Et Anna, partie loin dans une mer qui n'appartenait qu'à elle, se rappela la raison de tout son travail.

– Notre bébé, fit-elle d'une voix rauque, ouvrant les yeux pour regarder entre ses genoux écartés, là où le médecin tenait leur enfant.

Mais la chose qui pendait de ses mains gantées ressemblait davantage à une poupée de chiffon jetée dans une poubelle qu'à un nouveau-né. Son torse ridé était de la couleur contusionnée du steak, son visage violet, aussi inexpressif que celui d'une idole. Ça avait l'air inerte, aussi mort que de la boue. Comme si ça n'avait jamais été destiné à vivre. *Qu'est-ce que c'est que ce truc ?* se demandait-elle frénétiquement. *Il y a une erreur. Où est mon bébé ?*

Eliot et elle avaient prévu de couper le cordon ensemble, cette fois-ci – leurs mains l'une sur l'autre, comme lorsqu'ils avaient découpé le gâteau de mariage. Mais avant qu'Anna eût le temps de se redresser pour l'en empêcher, le médecin le trancha sans cérémonie, comme le cou d'un poulet.

– Il va falloir aspirer, marmonna-t-il à l'infirmière à côté de lui en transportant en vitesse le bébé jusqu'à une table métallique dans le coin de la pièce.

Une foule soudaine lança des mots à travers la pièce, un brusque fatras de paroles dont Anna, trop épuisée, ne saisissait pas le sens – « délai, rythme cardiaque, maintenant ».

– Je peux la voir ? demanda-t-elle d'une voix pâteuse.

– Dans une minute, répondit le médecin en se penchant avec son stéthoscope sur la créature molle.

– Qu'est-ce qui ne va pas ? demanda-t-elle à Eliot, suppliante, accrochée à sa main comme si elle endurait la pire des contractions.

– Qu'est-ce qui se passe ? demanda Eliot à la salle. Tout va bien ?

– Ça devrait aller, dit une infirmière, jetant la réponse par-dessus son épaule en tordant une poire d'aspiration dans la bouche du bébé. Elle a aspiré un peu de méconium, alors il lui faut une petite réanimation pour la remettre d'aplomb.

Du méconium ? répéta mentalement Anna, sonnée. *Une réanimation ?* Elle fouilla dans son esprit pour retrouver le sens de ces mots et, au beau milieu de sa terreur grandissante, l'échec la transperça de nouveau – elle n'avait pas repris quelques cours de préparation à l'accouchement pour se rafraîchir la mémoire. « Mais je n'ai pas eu le temps », se défendait une petite voix suppliante dans un coin de sa tête. « On est arrivés il y a seulement quinze jours. C'est tout juste si j'ai pu trouver une baby-sitter pour garder Lucy. » Une infirmière se mit à frotter énergiquement le bébé à l'aide d'une serviette, comme si elle pétrissait de la pâte à pain, sans prêter attention à ses membres minuscules qui battaient mollement contre l'acier.

– On insuffle ! aboya le médecin.

Anna entendit d'autres mots, « oxygène », « chute », « allez ». À l'agonie, elle les regarda, impuissante, poser un masque minuscule sur le visage sombre, vit une infirmière prendre le petit torse entre ses deux mains et appuyer en rythme, encore et encore, sur la poitrine bleue à l'aide de ses deux pouces.

– Oh, s'il vous plaît, gémit Anna.

L'air devint soudain épais et visqueux, comme si tout l'oxygène avait été aspiré hors de la pièce. Des bribes tranchantes de pensées s'entrechoquaient dans sa tête. *C'est ma faute,* se disait-elle. *J'ai passé du temps dans la chambre noire quand je ne savais pas encore. Je n'ai pas toujours assez voulu ce bébé. Je me suis fait trop de souci à cause du déménagement. J'ai porté trop de cartons. Je n'ai pas poussé assez fort. Je n'ai pas poussé assez longtemps.* Elle se disait : *Ce n'est pas en train de se passer, non.* Elle se disait : *Je donnerais n'importe quoi.*

– Il faut que je l'aide, dit-elle, et elle essaya de s'extirper du drap, elle essaya de convaincre son corps de la laisser se lever.

– Allongez-vous, ordonna l'infirmière en pressant la main contre l'épaule d'Anna, lui parlant comme à une simple d'esprit. Vous devez encore expulser le placenta.

Une autre infirmière se pencha sur elle.

– Elle est entre de bonnes mains, dit-elle.

Mais je suis sa mère, pensa Anna. Une contraction lui empoigna le flanc.

– S'il vous plaît, gémit-elle pendant que le placenta glissait hors de son corps comme un gros foie chaud. S'il vous plaît.

D'autres gens se pressèrent dans la salle. Échangeant des propos laconiques, ils emportèrent sa petite fille avant qu'Anna ait eu la moindre chance de la toucher, avant qu'elle ait pu voir de qui elle tenait ses yeux et si, oui ou non, elle avait des cheveux.

– Où est-ce qu'ils l'emmènent ? demanda Anna à l'une des infirmières restées là.

– À l'U-S-I-N, répondit l'infirmière.

– Quoi ? demanda Anna, sans parvenir à l'aide de ces seules lettres à reconstituer des mots.

– L'unité de soins intensifs néonatals, expliqua l'infirmière, d'une voix si pleine de patience et de chaleur qu'Anna la détesta sur-le-champ. Ça arrive, parfois. Le néonatologue sera là dès que possible pour vous expliquer.

– Qu'est-ce qu'ils lui font ?

– Ils essaient juste de lui nettoyer les poumons, de l'aider à respirer.

L'infirmière se pencha sur le ventre d'Anna et entreprit de lui malaxer l'utérus.

Anna se dévissa le cou pour suivre ces mains qui pesaient sur son ventre vide et mou. Son utérus la lançait comme si l'infirmière appuyait sur une plaie ouverte, et par automatisme elle grimaça, pourtant la douleur semblait lointaine, détachée d'elle. Comme si c'était à quelqu'un d'autre que sa vie arrivait.

On la transféra dans une autre salle, on l'aida à passer une blouse propre, à caler une serviette hygiénique entre ses jambes, on lui demanda si elle souhaitait prendre une douche.

– Vous vous sentirez mieux après, dit l'infirmière.

– Je ne me sentirai pas mieux tant que je n'aurai pas mon bébé, répondit Anna.

Même à elle, ses mots parurent pathétiques et désespérés, sa voix si étranglée qu'elle la reconnaissait à peine.

– On vous apportera votre bébé dès que ce sera possible, répondit l'infirmière et, dans le ton de sa voix, Anna sentit un mélange d'impatience et de condescendance. Pour l'instant, le plus important, c'est de stabiliser l'état de votre fille.

Plusieurs vies plus tard, aurait-on dit, un nouveau médecin fit son entrée. Il se présenta à Anna avec gravité et serra la main d'Eliot chaleureusement. Anna essaya de suivre ce qu'il leur disait, mais les quelques mots qu'elle parvint à saisir n'avaient guère de sens, un déluge d'expressions simplement effrayantes – « méconium sous les cordes vocales, supplémentation en oxygène, perfusion de glucose, pneumonie, déshydratation, infection pulmonaire ». Elle se cramponnait à la main d'Eliot et essayait d'avoir l'air intelligente, aimable, reconnaissante, elle essayait de ne pas crier « Rendez-la-moi », elle essayait de ne pas gémir « S'il vous plaît, faites qu'elle vive ».

– Je suis désolée, dit-elle à Eliot quand le médecin fut parti.

– Tu as entendu ce qu'il a dit, fit-il en désignant la porte. Ce n'est la faute de personne. Ça arrive, c'est tout.

– Mais…

– Tout va bien se passer.

Eliot avait les traits tirés.

– Comment tu le sais ? glapit-elle, furieuse tout d'un coup. Comment tu peux oser dire que tout va bien aller ?

Les yeux d'Eliot croisèrent les siens. Ils étaient mornes et sombres, comme des trous vers nulle part.

– L'espoir ? risqua-t-il, entre supplication et ironie.

Ils se regardèrent dans les yeux une seconde, puis il haussa les épaules, impuissant, et son expression fondit pour se muer en une douleur abyssale. Brusquement, elle vit combien ils étaient vulnérables – elle et lui –, avec quelle facilité le couple qu'ils avaient construit pourrait être mis en lambeaux, et leur monde s'écrouler avec la perte d'un tout petit enfant.

– Il faut que je la voie, dit-elle en se hissant sur ses deux pieds.

Une fois debout, elle eut l'impression que le peu qui restait à l'intérieur d'elle allait tomber d'un coup, organes dégoulinant le long de ses jambes pour s'écraser flasques sur le linoléum lustré. Elle vacilla telle une ivrogne et s'agrippa au bras d'Eliot.

– Tu es sûre que ça va ? demanda-t-il.

Rien n'ira plus jamais bien, se dit-elle.

– Oui, assura-t-elle en le tirant vers le couloir. J'ai juste besoin de voir mon bébé.

Les vitres de l'unité de soins intensifs néonatals était armées d'un grillage et la porte verrouillée. *Comme une prison,* se dit Anna tandis qu'ils attendaient dans le couloir qu'une infirmière vienne leur ouvrir. Elle fut surprise par le bruit qui régnait dans cette pièce plongée dans la pénombre – une cacophonie de moniteurs et de ventilateurs. L'infirmière leur demanda de se laver les mains, puis ils longèrent un rocking-chair en chêne et la suivirent à travers un labyrinthe d'équipements. Des bébés étaient allongés dans des incubateurs et des couveuses. Certains si minuscules qu'ils ressemblaient plus à des extraterrestres ou à de petits singes qu'à des humains, tandis que d'autres avaient l'air presque normaux, malgré leur immobilité et l'enchevêtrement de tuyaux, de câbles, de sondes et de capteurs qui les reliait à la vie.

– La voilà, dit l'infirmière, en s'arrêtant devant une table chauffante au fond de la pièce.

Elle attendit qu'Eliot et Anna parviennent à sa hauteur pour continuer :

– Vous pouvez la toucher délicatement, mais ne la prenez pas dans vos bras, précisa-t-elle.

– Quand est-ce qu'on pourra la... commença Anna, jusqu'à ce qu'une alarme retentisse dans un autre coin de la pièce.

Eliot tressaillit et Anna eut le souffle coupé, mais l'infirmière dit simplement : « Excusez-moi » avant de s'éloigner, les laissant contempler leur fille.

Elle n'avait plus cette couleur bleu ecchymose si macabre, mais allongée sur le ventre, sous la lueur du chauffage radiant, elle avait l'air épuisée, vidée, comme une naufragée échouée sur une plage après la tempête. Elle ne portait qu'une énorme couche en plastique qui rendait ses jambes repliées plus minuscules encore. Le brassard d'un tensiomètre ceignait une de ses cuisses. Une aiguille était plantée dans son bras frêle, une batterie de sondes et de capteurs étaient collés à ses flancs ainsi qu'à sa poitrine avec du sparadrap, et un tube serpentait jusque dans sa bouche, fixé à sa joue par un autre bout de sparadrap. Les yeux fermés, elle haletait comme un chien un jour de chaleur, haletait comme si le simple fait d'être allongée là – le simple fait de vivre – était un effort si grand qu'il en devenait presque insurmontable.

C'est moi qui lui ai fait ça, se dit Anna. *C'est moi qui lui ai donné la vie*. Elle se rappela avoir pensé quelque chose de similaire après la naissance de Lucy, même si, à l'époque, c'était de la fierté et de l'émerveillement qu'elle avait ressentis, pas de l'appréhension. Timidement, elle posa un index sur la petite épaule, sentant pour la première fois la peau de sa fille sous son doigt. Elle était incroyablement douce, comme l'aile d'un papillon, un pétale de rose, une larme. Avec mélancolie, Anna fit courir son doigt le long du dos et sentit dans ses sinus la brûlure des larmes. Sous la peau fragile du nouveau-né, Anna devina au toucher les côtes minuscules et elle songea à toutes les difficultés et toute la tristesse qui les attendaient, à tout le chagrin qu'ils allaient devoir endurer, même si le bébé arrivait à survivre, à se développer, à devenir une fillette ordinaire. *Ça n'est que le début*, pensa-t-elle, et l'espace d'un vertigineux instant, elle souhaita que le bébé soit déjà mort, souhaita que le pire les ait déjà submergés, afin que cesse l'inquiétude et qu'il ne lui reste plus que le deuil à affronter. Un sanglot s'échappa, aussi imprévu qu'un éternuement.

– Tu as entendu le médecin, dit Eliot. Ce n'est pas si rare que cela. Elle a de bonnes chances de s'en tirer. Seules les semaines qui viennent vont être incertaines.

Il serra un peu plus la main d'Anna.

– Mais si… commença-t-elle

Puis elle s'interrompit, incapable de se résoudre à poser des mots sur ce qui pourrait advenir. Elle se souvint de la fille de sa grand-mère, de la Lucy morte avant d'avoir pu porter un nom. *Cela arrive*, songea Anna, en arrachant son regard à son bébé pour le tourner vers la pouponnière où tous ces autres bébés luttaient. *Cela arrive tout le temps. Pourquoi ai-je pu croire qu'on serait épargnés ?*

Debout au-dessus de la boîte en plexiglas qui contenait sa fille, elle vit ce qu'à son grand étonnement elle n'avait jamais distingué jusque-là – elle vit combien la vie était périlleuse, combien elle était imprévisible et incertaine. Jusqu'ici, elle avait toujours été aux prises simplement avec les complexités de l'existence, jamais avec le simple fait de rester en vie. C'était comme si, d'une manière ou d'une autre, elle était partie du principe qu'on pouvait éviter de mourir – ou au moins reporter l'échéance à un avenir si lointain que la peur ne l'avait jamais vraiment envahie. Mourir, c'était ce que faisaient les gens lorsqu'ils étaient vieux, comme sa grand-mère, ou s'ils se montraient assez imprudents pour laisser des malheurs leur arriver.

Mais à présent, elle se rendait compte de son ignorance. Elle avait été naïve, stupide et insensible, et l'électrochoc était aussi violent et brutal qu'un accident de voiture : la mort rôdait toujours, tout le monde était à un soupir des ténèbres, tout le temps. Debout au-dessus de sa fille qui peinait à respirer, elle n'en revint pas qu'autre chose ait pu un jour compter davantage, n'en revint pas d'avoir pu se soucier de photographie, de l'endroit où elle habitait ou de la couleur des murs de son salon.

Quand Eliot partit chercher Lucy chez la baby-sitter, l'infirmière renvoya Anna se reposer dans sa chambre.

Elle obéit à reculons, dans l'espoir superstitieux que, si elle faisait tout ce qu'on lui disait, sa fille s'en sortirait. Un bouquet de roses du jardin attendait sur le plateau à côté de son lit et, l'espace d'un étrange et chaotique moment, Anna se dit que sa grand-mère les lui avait fait livrer. En lisant la carte, elle comprit que les fleurs avaient été déposées dans la mauvaise chambre, que ce bouquet ne lui était pas destiné.

Sa chambre était aussi impersonnelle qu'une chambre de motel à bas prix. Ses amis de Salish lui manquaient, tout comme sa mère et sa sœur, qui avaient prévu de venir plus tard, après la naissance. Elle avait l'impression d'être une écale, une coquille vide. Elle ne supportait pas l'idée de s'allonger, seule dans son corps vide. Alors elle alla à la fenêtre, écarta les lourds rideaux en plastique et regarda la nuit derrière son reflet. La ville de Santa Dorothea s'étalait en contrebas, ses rues illuminées par les fenêtres jaunes des maisons éclairées, par les phares blancs et rouges des voitures, par la froide lueur orange et violette des réverbères. Au-dessus, le ciel était taché du mélange de toutes ces lumières, dont le faible rayonnement saturait la nuit, masquant les étoiles. *J'habite ici, maintenant*, songea-t-elle.

Les gyrophares d'une ambulance qui clignotaient au loin attirèrent son attention. Elle la regarda se frayer résolument un chemin sur le boulevard qui menait à l'hôpital, filer dans la nuit lumineuse avec son chargement désespéré. On n'entendait pas la sirène, derrière la vitre, mais en la regardant approcher, Anna sentit la peur pulser. *Tout est possible*, songea-t-elle tandis que l'ambulance tournait dans l'allée de l'hôpital et disparaissait à sa vue.

Son regard fut attiré par une bande d'adolescents qui marchaient sur le trottoir au pied du bâtiment. La lueur du réverbère donnait l'impression qu'ils passaient sous les projecteurs d'une scène, et Anna aperçut les bouteilles dans leurs mains où se reflétait la lumière. En les regardant, eux qui si récemment encore étaient des bébés, et qui avaient maintenant pris leur vie en main de façon si éclatante, elle sentit la panique dans ses os. *Qu'est-ce qui nous attend, maintenant ?*

Et soudain un million de menaces se présentèrent à elle. C'était comme si elle était toujours dilatée, toujours ouverte, sans filtre, comme si elle était une lentille accueillant toute la lumière possible, et toutes les ombres. Elle pensa à la mort subite du nourrisson, au sida, à ces malformations cardiaques indétectables, aux virus étranges et même aux piscines mal entretenues, aux cancers pédiatriques comme aux hamburgers bourrés de bactéries. Elle se rappela tous les chiffres effroyables dans les journaux, les milliers d'extinctions et les milliards de tonnes de produits chimiques toxiques qui menaçaient le monde. Elle pensa au réchauffement climatique, à « l'hiver nucléaire », au « printemps silencieux ». Agrippée au rebord de la fenêtre, les yeux sur la ville qui mijotait dans toute sa vilaine lumière, elle se demanda si elle pourrait à nouveau se sentir en sécurité un jour.

QUAND LE RÉVEIL SONNA DANS LA CHAMBRE, il faisait froid et noir. Cerise était déjà épuisée – toujours épuisée, terriblement épuisée. Il avait beau être cruellement tôt, elle se reprocha immédiatement de ne pas être déjà debout depuis au moins une heure. Elle aurait mieux fait de se lever. Pour prendre sa douche, pour s'habiller et pour réviser, pour préparer le sac à langer, faire prendre à Travis son petit-déjeuner et emballer son déjeuner. Elle aurait dû faire la vaisselle, laver les bols, cuillères et biberons qui débordaient de l'évier jusque sur le minuscule plan de travail, elle aurait dû essayer de s'occuper de la pagaille dans le salon, déballer enfin tous les cartons que Melody et Jake avaient entreposés là quatre mois auparavant lors du déménagement et auxquels personne n'avait touché depuis.

Elle aurait dû prendre un peu de temps, au calme, pour décider quoi faire concernant Melody. Trois semaines, se dit-elle en s'accrochant au petit corps endormi de Travis – ce soir, ça ferait trois semaines que Melody était partie en courant dans la nuit, avec son horrible larme qui saignait sur sa joue.

Sous l'enchevêtrement de couvertures, Travis remua un peu. Elle le tira vers elle et le cala dans la poche que formait son corps lorsqu'elle repliait les jambes vers son menton. Fourrant son visage sous les couvertures, elle respira l'odeur de son bébé – son haleine pure, pareille à du thé, son cuir chevelu au parfum de pain frais.

– Ma-ma ? articula-t-il.

Sans ouvrir les yeux, elle souleva son T-shirt et lui présenta le sein, le laissant fouiner pour trouver le téton et le prendre dans sa bouche. Même si, malgré sa timidité, elle avait allaité Melody, Cerise ne s'était jamais vraiment crue capable à l'époque de produire du lait. Travis s'était accroché à son sein tout de suite, à peine quelques minutes après qu'elle l'avait expulsé et accueilli dans ses bras, au moment où l'idée que son corps pouvait le nourrir n'était qu'un autre miracle de la naissance. Pendant des mois, il n'avait bu que ce lait, et Cerise se sentait secrètement fière d'être sa seule nourriture. Les boucles blondes qui poussaient sur sa tête, son ventre dodu, même les traces orange de cérumen dans ses oreilles – lui tout entier, aimait-elle se dire, venait d'elle. À présent, il mangeait beaucoup d'autres choses, et elle se sentait un peu coupable de ne pas l'avoir encore sevré. Quand Jake était venu les aider à déménager, il avait dit :

– Ce garçon devrait être en train de croquer dans un steak. C'est l'heure de rendre le téton à papa.

Elle cala l'arrière du crâne de Travis dans le creux de sa paume, sentit le lait monter et essaya de concentrer tout son amour pour son fils dans un seul souhait : qu'il passe une bonne journée. La crèche qu'elle avait réussi à lui trouver après le départ de Melody n'était pas le genre d'endroit où elle aimait le laisser. C'était bruyant, il y avait du monde, et plus d'une fois, quand elle l'avait récupéré, sa couche était si pleine qu'elle était sûre qu'il n'avait pas une seule fois été changé. Tous les matins, quand ils arrivaient enfin à la Fabrique à Bonheur, après le long trajet en bus, Travis se cramponnait à son cou et à sa hanche comme un petit singe désespéré, et seule la crainte d'être en retard en cours la poussait à s'en défaire, pour repartir en vitesse, le souvenir des sanglots de son fils grossissant dans sa mémoire comme sous l'effet d'une loupe, au point que les pleurs et les larmes la hantaient jusqu'au soir.

Brusquement, Travis lâcha son sein et le téton sortit de sa bouche, comme un bouchon sort d'une bouteille. Il pencha la tête et rit du bruit qu'il avait produit, rit de voir le téton tout écrasé au bout du sein.

– Medi ? demanda-t-il en repoussant Cerise et en se redressant sur ses deux pieds.

Il chancelait sur le matelas, dans la lumière grise du petit matin qui filtrait dans le mobil-home par la fenêtre en hauteur, au-dessus du lit à barreaux.

– Medi ? répéta-t-il.

– Medi est partie, dit Cerise, tu devrais le savoir depuis le temps.

Mais avec un sourire de cow-boy ivre, Travis se rua hors de la chambre et courut jusqu'à la pièce au fond du mobil-home, où étaient encore rangées toutes les affaires de Melody. Dans un soupir, Cerise repoussa les couvertures. Se forçant à se lever, elle passa un sweat-shirt sur son T-shirt avant de le rejoindre.

La chambre de Melody était un capharnaüm plein de posters et d'écharpes. Une épaisse odeur d'encens flottait encore dans l'air froid. Assis dans la pénombre sur le matelas de Melody, concentré comme un mystique, Travis se drapait de perles, de chaînes et de bracelets.

– C'est à ta sœur, dit Cerise en lui retirant les bijoux, pour les poser en tas sur le matelas.

Elle le souleva.

– Tu ferais mieux de laisser tout ça tranquille, ajouta-t-elle.

Sans faire cas de ses protestations, elle le ramena dans leur chambre et le déposa sur leur nid de couvertures, qui refroidissait déjà. Déboutonnant son pyjama, elle tira sur les scratchs de la couche trempée et, pendant qu'il se tortillait, entreprit de la changer. Le pyjama refermé, elle le souleva dans ses bras pour aller l'installer sur le canapé.

– Mama a besoin d'une douche, dit-elle en appuyant plusieurs fois sur la télécommande, jusqu'à ce que deux extraterrestres qui se battaient en duel apparaissent sur l'écran. Sois mignon et regarde ça, lui dit-elle. J'aurai bientôt fini.

Sous la douche, la chaleur liquide lui rougissait la peau et laissait transies de froid les parties de son corps que l'eau n'atteignait pas. Comme elle avait fini le shampoing deux jours plus tôt, elle plaça le flacon vide sous le jet et le secoua, avant de verser la soupe claire sur sa tête. Rassemblant ses cheveux lourds dans son dos, elle essaya de faire mousser tout en calculant quand elle pourrait se payer un flacon neuf.

Elle sortit de la cabine et attrapa une serviette en tremblant.

– Trav ? cria-t-elle. Tout va bien ?

Il n'était pas encore 6 heures et, déjà, elle était en retard. Elle sentait la tension qui s'accumulait dans ses épaules. Elle avait un quiz de grammaire aujourd'hui, un examen en développement de l'enfant le lendemain, et le rapport sur son observation des petits de trois ans à rendre à la fin de la semaine. Elle devait aussi faire quatre heures de présence à la crèche de l'établissement, avant d'aller récupérer Travis à la Fabrique à Bonheur, qui fermait à 18 heures ; ensuite, il faudrait le faire manger, lui donner son bain et jouer avec lui pour rattraper toutes les heures ensemble dont ils avaient été privés durant la journée ; puis elle laverait quelques vêtements dans l'évier de la cuisine, grand comme un saladier, car elle n'avait pas de quoi se payer la laverie, et elle lui donnerait le sein pour l'endormir, avant de se mettre à réviser jusqu'à ce que les mots sur les pages de ses livres se mêlent à ses rêves. Elle ferait tout ça aujourd'hui et elle le referait demain.

Pendant qu'elle s'habillait en vitesse dans la chambre, Cerise entendit la voix électronique du pistolet laser lancer ses ordres qui se mêlaient au son de la télé, *Attention. Jetez vos armes*, puis la seconde suivante, *Feu.*

Touché. La voix lui parut un peu lente, plus lasse que la veille. Travis allait sans doute de nouveau faire une crise, mais Cerise espéra malgré tout que la pile de Melody était enfin près de rendre l'âme. Elle haïssait ce jouet. Elle en voulait toujours à Jake de l'avoir offert à Travis, alors qu'il aurait pu acheter des couches, de la nourriture ou des vêtements. Et ça l'inquiétait de voir à quel point Travis l'adorait. Elle se demanda à quoi il pensait lorsqu'il pointait le canon vers elle et appuyait sur la détente. Dans son manuel sur le développement de l'enfant, elle avait lu que les petits de son âge n'avaient pas conscience de la permanence de la mort, qu'ils étaient incapables de faire la différence entre fantasme et réalité. Mais elle ne comprenait pas si, pour lui, cela signifiait que toute mort était pour de faux, ou que tout ce qu'il imaginait était la réalité.

Un grand bruit lui parvint de la pièce principale, suivi d'un moment de silence, puis de l'inévitablement hurlement de Travis. Lâchant son pull-over, elle se précipita hors de la chambre et trouva Travis en train de se débattre sous une pile de cartons effondrée.

– Et merde ! s'exclama-t-elle en le soulevant par les épaules.

La colère dans la voix de Cerise le fit pleurer de plus belle.

– Regarde ce que tu as fait ! glapit-elle.

Elle avait envie de le secouer, de lui faire mal ou de l'effrayer. Elle voulait le faire pleurer. L'espace d'une seconde, le besoin fou de le lâcher s'empara d'elle comme un poison, elle voulut partir sans se retourner, comme Melody, embrasser une vie plus fraîche, plus facile et plus prometteuse. Mais des larmes semblables à des aiguilles lui montèrent aux yeux, alors elle plaqua Travis contre elle et le serra très fort, grimaçant pour ne pas pleurer.

Décontenancé par son silence, Travis arrêta de brailler et se tortilla dans ses bras. Il leva vers elle un regard inquiet puis dit d'une voix soucieuse :

– Mama ? Bobo ?

– Non, ça va, mon bébé, répondit-elle en collant le nez contre la petite épaule de son fils.

– Mama ? Panment ? demanda Travis.

Elle le garda plaqué contre elle, le temps de sentir les os calmes et fermes sous la chair, puis desserra son étreinte.

– Non, Trav, répondit-elle. Mama n'a pas besoin d'un pansement. Tout va bien. Je n'ai rien. Allez, petit gars… il faut qu'on se dépêche. On n'a pas le droit d'être en retard.

De retour dans la chambre, elle ôta son pyjama à Travis et lui enfila un T-shirt propre, un pantalon de jogging et son blouson Batman. Elle ajouta trois couches dans son sac à langer, évitant de se demander comment elle se procurerait le prochain paquet. Puis elle refit le plein de lingettes, chercha deux chaussettes propres et les chaussures, pendant que Travis s'entraînait à prononcer les mots que son fusil laser lui enseignait : *Tantion – Feu – Toussé.*

Cerise alluma la cuisinière et posa une tranche de pain de mie sur les deux résistances en spirale. Une fois grillées, elle les retira et y étala du beurre de cacahuètes. Elle découpa la tartine de Travis en lamelles qu'elle posa sur une assiette afin qu'il mange pendant qu'elle réviserait pour son quiz. Elle avala la sienne en vitesse, tout en essayant de mémoriser l'usage de l'apostrophe.

Au moment où le téléphone sonna, Cerise inscrivait « l'enfant est dans le hamac » en réponse à la dernière question de l'exercice, et Travis regardait des extraterrestres anéantir l'univers. *Quelqu'un a quelque chose à me vendre,* se dit-elle en se levant pour aller répondre.

– Allô ?

– Maman ?

Cerise laissa échapper un drôle de bruit dans le combiné – un petit cri de surprise, aussi involontaire qu'un rot.

– Maman ? répéta la voix. C'est toi ?

– Melody ? répondit-elle. Où tu es ? Tout va bien ?

Elle se cramponna au combiné à deux mains, pour qu'il ne tombe surtout pas et pour éviter tout mouvement brusque, comme si la voix de Melody était un chaton sauvage qu'elle risquait d'effrayer.

– Ça va, dit Melody. J'ai beaucoup d'urticaire à cause du sumac mais ça va, je m'éclate.

La voix dans le téléphone se mit à rire, et c'était à la

fois fantastique et consternant que Melody puisse rire ainsi, qu'elle puisse même penser à s'amuser.

– Du sumac ? demanda Cerise d'une voix rauque.

– Je ramassais du bois pour le feu, après la tombée de la nuit, expliqua Melody.

– Où es-tu ? répéta Cerise. D'où est-ce que tu appelles ?

Melody lui raconta qu'ils étaient dans le parc naturel régional au nord de la ville, toute leur tribu, dans un camping sur la montagne.

– C'est tellement beau ici, lui dit Melody, des vrais bois avec des arbres et tout. Vous devriez venir, Travis et toi, un de ces jours.

Ils dormaient sous des tentes et dans le bus de Tree. Ils mangeaient tous ensemble. Les mecs parlaient de créer un groupe et Melody avait vu un chevreuil. Elle avait trouvé un chiot, un petit chiot noir qu'elle avait appelé Circle.

Quand Cerise lui demanda comment elle se payait à manger, Melody rit de nouveau. Tree tatouait beaucoup, dit-elle, et dès qu'ils seraient installés quelque part, elle commencerait à réaliser des fresques. Elle avait compris que son art méritait qu'on lui consacre beaucoup d'espace.

– On partage tout ce qu'on a à manger. On prend soin les uns des autres, dit Melody en ajoutant avec une fierté émerveillée : On est une famille.

– Mais tu as quitté une famille, répondit Cerise, avec assez de froideur pour masquer la douleur.

Le silence qui s'ensuivit fut si long et si dense qu'on aurait dit que Melody avait de nouveau disparu. Puis elle demanda :

– Et Travie, il va comment ? Medi lui manque ?

« Bien sûr que tu lui manques, aurait voulu répondre Cerise. Mais tu me manques encore plus à moi. » Elle aurait voulu lui dire qu'elle était désolée, voulu la supplier de rentrer. Mais elle craignait qu'en les prononçant, le sens de ces mots ne change, comme le vernis à ongles que Jake avait offert à Melody, dont la couleur variait en fonction de la lumière. Et elle avait peur de la réaction de Melody, peur du mal que ça lui ferait, que Melody ne refuse.

Alors elle lui dit :

– Trav va bien. Mais on est en retard. Il faut que je file. Sinon, on va manquer notre bus.

AU BOUT DE DEUX SEMAINES, l'unité de soins intensifs néonatals où Eliot et Anna passaient la majeure partie de leurs journées finit par ressembler davantage à un foyer que la maison où ils rentraient exténués tous les soirs. Bientôt, ils surent où étaient les toilettes les plus calmes, quels plats de la cafétéria étaient presque mangeables. Ils savaient aussi quels bébés étaient les plus malades, quelles familles les plus sensées, quelles infirmières les plus sympathiques. Ils pouvaient identifier chaque machine et connaissaient son usage, ils savaient quels chiffres il fallait espérer voir apparaître lorsque les moniteurs livraient leurs résultats, quels mots craindre dans les comptes rendus d'examens. Anna apprit même à puiser une forme de réconfort dans les affiches à l'eau de rose et les rangées de peluches du bureau des infirmières.

Abandonnant un chantier de décoration en cours, Sally prit l'avion pour venir garder Lucy, qui était trop jeune pour être autorisée à voir sa petite sœur. Mais Anna était tellement absorbée par les difficultés de son nouveau bébé que c'est à peine si elle remarqua son arrivée. Au cours des trois premiers jours de la vie d'Ellen, l'alarme du respirateur se déclencha si souvent qu'Anna finit presque par s'habituer aux vagues de terreur nauséeuse qui la submergeaient alors. C'était presque devenu une routine, pour Eliot et pour elle, qu'on les pousse dans le couloir le temps que la crise passe, presque une routine de voir, après l'attente, aussi accablante qu'insoutenable, l'infirmière revenir et leur dire qu'ils pouvaient retourner auprès d'Ellen. Anna s'habitua aux larmes sur des visages inconnus, et les bébés reliés à des tubes et à des fils étaient devenus une scène si normale à ses yeux qu'une fois, en traversant l'hôpital, elle paniqua presque en apercevant, par une porte entrebâillée, un nouveau-né allongé dans un couffin qui respirait sans avoir besoin d'aucune aide.

L'adrénaline gardait son corps en tension, mais au lieu de fuir ou de se battre, au lieu de construire un palais en un jour, de terrasser un dragon ou de séparer les grains de blé des grains de riz, elle ne pouvait pour l'apaiser que placer les embouts du tire-lait de l'hôpital sur ses seins tendus et attendre que la machine lui pompe tout. Elle ne pouvait que caresser Ellen en lui murmurant qu'elle l'aimait. Elle ne pouvait qu'attendre et espérer. Mais entourée de bébés malades et de leurs parents inquiets, elle commença à se demander si l'espoir était autre chose que le jumeau du désespoir. L'espoir, après des jours passés à le pratiquer sans discontinuer, apparaissait comme le travail le plus difficile – plus éprouvant et plus exigeant encore que l'accouchement.

Puis, voilà que, soudain, le néonatologue signait les documents pour renvoyer Ellen chez elle.

– C'est une petite fille en pleine forme, expliqua-t-il à Eliot et Anna en tendant le dossier médical à l'infirmière rayonnante qui s'était occupée d'elle. Mais ses poumons seront encore sujets aux infections pendant environ un an. Il faudra essayer de la préserver des virus. Gardez un œil sur elle et tout devrait bien se passer.

– Nous avons eu beaucoup de chance, répondit Anna, pleine de reconnaissance, en se penchant pour prendre Ellen dans le couffin où on l'avait placée une fois établi qu'elle pouvait respirer seule.

Anna et Eliot serrèrent dans leurs bras les infirmières et distribuèrent des bonbons pour les remercier, ils dirent au revoir aux autres parents et s'en allèrent. Ils franchirent les portes de l'hôpital et plongèrent dans la lumière claire d'un milieu de matinée ensoleillée, c'était la première lumière naturelle qu'Ellen voyait.

Mais survivre à une catastrophe voulait dire aussi que l'existence reprenait son cours. Sally retourna chez elle le lendemain, et Eliot, qui avait volé à ses nouvelles fonctions du temps dont il ne disposait pas afin de pouvoir veiller sur Ellen, disparut dans son travail.

– Vous allez pouvoir reprendre votre vie normale, maintenant ! s'était exclamée l'infirmière d'Ellen en serrant Anna dans ses bras pour lui dire au revoir.

Pourtant, jetée seule dans une ville étrangère avec un bébé aux poumons fragiles et une fillette sans amis qui faisait sa rentrée à l'école élémentaire, Anna comprit que, pour elle, il n'y avait aucune vie normale à reprendre. Coincée dans une maison qui ne lui semblait pas la sienne, à des milliers de kilomètres de chez elle, elle peinait désormais à se souvenir de la chance qu'ils avaient eue.

Sur les sites internet traitant du syndrome d'aspiration méconiale que repéra Eliot, d'autres parents racontaient que leur bébé malade leur avait montré à quel point la vie était précieuse, et combien il fallait apprécier chaque seconde à sa juste valeur. Anna, au contraire, avait la sensation que cette vie était désormais trop précieuse pour qu'on s'y abandonne, trop précieuse pour être savourée. Loin de l'hôpital, tout lui semblait encore précaire, désaxé, comme si une autre crise, plus forte, menaçait.

– Regarde-moi ! lança Lucy le lundi matin.

Appuyée contre le plan de travail, Anna lui beurrait

un bagel pour son petit-déjeuner. Levant la tête, elle vit Lucy faire son entrée dans la cuisine vêtue de la robe de fête que la mère d'Eliot lui avait cousue pour son sixième anniversaire, au lieu des vêtements qu'elle lui avait préparés pour la rentrée.

Ellen s'était réveillée à 2 heures du matin et ne s'était pas rendormie. Pendant tout ce temps, Anna l'avait bercée, elle lui avait donné le sein et avait essayé de ne pas paniquer lorsque ses hurlements avaient entraîné une quinte de toux. Il était 7 h 30 maintenant, et Ellen dormait enfin d'un sommeil agité. Anna venait à peine de la poser dans le Baby Relax, sur le plan de travail à côté d'elle.

– Chut ! fit-elle à Lucy en jetant un regard inquiet vers Ellen. C'est une jolie robe, ajouta-t-elle doucement. Mais tu ne peux pas la mettre pour l'école.

– Pourquoi ? fit Lucy, en tendant la jupe rose au bout de ses bras comme des ailes, la tête baissée pour mieux la voir.

Des smocks couvraient sa poitrine plate et un large ruban rose enserrait son joli petit ventre. Elle était si belle, comme ça, debout au milieu de la cuisine, si pure et si complètement elle-même, qu'un bref instant Anna parvint presque à s'oublier dans l'admiration de sa fille. Puis elle se souvint que l'école commençait dans moins d'une heure, qu'il pouvait y avoir beaucoup de circulation le lundi matin, et que Lucy n'avait pas encore petit-déjeuné. Se rappelant ce qui s'était passé la dernière fois que Lucy avait mis à l'école une robe prévue pour les grandes occasions, elle lui dit :

– Si tu la portes à l'école, tu vas l'abîmer.

– Non, répondit passionnément Lucy. Je ne l'abîmerai jamais, je l'aime trop !

– Ne parle pas si fort, dit Anna.

Elle se sentait faible, usée, le cerveau engourdi.

– Ce sera sans le vouloir, mais c'est ce qui arrivera. Tu te souviens du jour où tu as mis ta robe de Noël à la maternelle ?

– Mais là, j'étais un bébé ! s'indigna Lucy. Et en plus, j'ai pas fait exprès.

– Là non plus, tu ne feras pas exprès, répondit Anna. Bon, tu veux mettre le pantalon violet que je t'ai sorti, ou ta robe à fleurs ?

– Je veux mettre ça, répondit Lucy en se campant devant sa mère comme une souche indéracinable toute de rose vêtue.

– Lucy, dit fermement Anna. Il faut encore que tu déjeunes et on va finir par arriver en retard à l'école. Va te préparer. Tout de suite.

– Je suis déjà prête.

– Non. Monte te changer.

Et tout d'un coup, elles s'embarquèrent dans une dispute si complexe et si intense qu'Anna en eut le vertige. Des douzaines de questions se chevauchaient dans sa tête en manque de sommeil. Lucy voulait-elle porter une robe de fête à l'école pour se sentir spéciale après l'arrivée de sa sœur ? Ou était-ce juste l'un de ses caprices ? Était-ce un jeu pour imposer son pouvoir à la maison, ou bien un effort désespéré de se faire aimer de ses camarades, alors qu'elle passait encore ses récréations toute seule ? Qu'est-ce qui était préférable pour Lucy ? Qu'elle voie qu'Anna se souciait assez d'elle pour vouloir préserver sa robe préférée, ou qu'elle ait l'impression de contrôler elle-même au moins une petite partie de sa vie ? Et si Anna cédait aujourd'hui, qu'est-ce que Lucy allait demander d'autre, demain ? Et à l'adolescence ? Comment se comporterait-elle en tant qu'adulte ?

– Je veux porter ma robe d'anniversaire, cria Lucy, le torse gonflé sous les smocks roses.

Dans son Baby Relax, Ellen sursauta comme si on venait de la lâcher. Ses yeux s'ouvrirent et elle se mit à hurler.

– Tiens, regarde ce que tu as fait, grommela Anna, les dents serrées. Monte dans ta chambre et change-toi. Tout de suite.

Lucy, au bord des larmes, partit en courant. Il n'était même pas encore 8 heures et la journée avait déjà viré au désastre en un rien de temps. D'un geste mécanique, Anna souleva Ellen, qui hurlait toujours, et quitta la cuisine à son tour. Plantée au milieu du salon, elle entreprit de se balancer d'un pied sur l'autre, le bébé dans ses bras. Tout en fredonnant une berceuse d'une voix rauque, le regard vide, elle contempla par la fenêtre les buissons de lauriers-roses qu'un ancien propriétaire avait plantés sur le côté de la maison. Ils étaient ternes et poussiéreux dans la chaleur de l'automne tardif, et il tombait sur eux une lumière matinale grêle et fatiguée.

Cela faisait des mois qu'aucune lumière ne l'avait émue. En pleine utopie, avant qu'ils ne quittent Salish, Anna avait promis à Eliot – comme à elle-même – qu'une fois le bébé né et Lucy entrée à l'école, elle consacrerait la moitié de son temps à équiper la maison et l'autre à écumer la campagne californienne pour ses nouveaux projets photos. À l'époque, elle avait même espéré que la naissance du bébé lui donnerait plus d'allant dans son travail, comme cela avait été le cas pour Lucy. Mais à présent que les pleurs d'Ellen viraient à nouveau à la quinte de toux, elle avait oublié pourquoi ses photos avaient un jour compté.

La vie était trop précaire pour y inclure quelque chose d'aussi superflu que l'art. On pouvait perdre son travail, des bébés pouvaient mourir, les espèces de la banque de graines d'Eliot pouvaient toutes disparaître, mais il fallait quand même préparer le dîner, plier le linge, laver la vaisselle, vider les cartons. Derrière chaque image qui venait à Anna rôdait encore le souvenir du visage bleui et figé d'Ellen.

– Je suis prête, entendit-elle par-dessus les pleurs, qui allaient crescendo.

Lucy avait parlé d'un filet de voix. Et quand Anna se retourna pour la regarder, elle lui parut minuscule, debout sur le seuil dans son pantalon violet. Elle avait l'air sans défense, si insignifiante et fragile qu'Anna dut se retenir pour ne pas la supplier de monter remettre sa robe de fête.

À la place, elle répondit d'une voix aussi enjouée que possible :

– Merci, Lucy. Je suis très contente.

Sans arrêter de se balancer, elle jeta un coup d'œil sur sa montre.

– Il y a un bagel dans la cuisine pour toi, ajouta-t-elle. Donne-moi une minute pour calmer Ellen et, après, il faudra vraiment courir.

Au lieu de diminuer, les pleurs d'Ellen reprirent de plus belle ; ils résonnaient contre les murs nus, sans que tout l'amour d'Anna, toute sa patience et son intelligence, toute sa dévotion et tout son désespoir parviennent à les calmer. Scrutant le visage rigide et rouge de sa fille hurlante, Anna eut l'impression d'être une étrangère, coincée dans une vie qui n'était pas la sienne.

QUAND LA FUMÉE COMMENÇA À S'INSINUER dans le sommeil de Cerise, ses rêves la reconnurent. C'était une vilaine fumée, l'odeur d'objets bas de gamme en train de brûler, et un moment, elle resta absorbée dans ses rêves, qui lui offraient d'étranges explications à sa présence. Seule une explosion finit par la réveiller, un souffle qui la laissa privée d'amarres dans l'obscurité, la chair picotée d'adrénaline et saisie d'effroi jusqu'aux os. *Un cauchemar*, pensa-t-elle en se débattant pour échapper à ses griffes.

Par-delà la nuit noire, elle entendit un mugissement, lisse comme le souffle d'un ouragan, ponctué d'explosions pareilles à des bouteilles qu'on projetterait contre un mur. Hébétée, elle sortit tant bien que mal des couvertures. Elle avait du mal à se rappeler où elle était – chez Rita, dans son appartement, chez Jake ?

Elle se leva, entraînant les couvertures avec elle. Elle tendit les bras pour avancer à tâtons dans l'étuve obscure. Elle chancela et faillit tomber. Sa main se cogna à l'encadrement d'une porte et, en baissant le bras, elle trouva une poignée. Elle tourna et poussa. La porte céda et elle bascula dans un étroit couloir au bout duquel régnait une chaleur suffocante, sous une lumière orange.

Un long moment, elle resta là, paralysée. La chose qui lui faisait face paraissait si féroce, si urgente, si énorme, si sonore, si effroyable et si étrangement belle qu'elle réduisit même en cendres le mot « feu » dans sa tête. C'était comme une bête monstrueuse qui lui tombait dessus. Debout face à elle, Cerise était petite, frêle, abasourdie et seule.

L'éteindre – un lambeau d'idée venait de se frayer un chemin jusqu'à elle. *Il faut que je l'éteigne. Tout de suite.*

Elle avança, les bras tendus devant elle comme si, grâce à cela, elle allait pouvoir passer à travers les flammes et atteindre la source du feu. Mais bien avant, l'horrible chaleur lui brûla les paumes ; elle ne ressentit pas de douleur, juste une vive pression qui repoussait ses bras. Un instant plus tard, un instinct – reliquat de ce que d'autres appelleraient peut-être la chance – l'écarta du feu. Vacillante, elle recula jusqu'à la porte qui apparut derrière elle comme un cadeau. Sans prendre le temps de se demander où elle menait, elle se retourna et l'ouvrit en grand. Elle se jeta au travers, trébucha sur le marchepied du mobil-home et atterrit dans l'herbe sombre.

La porte claqua derrière elle et c'est à ce moment qu'elle se souvint.

– Travis ! hurla-t-elle en se relevant d'un bond pour se jeter sur la porte.

Attrapant la poignée, elle tira de toutes ses forces. Mais la porte ne céda pas. Cerise secoua, tira, poussa, voulut l'arracher, donna des coups de pied – rien n'y faisait : la porte restait fermée, car elle avait verrouillé la poignée extérieure avant de se coucher, pour éviter toute intrusion. Elle tambourina, agrippa le pourtour de métal, livra un combat contre cette porte comme si celle-ci était vivante.

– Travis, Travis, Travis ! hurlait-elle.

Tout d'un coup, la nuit se peupla de gens. Un autre rêve succédait au premier, des lumières se mirent à tournoyer, des voix derrière elle criaient et appelaient. Pardessus son épaule, sans cesser de cogner contre la porte, elle glapit :

– Mon bébé est à l'intérieur !

Une forme engoncée dans un uniforme épais l'attrapa entre ses bras et la tira loin de la porte.

– Dans quelle pièce ? cria l'homme.

– À l'intérieur ! Il y a le feu.

– Où est-il ?

Elle comprit, se mit à pleurer.

– La fenêtre !

Elle se dégagea et courut pieds nus en sanglotant dans l'herbe froide de l'autre côté du mobil-home, écrasant ce qu'il restait de son jardinet en sautant pour donner de grands coups de poing dans la vitre. Le verre se brisa avec un bruit sec et minuscule ; et de nouveau, le pompier fut derrière elle, la tirant hors du trou.

Les lumières pulsaient dans la nuit, une radio crachotait. Une échelle apparut, qui s'abattit contre le mobil-home. Cerise se rua dessus pour l'escalader, mais d'autres mains l'en empêchèrent. Le pompier monta à sa place. De son gant, il débarrassa le cadre des derniers bris de verre, pendant qu'en larmes, elle le regardait faire, essayant de dégager ses bras des mains de l'homme qui la retenait.

– Travie, Travie, Travie… Mon fils est là-dedans…

L'homme qui la tenait lui demanda :

– Personne d'autre ?

– Quoi ?

– Il y a quelqu'un d'autre à l'intérieur ?

– Quelqu'un d'autre ? hoqueta-t-elle en essayant de réfléchir, mais elle ne pouvait penser qu'à Travis.

– Vous avez d'autres enfants ?

– Oui.

Mais l'impact de ses questions finit par la secouer, alors elle ajouta, haletante :

– Non ! Je veux dire, j'ai une fille mais elle est partie. Laissez-moi aller chercher mon fils !

– Vous ne pouvez pas entrer là-dedans.

– Il le faut ! Je suis sa mère !

Il refusait de la laisser faire, malgré ses supplications, malgré ses larmes, malgré le hurlement de son fils qu'elle entendait, mêlé au hurlement des flammes.

De quelque part vint le son de l'eau qui jaillit, la poussée de la vapeur, l'âcre odeur de brûlé qui s'étendait. Des gens criaient. Des lumières balayaient la nuit. Le pompier disparut dans le cadre vide de la fenêtre, un autre monta derrière lui, braquant une lampe torche à l'intérieur.

– S'il vous plaît, ramenez-le, s'il vous plaît, gémit Cerise.

La lumière changea. Il y eut le bruit d'une hache qui s'abat, d'autres cris. On passa un paquet emmailloté au pompier sur l'échelle.

Elle gémit de nouveau et se précipita vers eux.

– Oh Travis ! sanglota-t-elle.

– N'approchez pas, lui ordonnèrent-ils. Attention. Ne le touchez pas.

– Kit brûlure ! cria une voix. Couverture stérile.

– Il se cachait… sous son lit… Je ne le trouvais pas… au début, haleta le pompier.

Il y avait du monde, un demi-cercle de gens qu'elle ne connaissait pas. En bordure de l'obscurité, ils regardaient Cerise divaguer. Cheveux en bataille, le visage grimaçant, implorant de ses mains brûlées, elle suppliait qu'on lui permette de le toucher, de le voir, de le réconforter.

Mais elle n'était que sa mère. Ces inconnus, eux, savaient comment le sauver. Quand le secouriste arriva et s'agenouilla à côté de lui, Cerise se dit que Travis aurait adoré voir ces hommes, avec leurs sirènes et leurs gros camions. Mais sous la couverture stérile, Travis était inconscient – inconscient et cependant toujours vivant, ou plutôt rendu encore capable de vivre, grâce à leurs gestes qui faisaient battre son cœur, qui insufflaient de l'oxygène dans ses poumons roussis.

IL Y AVAIT EU UN ENLÈVEMENT. Deux semaines avant Halloween, dans un beau quartier du nord de Santa Dorothea, une fille de douze ans avait été arrachée à son lit pendant que sa famille dormait. Une semaine plus tard, sa photo était partout – sur les arbres et les poteaux téléphoniques, sur le côté des immeubles et sur les panneaux de petites annonces des supermarchés, à côté des lutins et des citrouilles dans les vitrines de toutes les boutiques, reproduite un millier de fois. C'était un agrandissement de ce qui avait dû être la photo scolaire de la jeune fille. Son visage souriant dévoilait des dents du bonheur, comme si encore à présent, elle était en train de s'amuser, même si juste en dessous, en grosses lettres grasses, il y avait les mots « DISPARUE » et « RÉCOMPENSE ».

– Qu'est-ce que ça dit ? demanda Lucy la première fois qu'elle la remarqua, scotchée à la vitre latérale d'une Volvo à côté d'elles à un feu rouge.

Comme d'habitude, elles étaient pressées, en retard pour l'école et le rendez-vous médical d'Ellen. Désormais, Anna conduisait avec impatience, son pied passant sans arrêt de l'accélérateur au frein, les yeux rivés sur l'horloge du tableau de bord, essayant de se rappeler le contenu de la liste de courses qu'elle avait oubliée à la maison, sans parvenir à décider si elle avait le temps de s'arrêter à l'épicerie avant le rendez-vous d'Ellen ou si elle ferait mieux d'attendre après, quand Ellen serait fatiguée, grognon et prête pour la sieste.

– Maman, ça dit quoi ? répéta Lucy.

Anna jeta un coup d'œil vers l'endroit que Lucy désignait et répondit d'une voix absente :

– Ça dit « Disparue » et « Récompense ».

– La récompense de cette fille a disparu ?

Lucy avait l'air déconcertée.

– Je crois, oui, fit Anna.

Intérieurement, elle pesta de s'être montrée si inattentive, réfléchissant à tout ce qu'elle aurait pu dire d'autre à Lucy pour éviter l'échange qui allait surgir.

– Ce n'est pas juste ! s'indigna Lucy. Il faut qu'elle

la retrouve. Cette photo, alors, c'est pour l'aider à la retrouver ?

Anna soupira de soulagement.

– Sans doute, dit-elle en s'efforçant de garder un ton léger, évasif. Je ne sais pas trop.

Le feu passa au vert. Tandis qu'elles s'éloignaient de la fille de papier au grand sourire, pour pénétrer dans la brume lumineuse qu'avait laissée flotter le pot d'échappement de la voiture devant elles, Lucy posa une dernière question :

– C'est quoi sa récompense ?

Le prénom de cette fille était Andrea. D'après les journaux, son père était avocat, sa mère, au foyer, s'occupait de son frère cadet et de sa sœur, qui était encore un bébé. Andrea faisait partie de l'équipe de football. Elle chantait dans la chorale des enfants, à l'église. Elle avait des amis, des grands-parents, des tantes, des oncles et des cousins, qui tous l'adoraient. Tous ses professeurs l'aimaient, eux aussi. Elle vivait en plein cœur d'un anneau magique censé la protéger, et pourtant la terre l'avait avalée. Depuis son enlèvement, tous les soirs, aux informations, les éditoriaux succédaient aux rapports de police et aux supplications de ses parents, désemparés, sans livrer un seul indice.

Pauvres parents, songea Anna, en se souvenant des jours qui avaient suivi la naissance d'Ellen, la douleur terrible, la torture de l'attente. Elle traversait le centre-ville en voiture, longeait avec dégoût les ponts routiers, les murs antibruit présents partout, les ordures qui battaient dans les courants d'air de la circulation tels des oiseaux mutilés, sur le bas-côté. Les panneaux publicitaires, les autocollants sur les pare-chocs – collage de colères et de désirs qui la fit se réjouir que Lucy ne sût pas encore lire. Les feux arrière de la voiture de devant s'allumèrent. Son pied changea de pédale, elle ralentit et regarda, impuissante, son rétroviseur s'emplir de la calandre d'un énième semi-remorque.

Assise dans cette file de véhicules à l'arrêt, elle regarda le nuage noir qui s'échappait en volutes du pot d'échappement d'un pick-up sur la voie d'à côté. Même vitres fermées, elle pouvait sentir le goût de la gomme et du monoxyde de carbone. Elle se demanda quel effet cela avait sur les poumons tendres d'Ellen, de devoir respirer un tel air. Elle se demanda ce que ressentait Andrea en ce moment, quel genre de solitude, de terreur ou de désespoir. Elle se demanda où elle pouvait être, alors que toute la ville la recherchait et que ses parents pleuraient aux informations télévisées. Elle se demanda comment ces derniers arriveraient à survivre, s'ils ne devaient plus jamais revoir leur fille.

La circulation se débloqua un peu, mais quand elle arriva enfin à sa sortie, Anna était si crispée sur le volant que ses bras lui faisaient mal. Elle tourna dans la rue de l'école de Lucy et, à l'instant où elle se garait devant le mât du drapeau américain, une sonnerie retentit.

– Oh non… se mit à geindre Lucy en arrachant sa ceinture. Je vais être en retard.

– Dis à Mrs Ashton que c'était ma faute.

Lucy décocha à sa mère un regard méprisant.

– Elle sait que c'est ta faute. Mais ça change rien. Un retard est un retard, fit-elle en poussant la portière d'un coup d'épaule.

– Ce n'est pas grave, ma puce. Prends ton temps.

– On a des ronds rouges autour de nos étoiles de bon citoyen si on arrive en retard.

Laissant tourner le moteur, Anna sortit aider Lucy à attraper son sac à dos et sa boîte à sandwich.

– Eh attention ! T'écrases le fantôme de Noranella ! fit Lucy quand Anna se pencha sur la banquette arrière.

– Je suis désolée, répondit Anna en changeant la position de ses bras, pour éviter la colère de sa fille. Elle vient en classe avec toi ?

– Non, dit Lucy en trépignant sur le trottoir, les yeux rivés sur les enfants qui convergeaient vers les portes de l'école. Le fantôme de Noranella est trop triste à l'école, mais elle m'attend sur les balançoires et elle joue avec moi pendant la récréation.

– Il y en a d'autres qui jouent avec toi ? s'enquit Anna en retenant son souffle.

– Non, répondit platement Lucy. Tous les autres ont déjà des amis. Au revoir ! ajouta-t-elle en pivotant pour s'enfuir.

– Attends !

Anna s'inclina pour la serrer dans ses bras, mais Lucy esquiva son geste.

– Je vais être en retard ! cria-t-elle, courant se mêler à la nuée d'enfants qui disparaissaient dans le bâtiment.

– Au revoir ! lança Anna, abandonnée les bras ballants à côté de la voiture, en suivant des yeux les talons pressés de sa fille et ses cheveux qui battaient au vent. Bonne journée ! Je t'aime !

Mais il n'y avait plus que l'air pour l'entendre.

La sonnerie retentit de nouveau et Anna suivit Lucy des yeux jusqu'à ce qu'elle disparaisse dans le bâtiment avec les autres retardataires. Les portes se refermèrent derrière eux, avec une possessivité définitive. Debout sur l'asphalte, Anna sentit les gaz d'échappement de sa voiture se mêler à la fraîcheur du matin. Elle eut brusquement envie d'aller récupérer Lucy derrière ces portes closes, de la subtiliser pour qu'elles passent la journée ensemble – juste toutes les deux – à glousser, à grignoter et à faire la sieste dans les bras l'une de l'autre. Mais déplacer un rendez-vous avec le médecin d'Ellen était compliqué, et de toute façon, même si Anna parvenait sans trop savoir comment à convaincre Mrs Ashton et le directeur de lui rendre Lucy, elle n'était pas sûre que faire manquer l'école à sa fille fût une bonne idée.

Dans la cour, le tourniquet esseulé continuait de tourner, les balançoires abandonnées décrivaient toujours le mouvement imprimé par leurs derniers occupants. Anna pensa au fantôme de Noranella, qui attendait que Lucy sorte pour la récréation et, une seconde, elle envisagea de revenir prendre en photo ces balançoires vides qui oscillaient. Mais en scrutant cette image dans sa tête, elle vit à quel point le résultat pourrait facilement être ordinaire, et quand elle songea à tout le travail que cela représentait, de sortir son appareil photo, elle laissa tomber l'idée. Derrière elle, dans la voiture, Ellen commençait à s'agiter, et le rendez-vous chez le médecin était maintenant trop proche pour prendre le temps de lui donner le sein. Elle n'avait plus qu'à retourner sur l'autoroute.

L'APRÈS-MIDI SUIVANT, au centre pour grands brûlés de San Francisco où l'on transféra Travis dès que son état se fut stabilisé, le médecin de garde expliqua à Cerise ce qu'ils faisaient pour l'aider.

– Les brûlures évoluent au fil des premiers jours, dit-il, surtout chez l'enfant.

– Il va s'en sortir ? demanda Cerise.

– Comme je viens de vous l'expliquer, c'est difficile à prédire. On va faire tout ce qu'on peut.

Il lui parla ensuite d'insuffisance respiratoire, d'antalgiques, de parage des plaies, d'infection, de greffes éventuelles et de zones donneuses possibles, mais Cerise ne parvenait pas à l'écouter. Elle avait le regard suspendu à ses yeux. Elle le regardait comme on regarde son amant, comme si elle attendait qu'il lui promette le monde.

Il avait les yeux secs et striés de petites veines, la peau tout autour creusée d'un réseau de fines ridules. Il lui décrivit le respirateur, le moniteur, le bouclier thermique, lui expliqua que ces machines allaient sauver son fils. Mais tandis qu'il parlait, une image s'imposa à elle et, sans pouvoir s'en empêcher, elle vit le visage du médecin prendre feu. Elle comprit avec un frisson affolé que ce n'étaient pas des machines qui maintenaient Travis en vie, mais des gens – des hommes et des femmes – et qu'en réalité, les gens n'étaient que des animaux au regard las. Des animaux qui essayaient de sauver la vie de son fils – des animaux parfois épuisés, angoissés, perdus, dont le corps n'était que le réceptacle de leurs douleurs futures.

Le médecin de garde s'en alla, et un infirmier vint bander les mains de Cerise. Elle les lui tendit docilement et, tandis qu'il lui nettoyait les paumes, elle essaya d'absorber toute la douleur, comme si ce qu'elle pourrait éprouver serait ça de moins à endurer pour Travis. En appliquant la gaze, l'infirmier désigna la poitrine de Cerise d'un geste du menton.

– Qu'est-ce qui vous est arrivé, là ? demanda-t-il.

Elle lui adressa un regard stupéfait, croyant pendant un millième de seconde que son corps l'intéressait. Penchant la tête pour suivre son regard, elle vit les taches sombres qui s'élargissaient sur son chemisier, comme une cible sur chaque sein.

– Une fuite, dit-elle.

– Une fuite ?

– De lait, murmura-t-elle, en essayant vainement de cacher les taches à l'aide de ses bras.

– Vous avez un bébé quelque part ? demanda l'infirmier d'une voix inquiète.

– Juste lui, murmura-t-elle en regardant le petit garçon couvert de bandages maintenu en vie par la pompe du respirateur. C'est mon bébé.

Jake vint. Il avait apporté une voiture télécommandée à Travis – le genre de jouet pour un garçon quatre fois plus âgé et qui coûtait sans doute l'équivalent d'un mois de couches. Cerise ne l'avait pas revu depuis son déménagement. Il avait l'air plus doux, comme après une gueule de bois, quand son arrogance était momentanément lavée par la douleur. Cerise essaya de se remémorer le mal qu'il lui avait fait, à quel point il lui avait été difficile de renoncer à lui alors qu'elle voulait tant croire à cette famille. Mais malgré sa stature, il avait l'air complètement insignifiant désormais, complètement terne et sans relief. Elle regarda ses mains usées, les muscles ramassés de ses biceps et le trait de peau pâle qu'elle aperçut sous les manches de sa chemise alors qu'il se tenait au pied du lit de Travis, le visage crispé, comme sur ses gardes. C'était bizarre de se dire qu'avant, elle riait avec lui, qu'elle buvait et qu'elle dansait avec lui, étrange de penser qu'elle l'avait laissé entrer en elle. Et que Travis était son fils à lui aussi.

– Où est Melody ? demanda-t-il, tenant la voiture télécommandée devant lui comme un bouclier.

– Avec des amis, répondit Cerise, les yeux rivés sur le ballot qu'était devenu son fils.

On avait sédaté Travis pour qu'il n'arrache pas le tube du respirateur, et minuscule sur ce long lit blanc, entouré de machines rutilantes, il avait l'air de n'être presque rien.

Plus tard dans la soirée, alors que Jake était parti dormir un peu, deux infirmières venues changer les pansements de Travis demandèrent à Cerise d'aller attendre dans le couloir.

Elle se posta à côté de la porte, telle une sentinelle, et quand elle l'entendit gémir, son vagin se contracta. Elle se souvint de sa naissance, des mouvements qu'il faisait dans son ventre ; elle se rappela le moment de triomphe quand, d'une poussée, elle l'avait accueilli entre ses mains. Et soudain, de tout son être, elle eut besoin d'un bébé, besoin de tenir un bébé, de renifler un bébé, ou même simplement d'en regarder un.

Alors, elle abandonna son poste devant la porte de Travis, s'en allant à travers les couloirs vivement éclairés, les escaliers impersonnels, pour ne s'arrêter que devant plusieurs portes fermées à clé, où un écriteau disait : « Nurserie, sonner pour entrer ». Mais quand Cerise appuya sur le bouton et réclama qu'on lui ouvre, la voix derrière la porte demanda qui elle voulait voir.

– Un bébé, répondit-elle à la grille de l'interphone. Je voudrais voir un bébé.

– Prénom ?

– Cerise, dit-elle.

– Nom de famille ?

– Johnson.

– Désolée, madame, dit bientôt la voix. Il n'y a aucun bébé portant ce nom, ici. Vous êtes sûre que vous êtes dans le bon hôpital ?

– Non. Enfin, oui. Je suis dans le bon hôpital. C'est mon nom à moi. Cerise Johnson.

– Comment s'appelle le nouveau-né que vous venez voir, dans ce cas ?

– Je ne sais pas.

– Nom de la mère ?

– Le nom de ma mère ?

– Le nom de la mère de l'enfant que vous souhaitez voir.

– Je ne sais pas. C'est-à-dire que je ne connais aucun des bébés, je veux juste en voir un, s'il vous plaît. N'importe lequel. J'ai besoin… Il y a eu un accident, mon fils…

– Désolée, madame. Le règlement de l'hôpital ne permet pas à des personnes non habilitées de voir les bébés.

– Oh… S'il vous plaît, insista Cerise.

– Question de sécurité, madame. Je suis navrée.

Comme Melody l'avait si souvent fait remarquer, *je suis navré* était simplement une sale manière de dire non.

AVANT DE S'ENDORMIR, LUCY DIT :

– Cette fille, elle a été volée.

Elle était blottie sous des draps blancs et des couvertures moelleuses, sa chemise de nuit enfilée à l'envers. Anna venait de lui lire un livre, puis elle en avait lu un deuxième au fantôme de Noranella. À présent, Anna était assise au bord du lit, à côté de Lucy, traînant un peu avant de lui souhaiter bonne nuit et d'éteindre la lumière pour retourner s'occuper d'Ellen et de la douzaine de petites choses à régler d'ici à ce qu'elle puisse, elle aussi, quand tout serait fini, aller se coucher.

– Tu m'as entendue, maman ? dit Lucy en tapotant la jambe de sa mère. J'ai dit : cette fille, elle a été volée.

– Quelle fille ? s'enquit Anna, en essayant de masquer la réserve dans sa voix. Qu'est-ce que tu veux dire ?

Une autre piste avait été évoquée. Le journal du soir faisait état de deux garçons qui avaient trouvé un rouleau de ruban adhésif d'électricien, un tire-bouchon et la taie de l'oreiller d'Andrea en jouant dans les bois, à proximité de la nationale. En lisant ces mots, Anna avait été frappée de voir tous les usages répugnants que son cerveau pourtant sans imagination était aussitôt parvenu à trouver à un rouleau d'adhésif, un tire-bouchon et une taie d'oreiller.

– La fille sur les affiches, expliqua Lucy. Elle n'a pas perdu sa récompense. Elle a été volée, dans son lit.

Volée – comme un bijou ou un porte-monnaie. L'esprit d'Anna se noua.

– Qui t'a dit ça ? demanda-t-elle.

– Tout le monde. Mrs Ashton dit qu'il faut qu'on fasse tous très attention.

– Oui, dit Anna, il ne faut jamais monter dans une voiture avec quelqu'un que tu ne connais pas, mais tu le sais.

Lucy secoua si vigoureusement la tête que ses cheveux s'étalèrent sur l'oreiller. L'espace d'une seconde, Anna s'autorisa à se demander si, malgré l'image parfaite que ses parents offraient dans les journaux, ils ne cachaient pas quelque chose.

– Mrs Ashton dit que, si un inconnu s'arrête pour nous parler, on doit crier et partir en courant, précisa Lucy.

C'est comme une guerre, songea Anna en passant les doigts dans la chevelure soyeuse de sa fille, sauf qu'à présent l'ennemi est partout et nulle part à la fois, à l'instar de ces aliens, dans les films, qui s'infiltrent dans le corps d'honnêtes citoyens et font du facteur, de la vieille dame du bout de la rue et même des membres de votre propre famille une menace potentielle.

Avec amertume, elle se dit que c'était parce qu'ils habitaient en Californie. Il y avait trop de monde, en Californie. Trop de voitures, trop de crasse, trop de bruit. Comme les gens ne se connaissaient pas, personne n'avait d'importance. Tout grouillait, tout était bâclé, cupide, laid, hors de contrôle. Même le temps était perturbant – encore aussi chaud qu'en plein été, alors qu'octobre s'achevait.

Pour être honnête, ce temps n'était pas normal, même pour la Californie. Les journaux disaient que le pays entier affrontait l'automne le plus chaud de son histoire – une autre preuve bien réelle du réchauffement climatique. Mais ce soir, se dire qu'elle était coincée quelque part où elle n'était pas chez elle, alors que même la météo déraillait, ne faisait qu'augmenter sa panique.

– Brianna dit que cette fille est morte, continua Lucy en scrutant le visage d'Anna.

– Oh non, répondit Anna, en essayant de donner plus de conviction dans sa voix. Il y a des tas de gens qui la cherchent. Ils vont la retrouver et tout va bien se passer.

D'une voix fluette, Lucy ajouta :

– Je veux pas qu'ils la retrouvent.

– Oh Lucy, dit Anna. Et pourquoi ?

– Parce que sinon, après, ça sera moi.

– Bien sûr que non. Pourquoi est-ce que tu dis ça ?

– Ce monsieur qui l'a prise, il va avoir besoin de quelqu'un d'autre.

– Ce monsieur ira en prison, répondit Anna.

– Mais pour l'instant, il est pas en prison.

– Non, mais bientôt.

Pourtant, Anna avait l'impression qu'il était déjà dans la chambre avec elles et qu'avec ses mots, elle essayait de lui arracher Lucy.

– Tu ne pourrais pas l'empêcher, dit Lucy.

– Pourquoi ça ?

En imaginant avec quelle joie elle mordrait, grifferait,

avec quel plaisir elle détruirait cet homme pour ce qu'il risquait de faire – pour ce qu'il faisait déjà – à sa fille, Anna sentit son sang bouillonner.

– T'es pas assez grande.

– Il y a papa, suggéra Anna.

– Peut-être que lui non plus, il est pas assez grand.

– Lucy, il y a des policiers, et des chiens et beaucoup d'autres hommes – des hommes gentils, se dépêcha-t-elle de préciser, comme papa ou tonton Mike. Il y a beaucoup, beaucoup, beaucoup de gens qui font tout pour que ce méchant monsieur ne fasse plus jamais de mal à personne.

– Maman ?

– Quoi ?

Anna entendit Ellen qui commençait à pleurer au rez-de-chaussée, avec Eliot. La tension se concentra le long de ses tempes.

– J'ai peur de m'endormir.

Anna respira un grand coup, pour l'équilibre, pour la patience, pour trouver quoi répondre. Elle dit :

– Tu n'as rien à craindre.

– Si je m'endors, il va venir me chercher, insista Lucy. Qu'est-ce qu'il va me faire, maman, quand il m'aura volée ?

– Il ne fera rien. Je veux dire… il ne viendra pas te chercher. Tu es en sécurité. Alors maintenant, dit-elle en imprégnant de patience chacun de ses mots, il est temps de faire dodo.

– Je peux pas dormir, répéta Lucy. Si je m'endors, il va venir me chercher.

– Non. Bien sûr que non. Tu es en sécurité à la maison.

– Andrea aussi, elle était en sécurité.

– Oui, mais c'est le hasard.

– C'est quoi le hasard ?

– Ça veut dire que c'était imprévisible – que c'est juste qu'elle n'a vraiment pas eu du tout, du tout de chance. Ça n'arriverait jamais ici.

– Pourquoi, si c'était juste pas de chance ? Nous aussi, on pourrait avoir pas de chance.

– Mais non, dit Anna.

La promesse était aussi peu convaincante qu'un mensonge.

– Pourquoi ? insista Lucy.

– Parce que je t'aime, dit Anna sans réfléchir.

– L'amour, ça protège pas.

L'image d'Ellen livide et bleue avait envahi l'esprit d'Anna et elle ne savait plus quoi dire à Lucy pour éviter de lui avouer qu'elle avait raison, que le monde était dangereux et la vie trop menaçante pour pouvoir se détendre et en profiter.

– Il pourrait rentrer par là, dit Lucy en désignant la fenêtre.

Alors Anna traversa la pièce et vérifia que la fenêtre était bien fermée, puis elle tira un peu plus les rideaux.

– Il ne peut pas rentrer. La fenêtre est verrouillée,

dit-elle. En plus, nous sommes au premier étage. On l'entendrait s'il essayait de grimper.

– Tu l'entendrais pas, tu dormirais.

En bas, Ellen pleurait plus fort, et le cerveau d'Anna était une machine qui venait de se gripper. Elle sentit sa compassion refluer, elle entendit l'impatience lui érailler la voix quand elle lança :

– Lucy, c'est l'heure de dormir.

– Je peux pas dormir, gémit Lucy en se roulant en boule, les yeux posés sur sa mère avec une expression si pathétique qu'elle semblait calculée.

– Écoute, tu es dans ta chambre. Dans ta maison. Les fenêtres et les portes sont fermées à clé. Je suis là, et papa aussi. Ta veilleuse est allumée et je vais laisser la lumière dans le couloir. Tu as école demain, alors maintenant, il faut dormir.

Les épaules de Lucy tressautèrent et, malgré le côté théâtral de tout ça, le cœur d'Anna se serra. Elle aurait voulu rester et trouver du courage pour elle-même aussi en réconfortant Lucy. Mais les pleurs d'Ellen s'intensifiaient, menaçant de miner le reste de sa soirée si elle ne parvenait pas à convaincre sa grande sœur de s'endormir. De plus, elle craignait que, si elle cédait, Lucy s'attende à obtenir autant le lendemain, puis davantage le soir suivant, exactement comme on l'expliquait aux parents dans les livres et les magazines, pour les mettre en garde. Elle se leva.

– D'accord, Lucy. Maintenant, je vais te faire un bisou, et puis je vais partir. Je t'aime. Tout ira bien.

Quand elle se pencha pour l'embrasser, Lucy prit un air buté et se tourna vers le mur, lui présentant en guise de dos un rocher vivant.

– Je n'ai pas droit à un bisou ? demanda Anna.

La petite tête aux cheveux brillants fit signe que non dans l'oreiller.

– D'accord, fit Anna. Bonne nuit.

Elle traversa la pièce et s'arrêta à la porte pour éteindre la lumière.

– Je t'aime, dit-elle.

Mais le lit blanc ne lui fit aucune réponse.

DANS L'ULTIME TOURBILLON AVANT LA MORT DE TRAVIS, des gens accoururent des quatre coins de l'hôpital – les médecins, les infirmières, et même la femme de ménage. D'abord, ils poussèrent Cerise dans le couloir, puis quand tous leurs efforts pour retenir la vie dans son petit corps eurent échoué, ils lui rouvrirent la porte et la laissèrent seule avec ce qu'il restait de lui.

En larmes, elle le contempla. Il était tellement minuscule sous le drap blanc. Le moniteur et le respirateur étaient immobiles, et de nouveau le silence, brut, s'accrochait à tout. Elle saisit le garde-corps de son lit de ses deux mains bandées et serra jusqu'à ce que ses bras se mettent à trembler, et jusqu'à ce que ses ampoules crèvent sous la gaze. Mais le lit tint bon, le bâtiment ne s'effondra pas, la minuscule poitrine ne se gonfla pas. Renversant la tête en arrière, Cerise se mit à hurler.

Elle n'avait jamais envisagé qu'il pourrait réellement mourir. Pendant toutes ces heures horribles, elle n'avait jamais pensé qu'il pourrait réellement la quitter, jamais cru qu'il ne vivrait pas. Dès l'instant où Travis était venu au monde, il était devenu inconcevable que le monde puisse exister sans lui. Et aujourd'hui, il était inconcevable qu'elle reste alors qu'il était parti.

Sur le seuil, quelqu'un parlait. C'était la jeune infirmière, celle qui appelait Travis « cow-boy ».

– Miss Johnson, dit-elle timidement, nous avons appelé le père de Travis. Et nous avons demandé à l'assistante sociale et à l'aumônier de venir. Ils seront là d'une minute à l'autre, pour parler avec vous. Est-ce qu'il y a quelque chose que… Vous voulez que je reste jusqu'à leur arrivée ?

Cerise secoua violemment la tête. Elle ne voulait pas de la compagnie de l'infirmière, elle ne voulait pas être obligée de voir Jake, ou l'aumônier ou l'assistante sociale, elle ne voulait subir aucune de ces choses que l'on fait avec des mots – expliquer, défendre, excuser, consoler. Elle voulait être aussi seule dans la pièce qu'elle l'était dans son angoisse. Elle voulait simplement crier, hurler, gémir.

Mais la question de l'infirmière l'avait réduite au silence. Prudemment, sans un mot, elle tendit la main pour toucher Travis à l'un de ses doigts qui n'étaient pas bandés. Elle était encore horrifiée par le mal que le feu avait fait à son fils et, même à présent, elle avait peur, quelque part, d'accentuer sa douleur. Elle se pencha pour l'embrasser, mais elle fut envahie par l'idée qu'elle lui faisait ses adieux et son corps se mit à convulser, la catapultant hors de cet abîme.

Elle se retourna et sortit de la pièce en vacillant, sans que pour une fois Travis ne proteste. Elle marcha dans les couloirs, pareille à un zombie, déjà si habituée à ses larmes qu'elle ne songeait pas à les essuyer.

Elle croisa des infirmières pressées, des familles mal à l'aise qui traînaient là avec leurs bouquets de fleurs et leurs ballons gonflés à l'hélium. Elle pénétra dans le hall, longea le comptoir des admissions où, à un moment donné de ces deux derniers jours, elle avait dû se remémorer les chiffres et exposer les faits justifiant les soins accordés à Travis. Quand elle parvint à l'entrée, les portes coulissantes s'ouvrirent et elle trébucha dehors.

Ce n'est qu'une fois dans la rue qu'elle se rendit compte qu'elle n'avait nulle part où aller.

– Épave, avait dit le chef des pompiers, comme si son mobil-home était une voiture, comme si elle était en voyage quand ça s'était passé, au lieu d'être endormie.

Sur le moment – quand Travis respirait encore –, ce mot l'avait simplement agacée, un désagrément sans plus d'importance qu'une mouche entrée à travers un accroc dans la moustiquaire, ou le bruit d'un insecte volant dans sa chambre, la nuit. Mais maintenant, hébétée sur le trottoir dans le jour chétif, Cerise ne savait plus du tout quoi faire.

À Woodland Manor, la routine de la mort était simple et immuable, et le rôle qu'elle y jouait était clair. Cette fois, en revanche, c'était comme si la mort était un examen auquel elle n'avait pas eu le temps de se préparer. Il y avait des choses qu'elle devrait faire – ça, elle en était sûre –, des choses qu'on attendait d'elle. Mais lorsqu'elle essayait de se rappeler lesquelles, tout s'évaporait dans sa tête comme la salive sur le fer chaud.

Elle se mit à marcher. Le choc alourdissait ses pas. Un vent poussiéreux cingla son visage. Elle frissonnait, ses épaules et ses genoux tremblaient, ses dents claquaient. Une voiture remplie d'adolescents passa à sa hauteur à vive allure. Elle sentit les pulsations de leur musique, entendit leurs rires insouciants. D'autres voitures suivirent. Dans certaines, il y avait des enfants, vivants.

Ses pieds battaient le béton. Elle longea une rangée de restaurants. La chaleur et les odeurs qui s'en dégageaient l'assaillirent. Des gens la frôlaient, ils riaient et parlaient, aussi imperméables à son malheur que si elle avait été un fantôme, une droguée ou une ivrogne. Ils ne se rendaient pas compte que les fantômes, c'étaient eux, que ce qu'ils avalaient devenait déjà de la merde avant que la saveur ne se dissipe dans leur bouche, qu'à peine sortis de leurs poumons en décomposition leurs éclats de rire se volatilisaient comme de la fumée. Elle les regarda et une nuée d'images s'invita dans sa tête. Elle les vit en flammes, vit leurs vêtements s'embraser et leur peau se carboniser. Elle ne pouvait s'empêcher d'entendre les hurlements qu'ils pousseraient.

L'hôpital où Travis avait été emmené se situait dans un quartier que Cerise ne connaissait pas. Pendant un long moment, il ne lui vint pas à l'idée de se demander où elle allait, mais au fur et à mesure qu'elle s'enfonçait dans ces rues inconnues, elle se rendit compte qu'elle marchait vers le pont, plus au nord. Dans un camping, avait dit Melody, sur la montagne. Il lui était impossible de réfléchir, impossible de se projeter. Elle faisait en sorte que ses pieds continuent de la porter. De petits détails retenaient son attention – un rosier couvert de fleurs dans un pot près d'une porte, une banane entière qui pourrissait dans le caniveau, un caniche jappant derrière un portail. Tous lui semblaient avoir un sens, mais dès qu'elle essayait de comprendre lequel, elle perdait le fil.

Elle avançait dans une rue bordée de maisons mitoyennes aux couleurs pastel, aux portes et aux fenêtres ornées de grilles en fer forgé. Elle sentit des odeurs de cuisine, la vapeur d'eau parfumée d'une douche. En trébuchant sur une voiture miniature en plastique abandonnée sur le trottoir, elle sentit monter sa colère contre ces familles heureuses, contre tout le bonheur satisfait à l'abri derrière ces grilles.

Elle se dit soudain qu'elle avait eu tort de quitter l'hôpital. Elle venait de commettre une autre terrible erreur, comme dans ces rêves qu'elle avait commencé à faire après le départ de Melody, où, pressée de monter dans le bus, elle oubliait Travis sur le trottoir et se mettait à hurler, à supplier, à taper contre les portes fermées, en vain : le chauffeur ne l'entendait pas ou refusait de s'arrêter, alors elle était forcée de regarder, hors d'elle et impuissante, Travis disparaître peu à peu de sa vue.

Travis était encore vivant, forcément. Forcément, il était assis dans son lit maintenant, et il arrachait ses perfusions et le tube du respirateur pour appeler sa maman en pleurant parce qu'elle n'était pas là pour le consoler. Elle se figea, rebroussant chemin dans sa tête, sur les trottoirs, d'une rue à l'autre puis à travers les couloirs de l'hôpital, jusqu'à la salle où elle l'avait abandonné. Mais elle imagina ensuite les regards surpris des infirmières posés sur elle. Elle vit les aides-soignantes avec leur corps solide, sentit le jugement des médecins et fut violemment renvoyée à la réalité : Travis était parti.

Pendant une seconde, elle voulut son fils avec tant de sauvagerie qu'elle fut prête à y retourner quand même. Mais lorsqu'elle essaya de s'imaginer cette fois libérant son corps de l'enchevêtrement de fils et de tuyaux, elle comprit à quel point il lui serait impossible de réclamer cette enveloppe qui restait de lui. Debout sur le trottoir, elle se souvint de l'impuissance pitoyable de Jake face aux souffrances de Travis, et d'étranges mots lui revinrent, peut-être tirés d'un film qu'elle avait vu mais oublié, un film d'horreur, ou l'un de ces vieux téléfilms que Melody et elle regardaient ensemble, tard le soir : « laissons les morts enterrer les morts ».

Quand elle arriva à la limite nord de la ville, le soir était presque tombé. Sur une vaste place surplombant la baie, de petits groupes riaient, pointaient le doigt vers la vue devant eux, mangeaient des glaces ou des parts de pizza. Seuls ou à plusieurs, ils posaient pour des photos dans le cadre desquelles Cerise passait sans l'avoir voulu. Droit devant, il y avait le pont. Elle leva les yeux vers les tours qui s'élançaient au-dessus des voies à la circulation dense, vit les câbles qui descendaient de l'une à l'autre, et brusquement, tout devint net. Elle se remit en route d'un pas plus assuré, sur le trottoir qui menait jusqu'au côté est du pont. Les voitures la frôlaient à moins d'un mètre et, cependant, le monde devenait déjà plus distant. Des gens la bousculaient – des joggeurs, des groupes de touristes ou d'adolescents bruyants –, mais elle avançait parmi eux enveloppée d'une immobilité électrique, seulement consciente de la promesse que le pont représentait et des battements furieux de son cœur.

Elle avançait en laissant traîner sa main bandée sur la haute rambarde et, arrivée au milieu du tablier, elle s'arrêta pour regarder en contrebas. Au niveau de la plate-forme du pont, une saillie en métal dépassait d'une longueur de bras. Mais au-delà, il n'y avait que l'air libre et perdu, puis l'eau lointaine. Ce qu'il lui restait de larmes avait étiré ses joues. Le vent lui arrachait les cheveux du visage, plaquait ses vêtements contre son corps, glaçait ses seins, qui suintaient toujours. Un oiseau passa sous elle. Elle pensa à Travis se hissant par-dessus les barreaux abaissés de son lit pour essayer de se cacher loin de la chaleur et des flammes. Elle s'imagina se hissant par-dessus la balustrade du pont, s'élançant vers l'eau, s'emplissant d'océan les bras et les poumons et retrouvant Travis dans cette étreinte. À l'aide de ses dents, elle arracha la gaze et le sparadrap de ses mains, lança les pansements par-dessus la balustrade et les regarda voleter vers l'eau. Levant les bras aussi haut que possible, elle empoigna un câble en acier et, les mâchoires crispées à cause de la douleur de ses paumes à vif, elle essaya d'enjamber le garde-corps.

Quand des mains la saisirent par la taille, elle crut tout d'abord à un ange venu l'aider à basculer de l'autre côté. Mais au lieu de la soulever, elles la retenaient fermement, sans la tirer en arrière, comme si elles n'étaient là que pour l'aider à se maintenir en équilibre jusqu'à ce que ses pieds retrouvent le trottoir.

Elle lâcha le câble et pivota pour faire face à ce qui l'avait interrompue. Un homme se tenait debout devant elle, il lui arrivait à la poitrine et ses mains avaient déjà tranquillement retrouvé leur place le long du corps. C'était un Asiatique, bien habillé. Dans sa langue, il prononça des mots qui ressemblaient à une question. Faute d'obtenir une réponse, il secoua doucement la tête, comme s'il réprimandait gentiment un enfant. Il ajouta quelque chose. Son regard était amical, curieux et calme. Cerise le scruta et, un bref instant, qu'il l'ait sauvée parut une évidence.

Dans la foulée, une honte épaisse s'empara d'elle. Elle prit conscience que leurs deux corps l'un contre l'autre étaient deux personnes distinctes, que le grondement de la circulation était un agrégat, celui des moteurs ronflants de voitures. Elle comprit que des centaines de gens l'avaient regardée escalader la balustrade et fut brusquement certaine que tous savaient pourquoi elle voulait mourir. Ils voyaient hurler en elle la coupable, qui lorsqu'elle fit volte-face pour se mettre à courir dut laisser derrière elle une affreuse traînée de sang. Elle ne s'arrêta qu'à l'autre bout, au nord. En larmes et hors d'haleine, elle se faufila loin du monde et jusque sous le pont. Arrivée côté océan, sur un parking envahi par les mauvaises herbes, elle regarda autour d'elle, à bout de souffle, essayant de comprendre où elle se trouvait.

Elle avait cru que traverser le pont la mènerait à Melody. Mais au lieu de la montagne boisée et du camping décrits au téléphone, Cerise ne voyait que des collines pelées, avec des hautes herbes pour seule végétation. Derrière elle, l'autoroute grondait toujours, désapprobatrice, mais à l'autre extrémité du parking une route menait jusqu'aux collines vides. Elle s'y engagea d'un pas lourd, tête baissée sur le gravier et les mauvaises herbes. Deux cyclistes qui dévalaient la pente dans le crépuscule lui jetèrent en passant des regards intrigués.

Les voitures aux phares désormais allumés la frôlaient sans ralentir.

Il faisait presque nuit quand elle approcha du sommet. Au bord de la route, il y avait une aire de stationnement, équipée d'une borne d'informations. Des affichettes qui faisaient la promotion de lectures autour de feux de camp prévenaient aussi les promeneurs de la présence de crotales et du sumac, battant dans le vent à côté d'une carte gravée sur bois indiquant routes et chemins de randonnée. Dans la lumière rare, elle essaya de la déchiffrer, mais elle avait l'esprit aussi gourd que ses joues croûtées de larmes.

Une voiture s'arrêta. Son conducteur se pencha vers la portière côté passager. Baissant la vitre, il demanda :

– Vous allez où ?

Elle l'ignora, alors il répéta sa question.

– Le camping, dit-elle par-dessus son épaule.

– Vous allez camper ?

Les yeux sur la carte, elle secoua la tête, comme si la voix de l'homme était le sifflement aigu d'un moustique qu'elle essayait d'éloigner.

– Allez, dit-il. Je vous y emmène.

Elle fit quelques pas vers la voiture, mais quand elle vit le conducteur la déshabiller du regard, puis le tas de couvertures et de cannettes de bière sur la banquette arrière, elle préféra se raviser.

– Monte, ordonna l'homme en se penchant pour ouvrir la portière.

Au son de sa voix, Cerise fit volte-face et se mit à courir loin de la route, remontant la pente de la colline. Alors l'homme referma la portière avec un juron et la voiture disparut dans un crissement de pneus qui fit jaillir le gravier.

Les poumons en feu, elle courut vers le sommet dans le jour déclinant. Habituée au bitume, elle glissait sur le silex et la sauge, se tordait les chevilles. Quand elle finit par se laisser tomber au sol, elle avait franchi la crête ; une vallée plus aride et plus inhabitée que tout ce qu'elle avait connu s'étendait devant elle. Les premières étoiles perçaient le ciel. Une lune gracile comme un éclat de verre était suspendue juste au-dessus de la colline d'en face, tandis que tout autour d'elle, le vent mugissait, volant son souffle à Cerise et maltraitant ses cheveux.

Elle descendit en titubant vers la vallée vide, appelant Travis, criant son nom à la lune brisée. Sanglotant jusqu'à ce que ses entrailles se soulèvent, chancelante et trébuchante, elle avança dans la nuit et finit par s'écrouler sous un arbre solitaire pour dormir dehors pour la première fois de sa vie, à même le sol sale, sous un ciel criblé d'une révoltante multitude d'étoiles.

QUELQU'UN CRIAIT.

Au début, les cris venaient de si loin qu'Anna put sombrer encore un peu davantage dans le sommeil et faire comme si elle ne les avait pas entendus. Mais ils devinrent vite plus sonores et plus rapprochés, plus pressants, au point que chacun d'eux lui fit bientôt l'effet d'un coup de couteau. Elle rouvrit les yeux, le corps fourmillant et endolori, hébétée – même sensation d'interruption insupportable que lorsque l'une des filles se réveillait au moment où Eliot et elle faisaient l'amour. La pièce tournoyait et, prise dans ce mouvement giratoire, Anna tenta de recouvrer ses esprits. Avant d'avoir compris ce qui se passait, néanmoins, elle fut debout et se mit à courir.

Elle courait vers les cris, vers le problème, car elle avait reconnu ces cris comme étant ceux de Lucy. Lorsqu'elle atteignit enfin la porte de la chambre et constata que Lucy était toujours là – en un seul morceau –, sanglotant assise sur son lit à côté de sa veilleuse lapin, la terreur d'Anna reflua un peu. Elle se précipita tout de même, comme si Lucy risquait encore de lui être volée.

– Qu'est-ce qu'il y a ? demanda-t-elle, la voix rauque de sommeil. Qu'est-ce qui ne va pas ? Qu'est-ce qui s'est passé ?

Dans ses bras, le corps de Lucy paraissait terriblement petit, ses os terriblement saillants et fragiles. Tremblant comme un moineau, Lucy hurla :

– Il l'a tuée !

Aussitôt Anna songea : *Ellen*. Et son cœur bondit vers la chambre du bébé. Mais elle n'eut pas le temps de se relever que sa voix glapit :

– Qui ?

– Andrea, sanglota Lucy. Il a tué Andrea.

– Ce n'était qu'un rêve, dit Anna, soulagée.

Elle serra Lucy contre elle et ajouta :

– Tu as fait un cauchemar.

Mais Lucy s'écarta, fixant le mur dans la pénombre.

– C'est *vrai* ! cria-t-elle. C'est vrai. Il lui a coupé la tête.

– La tête de qui, ma puce ?

– D'Andrea. La tête d'Andrea.

L'idée que ce cauchemar puisse être prémonitoire arracha un frisson à Anna.

– Bien sûr que non, dit-elle fermement.

Serrant plus fort Lucy dans ses bras, elle insista :

– C'était juste un mauvais rêve.

– Non, sanglota Lucy. C'est vrai. C'est les adultes qui l'ont dit.

– Qu'est-ce qu'ils ont dit ? demanda Anna.

Elle fit tout son possible afin que son corps apparaisse imposant et calme, afin que sa chair se dresse comme une barrière protectrice entre Lucy et le monde. Elle sentait les coudes de Lucy contre elle, les os de ses épaules, son joli menton pointu. Elle avait envie d'étrangler Mrs Ashton, avec ses règles de sécurité et son cours de sensibilisation aux risques d'agression.

– Dis-moi ce que les adultes ont dit, demanda-t-elle.

– Ils ont dit qu'Andrea était sa prisonnière. Ils ont dit…

Lucy s'interrompit, indécise.

– Tu vois ? murmura Anna d'une voix onctueuse. Tu vois ? C'était juste un rêve.

– Tout va pas bien, insista Lucy, perdue.

– Si, tout va bien, murmura Anna, en lui caressant les cheveux. Tout va bien. Rendors-toi.

Mais au lieu de se détendre, Lucy redressa le dos et la regarda d'un air horrifié.

– Je peux pas faire ça, s'étrangla-t-elle, le souffle coupé.

– Pourquoi ?

– Il m'attend là-bas, dans mes rêves !

– Bien sûr que non, dit Anna.

Et elle se dit : *J'aime trop cette enfant pour être sa mère*. Cherchant désespérément l'inspiration, elle suggéra :

– Le fantôme de Noranella te protégera.

Un instant, Lucy eut l'air perplexe, puis tout son corps sembla se dégonfler comme un ballon. Un masque de désespoir figeait ses traits.

– Maman, dit-elle, c'est la réalité.

EN SE RÉVEILLANT, Cerise eut l'impression d'avoir été engloutie dans une eau noire et de s'élever désormais vers un petit cercle de lumière. D'abord, elle sut seulement qu'elle avait froid, alors elle tendit machinalement les bras vers Travis, vers le réconfort de son haleine et de sa chair. Mais au lieu du corps de son bébé, elle ne sentit sous ses doigts que le picotement des herbes folles et la rugosité d'un sol aride. Tâtonnant de nouveau, elle éprouva la douleur de la brûlure incrustée dans ses paumes – alors elle essaya désespérément de resombrer dans le sommeil.

Mais il n'y avait plus de sommeil.

Malade d'avoir réussi à dormir, elle ouvrit les yeux et regarda autour d'elle le monde brouillardeux. À travers ses nouvelles larmes, elle vit qu'elle se trouvait allongée contre un vieil arbre mort encore debout. Son tronc taché de lichen était presque fendu en deux, l'une des moitiés pliée contre le sol, et ses branches formaient un rideau grossier qui l'avait protégée des pires bourrasques de la nuit. Dressée sur ses avant-bras, elle se força à s'asseoir et les souvenirs qui fondirent sur elle comme une autre fumée toxique lui arrachèrent une quinte de toux.

Elle pleurait, le visage dans ses mains cloquées. Les sanglots râpeux lui déchiraient la poitrine et de nouvelles larmes mordaient ses paumes à vif. C'était comme une maladie, comme une fièvre qui montait. Des secondes entières, l'horreur semblait presque tolérable, puis l'instant d'après, une pensée lui venait, elle réalisait quelque chose, et faire face lui paraissait au-dessus de ses forces.

Quand elle s'arracha enfin à l'obscurité de ses mains, elle sentit une vague odeur de fruit trop mûr. Aussitôt, la faim lui noua le ventre, mais juste après, le dégoût l'assaillit. Partout autour d'elle, il y avait des pommes grossières. La plupart étaient décolorées, gonflées, prêtes à éclater. Quelques-unes, cependant, talées et piquées de vers, paraissaient encore fermes. Elle regarda vaguement une colonie de fourmis s'acharner sur l'une d'elles. Malgré sa répugnance, elle finit par en prendre une du bout indemne de ses doigts, souffla pour chasser les fourmis et la dévora sans se soucier des talures, des vers ou du trognon. Puis elle en mangea une autre, et encore une autre.

Quand elle se mit debout, le brouillard était plus lumineux. Elle s'appuya un instant contre l'arbre pour reprendre pied, avant de s'en aller. C'était – presque – un soulagement de marcher, de s'en remettre à la conviction machinale que l'action accomplirait quelque chose, même si, lorsqu'elle essayait de songer à ce qu'elle abandonnait et à ce vers quoi elle allait, l'appréhension lui faisait ralentir le pas.

Le brouillard se leva par lambeaux. En arrivant sur la crête de la colline, elle aperçut la mer, vaste, bleue et bordée d'une ligne d'écume blanche silencieuse. Au creux de la vallée suivante, elle sentit l'humidité et entendit le murmure de l'eau. Se frayant un passage à travers les saules et les roseaux, elle découvrit un ruisseau au débit indolent. Elle s'agenouilla dans la boue et lapa l'eau algueuse dans ses mains en coupe ; le froid la choqua tout d'abord, puis il apaisa la douleur de ses paumes.

Sans prêter attention à la chaude odeur de sauge qui montait sous ses pieds, ni au cri liquide des carouges à épaulettes ou à la brise tendre, elle poursuivit sa route vers la vallée. Elle avait le corps courbaturé et la douleur pulsait dans ses mains. Prises dans ses vêtements, les cosses des graines de millions d'herbes hautes qu'elle avait traversées la grattaient et, sur son visage, le sel des vieilles larmes la démangeait. Son T-shirt lui collait à la poitrine, ses seins étaient durs comme des poings, les tétons mis à vif par le frottement du tissu mouillé. Mais ces douleurs n'étaient rien, des maux minuscules comparés à ce qu'elle avait perdu.

Il y avait forcément un moyen de rentrer chez elle, de retourner au mobil-home et à sa vie d'avant le feu. Il y avait forcément un moyen de réparer les choses, de faire en sorte que l'incendie n'ait jamais eu lieu, ou de s'arranger pour qu'ils s'en sortent tous les deux. Si on le voulait de toutes ses forces, tout était possible. Sa conseillère à l'institut universitaire le lui avait promis, en lui montrant comment remplir une énième demande de prêt. Et quand Cerise avait glissé au bureau de l'aide sociale que ce n'était pas facile, de s'efforcer d'étudier avec un enfant en bas âge, on lui avait bien asséné : « Quand on veut vraiment, on peut. » Alors désormais, il lui paraissait inconcevable que le besoin de Travis ne suffise pas à le ressusciter – si seulement elle savait comment, si seulement elle pouvait essayer plus ardemment. Cerise avait l'impression qu'encore une fois, c'était sa faute si elle n'arrivait pas à tordre le temps pour sauver son fils.

Un pas. Puis un autre. Un serpent ondula sous ses pieds, froissement rapide et léger. Des lézards, têtes dressées et souriantes comme les dinosaures en plastique de Travis, la regardèrent approcher avant de détaler de son chemin. À un moment donné, elle entendit un bourdonnement, sentit l'odeur dense et sucrée de la pourriture et, en baissant les yeux, elle vit la carcasse d'un faon assaillie par une nuée de mouches. Elle cria puis vomit un bouillon chaud de pommes et d'eau du ruisseau. Trois vautours passèrent au-dessus d'elle, leur ombre tressant un motif sur le sol.

Quand elle parvint à la lisière du bois, l'après-midi était presque terminé. Elle avait marché des kilomètres le long d'une haute crête. Sur sa gauche, les collines descendaient vers l'océan au loin et, sur sa droite, elles montaient vers la montagne et ses forêts. Devant elle, il y avait la ligne sombre des arbres qui, depuis des heures, ne semblait pas s'approcher. Elle ne luttait plus depuis longtemps contre le vent et le soleil ; à présent, elle se contentait d'avancer dans un rêve sans fin, de soif et d'herbes hautes battues par le vent.

Bien plus tôt dans la journée, alors qu'elle suivait le bas-côté d'une route semée de gravillons, une voiture avait ralenti à sa hauteur. Se souvenant de l'homme à la borne d'informations, elle n'avait pas levé la tête, continuant à avancer d'un pas pesant, avec la voiture au ralenti à côté d'elle. Mais brusquement, un bras avait jailli par la vitre ouverte, qui lui tendait une cannette de soda si froid que lorsqu'elle la prit, un feu brûla ses paumes cloquées. Dans une accélération, la voiture s'était aussitôt éloignée, laissant Cerise se débattre avec la languette métallique. Hébétée, elle avait bu, en remerciant non pas tant les occupants de la voiture que le soda lui-même, pour l'infusion de liquide et de sucre qu'il lui accordait. Mais des heures avaient passé et, à présent, sa langue était si pâteuse dans sa bouche que Cerise parvenait à peine à déglutir.

Elle s'était si bien habituée à ce vent qui ne mollissait pas qu'en arrivant enfin à la forêt, l'immobilité lui donna l'impression de pénétrer dans une pièce fermée. Après le grand large des collines, l'air avait une odeur lourde et d'une écœurante douceur, et déjà les bois s'emplissaient d'ombres. Elle entendit le grincement des branches frottant les unes contre les autres, pareil au son de vieilles portes qu'on ouvre.

Être dans les bois lui rappela le camping, et Melody. Tout en avançant le long de la route qui sinuait entre les arbres, elle réfléchit à la façon dont elle allait l'annoncer à sa fille, pour Travis et l'incendie. À l'hôpital, quand il s'était entretenu dans le couloir avec elle, devant la chambre de Travis, le chef des pompiers lui avait d'abord demandé si elle avait vérifié la pile du détecteur de fumée du mobil-home. Au début, elle avait même eu du mal à comprendre de quoi il parlait ; puis, paniquée, elle avait dû reconnaître qu'elle était partie du principe que le propriétaire s'en était chargé avant qu'elle s'installe.

– Le compartiment était vide, avait alors dit le pompier, en contrôlant sa voix pour l'exempter de tout jugement. Il n'y avait pas de pile.

– Melody ! s'était étranglée Cerise, en plaquant ses mains bandées contre sa bouche.

– Excusez-moi ? avait demandé le pompier, le stylo planant au-dessus de sa planche à pince.

Mais, une main toujours devant sa bouche, Cerise ne parvenait qu'à secouer la tête. Et quand il lui avait demandé combien de personnes habitaient là, elle avait répondu :

– Juste nous deux.

Toute la journée, cependant, le besoin de voir Melody s'était intensifié avec le choc et le chagrin, au point de devenir une sensation plus intense que la soif, une faim presque charnelle pour le souffle, pour la chair et pour les os vivants de sa fille. « Un bébé, avait-elle dit, je voudrais voir un bébé » – à présent, elle savait que ce bébé qui lui manquait était le sien. Elle voulait prendre Melody dans ses bras pour la mettre en lieu sûr, elle voulait coller Melody contre ses seins douloureux et ne plus jamais la lâcher. Elle voulait se perdre de nouveau dans l'amour qu'elle vouait à sa petite enfant.

Mais avec ce besoin, Cerise sentit aussi grandir en elle l'envie croissante de la faire souffrir. Elle ne supportait pas d'être si seule avec son angoisse. Elle voulait la partager avec quelqu'un, voulait asséner à Melody la vérité de ce qui s'était passé, la matraquer avec cette vérité. Les magazines pour parents disaient toujours que les enfants devaient être tenus pour responsables de leurs actes. Il fallait que Melody sache – et reconnaisse – les conséquences monstrueuses de ce qu'elle avait fait. Alors qu'elle traversait cette forêt silencieuse et parfumée, Cerise ne pouvait imaginer de répit que dans le soulagement qu'elle éprouverait à confronter Melody à ce que le chef des pompiers lui avait dit.

La nuit tombait presque quand elle atteignit le camping. Elle n'était jamais allée dans un endroit de ce genre. Alors qu'elle parcourait les chemins reliant les divers emplacements, où de petits groupes étaient rassemblés autour de tables de pique-nique, leurs tentes brillant dans la nuit telles des lanternes en papier, Melody eut l'impression d'être arrivée en terre étrangère. Quelqu'un jouait de la guitare. Elle entendit des conversations paisibles, des éclats de rire en famille, des cris joyeux d'enfants. Mais elle ne découvrit aucune tribu de jeunes, aucun car de ramassage repeint, et pas de chiot noir.

Tout au bout du terrain, un étroit sentier serpentait entre les arbres. Cerise s'y engagea, simplement parce que la seule autre option était de faire demi-tour, et quitter les lieux sans avoir trouvé Melody était inconcevable. Elle suivit ce sentier sur une centaine de mètres, jusqu'à une intersection avec une route criblée d'herbes folles, qui traversait le bois tel un tunnel de verdure jusqu'à un autre terrain de camping, cerné d'arbustes touffus.

Il n'y avait pas de tente, ici, pas de feu de camp. Mais une Nissan poussiéreuse était garée à côté de la table de pique-nique, coffre ouvert. Sur son pare-chocs, des autocollants proclamaient « Les Traditions perdurent » et « La Magie guette ». En s'approchant, Cerise vit qu'une femme était assise en tailleur sur le banc devant la table de pique-nique ; ses cheveux noirs lâchés sur ses épaules, elle lui tournait le dos. La table était couverte d'une nappe bleue, sur laquelle étaient disposés toutes sortes d'objets intrigants : des cristaux et des fleurs sauvages, une tasse en argent, une bougie votive, la figurine d'une femme torse nu portant deux serpents à bout de bras. Une fumée fragile s'élevait d'un petit cône d'encens.

Arrivée à hauteur de la voiture, Cerise s'arrêta, sans trop savoir quoi faire. Ne plus marcher lui donnait maintenant l'étrange impression de tanguer. Elle attendit, jusqu'à ce qu'un chien tapi dans l'ombre de la table se mette à grogner. La femme frissonna alors, comme si elle s'éveillait d'une sieste, et jeta un coup d'œil surpris par-dessus son épaule. Puis elle se pencha et murmura quelque chose au chien, avant de se tourner avec une certaine défiance vers Cerise.

Elle avait des yeux très bleus et sa peau avait trop vu le soleil, mais il était impossible de lui donner un âge. Svelte et de port altier, elle était vêtue d'une robe violette vaporeuse et chaussée de sandales de cuir. Elle portait autour de la tête un fin cercle d'argent orné d'un pendentif dont la pierre verte battait contre son front quand elle bougeait.

– Je peux vous aider ? demanda la femme, se levant

pour passer devant la table, comme si elle cherchait à soustraire au regard de Cerise ce qui y était posé.

En entendant cela, Cerise pensa à une vendeuse dans un magasin, mais quelque chose dans l'attitude de la femme lui rappelait aussi Sylvia, de LifeRight, à qui elle avait eu affaire tant d'années plus tôt.

Déroutée, Cerise posa à nouveau les yeux sur la table de pique-nique, derrière la femme. La flamme tranquille de la bougie posée au pied de la petite statue attira son regard, et il ne fallut pas davantage que ce feu minuscule pour que les larmes coulent à nouveau sur son visage contracté.

– Vous partagez ma vénération pour la Déesse Mère ? demanda la femme, d'un ton plus amical quand elle remarqua les larmes de Cerise et où pointait son regard.

– Je cherche ma fille, répondit Cerise.

Elle n'avait plus ouvert la bouche depuis si longtemps que ses mots sortirent chargés d'une haleine amère. Sa langue était épaisse, pâteuse.

– C'est de l'eau ? demanda-t-elle d'une voix rauque en désignant la tasse à côté de la bougie.

Les larmes coulaient toujours sur son visage, sans qu'elle y accorde d'attention.

– De l'eau de lune, répondit la femme.

Elle avait l'air offensé, mais voyant avec quelle insistance Cerise fixait la tasse, quelque chose dans son expression changea et, la seconde suivante, elle présenta le récipient à Cerise entre ses deux mains, avec une petite révérence.

– Puissiez-vous ne jamais avoir soif, dit-elle.

Gauchement, Cerise accepta la tasse, qu'elle vida par grandes lampées. L'eau avait mauvais goût, comme si elle avait été conservée longtemps dans une bonbonne en plastique.

– Vous cherchez qui, dites-vous ? demanda la femme lorsque Cerise lui rendit la tasse.

– Ma fille, répondit Cerise.

La femme fronça les sourcils.

– Votre fille est petite ?

– Oui. Non. Pas vraiment. Elle est… je crois qu'elle vient d'avoir dix-sept ans. Elle était censée être… elle m'a dit… qu'elle vivait ici.

– Il y avait un groupe de jeunes gens à l'autre bout du camping, dit la femme en désignant le chemin par lequel Cerise était arrivée. Je leur ai parlé hier soir.

– Il y avait une fille avec eux ? pressa Cerise. Cheveux longs ? Faisant ma taille ?

– Blonde ? Un tatouage sur la joue ?

– C'est elle !

– Son chiot a failli manger mes bougies… C'est votre fille ?

– Ils sont partis ? demanda Cerise, incrédule.

– Ce matin, oui.

– Vous êtes sûre ? Pour aller où ?

– Votre fille m'a dit qu'ils partaient vers le nord. « En Arcadie », c'est ce qu'elle m'a dit.

– Où est-ce que c'est ?

La femme laissa échapper un petit rire.

– Près de l'Élysée, je crois.

– Où ça ? s'étrangla Cerise.

– Je pense qu'elle voulait dire Arcata, répondit la femme. Les jeunes aiment bien aller là-bas. Il y a à cet endroit une université où ils se font un devoir de ne pas aller, et beaucoup d'autres âmes dans leur genre à rencontrer. Votre fille m'a dit qu'ils allaient construire des cabanes dans les arbres et vivre au milieu des bois.

– C'est loin d'ici ? parvint à articuler Cerise en un murmure maladroit.

La femme la scruta un long moment.

– C'est pas tout près, répondit-elle enfin. Cinq cents kilomètres, au moins… Tout va bien ? Je n'ai jamais vu d'aura plus sombre que la vôtre en ce moment. C'est vraiment tout à fait stupéfiant.

Cerise haussa les épaules avec impuissance et secoua la tête.

– Où est votre bébé ? demanda la femme.

Cerise sursauta comme si on l'avait giflée.

– Qu'est-ce…

– Je sens ces choses, répondit la femme, presque avec suffisance, mais elle ajouta : Et puis, c'est du lait, non ? Sur votre chemisier.

Derrière le rideau d'arbustes, quelqu'un allumait un feu de camp. Quand elle perçut la première timide volute de fumée, les entrailles de Cerise se nouèrent.

– Mon bébé… dit-elle, mais le mot suivant était trop lourd pour être prononcé.

La femme se pencha en avant.

– Vous avez perdu votre bébé ? souffla-t-elle.

Sa voix était tendre mais insistante.

Cerise confirma d'un signe, toujours aux prises avec ce mot, qui recouvrait trop de choses pour qu'elle le contienne, et trop lourd pour jaillir d'elle.

– Il est mort ? Il ? Ou elle ?

– Il.

Cerise fixait les brindilles et les frondes de séquoia qui jonchaient le sol de la forêt.

La femme demanda :

– Qu'est-ce que vous ressentez ?

C'était la question qu'on posait à la télévision, Cerise la reconnaissait, la question qui faisait moisson des émotions d'autrui – mais elle était inéluctable.

– Je veux être avec lui.

La femme approuva d'un signe.

– Ce n'est pas aussi dur qu'on peut le penser. Cette société, pouffa-t-elle, avec sa dépendance à la technologie, les armes, les cachets, les sacs plastique… les bois ont mieux à nous offrir.

– Quoi ? articula Cerise, qui avait du mal à voir où la femme voulait en venir.

– La ciguë, c'est sans doute l'idéal. Même s'il y a aussi le laurier-rose et la belladone. Et les amanites, évidemment.

Elle marqua une pause, scruta Cerise encore davantage.

– Ça ne vous dérange pas que je parle comme ça ? demanda-t-elle. La culture dominante est tellement prude, le suicide est le dernier des tabous. Peu comprennent qu'il n'y a aucun problème à devenir maîtresse de sa propre destruction, tant qu'on sait ce que l'on fait, et pourquoi.

La femme attendit que Cerise lui adresse un haussement d'épaules hésitant, puis elle demanda :

– Pourquoi voulez-vous mourir ?

– Je veux... je veux juste être avec lui.

– C'est déjà le cas, vous savez, dit la femme avec bienveillance.

– Je suis morte ?

– Non, même si vous en avez sans doute l'impression. Il est toujours avec nous, je veux dire.

– Où ? demanda avidement Cerise.

La femme lui adressa un sourire à la fois triste et serein.

– Son énergie n'a pas quitté l'univers. Sa force de vie est toujours avec nous, comme tous les atomes qu'il a empruntés pour s'incarner. Il est plus proche de nous que jamais, il pénètre dans chacun de nos souffles, dans chaque gorgée d'eau que nous buvons. Et puis, bien sûr, vous avez vos souvenirs.

– Où est mon fils ? insista Cerise.

– Regardez ces arbres, regardez les étoiles, dit la femme en balayant l'air d'un grand geste. Il est tout autour de vous, même en ce moment. Il veut que vous soyez heureuse.

Cerise jeta un regard dans la direction qu'elle lui désignait. Mais il n'y avait rien de Travis dans ces arbres inquiétants, rien de lui dans les étoiles vives et lointaines.

– La grande ciguë, dit la femme. Ça ressemble à des fanes de carottes ou à du persil, et un peu à du fenouil. Mais elle a une odeur de souris, pas de réglisse. Cherchez les taches violettes le long de la tige. Elle vous tuera – mais pas en douceur.

« Cela dit, vous avez déjà la connaissance de notre Grande Déesse, continua-t-elle, le pendentif sur son front se balançant tandis qu'elle parlait.

« Kali, la Mère Destructrice, avec son collier de crânes. Déméter, sa truie à la chair pourrissante et son blé en train de germer. La naissance et la mort, tout est là. Il ne vous reste plus maintenant qu'à trouver un moyen de vous approprier l'histoire. Mais les femmes sont des réceptacles. C'est notre travail.

« Laissez-moi voir votre main, ordonna-t-elle.

Hébétée de fatigue et étourdie par les paroles de la femme, Cerise reconnut à peine la main qu'elle lui tendit, paume vers le bas. La femme la prit et la retourna, déroulant doucement les doigts, puis elle la pencha vers le reliquat de lumière qui s'attardait dans le ciel au-dessus d'elles.

Quand elle vit les cloques et les lambeaux de peau sale, elle eut un petit hoquet de surprise.

– L'autre est dans le même état ?

Cerise confirma d'un signe.

– Une minute, dit la femme en se dirigeant vers sa voiture. Rien n'est dû au hasard, cria-t-elle en fouillant dans son coffre. Mon assemblée de sorcières se réunit ce soir, et j'ai déjà tout rangé avant de venir.

Elle revint munie d'un panier et d'un bol plein d'eau.

– De la lavande et de l'aloe vera, annonça-t-elle en sortant de son panier une serviette, une fiole minuscule et un bocal.

« Dommage que je n'aie pas emporté aussi mon millepertuis, ajouta-t-elle en versant quelques gouttes de la fiole dans le bol, avant de plonger les mains de Cerise dans ce liquide caustique. Il faudra cueillir du millepertuis dès que vous le pourrez.

Elle sécha les mains trempées dans la serviette, avant de les enduire d'un gel translucide qu'elle sortit du bocal.

– Voilà, dit-elle quand elle eut fini. À présent, avant de les couvrir, laissez-moi voir ce qu'elles ont à me dire.

Cerise regarda la femme étudier ses paumes brûlées. Elle sentit son haleine se mêler au mouvement de l'air du soir et la piquer à travers le gel froid sur ses mains. Elle entendit le son d'une hache, des rires de nouveau, les aboiements d'un chien. Elle avait parcouru des kilomètres pour arriver jusqu'ici et, à présent, Melody n'y était plus. Ses larmes revinrent, chaudes et presque apaisantes pour ses yeux.

– Difficile de lire grand-chose tant qu'elles n'ont pas cicatrisé, dit la femme.

Elle parlait d'une voix ronde et pleine, comme s'il y avait d'autres gens que Cerise dans la clairière.

– Mais ce que je vois est prometteur. Vos paumes disent que vous êtes quelqu'un d'important. Elles me disent qu'il vous reste un long chemin à parcourir, et que vous êtes plus futée que Socrate.

La femme marqua un temps d'arrêt, attendant patiemment que Cerise demande, d'une voix éraillée :

– Qui ?

– Un vieil homme laid et entêté qui avait des soupçons au sujet de l'âme, répondit la femme. C'est son sang que vous trouverez sur la tige de la ciguë.

Malgré ses paroles confuses, elle avait les mains fraîches et douces.

Puis elle se tut, avant de se pencher si longtemps au-dessus des mains de Cerise que celle-ci tourna la tête vers la petite figurine et fixa la flammèche de la bougie, écoutant le murmure d'un vent qu'elle ne sentait pas, lui qui courait à travers la cime des arbres tel un ruisseau lointain. Brusquement, la femme dit :

– Je pense que vous devriez partir vers le nord.

– Je ne crois pas vraiment à tous ces trucs, dit Cerise en reprenant enfin possession de ses mains.

La femme sourit et acquiesça, comme si Cerise était une élève qui venait de livrer la bonne réponse à un quiz.

– Excellent, dit-elle. Vous dressez des limites. Vous ne pourrez pas les conserver, bien sûr, mais c'est un point de départ indispensable. Et en ce moment, le refus est peut-être préférable à l'acceptation, ou même à la volonté d'agir. Le refus est probablement ce qu'il vous faut pour continuer à avancer, dit-elle tandis que Cerise regardait plus loin, vers la nuit qui tombait sur la forêt. Votre fille et vous, vous vous êtes séparées fâchées, reprit la femme. Vous lui en voulez toujours pour ses choix de vie. Vous croyez qu'elle cherchait à vous blesser. Vous ne voyez pas encore tout ce qu'elle a appris de vous, ni combien elle a besoin de votre présence, même aujourd'hui. Et vous aussi, d'ailleurs, vous avez besoin d'elle – mais pas comme vous l'imaginez.

En entendant certaines de ces remarques, Cerise se braqua. Elle sentit dans sa gorge un élan de protestation, mais quand elle essaya de parler, ce qui jaillit ressemblait à un sanglot de plus.

– La justice est l'affaire de la Déesse, dit la femme, dont la voix résonnait dans la clairière. Guérir est la tâche des humains. Votre travail est de guérir. Vous devez trouver une manière nouvelle de vous aligner sur les intentions de l'univers.

– Je… tenta Cerise.

– Plus tard, si vous vous rendez compte que vous n'y parvenez vraiment pas, vous savez à quoi la ciguë ressemble. Il n'en faut pas beaucoup, continua la femme. Et il est facile d'en cueillir. Toute la plante est toxique, mais les racines sont sans doute bien plus efficaces On en trouve en chaque saison.

Elle adressa à Cerise un grand sourire triste. Puis elle fronça les sourcils et jeta un œil sur sa montre.

– J'ai tout juste le temps de vous bander les mains, après quoi il faudra vraiment que je file. Je peux vous ramener en ville, si vous voulez.

Cerise secoua la tête. La femme la regarda longtemps, comme si elle soupesait quelque chose. Et pour finir, elle lui dit :

– Je vais m'inquiéter, si je vous laisse ici.

Cerise haussa les épaules puis, comme la femme ne la quittait pas du regard, elle murmura :

– Il ne m'arrivera rien.

La femme acquiesça d'un signe. Ouvrant grand les bras, elle pencha la tête en arrière pour présenter son visage au ciel pâle au-dessus des frondaisons.

– Terre, vent, feu et mer. Qu'il en soit tel qu'elle le dit.

Attrapant dans son panier de la gaze et une paire de ciseaux minuscules, elle banda à tel point les mains de Cerise qu'elles prirent la forme de matraques, dont seuls les pouces dépassaient. Puis la femme retourna à sa voiture, fouilla de nouveau dans le coffre et revint avec une pile de vêtements.

– Voici un chemisier propre, dit-elle. Et un blouson. Il va faire froid, ce soir. Il y a aussi une couverture, mais j'ai peur qu'elle sente un peu le chien. Prenez ma carte, ajouta-t-elle en posant un rectangle rigide sur le tas de vêtements. Je connais quelques rituels qui pourraient vous aider, je lis aussi le tarot et je fais un peu de channeling. J'adapte mes tarifs aux revenus.

Quand elle posa la main sur la tête de Cerise, sa voix changea de nouveau, devenant plus claire et retentissante.

– Qu'Isis et Osiris te préservent à travers tous les espaces vides que tu dois traverser, dit-elle.

Puis elle retira sa main et entreprit de ranger les affaires qui se trouvaient sur la table.

L'esprit engourdi, Cerise la regarda étouffer la flamme de la bougie à l'aide d'un éteignoir en argent, emballer la tasse, tout remettre dans le panier et plier la nappe. Elle ramassa la figurine de la déesse, qu'elle plaça dans le creux de son bras comme une poupée, puis, du menton, elle fit signe au chien de la suivre jusqu'à la voiture.

– Joyeuse rencontre, joyeux au revoir et joyeuses retrouvailles ! cria-t-elle par la vitre en s'éloignant, laissant Cerise seule dans la pénombre, avec l'odeur d'encens et de pot d'échappement qui flottait encore dans l'air fraîchissant.

Cette nuit-là, Cerise dormit sous la table de pique-nique, blottie dans la couverture et ce blouson qui sentait à la fois le poil de chien et l'assouplissant. Elle se leva aux premiers chants d'oiseaux, avant que les campeurs n'allument leur feu du matin, et malgré ses mains bandées, comme des pattes qui rendaient ses gestes malhabiles, elle parvint à changer de chemisier. La couverture en boule dans ses bras, elle partit vers le nord, jetant la carte professionnelle de la femme et ses propres vêtements trempés de lait dans une poubelle en sortant du camping.

Toute la matinée, elle marcha dans la forêt domaniale, sans prêter attention aux ruisseaux, aux séquoias immenses, aux battements d'ailes et aux gazouillis des oiseaux, sans s'attendrir sur les prairies de cette folle avoine murmurant dans la brise qui attrapait le soleil dans ses bractées vides. Les faucons planaient dans le vaste ciel, une biche s'arrêta – statue momentanée – pour la regarder approcher, mais Cerise les ignora tous et poursuivit sa route.

Ce fut un soulagement quand les bois cédèrent enfin la place aux maisons, et les routes sinueuses aux autoroutes, où elle avançait le long du grillage, assaillie par le grondement incessant des voitures, le monoxyde de carbone et la poussière, trébuchant sur les lambeaux de pneus, les emballages de burgers et les rubans chatoyants de cassettes audio évidées, butant sur les cannettes, les tessons de bouteilles et les cadavres en décomposition de petits animaux, sans compter les vieux magazines et ces millions de sacs plastique palpitant dans les courants d'air de la circulation.

Un kilomètre après l'autre, elle marcha, longeant parkings, prisons, centres commerciaux, magasins d'usine, terrains de golf et immeubles de bureaux rutilants, passant sous des panneaux d'affichage et devant un millier de fast-foods et de stations-service ou de lotissements en construction, avec leurs kilomètres d'ossatures encore à nu et de terre retournée, le long de vieux quartiers tristes et leur ribambelle de jardins collés à l'autoroute.

Deux fois, des voitures s'arrêtèrent à peu de distance d'elle et attendirent qu'elle parvienne à leur hauteur. Ne se souciant plus de son sort, elle monta docilement à bord, sans un mot, attendant patiemment qu'au bout de vingt à trente minutes, leur conducteur s'arrête de nouveau pour la laisser descendre ; alors, rassemblant sa couverture et son blouson dans ses mains bandées, elle se remettait à marcher sur le bas-côté, comme si ces portions de chemin qu'elle avait parcourues en voiture n'avaient été qu'une interruption dans son labeur.

L'un des conducteurs lui offrit un paquet de chips. Un autre une bouteille d'eau tiède et un sandwich desséché, qu'elle but ensuite et mangea mécaniquement, sans cesser d'avancer. Une heure après l'autre, elle marchait – tant et tant qu'elle en oublia comment on faisait pour ne pas marcher. Et quand l'obscurité tomba, elle continua encore, titubant le long du torrent de voitures, ignorant les gaz d'échappement, les phares pressés, la nuit froide. La marche l'emportait sur l'épuisement, sur les pensées ; elle marcha tant qu'il finit par lui paraître impossible de ne pas faire le pas suivant, de ne pas pousser plus avant, un pied après l'autre, puis après l'autre encore, seule au bord de la route qui geignait, qui grondait, qui rugissait.

C'ÉTAIT ÉTRANGE D'ÊTRE SEULE. Sans les filles sanglées sur la banquette arrière, la voiture était anormalement silencieuse. Anna se sentait vide, sans amarres, comme si elle avait laissé derrière elle quelque chose d'essentiel – son sac à main, peut-être, ou ses clés, ou bien même un organe, un bras ou une jambe –, mais elle sentait aussi autre chose en elle qui était comprimé jusqu'ici se déplier et venir prendre la place de ses filles.

Elle filait sur l'autoroute, le pied résolument posé sur l'accélérateur, une main décontractée sur le volant. La vitre était ouverte, et ses cheveux, agités par le vent chaud qui s'engouffrait dans l'habitacle, lui fouettaient le visage. Sa chambre photographique était posée à côté d'elle, boîte encombrante et trapue qui occupait tout le siège passager tel un alter ego presque oublié. Mais malgré sa présence, et malgré le luxe que c'était d'être seule dans la voiture, elle ne voyait rien qui attise son désir, rien qui lui donne envie de s'arrêter.

Cela semblait vain, de faire ce qu'élle faisait, sillonner une campagne qu'elle n'aimait pas, à la recherche d'images à récolter. Mais Eliot avait insisté.

– Tu as besoin d'un break, lui avait-il dit. Tu te sentiras mieux quand tu travailleras de nouveau.

Elle avait voulu lui répondre que ce n'était pas si simple, mais quand elle avait essayé de traduire ses doutes en mots, ceux-ci lui avaient paru trop faibles, trop corrompus, ou trop insistants.

Elle alluma la radio et les Rolling Stones débarquèrent dans la voiture, Mick Jagger pleurant un amour perdu. Elle avait quitté la ville par le sud et traversait à présent une large vallée entourée de collines pâles et dénuées de charme. Des arbres sombres les recouvraient comme des croûtes – des chênes, devina-t-elle. Le chatoiement des pins lui manquait, tout comme les alignements qu'ils formaient. Elle regrettait aussi l'élégance de la terre autour de Salish, le rythme des collines, leurs courbes généreuses et la sensualité de leurs textures.

La circulation était moins dense, mais les voitures roulaient plus vite encore. Elle longea un terrain de golf. Elle vit une caravane dans un champ, des hommes torse nu qui s'affairaient autour d'un feu fumant. Un panneau de sortie apparut. Elle scruta le paysage au-delà, pour essayer de se faire une idée de l'endroit où cette route la mènerait. Elle en voulait une qui s'égarerait au milieu des collines. Elle voulait se perdre, trouver ce qui la remuerait assez pour la pousser à s'arrêter. Elle espéra qu'Eliot parviendrait à garder la cuisine propre, qu'Ellen ne pleurerait pas sans arrêt durant son absence, que Lucy ferait ses devoirs, qu'il ne faille pas gérer ça aussi juste avant de l'envoyer au lit. Il n'y avait pas eu de nouvelles informations concernant Andrea depuis plusieurs semaines, mais Lucy continuait d'avoir peur au moment de s'endormir, et elle se réveillait toujours en hurlant au milieu de la nuit.

Anna approchait de la sortie d'autoroute. Elle jeta un

œil sur l'horloge du tableau de bord avant de s'engager sur la bretelle, derrière plusieurs autres voitures. La route à deux voies partait vers l'est, en direction des collines semées de chênes. Cela faisait du bien, d'échapper au flux autoroutier, mais cette route n'était pas non plus idéale – la circulation y était trop dense pour rouler à faible allure, et la chaussée trop étroite pour accélérer. Être la seule voiture sur la route lui manquait, tout comme sentir les gravillons sous ses pneus, et se trouver sur une terre qu'elle savait comment regarder, comment aimer.

La chanson des Stones se termina, instantanément remplacée par le braillement des publicités. Elle éteignit la radio, essaya de se concentrer sur le paysage qu'elle traversait. La route longea d'abord des vignes récentes, avec leurs rangées bien ordonnées de piquets et de fils métalliques, puis un champ recouvert de bâches pâles qui chatoyaient telle une eau sinistre sous le ciel sans vie. Plus près des collines, des maisons flambant neuves se dressaient sur de grandes étendues de terre mise à nu. Un bon œil trouve partout de bonnes images – c'était ce qu'elle avait asséné à ses élèves, semestre après semestre. Pourtant, l'idée de s'arrêter pour prendre en photo ces vignes, ces champs bâchés ou ces maisons sans âme ne lui inspirait pour le moment que de la lassitude.

Même quand elle fut dans les collines, quelque chose en elle résistait – comme un film plastique la séparant de tout ce qu'elle voyait. Elle longea des chênes aussi imposants que des maisons, leurs branches tordues s'élevant dans les airs tels des filigranes torturés. Elle longea une église en bois toujours debout, mais aux fenêtres bardées de planches, le gravier de son parking semé de mauvaises herbes. Mais elle avait déjà vu ces images, dans les travaux des autres.

Elle franchit le sommet de la colline, s'engagea dans une autre vallée, pleine d'herbes folles et d'arbres abîmés. Ceux-ci étaient plus petits que les chênes, disposés en grappes et quelconques dans leurs blessures. Le ciel au-dessus d'elle était aussi plat qu'un sol, la lumière inerte. L'espace d'un instant, elle regretta l'absence de ses filles ; elles lui manquaient, à cause de la distraction qu'elles auraient apportée, et parce qu'elles auraient pu la protéger d'elle-même. Elle ralluma la radio. Les dernières mesures d'un jingle publicitaire envahirent la voiture, puis le présentateur enchaîna. Avant même d'avoir compris ce qu'il annonçait, elle remarqua à sa voix d'habitude suave qu'il était secoué.

« On apprend à l'instant que des promeneurs ont trouvé dans les Sierras, à l'est de la ville, une voiture abandonnée qui serait en lien avec l'affaire Andrea Brown. On n'a retrouvé ni la fillette ni aucun des suspects, mais la police indique qu'une chemise de nuit identifiée par les parents comme étant celle d'Andrea a été découverte dans le coffre du véhicule. Des traces de violence ont également été relevées à l'intérieur et autour de la voiture… »

Anna laissa échapper un petit cri de surprise et chercha à tâtons le bouton de la radio. Mais c'était trop tard. L'image de cette scène s'était déjà matérialisée dans sa tête, plus vive que tout ce qu'elle avait vu aujourd'hui – elle vit la chemise de nuit en boule, le chemin de terre humide, le roc solennel et le dense sous-bois, les gros sièges de la berline, le ciel de toit déchiré et le tableau de bord fendu, les emballages de hamburgers et les cannettes de soda laissés par terre, le sang. Aussitôt, ses yeux s'emplirent de larmes chaudes, si grosses qu'elle ne distingua quasiment plus la route devant elle. Elle donna un coup de volant désespéré vers la droite et sa voiture quitta la chaussée, s'arrêtant presque par chance sur un sentier qui disparaissait dans les herbes hautes, puis sous les arbres.

Lorsqu'elle coupa le moteur, elle sanglotait déjà, le corps secoué de grands hoquets qui lui déchiraient les tripes et lui arrachaient la gorge. La tête posée contre le volant, elle pleura – elle pleura pour Andrea et pour les parents de l'enfant, pleura à cause de leur peur et de leur désespoir, de la laideur de la voiture et du vide de la forêt où elle avait été retrouvée. Elle pleura comme si Andrea était sa propre fille. Elle sentit la douleur cinglante et solitaire de la montée de lait, plaqua les paumes sur ses seins pour en contrer le flot ; elle pleura pour ses filles, aussi.

Elle pleura parce qu'elle était épuisée, parce qu'elle avait le mal du pays, parce qu'elle était inquiète et triste, et parce qu'elle ne savait plus tomber amoureuse de la lumière. Elle pleura jusqu'à ce que ses yeux s'assèchent et que la peau de son visage se tende et la démange, pleura jusqu'à se sentir ridicule d'être là, dans sa voiture, au milieu de nulle part, à sangloter pour une enfant qu'elle ne connaîtrait jamais, et pour sa propre vie de privilégiée. *Il y a des gens qui souffrent vraiment*, se reprocha-t-elle avec sévérité.

Elle s'essuya les joues des deux mains, se moucha dans une serviette en papier qu'elle découvrit coincée entre les sièges et leva les yeux pour voir où sa voiture s'était arrêtée. Elle avait réussi à s'engager sur un chemin qu'on distinguait à peine et qui semblait traverser des arbres échevelés. Ils n'étaient pas bien grands, mais à force de les regarder dans la pénombre qui tombait, elle vit qu'on les avait jadis plantés en rangées. Elle comprit qu'elle se trouvait dans un verger – ou ce qui avait dû en être un, il y a longtemps, même si à présent tous les arbres étaient morts, leurs troncs fendus comme des os usés, avec des branches brisées sur lesquelles le lichen s'était substitué aux feuilles. *C'est un cimetière*, se dit-elle, *un cimetière d'arbres*.

Elle songea à sortir sa chambre photographique pour essayer de prendre quelques clichés. Mais c'était un paysage chargé, rabougri, sans rien d'assez puissant pour retenir le regard, et la faible lumière avait disparu depuis longtemps. Alors elle remit le contact. La voiture démarra dans un soubresaut et Anna recula jusqu'à la route, abandonnant le verger mort à l'obscurité grandissante. Rebroussant chemin dans les collines sans avoir pris une seule photo, elle éprouva un triomphe amer. Les phares des voitures à l'approche perçaient les ombres du soir. Elle redescendit dans la vallée, Santa Dorothea étalant devant elle sa lumière vulgaire de carnaval, si abondante qu'elle effaçait les étoiles.

Ça lui faisait mal, toute cette hideuse lumière. En contemplant la ville à la clarté suppurante, elle pensa aux photos de la Terre prises depuis l'espace, où tous les continents, toutes les villes brillaient, le monde entier allumé comme un immense supermarché de nuit. Seule dans sa capsule sombre, elle fut prise d'un chagrin fou en pensant que, malgré toute cette lumière, Lucy craignait de s'endormir et Andrea était toujours perdue quelque part dans le noir.

LES ENDROITS QUE CERISE TRAVERSA LE LENDEMAIN finirent par tous se ressembler, drive-in et stations-service se répétaient à l'infini comme des rediffusions de fin de soirée. Les maisons construites les unes sur les autres, les ponts autoroutiers, les échangeurs étaient si semblables qu'ils auraient pu n'être qu'un seul et unique décor de papier défilant en boucle. Seuls les panneaux verts au-dessus de l'autoroute changeaient, annonçant des endroits où Cerise n'était jamais allée, un fatras de villes dont elle connaissait les noms, mais dont elle n'aurait su dire si elles étaient proches ou éloignées.

Quand elle finit par se convaincre qu'elle avait parcouru assez de chemin, elle craignit d'avoir dépassé sa destination, de s'être égarée, peut-être, et de marcher en fait vers le Nevada ou le Mexique. Arrivée au sud de San Dorothea, elle s'arrêta à la station-service d'une bretelle de sortie pour demander si Arcata était encore loin.

– Je dirais trois cents kilomètres, peut-être un peu moins, peut-être un peu plus, répondit l'employé avec un haussement d'épaules désinvolte. Pourquoi ?

En mordillant l'extrémité de sa moustache, d'un air à peine concerné, il considéra Cerise, prête à se mettre à pleurer.

– En panne ? fit-il.

Comme elle ne répondait pas, il ajouta :

– Vous voulez que je vous appelle une dépanneuse ?

Cerise secoua la tête et partit en chancelant, emportant ses larmes comme une dernière possession.

La sortie ne menait nulle part sinon ici même, sur cette aire destinée à nourrir les voyageurs et à remplir le réservoir de leurs véhicules. Après s'être enfuie, Cerise se retrouva sur une voie de service peu fréquentée, séparée de l'autoroute par un mur antibruit en béton bordé de lauriers-roses aux fleurs blanches et sales.

En avançant, elle remarqua une trouée dans la haie. Elle s'y engagea à quatre pattes. Les branches lui griffaient les bras et des toiles d'araignée se déchiraient sur son visage, sa couverture, le blouson et la bouteille d'eau qu'elle portait. Il y avait une odeur de renfermé, comme entre quatre murs, malgré le grondement de l'autoroute. À force d'avancer, elle tomba sur une sorte de clairière coincée entre les buissons et le béton, une cachette jonchée de feuilles mortes et d'ordures.

Elle s'y glissa et, appuyée contre les troncs de laurier, elle laissa couler ses dernières larmes – des larmes de colère et de frustration à présent, plus chaudes et plus tranchantes, accompagnées de sanglots qui lui arrachaient la gorge et lui déchiraient les tripes. C'étaient des larmes laides, inutiles, et, quand elles cessèrent de couler, Cerise s'essuya les yeux du dos de la main. Fixant le grillage de végétation, elle essaya de se ressaisir pour la dernière partie du trajet qui la conduirait jusqu'à Melody.

Elle se concentra de toutes ses forces, au point que bientôt les feuilles se fondirent en une masse indistincte de couleur verte, et que l'effort lui contracta le ventre ; elle tendit tout son être vers Melody et son image devint si nette qu'elle faillit lever la main pour la toucher. Elle la vit penchée sur un cahier de coloriages, un nœud violet au bout de sa tresse souple, et lorsque Melody leva la tête vers elle, son sourire était si radieux qu'un instant entier, Cerise lui sourit en retour. Puis, chassant ce mirage, elle se laissa tomber sur le flanc, comme si on l'avait frappée. Et elle resta là, roulée en boule comme un cloporte sur sa litière de laurier. Ses pieds gonflaient d'avoir cessé de marcher, et brusquement la vérité qu'elle avait foulée à chaque pas s'imposa à elle : la Melody qu'elle voulait tant revoir n'existait plus.

Le bébé que Cerise avait si férocement aimé, la petite fille qui l'avait si ardemment adorée en retour, cette enfant rayonnante, avec ses crayons gras et son sourire joyeux, s'était volatilisée depuis longtemps. Cette Melody-là – la vraie Melody – ne s'attardait encore que dans les souvenirs de Cerise ; et si l'autre existait toujours, la Melody qui avait démonté le détecteur de fumée, saccagé son propre visage et fui loin de chez elle, alors peut-être qu'il valait mieux qu'elle reste perdue. Cette Melody-là était une étrangère, de toute façon, un imposteur ; et même si Cerise parvenait à la retrouver, même si elle parcourait trois cents kilomètres de plus à pied, il n'y aurait entre elles que des reproches et de la rancune.

De plus, se dit Cerise, les yeux rivés sur un gobelet en carton écrasé à demi enterré sous les feuilles mortes, ce serait plus facile pour Melody de ne jamais avoir à endurer le deuil d'un frère, de ne plus jamais avoir à gérer le fait d'avoir une mère. Peut-être que le dernier geste d'amour à lui adresser était de la laisser vivre.

Elle perdit le fil de ses pensées. Elle resta couchée là des heures, hébétée, immobile et respirant à peine, parce que c'était la meilleure façon de presque disparaître du monde sans avoir à faire l'effort de partir pour de bon. Quand la nuit tomba, elle se redressa assez pour tirer la couverture à elle. Blottie sous ses replis, elle perçut l'odeur âcre de ses aisselles, la puanteur de l'autoroute accrochée à ses vêtements et, incrustée si profondément dans ses cheveux emmêlés que ni le vent ni le temps ne pourraient jamais l'effacer, elle fut certaine de sentir encore l'odeur de la fumée.

Sous le vacarme de l'autoroute, elle percevait le bruissement de ces milliers de vies minuscules qui grouillaient dans les lauriers – insectes, rongeurs, petits reptiles. Mais au lieu de la dégoûter ou de l'effrayer, ils lui procurèrent une sorte de réconfort, parce que, malgré sa présence, ils vaquaient à leurs occupations. Enroulée dans sa couverture, elle avait l'impression d'avoir de nouveau six ans, quand, pelotonnée en position fœtale sous la couette, dans son lit à baldaquin, immobile et secrète, elle patientait pendant que son père criait et que sa mère hurlait, que la maison s'emplissait de jurons et de sanglots ; tout ce qu'elle savait, c'était qu'il fallait attendre que ces bruits cessent pour pouvoir ressortir sans risque dans la lumière.

L'aube pointa, et elle émergea d'une nouvelle nuit à somnoler sans dormir réellement. Quelques oiseaux s'ébrouaient et pépiaient dans les buissons, tandis que, de l'autre côté du mur, la circulation continuait, telle une mer incessante. Une coccinelle apparut. Cerise la regarda avancer cahin-caha sur le lit de feuilles mortes, ses ailes émaillées entrouvertes pour garder l'équilibre. Elle attrapa une brindille de sa main bandée et donna un petit coup à la coccinelle, la faisant basculer sur le dos.

Ta maison est en feu, gronda-t-elle dans sa tête en la regardant se débattre. *Tes enfants vont brûler.*

Mais même quand la petite bête parvint enfin à se retourner, Cerise ne trouva pas la force de l'écraser.

Elle était faible et malade. Elle avait des crampes d'estomac, mal au ventre, et tellement de douleurs différentes qu'elle ne pouvait toutes les compter. Il lui était impossible de se dire *J'ai des crampes d'estomac parce que j'ai faim*, ou *Mes jambes n'en peuvent plus de marcher*. À un moment donné, ce matin-là, lorsque le vrombissement d'un camion la tira de nouveau de sa somnolence, elle sentit sa vessie si tendue qu'il lui fut impossible de l'ignorer plus longtemps. Alors elle rampa plus loin dans les lauriers, baissa tant bien que mal son pantalon de jogging et s'accroupit pour uriner. Tandis que le liquide chaud coulait entre ses jambes, elle remarqua une traînée rouge à l'intérieur de sa cuisse. Elle crut d'abord à une autre blessure causée par l'incendie et, un bref instant, elle fut presque satisfaite de trouver une preuve supplémentaire de ce qu'elle avait enduré.

Mais en voyant davantage de sang, elle comprit, comme on comprend la chute d'une mauvaise blague. Retournant à l'endroit dont elle avait fait son nid, elle se rappela ce jour au collège où elle avait vu du sang dans sa culotte pour la première fois, assise sur l'émail froid des toilettes des filles. Elle avait paniqué, non pas parce qu'elle s'était crue blessée ou mourante, mais parce qu'elle avait craint que, malgré tous ses efforts, le sang ne coule le long de sa jambe et ne tache sa jupe.

Elle sentait du sang couler de sa vulve, aussi tiède et doux que des larmes. Et elle se dit que ça lui était bien égal, aujourd'hui, s'il formait une croûte sur sa peau ou s'il la trahissait en tachant son pantalon. Penser de cette façon était un luxe qui lui plaisait bien, un lâcher-prise presque aussi douillet que de mourir. Puis Travis lui traversa l'esprit. Et aussitôt, elle grimaça à l'idée que quelqu'un pourrait la voir comme ça, puante, tachée de sang, et en conclure qu'elle avait bien mérité de perdre son fils.

Elle se mit en quête de quelque chose pour cacher le sang. Mais les feuilles de laurier n'étaient pas absorbantes, et les morceaux de papier crasseux la dégoûtaient. Pour finir, même si c'était compliqué et douloureux, elle se servit de ses mains bandées pour délacer maladroitement l'une de ses chaussures, sortir son pied couvert d'ampoules, et retirer une chaussette raide de crasse qu'elle glissa dans sa culotte en guise de serviette. Puis, coinçant sa bouteille d'eau vide dans son blouson, elle rampa hors de son nid sur les coudes et les genoux.

Elle se hissa sur ses deux pieds, éblouie de soleil, et elle s'épousseta de son mieux avant de repartir en claudiquant le long de la voie de service. Elle retourna d'abord à la station-service où elle s'était précédemment arrêtée, mais les toilettes au fond du bâtiment étaient fermées à clé. À la station suivante, même chose. Alors à la troisième, elle se rendit à la boutique et demanda timidement la clé. La caissière jeta un regard oblique sur les vêtements et sur les cheveux de Cerise, et aussitôt son visage se ferma.

– Réservé aux clients, dit-elle.

– Je vous en prie, insista Cerise, étonnée par son courage et par sa voix éraillée.

Puis, honteuse, elle ajouta dans un murmure :

– J'ai mes règles.

La femme laissa échapper un petit grognement impatient, puis plongea la main sous le comptoir et en sortit une planchette crasseuse au bout de laquelle pendait une clé.

– Et après, tu vas te droguer ailleurs, d'accord ? lui dit-elle.

– Non, murmura Cerise, en attrapant maladroitement la clé d'un coup de patte. Je ne me drogue pas.

– Ouais, c'est ça. Et moi, je suis la reine d'Angleterre.

Pendant que Cerise s'éloignait vers la porte, la caissière se tourna vers le client suivant et prit les vingt dollars qu'il lui tendait.

– J'aimerais bien savoir comment on peut ressembler à ça si on ne se drogue pas, marmonna-t-elle.

– L'alcool fait très bien le boulot, commenta-t-il.

Au moment où elle quittait le magasin, Cerise reçut comme une gifle l'éclat de leurs rires.

Les toilettes étaient un box exigu et froid à l'arrière du bâtiment. Il y avait une cuvette tachée et un lavabo équipé seulement d'un robinet d'eau froide. Le sol de béton était humide et malpropre. La laque sur les murs en parpaing avait pris une teinte marron sous la fumée des cigarettes. Un distributeur de tampons, un distributeur de préservatifs et un distributeur de parfum étaient accrochés à côté du lavabo. Cerise secoua le premier, mais il était cadenassé et vide.

Sa chaussette était gorgée de sang. Avec précaution, elle l'enroula dans des serviettes en papier et la fourra tout au fond de la poubelle, pleine à ras bord. D'abord, elle tenta de s'essuyer les jambes à l'aide des feuilles rêches de papier-toilette qu'elle prélevait une par une dans le distributeur à côté de la cuvette. Puis, elle passa une serviette en papier sous le jet glacé du robinet en la tenant du bout des doigts, l'arrosa de savon en poudre et la frotta entre ses jambes. L'eau s'infiltrait dans la gaze et lui piquait les mains, le savon sur ses cuisses et son entrejambe était abrasif comme du sable, mais quand sa peau fut propre, elle mouilla une autre serviette, qu'elle saupoudra elle aussi de savon, et se frotta le visage, le cou et les aisselles.

Elle était en train de remplir sa bouteille d'eau quand quelqu'un secoua la porte. Elle sursauta comme si on l'avait frappée. En hâte, elle revissa la bouteille, fourra dans ses poches autant de serviettes en papier qu'elles pouvaient en contenir, puis elle sortit, en prenant bien soin de ne pas croiser le regard de la femme qui attendait dehors.

APRÈS S'ÊTRE DOUCHÉS ET HABILLÉS EN VITESSE – robe de rayonne pour Anna, blazer et cravate pour Eliot –, après avoir donné le sein à Ellen jusqu'à ce qu'elle s'endorme enfin et après l'avoir déposée précautionneusement dans son berceau sans oser respirer, après avoir installé Lucy devant une vidéo avec un beau petit casse-croûte, après avoir montré la maison à la nouvelle baby-sitter et être repassés sur la pointe des pieds vérifier qu'Ellen dormait toujours, après avoir traversé en voiture cette campagne qu'ils ne connaissaient pas en essayant de faire coïncider le plan minimaliste qui accompagnait l'invitation des Laughlin avec les routes mal indiquées serpentant entre les vignes et les domaines viticoles, Anna et Eliot s'engagèrent enfin dans une allée privée de plus d'un kilomètre de long. Ils étaient les premiers.

– Il vaudrait mieux qu'on soit au bon endroit, dit Eliot en franchissant la dernière colline qui leur dévoilait une maison pareille à un navire, tout en angles saillants et en surfaces planes. Sinon, on va probablement nous tirer dessus pour violation de propriété.

– Ce type occupait ton poste ? fit Anna, étonnée, en contemplant l'immense bâtiment.

– Oui, mais sa femme était propriétaire d'un fonds fiduciaire, et je crois qu'elle a aussi fait quelque chose dans l'immobilier.

Eliot gara la voiture au bord de l'allée et coupa le contact.

– Apparemment, elle est aussi mécène, ajouta-t-il. C'est ce que m'a dit Fred en tout cas.

– Bien, répondit machinalement Anna.

– Merci de m'accompagner, dit Eliot en lui prenant la main, avant de sortir de la voiture. Je sais que ce n'est pas forcément le samedi après-midi de tes rêves.

Tout en venant à leur rencontre, Carole Laughlin fermait un bracelet à son poignet. Ses vêtements flottaient autour d'elle comme si elle était un oiseau de haut vol.

– Je crains que nous ne soyons un peu en avance, s'excusa Anna.

– Pourquoi ? Non, vous êtes pile à l'heure, répondit-elle avec un sourire indulgent, comme si être à l'heure était ce que faisaient les enfants intelligents.

– C'est gentil à vous de… commença Anna, mais les musiciens arrivèrent aussitôt derrière eux, chargés de leurs pupitres et de leurs instruments rangés dans des étuis.

– Excusez-moi, dit Carole en posant le bout des doigts sur le bras d'Anna. J'en ai pour moins d'une minute.

Elle les gratifia d'un nouveau sourire avant de tourner les talons pour conduire le petit cortège de musiciens tout de noir vêtus vers la maison.

La pelouse où ils se trouvaient s'étendait sur une crête. Derrière eux, la vue s'arrêtait au versant boisé d'une colline, et devant, les prairies d'herbe dorée et les vieux chênes descendaient dans une vallée large hachurée de rangs de vigne. Tout en bas, Anna aperçut le scintillement d'une rivière.

– Joli, commenta Eliot en suivant son regard.

– Oui, murmura-t-elle, c'est joli.

Les trois derniers week-ends, elle avait réussi à laisser les filles à Eliot quelques heures pour partir en voiture à la recherche d'un sujet à photographier. Mais chaque fois, elle était revenue bredouille. Et à présent, lorsqu'elle regardait cette vallée tranquille et baignée de soleil, en essayant d'imaginer comment elle pourrait cadrer cette image sur le dépoli de sa chambre photographique, elle n'entendait pas ce clic de l'obturateur qui, dans le temps, signifiait : « Allez, essaie. » Ce paysage n'avait rien à voir avec elle, il était beau, mais comme l'enfant de quelqu'un d'autre.

– J'espère que les filles vont bien, dit Anna pour penser à autre chose.

C'était la première fois qu'elle laissait Ellen à une autre personne qu'Eliot, et l'idée la fit brièvement paniquer.

– La baby-sitter avait l'air OK, répondit Eliot.

– Elle a dit qu'elle partait avec le Peace Corps en janvier, soupira Anna.

– C'est chouette.

– Pour elle, dit Anna ironiquement. Et pour le pays en voie de développement où elle va faire du bénévolat. Mais pour nous, ça veut dire repartir de zéro et chercher ailleurs.

Il y avait des tables installées sous les chênes à côté de

la terrasse en bois, devant la maison, et une demi-douzaine de traiteurs s'employaient à les couvrir de mets et de fleurs. En les observant, Anna envia presque cette façon qu'ils avaient de savoir à quoi ils servaient – leur affairement. Elle songea au téléphone portable de Jesse dans son sac, résistant à l'envie d'appeler chez elle.

D'autres invités commencèrent à arriver. Les premiers gravirent courageusement la pelouse, l'air aussi peu à l'aise qu'Anna et Eliot, et soudain le sommet de la colline fut plein d'éclats de rire et du bruit des conversations, vives et légères comme les parfums et les after-shave qui planaient tout autour d'eux dans l'air étrangement doux.

– C'est drôle d'organiser une garden-party à cette période de l'année, remarqua Anna. Qu'auraient-ils fait s'il avait plu ?

Eliot haussa les épaules.

– Ils l'auraient déplacée à l'intérieur. Mais d'après les gens du coin, il reste encore au moins quelques semaines avant la pluie.

– On est trop endimanchés, observa Anna, les yeux sur les groupes d'inconnus qui riaient en pantalon de lin et pull-over en coton. On a l'air de touristes.

– On est des touristes, répondit Eliot.

– Non, dit-elle. Plus maintenant. On vit ici, tu te souviens ?

– Des espèces exotiques invasives, fit-il. Comme l'eucalyptus ou le genêt de Montpellier.

– Invasives, peut-être, mais je doute qu'ils nous considèrent comme très exotiques, dit-elle. Regarde-moi cet endroit.

Une lumière forte embellissait tout. Les fleurs d'automne resplendissaient tant dans les parterres qu'elles donnaient l'impression d'avoir été lustrées. Même la température était parfaite, comme l'eau d'un bain, accompagnée d'une brise qui ne menaçait ni les nappes ni les serviettes en papier. Carole revint les trouver.

– Philip ne va pas tarder, dit-elle à Eliot. Il meurt d'envie d'avoir des nouvelles du centre. Mais ne lui en dites pas trop, car il serait capable de renoncer à sa retraite pour retourner travailler – ce qui serait un désastre, tant pour vous que pour moi.

Elle attendit qu'ils rient poliment. Puis, se tournant vers Anna, elle ajouta d'un ton léger :

– Voyons voir… récemment échappée de quelque part… Nevada ? Kansas ?

– Nous étions dans l'est de l'État de Washington, répondit Anna sans rien montrer. Près de Spokane.

– Oh. Eh bien. Dans ce cas, bienvenue en Californie ! Vous allez adorer, j'en suis sûre.

– Je l'espère, répondit Anna sèchement.

Dans la vallée en contrebas, parmi les vignes, elle aperçut une toute petite silhouette et, en regardant mieux, elle se rendit compte qu'il y en avait beaucoup d'autres – un bataillon d'humains aussi minuscules que des fourmis, qui avançait d'un pas décidé.

Carole la dévisageait.

– Vous êtes artiste ?

– Photographe, répondit Anna. Et j'enseignais à l'université de Spaulding jusqu'à notre départ.

Carole eut un petit mouvement de tête, à peine perceptible, comme si elle venait tout juste de lui reconnaître un intérêt.

– Je collectionne un peu moi-même, dit-elle, je ne sais pas si Philip vous l'a dit. Je m'intéresse notamment aux photographes californiens.

Elle désigna la maison.

– J'ai quelques petites choses à l'intérieur. N'hésitez pas à jeter un œil si cela vous tente. J'adorerais avoir votre avis.

Puis, se tournant à nouveau vers Eliot, elle lui demanda sur le ton de la confidence :

– Alors ? Comment ça se passe au boulot ?

La satisfaction dans la voix d'Eliot inonda Anna d'une tristesse inattendue. Elle ne lui en voulait pas d'avoir eu de la chance, mais en l'entendant parler avec une telle joie de son travail alors qu'elle-même était à la dérive, elle éprouva un grand vide. Il le méritait, se répéta-t-elle. Après tout ce qu'il avait traversé, il méritait de trouver un autre poste qu'il adore.

Une fois Carole partie rejoindre d'autres invités, Eliot glissa à Anna d'un ton triste :

– Je crois que tu préféreras Phil.

– Ça va, elle est supportable, répondit Anna en serrant

les doigts d'Eliot d'un geste complice. Au moins, elle achète des photos.

– Elle gagne peut-être à être connue.

– Peut-être, répondit Anna en regardant les invités.

La lumière d'automne brillait dans les cheveux des femmes, se réverbérait sur les montres et les bagues des hommes et luisait dans la coupe de leurs verres à pied. Dans la vallée, les petites silhouettes avançaient lentement entre les rangs de vigne.

– Je crois que j'ai envie d'aller jeter un œil à ses « petites choses », annonça Anna. Ça te va ?

– Tu veux que je t'accompagne ?

– J'aimerais autant y aller seule, dit-elle. Je n'ai rien contre ta compagnie, mais tu devrais sans doute attendre d'avoir pu discuter un peu avec Phil.

Quand elle traversa le jardin, l'herbe était si épaisse qu'elle ne sentait pas la terre. Même les tables couvertes de nappes de lin semblaient flotter au-dessus du sol. Elle se fraya un chemin entre les groupes d'inconnus, traversant des bulles de conversations comme on passe d'une température à l'autre dans l'eau d'un lac.

– Superbe accès…

– … le premier de sa classe.

– Tous les avocats nous le conseillent, mais nous ne sommes pas si….

– … la dernière fois que nous sommes allés à Santorin…

– un poil trop « chêne »…

Les victuailles, lorsque Anna passa à leur hauteur, semblaient encore interdites d'accès. Les plats étaient garnis de fleurs et de tourbillons de légumes, les serviettes arrangées en éventails symétriques. Elle accepta un verre de vin, un merlot si dense et si soyeux que la première gorgée excusait à elle seule le fait d'avoir abandonné ses filles à une baby-sitter qu'elle connaissait à peine pour courir à une garden-party où elle ne connaissait personne. Son verre à la main, elle obliqua vers la maison. Elle franchit une haie de fleurs blanches, entraînant dans son sillage une fragrance pareille à un parfum vivant. Elle prit une deuxième gorgée de vin, qu'elle laissa rouler dans sa bouche et se mêler à la chaleur de sa salive, avant de l'avaler pour la sentir rayonner en elle.

Sur la vaste terrasse en bois, un flûtiste, un violoncelliste et un guitariste jouaient des notes qui s'envolaient au-dessus des bavardages et des rires. Anna leur sourit et se glissa dans la maison. Tout y était silencieux et frais comme dans un mausolée. L'air avait une vague odeur sucrée. Une sculpture trônait dans le hall d'entrée carrelé : un rocher grossièrement taillé d'où saillaient les faces de nombreux animaux qui semblaient surveiller qui entrait, ou attendre le bon moment pour surgir eux-mêmes. Une brassée de lys était posée dans un vase sur une table en acajou ciré. Par terre, un héron empaillé levait une patte jaune, ses doigts délicats à jamais repliés en vue du prochain pas.

Une douzaine de photographies étaient accrochées

aux murs, chacune parfaitement encadrée et éclairée par un petit spot. Adams. Stieglitz. Weston. White. John Sexton. Elle avait déjà vu ailleurs certaines d'entre elles, mais d'autres non. Ses yeux filaient goulûment vers les signatures, en même temps qu'elle s'imprégnait des images – portes ouvertes, dunes, pierres, mains. Elle passa de l'une à l'autre, lentement.

Chacune était parfaite, si pertinente dans la vision puissante qu'elle offrait qu'Anna avait l'impression de cheminer dans une chapelle ou dans un rêve. Ce n'est qu'en arrivant à nouveau à la porte qu'elle se souvint de la chambre noire presque terminée qui l'attendait au sous-sol de leur nouvelle maison, qu'elle se rappela son appareil photo dont elle ne s'était pas servie depuis qu'Ellen avait été conçue, et ses sorties improductives dans la campagne. Elle refit un tour de la pièce. Cette fois, cependant, passer d'un tirage à l'autre ne lui procura aucun encouragement, mais au contraire une écrasante impression de défaite. Ces photographies avaient déjà surpassé tout ce à quoi elle aspirait. La conversation était terminée depuis longtemps.

Et qui écoutait, de toute façon ? se demanda-t-elle, tandis que, sur la pelouse, des inconnus tirés à quatre épingles sirotaient des vins fabuleux, et que, dans la vallée, des ouvriers anonymes trimaient sous le soleil. Quelle importance, que quelqu'un se soit un jour suffisamment intéressé à un coin du monde pour en faire une photo ? Que pouvaient-ils bien vouloir dire, ces réseaux d'ombres et de lumière prisonniers des halogénures d'argent ?

Quand elle se retrouva de nouveau devant la porte, elle se força à pivoter sur ses talons pour affronter la pièce une dernière fois. Elle vit chaque photographie accrochée dans sa flaque de lumière, aussi silencieuse qu'un arbre chutant dans une forêt déserte. Elle entendit les invités dehors, le tourbillon de leurs rires pareil à une brise capricieuse, et un court instant, sur le seuil, elle eut envie de pleurer.

CERISE NE TARDA PAS À APPRENDRE quelles toilettes offraient les meilleurs services, dans quelles bennes à ordures elle avait le plus de chances de trouver à manger, à quelle heure de la journée elle risquait le moins d'être vue. Aussi furtive qu'un fantôme craintif, elle répartissait ses besoins entre les nombreux restaurants et stations-service situés à moins d'un kilomètre de la bretelle, tout en s'efforçant d'échapper aux employés ainsi qu'aux usagers de l'autoroute.

Elle était éreintée en permanence, comme quand ses bébés venaient de naître, tellement vaseuse à cause de ses nuits hachées qu'il lui paraissait se trouver toujours entre la veille et le sommeil, dans un état nouveau qui partageait les qualités des deux, un rêve éveillé où tout surgissait, bougeait, sans jamais avoir de sens. Elle essayait d'éviter de penser à ses enfants, et pourtant, il ne se passait pas une seconde où elle puisse se libérer de leur disparition. Malgré tout, elle apprit les détours qui, dans sa tête, l'empêchaient de songer à eux directement, si bien qu'il lui arrivait parfois de réussir à échapper un moment à la douleur.

Les bandages de ses mains, noirs de crasse, s'étaient disjoints, et un jour, émergeant de sa somnolence, en se frottant les yeux elle se rendit compte que ses paumes n'étaient plus douloureuses. Ça faisait comme un vide, aussi surprenant que si le grondement de l'autoroute s'était tu tout d'un coup. Arrachant son bandage avec les dents, elle découvrit que de la peau tendre avait commencé à se former autour des croûtes. C'était une autre défaite, cette possibilité de guérir. Les yeux sur la peau rose indécise, elle détesta ses mains, pour l'insistance muette qu'elles mettaient à vivre.

Le temps passait peut-être, même si c'était difficile à dire, tant ses efforts pour éviter à la fois le passé et l'avenir rendaient le présent interminable. Le grondement de l'autre côté du mur antibruit ne s'arrêtait jamais, mais une nuit, en se réveillant, elle trouva de l'eau sur ses joues. Elle crut d'abord avoir pleuré pendant son sommeil. Mais la seconde suivante, elle entendit la première pluie de l'hiver ruisseler entre les feuilles et sentit les gouttes s'écraser sur son visage.

La pluie changea tout. Les feuilles mortes du laurier devinrent un matelas mouillé sous sa couverture trempée. Tremblant dans ses vêtements humides, elle se ratatina tout au fond d'elle-même. Tout ce qu'elle trouva à manger ce jour-là était imbibé d'eau. Elle essaya de se bricoler un toit en plastique, mais la bâche qu'elle avait trouvée se déchira et se mit à fuir. La nuit entière, les feuilles de laurier déversèrent sur elle leurs petits chargements de gouttes de pluie.

À l'aube, quand la pluie se calma enfin suffisamment pour qu'elle puisse quitter son nid et se mettre en quête de nourriture, elle trouva une femme qui l'attendait à côté de la benne à ordures, derrière le restaurant Denny's. La femme portait une courte robe en polyester marron et un tablier orange, et ses bras nus avaient l'air presque violets dans la lumière du petit jour.

– Bon, écoute, dit-elle à Cerise, ses mots se matérialisant en nuages de brume pâle au sortir de ses lèvres. Il faut que tu partes, sinon ça va mal tourner. Y en a qui commencent à dire que t'es pas bonne pour les affaires. En ville, il y a des endroits pour les SDF, tu sais ? Des soupes populaires, des foyers, tout ça.

D'un geste sec, elle tendit un dépliant à Cerise.

– Tiens, ça va te dire où tu peux aller.

Cerise n'en revenait pas que quelqu'un choisisse de lui adresser la parole, et elle avait du mal à suivre ce que la femme lui disait. Elle était déconcertée d'entendre sa détresse réduite à l'absence d'un toit. Elle se souvint des sans-abri qu'elle avait vus à Rossi et en ville, avec leurs caddies, leurs manteaux élimés et leurs dents en moins, et cela lui parut étrange qu'il y eût un mot aussi simple pour décrire ce qu'elle était. Elle prit le dépliant que la femme lui tendait et essaya de lire les lettres et les chiffres, mais ils refusaient de faire sens. Quand elle voulut parler, c'était comme si sa gorge brûlée s'était scellée.

La femme eut un mouvement d'impatience, jetant un regard vers la porte à l'arrière du restaurant.

– Je finis dans quelques minutes, dit-elle. Je vais t'emmener.

L'idée d'abandonner son trou dans les lauriers la gênait, mais ses frissons lui avaient creusé les os, le froid avait raidi ses mains, et la menace mêlée de scrupule dans les propos de la femme rendait impossible de rester. Alors, sous l'avant-toit derrière le bâtiment, elle attendit que celle-ci revienne, un blouson sur son uniforme du restaurant.

– Je t'ai pris de quoi manger et aussi des vêtements, dit la femme en lui tendant prudemment un sac, comme si elle offrait quelque chose à un chien sauvage.

Elle conduisait une vieille berline, jonchée d'emballages de fast-food et de figurines cassées. Les yeux sur la route, elle parlait – des lamentations sur son homme, son boulot, ses gamins, qui s'entrechoquaient autour de Cerise comme des balles de ping-pong dans un seau. Et pendant ce temps, recroquevillée dans la chaleur de l'habitacle, Cerise essayait de se souvenir comment elle était censée répondre à tous ces mots creux qui rebondissaient.

Le centre de Santa Dorothea était une telle jungle de rues et de gens que Cerise, déroutée, regretta aussitôt la tranquillité de ses lauriers. Les insectes, les oiseaux et les lézards lui manquèrent, tout comme le grondement anonyme de la circulation. En ville, les gens n'étaient pas tous cachés dans leurs voitures. Ils la frôlaient de si près, au contraire, que même sous la pluie elle percevait leur sueur ou leur parfum. D'abord, elle se sentit mise à nu, au milieu d'eux. Elle s'attendait à ce qu'on la remarque, à ce que son chagrin et sa culpabilité sautent aux yeux comme ses vêtements crasseux, alors elle se recroquevillait, cherchait des endroits où se tapir. Mais bientôt, elle s'aperçut que, même si personne ne lui rentrait jamais dedans, elle aurait tout aussi bien pu être invisible, car aucun visage n'enregistrait sa présence.

Par moments, le temps de quelques secondes, perdue dans ces rues qu'elle ne connaissait pas, s'apercevant que Travis n'était pas avec elle, elle paniquait. D'abord elle se disait qu'il avait échappé à sa surveillance, qu'elle l'avait oublié, ou qu'elle l'avait laissé s'éloigner. Et l'instant d'après, quand elle se rappelait la vraie raison de cette absence, le soulagement de savoir qu'il n'était pas perdu, effrayé ou en larmes quelque part se transformait aussitôt en une torture si intense qu'elle essayait d'oublier Travis complètement.

Dans les vitrines des magasins ou dans les centres commerciaux, les dindes et les pèlerins de Thanksgiving rivalisaient avec le Père Noël et ses rennes. La saison des fêtes approchait, mais c'est à peine si elle le remarquait. En revanche, elle était hantée par le visage souriant et mouillé d'une fillette, toujours la même, placardée partout sur les murs et les poteaux, accompagnée des mots « DISPARUE » et « RÉCOMPENSE ». Chaque fois qu'elle la voyait, Cerise pensait à Melody – à sa petite Melody adorée qu'on ne retrouverait jamais, à cette enfant souriante que plus personne ne verrait.

Dans les toilettes glaciales d'un petit square, elle enfila le jogging bleu que l'employée du restaurant lui avait donné. Les genoux étaient usés et les manches du sweatshirt trop courtes, mais c'était plus chaud que ce qu'elle portait, et c'était propre et sec. En ôtant le chemisier de la femme rencontrée au camping et en passant le nouveau vêtement sur sa peau frissonnante, elle eut l'impression vertigineuse qu'elle était en train de s'effacer, pour devenir quelqu'un qu'elle ne connaissait pas. Une fois changée, elle resta longtemps dans la cabine, les yeux sur les obscénités gravées sur les murs, à essayer de comprendre ce qu'il restait de sa personne.

À midi, elle se rendit à contrecœur à la soupe populaire, la tête basse, de sorte qu'elle ne voyait que le sol crasseux et ses propres chaussures déchirées. Elle était si terrifiée à l'idée que tous ces inconnus puissent reconnaître en elle une mère sans enfant que seule l'intensité de sa faim la poussa à franchir la porte. Ça faisait tout drôle, d'être à l'intérieur d'un bâtiment. L'air était chaud et humide, alourdi par les vapeurs grasses de cuisine, une odeur qui lui retournait le ventre tant elle avait faim.

Des gens faisaient la queue le long d'un mur, et Cerise alla timidement se ranger derrière eux. Imitant la personne devant elle, elle prit une fourchette et une serviette en papier, puis un plateau sur la pile, qu'elle fit glisser sur les rails en aluminium du comptoir, en regardant les inconnus qui remplissaient leurs assiettes de victuailles à l'autre bout de la file. Quand ce fut son tour, elle prit une assiette de ses deux mains endolories en remerciant d'un hochement de tête hésitant.

De longues rangées de tables occupaient la salle. Elle trouva une place à l'une d'elles, entre deux chaises vides et, à peine assise, pencha la tête sur son plateau. C'était un cadeau qu'elle s'attendait à ce qu'on lui arrache – de la nourriture qui ne sortait pas d'une poubelle –, une cuillerée de salade de macaronis, un tas de choux de Bruxelles, une tranche de salami rose sur un petit pain, et un carré de fromage orange. Ça lui rappelait tant la cuisine de Woodland Manor qu'en levant timidement les yeux après avoir avalé la moitié de son repas, elle fut brièvement déroutée de constater que tous les visages autour d'elle n'étaient pas vieux.

Il y avait quelques personnes âgées, et plusieurs avaient l'air aussi mornes et las qu'elle-même, mais d'autres étaient comme tous ces gens qu'on voyait dans les restaurants des centres commerciaux. Il y avait des femmes bien habillées, des hommes avec des jeans et des T-shirts propres. Des enfants se faufilaient entre les chaises et des familles mangeaient ensemble, concentrées sur leur assiette. En face de Cerise, un homme était assis les yeux fermés au milieu du brouhaha, un demi-sourire aux lèvres, comme s'il priait. À côté de lui, devant une assiette vidée, il y avait une imposante femme à la peau brune vêtue de couleurs vives. Ses mains s'affairaient sous la table, tandis qu'elle étudiait la salle avec une curiosité assumée. Au moment où Cerise sentit leurs regards sur le point de se croiser, elle détourna la tête comme pour esquiver un coup.

Tout l'après-midi, elle erra dans les rues détrempées. À l'approche du soir, alors que la lumière au-dessus des immeubles commençait à faiblir, elle trouva deux bennes à ordures au bout d'une ruelle entre lesquelles elle se cala, jambes repliées contre la poitrine, cernée par les palpitations de la nuit citadine.

Comme sa vie était pour elle un débris dont elle se serait bien passée, les cris et les sirènes ne lui faisaient pas peur. Mais au bout d'un moment, sous ces bruits, ou au-delà, elle crut entendre la sonnerie d'un téléphone – peut-être dans un appartement où personne n'était là pour répondre, ou bien dans une pièce éteinte où l'on ignorait sa complainte. Ça sonnait, ça sonnait, ça sonnait, ça résonnait inlassablement dans la pénombre, suppliant quelqu'un de décrocher.

Blottie entre les bennes à ordures, Cerise se mit à

songer malgré elle à cette étrangère baptisée Melody et au coup de fil qu'elle finirait forcément par passer au mobil-home, pour fanfaronner sur sa nouvelle vie. Elle se demanda à quel moment cela aurait lieu et ce qui se passerait – Melody entendrait-elle sonner dans le vide un téléphone qui n'existait plus ? Ou aurait-elle droit à un message lui annonçant que le numéro qu'elle demandait n'était plus attribué ?

Assise sur l'asphalte froid, Cerise essaya d'ignorer l'interminable sonnerie qui lui envahissait le crâne, elle essaya de ne pas imaginer l'appel de Melody vers le tas de cendres qui avait un jour été leur chez-eux, essaya de ne pas voir cette personne qui n'était plus sa fille hausser les épaules et raccrocher. Frissonnant dans la nuit, elle essaya seulement de tenir jusqu'à l'aube.

ELLES ÉTAIENT ARRÊTÉES À UN FEU sur Santa Dorothea Avenue, en route pour le cours de danse de Lucy, quand celle-ci remarqua la femme sur l'îlot de circulation à côté d'elles. Il pleuvait et les cheveux de cette femme étaient trempés. Elle avait le visage si lisse, glacé et sans expression qu'Anna y revit celui d'Ellen à la naissance. Elle portait un imperméable déchiré et tenait un bout de carton abîmé.

– Qu'est-ce que ça dit ? demanda Lucy depuis la banquette arrière.

Anna grimaça, redoutant la suite, tandis que Lucy

articulait lentement les mots inscrits sur la pancarte de fortune.

– « Sans-abri. Cœur fra-gi-le. Échange travail contre nourriture. »

– C'est bien ! fit Anna d'une voix légère. Tu apprends vite.

– Ça veut dire quoi « cœur fragile » ? demanda Lucy en regardant la femme immobile.

Anna répondit prudemment :

– Ça veut sans doute dire qu'elle a une maladie au cœur.

– Ça veut pas dire que son cœur est cassé ? Comme sur les dessins quand on est triste ?

– C'est vrai que parfois, ça veut dire ça. Mais je pense quand même que là, c'est son cœur qui est malade.

– Alors elle n'est pas triste ? demanda Lucy en dévisageant la femme qui regardait fixement le ciel gris au-dessus des toits.

– Peut-être que si, répondit Anna. Je ne sais pas.

– Sans-abri, ça veut dire quoi ?

Avec délicatesse, Anna expliqua :

– Ça veut dire qu'elle n'a pas de maison.

– Comment elle peut ne pas avoir de maison ?

– Il y a des gens qui n'en ont pas. Ils perdent leur maison.

– Ils perdent leur maison ?

Lucy n'en revenait pas.

– Ça ne signifie pas qu'ils ne savent plus où ils l'ont

mise, expliqua Anna. Ça arrive par exemple quand ils n'ont plus assez d'argent pour la payer. Ils sont obligés de partir.

Ses seuls mots lui donnèrent le sentiment d'être complice, comme si l'explication donnée à Lucy suffisait à elle seule à priver des gens de leur toit.

– Ils dorment où ? demanda Lucy.

Le feu passa au vert. Anna appuya sur l'accélérateur et s'engagea dans le carrefour, abandonnant la femme immobile, statue fatiguée.

– Sous les ponts, peut-être, ou dans des immeubles inoccupés. Je ne sais pas trop.

– C'est comme du camping ? demanda Lucy en se dévissant le cou pour regarder la femme une dernière fois.

– Un peu, sans doute. Même s'ils n'ont probablement pas de tente.

– Sous la pluie ? insista Lucy.

– Quand il pleut, oui, répondit Anna à contrecœur.

– Oh, fit Lucy d'une toute petite voix, avant de demander, une minute plus tard : Pourquoi elle veut travailler en échange de nourriture ?

– J'imagine qu'elle n'a pas d'argent pour en acheter. Et elle a faim.

Anna jeta un coup d'œil dans le rétroviseur et vit l'horreur sur le visage de sa fille.

– Elle a faim ?

– Peut-être, puisqu'elle veut de l'argent pour manger.

– Pourquoi elle n'a pas d'argent ?

– Eh bien, elle n'a sans doute pas de travail.

– Pourquoi elle n'a pas de travail ?

– Je ne sais vraiment pas. Pour différentes raisons, peut-être. Parfois les gens ont des problèmes qui les empêchent de travailler.

– On pourrait lui donner un travail, nous, dit Lucy joyeusement. Elle pourrait travailler pour nous !

– On n'a rien à lui faire faire.

– Elle pourrait ranger ma chambre.

– C'est à toi de le faire.

– Elle pourrait s'occuper d'Ellen et moi, comme ça tu pourrais travailler dans ta chambre noire.

Anna sentit l'inquiétude la gagner. Prudemment, elle dit :

– Je ne suis pas sûre que cette dame ferait une très bonne baby-sitter.

– À cause de son cœur, acquiesça Lucy d'un air entendu.

Elle parut soucieuse un instant, puis son visage s'illumina de nouveau.

– Je pourrais partager ce que je mange avec elle, maman, non ? Si elle a faim, je pourrais pas lui donner un peu de ce que moi je mange ?

L'espace de quelques secondes, Anna envisagea de rebrousser chemin. Elle se vit tendant à la femme quelques dollars, ou le paquet de galettes de riz et la pomme qu'elle avait attrapés en vitesse dans la cuisine pour le goûter de Lucy après son cours. Mais la rue était à sens unique. Un demi-tour leur ferait perdre au moins dix minutes. Elles seraient en retard à l'école de danse. Et tout se compliquait tellement vite : si la femme était ivre ou agressive ? Si elle se mettait à pleurer ? Ou bien à supplier Anna de lui donner plus que ce qu'elle se sentait prête à donner ? Comment savoir si sa pancarte disait la vérité, si elle avait vraiment un problème au cœur ? Comment pouvait-elle être sûre que l'argent lui servirait à se nourrir ? Comment encourager la générosité de Lucy et apaiser ses craintes sans lui mentir, ou sans redoubler ses peurs ?

Quand elles s'engagèrent sur le parking devant l'école de danse, c'est Lucy, cependant, qui posa la plus difficile des questions. Avec une sorte de stupeur horrifiée, elle demanda :

– Est-ce que le monde est mauvais, maman ?

– Oh non ! répondit Anna.

En coupant le contact, tandis que la pluie tambourinait sur le toit de la voiture et que les vitres se couvraient de buée, elle bredouilla une réponse qui parlait d'amour, de beauté et de bonté. Elle évoqua l'importance de l'espoir et tenta d'expliquer que les mauvaises choses arrivaient pour des raisons que les humains n'étaient pas toujours en mesure de comprendre. Mais même quand elles détachèrent leurs ceintures de sécurité et traversèrent le parking en courant, Anna savait que rien de ce qu'elle pourrait dire n'effacerait jamais l'image de cette femme sous la pluie.

QUAND CERISE RETOURNA À LA SOUPE POPULAIRE, il y avait tant de monde qu'elle ne vit nulle part où s'asseoir sans se retrouver à côté de quelqu'un. En regardant la foule, son plateau à la main, elle envisagea un instant de partir. Mais elle ne savait pas comment abandonner discrètement son repas intact, alors elle s'assit sur la première chaise libre. Pendant qu'elle mangeait, des bribes de conversations l'assaillaient.

– Toute la ville dit que c'est ma faute. Mais j'avais un compte en banque quand je suis arrivé. J'avais de la bonté plein le cœur, j'avais de la démocratie, de la bienveillance…

– … te donnent un sac le lundi, mais il est toujours moisi.

– C'est à lui que j'accorde ma foi, à Dieu le…

– … condamné à perpétuité…

– … le plus beau des mariages. J'avais cultivé les roses moi-même, en plus.

– Si je pouvais en parler à un avocat…

– Y a du monde, hein ?

Il fallut un instant à Cerise pour comprendre que ces mots lui étaient adressés. Alors, elle sursauta, avant de baisser encore un peu plus le nez vers son assiette. Une seconde plus tard, néanmoins, elle risqua un bref coup d'œil vers la voix et reconnut la femme assise presque en face d'elle la dernière fois. Celle-ci avait posé sur ses larges cuisses une couverture aussi colorée qu'un défilé de carnaval et, d'une main, elle maniait un crochet qui étincelait tel un hameçon de pêche. La laine jaune vif dansait entre ses doigts sombres au bord de la couverture.

– Vous savez bien pourquoi, pas vrai ? fit-elle.

Captivée par le crochet argenté et la laine jaune, Cerise secoua la tête.

– C'est la fin du mois. Et en plus, il pleut. C'est pour ça qu'ils sont tous ici. Vous aussi c'est pareil, non ? Vous avez claqué vos allocs, hein ? Je vous ai vue ici qu'une fois.

– Je ne touche plus rien, murmura Cerise.

Les mots lui râpèrent la gorge comme du papier de verre et, tout d'un coup, elle eut peur qu'on lui demande de partir.

– Moi non plus, lui dit la femme avec suffisance, le crochet toujours aussi leste entre ses doigts. Même quand on essaie de jouer le jeu, l'État nous met tellement de bâtons dans les roues que j'ai dit à la bonne femme qui s'occupait de mon dossier qu'elle avait qu'à plutôt aller se toucher !

Elle gloussa avant de continuer :

– C'est clair que je me tire une balle dans le pied, en faisant ça, parce que, de toute façon, l'État s'en tamponne le coquillard si elle crève congelée dans la rue, la vieille Barbara. Mais bon, qu'ils aillent se faire foutre…

« Au cul, même, continua-t-elle, pas mécontente de son effet. Un jour, la vérité sortira, un jour on leur mettra le nez dans leur merde, ils verront ce qu'on endure et ils se mettront à genoux pour nous supplier de leur pardonner.

« "Sans-abri", pouffa-t-elle, sans changer un seul instant la cadence de ses doigts. Les "sans-abri". Qu'est-ce que c'est que ce mot à la con, hein ?

« C'est quoi le contraire de "sans-abri" ? "Avec-abri" ? "Abrité ?", continua-t-elle, pendant que Cerise la regardait, perplexe. J'aurais bien aimé qu'on m'abrite un peu plus de mon mari, tiens, tant qu'on y était.

« Ils ont une case "sans domicile" sur le formulaire pour les coupons alimentaires, dit-elle. Quand j'ai vu ça, j'ai dit à la bonne femme qu'on était devenus une institution. Ils comptent sur nous, vous voyez, le gouvernement fédéral. Ils ont besoin de nous pour conforter la grandeur de ce pays.

Elle bougea les cuisses sur sa chaise et interrompit son crochet afin de se coincer un poing dans le creux du dos.

– Mais qui je suis pour parler, moi, putain ? Ma mère me l'a dit un million de fois : « Si t'es si maligne, pourquoi t'es pas riche ? »

Un blondinet d'un an environ, vêtu d'une salopette bleue, s'approcha d'elles en vacillant et attrapa le genou de Cerise pour retrouver son équilibre, aussi distraitement que s'il s'était agi d'un meuble. Cerise prit une grande inspiration et essaya de ne penser à rien, elle essaya de ne pas bouger, même si le contact de ces petites mains écorchait toutes ses cellules. La pelote de laine dans la main gauche de Barbara était presque finie.

Elle adressa au bébé un sourire bienveillant, avant de se pencher en grognant pour fouiller dans le sac posé par terre à côté d'elle.

Le bébé se retourna, comme s'il avait entendu une voix familière dans ce brouhaha, et son visage s'illumina. Suivant son regard, Cerise aperçut une jeune femme à genoux qui tendait vers lui ses bras couverts de tatouages. Il partit joyeusement dans sa direction, et Cerise fut prise d'un tel vertige qu'elle se demanda si elle n'allait pas perdre connaissance.

Barbara attachait le fil d'une pelote de laine rouge brique de la taille d'un gros melon à l'extrémité de la laine jaune.

– Petits cons, dit-elle d'une voix pleine de bonne humeur.

« Ben quoi ? C'est bien par là qu'ils sortent, non, par le con ? Certains ont beau dire qu'on naît dans les roses ou dans les choux, on sort tous du con de quelqu'un. On sort d'un con, et ce qu'on fait de notre con nous obsède et obsède les hommes. Vous avez des enfants ?

La question arracha les entrailles de Cerise et lui brûla les poumons. Mais Barbara n'attendit pas de réponse.

– Moi, j'en ai pas, continua-t-elle. Je pouvais pas. Et c'est pas faute d'avoir essayé. J'en ai pris du bon temps à essayer ! J'essaie encore parfois, d'ailleurs, on sait jamais, hein ?

« Dommage que j'aie pas de gamin, ouais, continua-t-elle.

Sa voix avait changé, elle semblait perdue dans ses pensées et ses traits s'étaient adoucis.

– Parce que ce gamin, en grandissant, il m'aurait épargné toute cette merde. Jamais un enfant que j'aurais fait aurait supporté de voir sa mère obligée de vivre comme ça.

Elle secoua un peu la main, comme si elle venait de s'apercevoir qu'elle avait dit une bêtise, puis elle continua, en haussant la voix, comme si elle ne s'adressait pas qu'à Cerise :

– Mais j'ai tellement essayé d'en avoir, des bébés, que j'ai fini par me dire que tous les enfants sont mes enfants. Je pourrais zigouiller ceux qui y touchent. Quand on fait mal à un gamin, c'est au monde entier qu'on fait du mal. Tous les gamins ici, tous ceux que vous voyez, tous ceux que vous verrez un jour, tous ces petits cons, ici présent, ce sont les miens. Et les gens ont intérêt à bien les traiter, ou ils vont avoir affaire à moi.

« Tu t'appelles comment, chérie ? demanda Barbara tout d'un coup en posant les yeux sur Cerise.

Cerise voulut répondre, mais elle n'y arrivait pas. Elle n'arrivait pas à répondre à la question la plus simple du monde et Barbara la dévisageait.

« Tu t'appelles comment, chérie ? » résonnait dans sa tête, si bien qu'elle ne parvint qu'à répéter son écho, laissant le hasard la nommer.

– Cherie, dit-elle, à toute vitesse.

– Quoi ? fit Barbara.

– Cherie.

– C'est ton nom ?

Quand Cerise acquiesça d'un signe, Barbara lui décocha un regard rusé.

– Tu veux dire que je le savais avant que tu me le dises ?

– Cherie Johnson, insista Cerise.

Elle eut la sensation qu'elle était en train de renier celle qu'elle avait été, alors qu'en réalité elle essayait de la protéger de ce qui allait advenir, ainsi qu'on protège un organe en mettant le bras devant soi.

– Bordel, j'ai toujours su que j'étais prophète ! Cherie Johnson – putain de merde !

Barbara secoua la tête, son éclat de rire lui soulevait les épaules. Elle attrapa sa couverture et la secoua. Les couleurs s'entrechoquèrent. Elle demanda :

– Tu la trouves drôle ?

Cerise entendit le crissement des fourchettes au fond des assiettes, les cris joyeux des enfants qui couraient autour des tables, de nouveau des bribes de conversations. Elle considéra la couverture et haussa les épaules, mal à l'aise.

– Je veux que mes couvertures soient drôles, continua Barbara, des blagues très drôles. Pour mettre les gens de bonne humeur. Il fait un froid de gueux, dehors, sous cette pluie pourrie.

Barbara gloussa, monta dans les aigus, hachant ses mots :

– « Pourquoi vous n'assortissez pas vos couleurs ? » C'est ça qu'elle m'a dit, la bonne femme.

Puis elle reprit sa voix tonitruante :

– Assortir les couleurs ? Purée... non, putain, quoi... assortir les couleurs ! Les assortir à quoi ? J'aimerais bien savoir ! À nos blousons et à nos pantalons donnés par l'Armée du salut ? Les assortir au bitume où on dort ? Moi, mon avis, c'est que si une couleur existe – si c'est une couleur de ce monde – alors elle est forcément assortie aux autres. Si c'est une couleur, on en a besoin. Comme on aurait besoin de chaque être humain, dans un monde idéal.

« J'ai une idée, dit-elle en portant la couverture à ses lèvres pour couper le fil de laine rouge entre ses dents, tout en s'adressant à Cerise du coin de la bouche. Tu vas prendre cette couverture et tu me diras demain si elle te fait rire.

– Oh non, fit Cerise, surprise. Je...

– T'as pas eu froid la nuit dernière ?

– Si, mais...

– Les mais, c'est pour les crétins. J'étais en train de la finir quand je t'ai rencontrée, tu crois que c'est pas un signe, ça ? Je vais en faire quoi, sinon... tu veux que je la refile à un de ces ratés là-bas ?

– Moi aussi je suis une ratée, murmura Cerise.

– Merde, Cherie. Bien sûr que t'en es une ! Sinon tu serais pas en train de bouffer ici ! Mais il y a raté et raté. Et tu le sais bien.

Cerise secoua la tête.

– Vous ne savez rien, répondit-elle.

– Bien sûr que non, fit Barbara en attrapant les poignées de son sac à provisions plein de laine, avant de se hisser lourdement sur ses deux pieds, telle une reine. Personne ne sait jamais rien.

Cerise quitta la soupe populaire en tenant la couverture de Barbara dans ses bras, aussi soigneusement pliée qu'un drapeau américain. Ce soir-là, afin de ne pas la mouiller ou la salir, elle trouva un carré de carton sur lequel s'asseoir puis elle tendit une bâche entre les poubelles en guise de toit. En fin de nuit, elle parvint même à dormir un peu. En se réveillant, elle sentit le poids de la couverture de Barbara qui l'ancrait au monde.

APRÈS DES MOIS DE POUSSIÈRE ET DE LUMIÈRE FRAGILE, au début, la pluie fit l'effet d'un miracle. La première nuit, émergeant d'un autre de ces rêves où elle était chez elle, Anna entendit le murmure de l'eau sur le toit et sentit l'odeur de la terre humide qui filtrait dans la maison par la fenêtre ouverte, pareille à une bénédiction. Allongée près d'Eliot pendant que les filles – pour une fois – dormaient toutes les deux paisiblement dans leurs lits, elle se dit que tout deviendrait peut-être plus facile, à présent que la nouvelle saison avait enfin commencé.

Après quatre semaines de pluie incessante, cependant, il devint clair qu'elle avait eu tort d'espérer. Ses cauchemars continuaient à assaillir Lucy la plupart des nuits, et elle n'avait jamais mentionné s'être fait la moindre copine à l'école. L'eau et l'électricité avaient enfin été installées dans la chambre noire d'Anna, mais la lumière de l'hiver était si ténue et si blafarde qu'elle avait abandonné jusqu'à l'idée de trouver en Californie quelque chose à photographier.

Puis, le dimanche après Thanksgiving, alors qu'elle descendait préparer le petit-déjeuner, elle posa le pied dans une flaque sur le palier en haut de l'escalier. L'eau froide qui imprégnait la moquette lui remonta entre les orteils. Levant les yeux, elle vit au plafond une tache de mauvais augure, d'où gouttait une eau sale. Laissant tomber ses projets de pancakes, elle alla réveiller Eliot.

Pendant qu'elle installait des seaux et tentait d'éponger l'eau sur la moquette, Eliot grimpa sur le toit pour réparer provisoirement la fuite avec une bâche et du mastic. Il revint une heure plus tard, trempé et la mine sombre.

– Je crois que ça nous protégera pendant un moment, mais il va falloir refaire la toiture avant l'hiver prochain.

– Refaire la toiture ? demanda Anna en lui tendant une serviette. Et où va-t-on trouver l'argent ?

Eliot secoua la tête.

– En cambriolant une banque, peut-être, ou en vendant l'un des enfants.

Mais l'après-midi, tout en sillonnant la ville pluvieuse pour les courses qu'elle avait à faire, Anna ne cessa de s'inquiéter. Même s'ils avaient converti toutes leurs économies en apport pour l'achat de la maison, les mensualités de leur prêt étaient deux fois plus importantes que celles qu'ils payaient à Salish. Avec le déménagement et la construction de la nouvelle chambre noire, leur capacité de crédit avait atteint un plafond, et chaque mois, ils dépensaient jusqu'au dernier *cent* de ce qu'Eliot gagnait. Noël approchait, la transmission de la Subaru allait bientôt lâcher, le lave-linge ne se vidait plus correctement, et les cours de danse de Lucy – la seule chose qu'elle semblait adorer, ces temps-ci – coûtaient cent dollars par mois. En allant de la quincaillerie à l'épicerie, puis à la pharmacie et à la banque, Anna passait et repassait en revue les mêmes faits, comme si elle allait pouvoir trouver, quelque part sous les apparences, la somme d'argent manquante.

L'idée de souscrire un nouveau prêt sur la maison ou de demander de l'aide à ses parents lui donnait la nausée. La perspective de devoir accepter le genre de poste qu'une professeure des beaux-arts au chômage pourrait trouver l'épuisait par avance. Et l'éventualité d'être loin d'Ellen toute la journée, simplement parce qu'il fallait gagner de l'argent, lui brisait le cœur.

Et puis, alors qu'elle traversait de nuit la ville mouillée, la voiture chargée de provisions pour la cuisine, de clous, de bâches et d'un radiateur portatif électrique destiné à sécher la moquette humide, elle comprit tout d'un coup d'où l'argent pourrait peut-être provenir. D'abord, l'idée la choqua autant que le contact de l'eau froide sous ses pieds nus – c'était une idée presque aussi révoltante que celle de vendre un enfant. Pourtant, c'était logique, se dit-elle sombrement. C'était logique, et c'était peut-être la seule solution.

Sa chambre photographique devait valoir l'équivalent de six mois de salaire. La vendre leur permettrait de réparer le toit, de s'occuper de la voiture et de rembourser leurs crédits à la consommation. Ainsi, peut-être, à condition de se montrer frugaux, elle pourrait attendre qu'Ellen sache parler avant de se remettre à travailler. Oui, autant vendre l'appareil photo, se dit-elle en s'engageant dans leur rue, puisque de toute façon, elle ne s'en servait pas, et puisqu'en être propriétaire ne lui donnait que des regrets.

Elle gara la voiture et, les bras chargés de provisions, elle courut vers la porte de la cuisine, à l'arrière de la maison. En l'ouvrant, elle trouva Lucy à plat ventre par terre, en train de dessiner, le menton dans une main et les crayons gras en éventail devant elle. Quand Anna posa lourdement ses sacs trempés sur le plan de travail, elle leva mollement les yeux.

– Coucou, ma puce, dit Anna avec une bonne humeur forcée, enlevant son blouson d'un mouvement d'épaule. Comment s'est passé ton après-midi ?

– Bien, répondit Lucy, qui était en train de choisir un crayon.

– Tu as fait quoi ?

– Oh, des trucs, répondit-elle en s'emparant du vert.

Sur la cuisinière, la casserole en inox fumait. Trois grosses tomates, une salade romaine et une botte de poireaux étaient posées sur la planche à découper, juste à côté d'une miche de pain à la croûte épaisse. Eliot avait au moins eu des velléités de préparer le dîner.

– Où est ton papa ? demanda Anna en ouvrant le réfrigérateur pour ranger le lait.

– À l'ordinateur, répondit Lucy d'une voix absente.

– Et Ellen ?

– Elle fait encore la sieste.

– Ah bon ?

Anna jeta un œil sur l'horloge au-dessus de l'évier et grimaça en pensant à ce que lui coûterait, la nuit prochaine, le fait qu'Eliot l'ait laissée dormir.

– Qu'est-ce que tu fais ? demanda-t-elle à Lucy.

– Mes devoirs, répondit Lucy en posant le crayon vert pour en prendre un rouge.

– C'est très bien.

L'eau avait commencé à bouillir. Anna la sala, fouilla dans les sacs de courses et en sortit un paquet de fettuccine. Elle attendit que les bulles se reforment, versa les pâtes et remua un petit peu avec une écumoire.

Elle traversait la pièce pour aller ranger les conserves dans le placard quand elle remarqua que Lucy était en train de couvrir son dessin de grandes spirales rouges.

– Tu n'as pas besoin d'appuyer autant, Lu, dit-elle. Si c'est trop épais, la couleur se détache du papier.

– Oui, mais il y a beaucoup de sang.

– Du sang ? fit Anna, en s'arrêtant au milieu de la cuisine, le sac de boîtes de conserve à la main. Pourquoi du sang ?

– Parce que, dit fermement Lucy.

– Parce que quoi ? demanda Anna prudemment.

– Parce que la fille est blessée.

– Oh, la pauvre, dit Anna en jetant un œil sur le dessin.

Des gribouillages rouges s'enroulaient en volutes sur le papier comme une fumée carmin, effaçant presque la silhouette raide allongée face contre terre sur le sol vert.

– Qui est-ce ? demanda Anna.

Lucy haussa les épaules.

– Juste la fille sur mon dessin.

– Comment elle s'est fait mal ?

– C'est l'homme qui l'a kidnappée qui lui a fait mal.

– L'homme qui l'a kidnappée ? répéta Anna.

– Tu sais… comme Andrea.

– C'est ton devoir pour l'école ?

Incrédule, Anna reposa le sac sur le plan de travail.

– J'ai déjà fait mes maths. C'est pour des points en plus.

– Des points en plus pour quoi ?

– Pour mon cours sur les risques d'agression.

– Mrs Ashton vous a demandé de dessiner Andrea ?

– Elle nous a dit de faire un dessin pour expliquer aux enfants qu'il faut se méfier des inconnus. Le plus beau dessin de la ville sera transformé en affiche et toute l'école du gagnant aura droit à des pizzas. Si je gagne, tout le monde voudra devenir ami avec moi.

Lucy écrasait résolument son crayon rouge sur la page.

– Je ne suis pas sûre d'être contente que Mrs Ashton vous fasse dessiner ce genre de choses.

– Elle nous a pas obligés, répondit Lucy. C'est pour avoir des points en plus. Et puis, c'est des dessins pour aider les autres enfants à faire attention. Elle a dit que certains enfants ne comprenaient pas que les inconnus étaient dangereux et qu'en faisant de beaux dessins, on pourrait leur apprendre.

– Mrs Ashton vous a dit ça ? s'étonna Anna.

– Mais c'est parce que c'est vrai ! s'indigna Lucy.

– Mais… c'est triste, tout de même, que les enfants aient à penser à ce genre de choses.

– Il faut que les enfants y pensent, insista Lucy. Sinon, ils peuvent se faire kidnapper.

Choisissant un crayon jaune, elle entreprit de colorier un cercle de soleil dans un coin du ciel.

– C'est peut-être bien pour les enfants d'y penser un peu, mais pas trop, lui dit Anna. Pas au point de s'inquiéter.

– Les enfants ne devraient pas s'inquiéter ? demanda Lucy.

– Eh bien… pas trop. Ils devraient juste être préparés, peut-être.

– C'est ce qu'on fait ! annonça Lucy, triomphante. On se prépare. Elle dit que c'est bien pour tout le monde, qu'on travaille ensemble et qu'on s'aide. Elle dit que si tout le monde aidait, le problème disparaîtrait.

– Eh bien, fit Anna vaguement, c'est sans doute vrai.

Les yeux sur la fille en sang de Lucy, elle grimaça à l'idée de ce que tout cela annonçait pour l'heure du coucher.

Avec application, Lucy commença à dessiner des rayons à son soleil jaune. Elle les envoyait sur la page dans toutes les directions, de sorte qu'ils semblaient lutter contre les volutes de sang. Brusquement, elle leva les yeux vers sa mère et, pour la première fois ce soir-là, sa voix s'anima.

– Je sais, maman, dit-elle. Toi aussi tu pourrais aider.

– Moi ? demanda Anna.

– Tu pourrais faire une photo pour aider à sauver les enfants.

Anna sentit de la fierté dans la voix de sa fille, elle vit une lueur nouvelle illuminer son visage et, brièvement, elle éprouva une envie folle de lui faire plaisir. Mais dans la foulée, une pensée lui serra le ventre et, heureusement, son cerveau se ferma avant qu'elle ait pu la formuler : les photos ne sauvent pas les enfants.

– Tu feras une photo ? insista Lucy.

Alors, Anna tira, du tourbillon des réponses inappropriées que l'on fait aux questions les plus horribles, celle qui était à la fois la plus minable et la moins cruelle.

– Bonne idée, dit-elle. Je vais y songer. Mais maintenant, il est l'heure de dîner. Va prévenir ton père.

QUAND UNE PLACE SE LIBÉRA POUR ELLE au foyer d'hébergement pour femmes de Redwood, où Barbara vivait, les dernières croûtes dans les mains de Cerise avaient disparu. La peau au-dessous était rose et brillante, tendue comme un tissu trop étroit, et ses paumes étaient à la fois engourdies et tendres, comme si elle les avait empruntées à quelqu'un d'autre.

– Il était temps qu'on te trouve une place, commenta Barbara après le dîner ce premier soir. La vie va être facile maintenant, tu vas voir. Un petit-déj', un dîner et un lit pendant trois mois. En plus, ils t'aident à trouver du boulot. Du boulot ! gloussa-t-elle. Doux Jésus et par ici notre sauveur !

On était à la mi-décembre et, ce soir-là, Lucy s'allongea sur un lit de camp dans un dortoir chauffé. C'était tellement étrange, de s'abandonner à la nuit sans s'inquiéter de savoir par quoi on pourrait être réveillé qu'elle eut l'impression d'oublier, ou de mal faire quelque chose.

Elle sombra dans un sommeil comme elle n'en avait pas connu depuis des semaines, mais se réveilla après minuit, en proie à un cauchemar dévorant. Elle resta réveillée longtemps, écoutant les ronflements et les gémissements des femmes autour d'elle, les geignements des enfants qui dormaient sur des lits de camp bancals à côté de leur mère, tenant serrés contre eux leurs jouets d'occasion à l'odeur de maisons inconnues.

Le matin, après un café et des *donuts* de la veille, les

résidentes devaient toutes quitter les lieux jusqu'au soir, car, comme l'avait expliqué la directrice, l'extérieur les aidait à rester actives et les encourageait à poursuivre leur recherche d'un emploi et d'un logement stables.

– Passer ta journée dans la rue t'aide à te sortir de la rue, lui avait murmuré Barbara en gloussant alors qu'elles sortaient du bâtiment en file indienne, sous la pluie. C'est le genre d'idée de génie à la con qui fait de ce pays ce qu'il est aujourd'hui.

« Bon, ben bonne chance, marmonna-t-elle à Cerise lorsqu'elles arrivèrent au premier carrefour.

Puis sans prévenir, elle partit dans la direction opposée.

– Je te souhaite de trouver de l'or ! lança-t-elle en s'éloignant d'un pas traînant.

– Au revoir, dit Cerise en regardant Barbara avec envie.

Puis elle se retourna et entreprit de consacrer sa journée à sa seule mission à plein temps : rester au sec.

Dans la ville aux couleurs de Noël, d'un petit refuge à un autre, partout elle croyait voir Travis. Au centre commercial, chaque fois qu'un enfant disait « maman », elle articulait *Travis* dans sa tête. Elle l'apercevait, encore et encore, traversant parfois un parking, tenant une inconnue par la main, ou bien contemplant la pluie derrière la vitre d'une voiture qui passait. Et chaque fois qu'elle le voyait, elle était à nouveau elle-même, emportée l'espace d'un instant par une sorte de grâce ; même si, ensuite, il disparaissait toujours dans les traits de l'enfant d'une autre, et Cerise se trouvait à nouveau aspirée dans le vortex de son chagrin.

Parfois, elle suivait ces Travis imaginaires même après que la seconde de bonheur où ils étaient à elle fut écoulée. Elle rêvait de les toucher ou de les sentir, elle rêvait de leur parler. Elle aurait aimé pouvoir leur offrir quelque chose – un autocollant, une sucette ou la pièce qu'elle avait trouvée dans le caniveau. Mais elle avait peur de leur dégoût, peur de la colère des adultes qui les tenaient par la main, peur surtout que, même si elle parvenait à les toucher ou à leur parler, ils ne la remarquent pas. C'était comme si le fantôme, c'était elle, maintenant, dans un monde où Travis était toujours vivant.

Une fois, elle vit une fille élancée grimper dans une voiture avec plusieurs autres jeunes. Son jean était si moulant que ses cuisses avaient l'air concaves, et ses cheveux blonds lui descendaient jusqu'à la taille. Pendant une seconde incandescente, Cerise crut que c'était Melody. Figée sur le trottoir, elle sentit le désir et la terreur exploser dans son corps. Mais brusquement, la fille se retourna. Plantant son regard dans celui de Cerise, elle rejeta ses cheveux vers l'arrière et se mit à rire – alors Cerise se rendit compte qu'elle fixait une inconnue. Pourtant, toute la journée, étrangement, elle eut l'impression que c'était bien Melody, finalement, qu'elle avait vue.

Au crépuscule, les femmes rentraient au foyer – une drôle de famille qui se retrouvait après une journée dans les parcs détrempés et les centres commerciaux bondés. Leurs querelles ou leurs gentillesses enflammaient le réfectoire, se répandaient jusqu'au salon télé, les suivaient dans les toilettes et les dortoirs, et c'était presque un soulagement pour Cerise que cette bourrasque d'autres vies vienne étouffer l'angoisse de la sienne.

Une nuit, alors qu'elle était assise sous l'affiche d'Andrea, dans le salon télé, quelques-unes des autres résidentes vinrent lui demander si elle voulait rejoindre leur cercle de prière.

– Ça aide, de garder la foi, dit Maria et, comme les autres approuvaient avec ferveur, elle continua : Jésus a un projet pour chacune d'entre nous. Il ne nous demanderait pas d'endurer plus que ce que nous pourrions supporter.

Cerise jeta un regard désespéré vers Barbara, qui continuait implacablement son travail au crochet à côté d'elle, avant de trouver finalement le courage de leur dire :

– Non merci.

– Quelle est ton histoire, Cherie ? demanda Maria tendrement. Peut-être pourrais-tu te joindre à notre cercle et la partager, avec Jésus et avec nous.

– Non, dit Cerise, d'une voix si agressive que Maria n'insista pas.

– Donc tu as un peu de cran, finalement, approuva Barbara une fois les femmes parties.

Une nouvelle couverture, de la couleur d'un

arc-en-ciel bipolaire, était posée sur ses genoux et descendait jusqu'au sol.

– D'ailleurs, je suis comme toi, dit-elle à Cerise tandis que ses doigts et son crochet bougeaient autour de la laine, aussi réguliers que des battements de cœur. Les problèmes ça sert à rien, à part peut-être à nous apprendre qui nous sommes, et s'il se trouve qu'il y a un dieu qui nous inflige toute cette merde parce qu'il juge que la manière dure, c'est mignon, moi, ce que j'ai à dire, c'est qu'il peut aller se faire mettre comme il nous l'a déjà mis bien profond à nous.

De son crochet, elle attrapa une boucle de laine orange, qu'elle glissa dans le turquoise du rang précédent. Elle attendit une réaction de Cerise et, comme rien ne venait, elle plongea la main dans le cabas ouvert à côté d'elle pour en sortir une nouvelle pelote de laine.

– Prune ! déclara-t-elle, comme si elle déclamait le nom du vainqueur d'une tombola.

« De la laine chenille, ajouta-t-elle, en savourant la texture entre ses doigts avant d'en attacher une extrémité à l'orange.

« Quelqu'un s'est fait plaisir en achetant de la laine de cette qualité. Sans doute que le modèle qu'elle essayait était trop compliqué, continua-t-elle. D'habitude, c'est ça qui fait qu'elles abandonnent, en tout cas c'est ce qu'elles me disent, quand elles me donnent leurs chutes.

Elle leva les yeux de son ouvrage pour s'adresser directement à Cerise.

– Tiens-toi en à des modèles simples, dit-elle, avant de reprendre le fil de son monologue.

Elle soupira et coinça son poing dans le creux de son dos.

– Elles ont beau être cons comme leurs pieds, dit-elle en passant une première maille prune dans la laine orange, elles ont le cœur sur la main. Et puis, glousse-t-elle, j'adore quand elles prient pour moi.

D'abord, cela effraya Cerise, de voir le nombre d'enfants qu'il y avait au foyer. Elle les détestait presque, parfois, pour la façon dont leur présence la narguait. Au début, elle essaya de les ignorer, de s'asseoir aussi loin d'eux que possible, de ne pas les regarder ou écouter ce qu'ils disaient. Mais quand la petite Carmen Diez trébucha dans le réfectoire et se fendit la lèvre contre le coin d'une table pendant que sa mère travaillait en cuisine, sans songer à se retenir, Cerise courut à son secours avant qu'elle ne se mette à pleurer. Prenant dans ses bras la petite fille stupéfaite, elle plaqua son visage contre son chemisier pour étancher le sang, la calma quand elle commença à hurler et lui murmura ce mensonge : « Ce n'est rien, tout ira bien. » Dès lors, Carmen se mit à suivre Cerise comme un petit chiot au regard triste, et bientôt les autres enfants trouvèrent des raisons pour traîner eux aussi autour d'elle.

Noël approchait et Cerise s'efforçait de l'éviter. Au foyer, elle fuyait les chants ; elle sécha la séance de décoration du sapin ; et quand les bonshommes de neige en carton et les anges de satin apparurent à côté de l'avis de recherche d'Andrea, elle fit de son mieux pour les ignorer. Mais un soir, quelques jours avant la fête, un pieux Père Noël, avec sa fausse barbe et son costume en polyester, débarqua dans le salon télé et Cerise, coincée, n'eut d'autre choix que de l'écouter chanter les louanges de Jésus ou de le regarder distribuer des paquets cadeaux sur lesquels il était écrit « garçon six ans » ou « bébé fille » ou encore « femme enceinte ».

Barbara fut la seule à remarquer Cerise qui chancelait en se tenant la poitrine, comme si elle cherchait à empêcher ses organes de sortir.

– Eh ! lui lança-t-elle à travers la salle bondée, en agitant son crochet. Approche !

Et quand Cerise fut assez près pour l'entendre, Barbara se lança dans un détricotage de son cru.

– Mets-le-toi dans le cul, ton vrai sens de Noël, murmura-t-elle en direction du Père Noël, de la voix apaisante d'une maman fredonnant une berceuse à son enfant, le crochet étincelant dans sa main telle une lame de couteau.

« Mets-le-toi dans le cul avec tout un bol de confiture, continua-t-elle, assez bas pour que seule Cerise puisse entendre. Il y a plein de femmes et de bébés ici ce soir qui seraient ravis d'avoir une crèche bien sèche et des langes. Plein de femmes pour jouer Marie dans ton spectacle de Noël à la con. Mets-le-toi dans le cul avec un joli brin de houx, Père Noël. Dans le cul et fais ah ah ah.

Mais pour une fois, elle ne haussa pas la voix, afin de ne pas offenser celles qui, en l'entendant, invoqueraient les règles du foyer concernant le langage, et ne manqueraient pas de lui rappeler que sa présence ici ne tenait déjà plus qu'à un fil.

UN APERÇU
DE LA GRÂCE RUGUEUSE DU MONDE

UNE COLONNE D'EAU CLAIRE déferlait dans la baignoire. Tenant Ellen d'un bras contre sa poitrine, Anna s'agenouilla sur le tapis et se pencha pour vérifier la température. Une lumière mouillée filtrait à travers les plantes posées sur le rebord de la fenêtre criblée de gouttes de pluie, et l'air était sucré comme l'haleine d'un enfant. Dehors, c'était la tempête, et par contraste la pièce semblait si accueillante, simple et paisible que, l'espace d'un instant, tout le reste lui parut à l'avenant.

Noël était passé et il n'avait pas cessé de pleuvoir. Du jamais-vu en quatre-vingt-dix ans, disaient les météorologues – une pluie record, dévastatrice. Anna et Eliot avaient prévu de passer Noël à Salish, dans la neige. Mais une semaine après la première fuite dans le toit, Eliot trouva plus de deux centimètres d'eau au sous-sol, ainsi qu'une tache d'humidité grandissante sur le mur de la buanderie, alors pour refaire l'étanchéité, ils avaient dû se servir de l'argent épargné pour leurs billets d'avion.

Anna avait essayé de leur préparer un Noël en

Californie. Dans la forêt qui avait poussé en une nuit sur le parking du supermarché Kmart, elle avait acheté un sapin taillé comme un caniche ; elle avait emmené Lucy voir *Casse-Noisette* et rencontrer le Père Noël au centre commercial. L'après-midi du 25, alors qu'il tombait toujours une pluie molle, tandis qu'Ellen faisait la sieste, que Lucy s'amusait sans enthousiasme avec ses nouveaux jouets et qu'Eliot, penché sur son ordinateur, travaillait sur un énième dossier de demande de bourse dont la date butoir était en janvier, Anna leur avait préparé un dîner à base d'ingrédients californiens – canard bio, tomates séchées, fromage de chèvre et fraises fraîches. Mais les plats s'étaient avérés trop riches, et la conversation (« Passe-moi la salade » ; « Lucy, arrête de donner des coups de pied dans la table » ; « Tu crois que FedEx sera ouvert, demain ? » ; « Maman, je peux avoir d'autres fraises ? ») n'avait été à la hauteur ni de Noël ni du repas. En rangeant après le dîner, Anna s'était sentie vide et soulagée, comme si Noël était une corvée de plus qu'elle pouvait désormais rayer sur sa liste.

À présent, on était en janvier et il pleuvait toujours. Eliot avait terminé son dossier dans les temps, ils avaient réussi à drainer le sous-sol avant que l'eau n'atteigne la chambre noire, et Ellen avait miraculeusement échappé à la grippe que Lucy avait rapportée de l'école. La veille, une fois les filles enfin couchées, Anna et Eliot avaient à nouveau fait le point sur leurs finances.

– Il faut que je trouve un boulot, avait platement

conclu Anna en contemplant les chiffres qu'ils ne parvenaient pas à faire tenir dans leur budget.

– Ellen est encore trop petite pour être loin de toi toute la journée, avait aussitôt répliqué Eliot. Et puis je ne vois pas comment tu pourrais trouver dans le coin un boulot susceptible de couvrir les frais de la crèche, le prix du transport, des couches jetables… bref, tout ce que ça nous coûterait que tu retournes travailler.

– Il faudrait peut-être vendre la maison, suggéra-t-elle.

– Moi aussi, j'y ai pensé, dit Eliot en secouant la tête. Sauf que le prix des locations n'a pas arrêté de grimper depuis qu'on a acheté. Avec nos moyens, on ne trouverait que des taudis, et pour un loyer aussi élevé que nos mensualités de prêt. En plus, on vient juste de terminer ta chambre noire.

Il haussa tristement les épaules.

– Je passerai des coups de fil demain pour voir si on peut prendre une deuxième hypothèque sur la maison, dit-il.

– On la remboursera comment ? demanda Anna. On arrive déjà à peine à joindre les deux bouts.

– On trouvera, répondit-il. Pas le choix.

La veille, elle en avait simplement soupiré. Mais l'idée qui lui trottait dans la tête depuis que le toit avait commencé à fuir s'imposait dans son esprit, au point qu'elle avait de plus en plus de mal à penser à autre chose.

Elle posa Ellen sur la table à langer et entreprit de la déshabiller.

– Dileuh, dileuh, babillait Ellen, tout sourire, en faisant rouler les nouveaux sons sur sa langue comme des bonbons.

– Dileuh, dileuh, répondit Anna machinalement.

Elle ôta sa couche à Ellen, la secoua au-dessus des toilettes pour faire tomber une crotte sèche et passa un coup de gant expert sur les fesses de sa fille. Libérée de ce qui la gênait entre ses jambes, Ellen tira sur son pied et entreprit de sucer solennellement ses orteils pendant qu'Anna se penchait pour vérifier à nouveau la température du bain.

En Californie, il n'y avait rien qu'elle ait envie de photographier, et Salish était à l'autre bout du monde. Elle n'avait pas le temps d'être photographe, de toute façon, et pas de raisons non plus de courir après quelque chose d'aussi égocentré et d'aussi incertain que l'art, dans un monde où il y avait tant de détails à régler, tant de besoins pressants à satisfaire. Elle pouvait garder encore un peu son 35 mm, et ne vendrait pas non plus son agrandisseur tout de suite, mais s'accrocher à un appareil photo qui coûtait plus cher qu'une voiture neuve n'avait aucun sens, surtout si elle ne s'en servait plus. Ce serait peut-être même un soulagement, se dit-elle en laissant courir ses doigts dans l'eau tiède et en regardant la vapeur d'eau s'élever dans l'air humide. Oui, peut-être que cela la soulagerait de se montrer aussi radicale. Si elle n'avait plus la chambre, ne pas s'en servir lui donnerait moins l'impression d'être une ratée.

Lucy ôta son chemisier, se tortilla pour sortir de son pantalon puis enleva sa culotte. Plantée toute nue au bord de la baignoire, elle demanda :

– Je peux y aller, maintenant ?

Elle se tenait la tête basse, les épaules légèrement voûtées, comme si elle essayait de se replier sur elle-même. Elle le faisait de plus en plus souvent. Anna fut surprise de la découvrir si maigre tout d'un coup : ses omoplates dépassaient de son dos comme des couteaux, ses côtes saillaient sous sa peau laiteuse.

– D'accord, répondit Anna en fermant les robinets avant de brasser l'eau une dernière fois. Allez, grimpe.

Récemment, Anna lui avait demandé si elle voulait inviter une camarade d'école pendant les vacances, et Lucy s'était contentée de secouer la tête.

– Je crois que personne voudrait venir, avait-elle glissé.

Déroutée et furieuse, Anna avait eu envie de pleurer. Elle avait eu envie de réunir tous les camarades de Lucy pour les forcer à l'aimer, elle avait eu envie de les gifler pour leur faire payer la solitude de sa fille. Et en regardant Lucy escalader le bord de la baignoire, elle se dit que, si elle vendait sa chambre photographique, elle pourrait faire du bénévolat à l'école au lieu de travailler.

– Ellie peut venir aussi ? demanda Lucy en s'asseyant dans l'eau.

Contente d'entendre sa grande sœur prononcer son nom, Ellen suça ses orteils en chantant *Bleubleublibleble.*

– Commence par te laver, dit Anna. Ellen te rejoindra dans une minute.

Le pied d'Ellen échappa à ses mains. Elle eut un air surpris, comme si quelqu'un lui avait arraché un jouet. *Geuh ?* Anna la souleva. Sa chair nue de bébé était aussi moelleuse que du pudding. Posées sur l'avant-bras d'Anna, ses fesses étaient plus fraîches que le reste de son corps, un incroyable mélange de douceur et de fermeté. Fourrant le nez dans le cou d'Ellen, Anna inspira son odeur à pleins poumons. Une joie béate l'enveloppa. Elle se sentit fondre jusqu'aux os et songea : *Cela ne peut que me suffire*.

Le téléphone sonna – comme une déchirure dans un tissu.

– Réponds pas, dit Lucy avec un air de conspiratrice, alors qu'Anna se tournait déjà machinalement vers la porte.

– Si, il vaut mieux, dit Anna. C'est peut-être ton père. Je reviens tout de suite.

Ellen toujours dans ses bras, elle traversa le couloir jusqu'à la chambre, laissant la porte de la salle de bains ouverte pour entendre Lucy. Si c'était Eliot qui l'appelait pour lui raconter ce qu'il avait appris sur les secondes hypothèques, elle allait devoir mentionner son intention de vendre l'appareil photo. Et c'était ça qui allait être le plus difficile, elle s'en rendait compte tout d'un coup : non pas publier la petite annonce, ou regarder un acheteur potentiel manipuler les soufflets et les objectifs, mais convaincre Eliot que c'était leur seule alternative.

Elle prit le téléphone sans fil sur son socle, la boule au ventre. Basculant Ellen sur son autre bras, elle coinça le combiné contre son épaule et retourna dans la salle de bains.

– Anna Walters ? dit une voix d'homme.

Son soulagement lorsqu'elle comprit que ce n'était pas Eliot lui fit l'effet d'un cadeau.

– Oui ? dit-elle, d'une voix polie qui indiquait qu'elle attendait la suite, en essayant de remettre sur cette voix un visage.

– Martin Lee, du département des beaux-arts de l'Université de Californie à Santa Dorothea. Je vous ai rencontrés, vous et votre mari, il y a des années, quand j'étais venu donner une conférence à Spaulding. J'admire votre travail depuis longtemps.

Durant une microseconde, Anna ne comprit pas ce qu'il voulait dire. *Mon travail ?* Elle songea au tourbillon de repas, de vaisselle et de couches qui rythmait sa journée. Puis son ancienne vie lui revint, ses photos, apparemment toujours bien là, malgré Lucy qui se sentait seule, malgré la santé précaire d'Ellen, malgré la pagaille dans la cuisine et sa décision de se séparer de sa chambre. Réprimant toute ironie, elle força un :

– Merci beaucoup.

Le professeur Lee continua :

– Je suis responsable du département, maintenant. Par défaut, pour tout vous dire. Vous savez comment ça se passe. Le dernier arrivé à la réunion est élu. Enfin, bref, j'ai croisé votre mari hier à la cafétéria de la faculté, et il m'a appris que vous veniez de vous installer dans le coin.

– En août dernier, oui, répondit Anna, prudente et curieuse à la fois.

Elle se rappelait vaguement ce Martin Lee, un graveur lithographe d'origine asiatique, élégant, aux cheveux poivre et sel coupés en brosse courte.

– J'appelle à cause de notre photographe – Arnson Hocking. Est-ce un ami à vous ?

– Je ne l'ai jamais rencontré, dit Anna. Mais je connais son travail, bien sûr.

– Nous avons eu une immense chance de l'avoir parmi nous. Malgré sa célébrité, Arnie est un collègue fantastique et un bon professeur. Mais il a eu un AVC avant-hier – et pas un petit, malheureusement. Nous sommes tous terriblement inquiets pour lui, bien sûr, mais le semestre de printemps commence la semaine prochaine et je dois absolument trouver quelqu'un pour assurer ses cours à sa place.

– Oh ? fit Anna.

Elle se laissa tomber sur l'abattant des toilettes, posa Ellen tout contre elle sur ses genoux et retint son souffle.

– Je me demandais si cela vous intéresserait. Rien de très glorieux, pas beaucoup d'argent à la clé. Mais vous connaissez le topo, après toutes les années passées à Spaulding.

– Je ne suis pas…

– Je sais, ça laisse effroyablement peu de temps pour se retourner. Mais nous avons vraiment besoin d'un photographe de votre calibre pour le remplacer, et je ne vois personne d'autre vers qui me tourner.

Un photographe de votre calibre, répéta-t-elle mentalement. Les yeux sur les vêtements en tas par terre dans la salle de bains, elle se demanda ce qu'elle devrait révéler à Martin Lee de sa vie.

– Je sais que vous n'aviez pas prévu d'enseigner, ce semestre, dit-il. Mais j'aimerais croire que vous puissiez y trouver, vous aussi, votre compte.

Des étudiants, songea-t-elle. *Et des collègues. Un salaire.* Elle sentit l'excitation monter, puis se reprit.

– De quel type de cours parle-t-on ? enchaîna-t-elle.

– Je peux trouver quelqu'un pour le cours d'introduction à la photographie. En revanche, il y a un séminaire à mener pour les deuxième et les troisième année. Et plusieurs étudiants de second cycle ont besoin d'un conseiller.

– Maman ! lança Lucy en se levant brusquement dans la baignoire, soulevant un petit raz de marée tout autour d'elle. J'ai faim !

Anna lui fit un signe de la main et se posa un doigt sur les lèvres. À Martin Lee, elle demanda :

– N'êtes-vous pas censés publier un appel à candidatures ?

Des étudiants de deuxième cycle, songea-t-elle avec gourmandise. *Un séminaire*. Pendant un instant, elle sentit presque l'odeur du Dektol, la morsure du bain d'arrêt dans ses sinus, elle entendit presque le clic de l'obturateur qui s'ouvrait pour accueillir la lumière, mais elle se ressaisit. Ce n'était pas si simple.

– Normalement, notre processus de recrutement est assez long, oui, mais dans ces circonstances…

– Je meurs de faim, dit Lucy en sortant du bain pour se planter, dégoulinante, devant sa mère. T'as dit qu'on allait goûter après !

Anna secoua la tête et lui adressa une grimace exagérée.

– Tu l'as dit ! insista Lucy. Juste après le bain !

Elle rentra le ventre et se le prit à deux mains

– Maman, je meurs de famine !

– Excusez-moi une minute, dit Anna. Je suis désolée, il faut que je dise quelque chose à ma fille.

Décollant la bouche du téléphone, sur un ton qu'elle espéra doux aux oreilles de Martin et sévère à celles de Lucy, elle dit :

– Maman est au téléphone, Lucy, c'est important. Va t'habiller et je te prépare ton goûter dès que j'ai fini.

– Mais…

– Maintenant, dit-elle en fusillant sa fille du regard.

Et – par miracle – Lucy quitta la pièce en trottinant, une traînée d'eau dans son sillage.

– Je suis navrée, dit-elle à Martin Lee. Vous disiez ?

Le professeur continua :

– Je sais que c'est beaucoup demander en si peu de

temps, mais permettez-moi d'insister : Arnie ne pourra probablement plus enseigner, nous allons donc chercher à le remplacer également sur le long terme. En tant qu'enseignante vacataire, vous seriez dans une excellente position pour candidater.

Tu n'as rien exposé depuis quatre ans, se dit Anna. *Tu n'as pas pris une seule photo en treize mois. Et tu t'apprêtes à vendre ta chambre.*

– Je ne sais pas si Eliot vous l'a dit, se lança-t-elle, mais nous avons des enfants en bas âge. J'aimerais autant ne pas travailler à plein temps.

– Nous ferons le maximum pour nous adapter à vos obligations, dit Martin Lee. Ce serait bien que vous puissiez être présente aux réunions du département, mais en ce cas nous ne vous demanderons de siéger dans aucun comité. Entre votre séminaire et vos autres responsabilités, vous seriez sur le campus une quinzaine d'heures par semaine – peut-être vingt grand maximum.

« J'aurais aimé pouvoir vous accorder davantage de temps pour prendre votre décision, continua-t-il. Mais si vous pensez être intéressée, il me faudra une réponse ferme d'ici demain après-midi, je le crains. Sans quoi, je devrai étendre plus largement notre recherche.

– Demain après-midi, répéta Anna.

Bizarrement, malgré son euphorie grandissante, elle se sentait condamnée, comme si, quoi qu'elle décide, tous ses échecs allaient forcément être révélés au grand jour.

– J'espère vraiment que vous allez pouvoir me dire oui.

Serrant Ellen contre elle à la manière d'une peluche, Anna contempla la baignoire où l'eau refroidissait, les serviettes éparpillées, le fouillis sur le plan de travail, la poubelle qui débordait.

– Je vais faire tout mon possible, assura-t-elle.

CHAQUE SEMAINE, LA DIRECTRICE DU PROGRAMME rencontrait les femmes du foyer une à une pour faire le point sur leurs compétences, leur recherche d'emploi, leurs projets. Et toutes les semaines, Cerise devait répéter qu'aucune des maisons de retraite de Santa Dorothea n'avait de poste à pourvoir, que tous les bars et les restaurants demandaient de l'expérience, et qu'il n'y avait de place de femme de ménage vacante dans aucun des motels à portée de bus.

– Que pourrions-nous vous trouver d'autre ? demanda la directrice au bout d'un mois de recherches infructueuses.

Rehaussant ses lunettes cassées plus haut sur l'arête de son nez, elle considéra Cerise.

– Et la petite enfance ?

Les alarmes dans la tête de Cerise sonnèrent si fort qu'elle fut surprise que la directrice ne les entende pas elle aussi.

– Je ne crois pas que… commença-t-elle, mais elle s'interrompit, craignant la suite.

– Vous êtes tellement à l'aise avec les enfants, ici, remarqua la directrice. Carmen et Tristan vous adorent, et je n'ai jamais vu Mary aussi drôle que lorsque vous êtes dans les parages.

– Mary est très gentille, répondit Cerise avec une telle conviction que, l'espace d'un instant, elle faillit oublier le danger.

– Vous voyez ! s'exclama la directrice avec son sourire déterminé. Les enfants sont vos bons génies ! Vous n'avez jamais travaillé avec des enfants ?

– Je... je ne sais pas, bredouilla Cerise, terrorisée.

Même si toute son âme hurlait non, elle ne voyait pas comment répondre par la négative sans avoir à mentir ou à dire ce qui ne pouvait pas être dit, si bien que pour finir, parce que la directrice la considérait d'un air perplexe, elle ajouta :

– Je n'ai pas travaillé... pour de l'argent. Mais j'ai pris des cours.

– Eh bien voilà ! lança joyeusement la directrice. Je le savais !

Le lundi suivant, Cerise fut invitée à passer un entretien dans une école élémentaire, pour le programme périscolaire de l'après-midi. C'était un temps partiel et payé au salaire minimum, mais l'école n'était qu'à quelques rues du foyer, assez proche pour s'y rendre à pied. Et, comme le fit remarquer la directrice, si Cerise économisait l'intégralité de son salaire, elle aurait presque de quoi se payer une chambre quelque part à la fin de son séjour au foyer.

En marchant sous la pluie pour aller à son entretien, Cerise essaya de se concentrer sur cette chambre. Elle la voulait plus que tout. Une chambre à elle, qu'elle pourrait aménager à sa guise, avec un plafond pour se protéger du mauvais temps et des murs pour la protéger des autres gens, avec une fenêtre par laquelle elle pourrait regarder dehors quand elle en aurait envie et une porte qu'elle pourrait fermer quand elle voudrait être seule avec ses souvenirs de Travis.

Ces derniers temps, elle s'était rendu compte qu'elle pouvait être avec Travis sans avoir à revivre les moments les plus terribles. Elle avait appris qu'il était possible de retenir son souffle et de bondir directement dans la lumière, ou d'aller jusqu'à cette lumière en rampant à travers un tunnel, pour le retrouver tel qu'il était avant l'incendie, avec ses boucles pleines de soleil, son haleine laiteuse et sucrée, ses petites épaules fermes et son sourire aussi radieux que la surface chatoyante de l'eau.

C'était presque comme si elle avait découvert l'endroit où il vivait toujours, comme si elle avait trouvé le moyen d'habiter là-bas avec lui, même si cela exigeait qu'elle se concentre très fort pour y parvenir, ce qui était difficile dans la rue et au foyer, car on manquait souvent d'intimité. En tournant dans la voie où se trouvait l'école, elle se força à ne penser qu'à cette chambre.

Même alors, quand elle arriva dans la cour, en entendant les cris et les rires de tous les enfants, elle faillit faire demi-tour. Mais avant qu'elle ait eu le temps de s'enfuir, une femme qui l'attendait devant l'entrée du bâtiment lui tendit la main en souriant :

– Vous devez être Cherie, dit-elle alors que Cerise lui tendait à son tour d'un air gêné sa main brûlée.

« Je suis Miss Martinez, continua-t-elle, et Cerise sentit le contact de sa main persister dans sa paume, tandis que la femme la précédait à l'intérieur. Je suis ravie que vous ayez pu venir dès cet après-midi, nous avons grand besoin de quelqu'un tout de suite.

Faisant entrer Cerise dans une pièce pleine de livres d'images, de blocs de construction et de chevalets tachés de peinture, elle ajouta :

– C'est incroyable. Ce programme est tout nouveau et déjà nous avons une liste d'attente. Les parents sont débordés. Les horaires d'école ne correspondent plus à leurs emplois du temps.

Après avoir fait visiter les lieux à Cerise, Mrs Martinez lui tendit un formulaire à remplir. Cerise s'assit sur une chaise minuscule derrière une table à hauteur de genou et répondit aux questions avec autant d'application que si elle passait un examen. À la première – nom du candidat – elle paniqua. Mais trouvant une solution dans la foulée, elle écrivit : « Cherie Cerise Johnson ».

Quand elle eut répondu à toutes les questions, elle relut le formulaire sans trop savoir que penser. Elle avait tout rempli aussi précisément que les questions l'y autorisaient. Elle avait inscrit sa date de naissance, son numéro de sécurité sociale, elle avait donné l'adresse du foyer et le numéro de téléphone auquel on pouvait joindre les résidentes. Elle avait indiqué ses neuf années à Woodland Manor, et son semestre d'études. Pourtant, en relisant ses réponses, elle eut l'impression de se regarder dans l'un de ces miroirs qui aplatissent et étirent votre reflet au point de le rendre méconnaissable. Il n'y avait pas de case sur le formulaire pour cette autre part d'elle-même – pour ces secrets qui disaient tout de celle qu'elle était vraiment.

Comme elle avait la vague impression que ce serait mentir ou tricher que de ne pas mentionner ces choses, elle jeta un regard inquiet vers Mrs Martinez, occupée à verser du jus de fruits dans une rangée de gobelets en carton. Elle détestait l'idée de la déranger ou de lui faire perdre du temps, mais elle cherchait tout de même une façon d'aborder le sujet au moment où la sonnerie retentit, si fort qu'elle en lâcha son stylo.

– La classe est finie, annonça Mrs Martinez. Les enfants ne vont pas tarder.

Brusquement, Cerise eut une envie folle de quitter cette pièce avant qu'ils n'arrivent. Elle se leva sans un mot et tendit le formulaire de candidature à Mrs Martinez, qui le parcourut puis marqua son approbation d'un hochement de tête. Levant les yeux, elle sourit à Cerise.

– Je crois que vous allez très bien vous en sortir. Si je pouvais, je vous demanderais de commencer demain, mais je crains que nous ne soyons d'abord obligés de vérifier tout ceci, dit-elle en tapotant le document.

Elle jeta un œil à sa montre.

– Et il faudra nous fournir vos empreintes digitales. Si vous pouvez faire un saut au Bureau de l'éducation cet après-midi, ils auront probablement le temps de s'en occuper.

« Je suis navrée, dit-elle en voyant la grimace consternée de Cerise. Ces règles semblent parfois un peu excessives. Mais par les temps qui courent, avec tout ce qui se passe... (Elle haussa les épaules d'un air impuissant.) On n'a tout simplement pas le choix.

– Je ne suis pas... commença Cerise.

Mais Mrs Martinez continua sur sa lancée :

– Nous devrions avoir approuvé votre candidature d'ici la fin de la semaine. Appelez-moi vendredi, d'accord ? Et si tout a été vérifié d'ici là, vous pourrez commencer lundi après-midi.

Mrs Martinez donna l'adresse du Bureau de l'éducation à Cerise, et celle-ci s'échappa à l'instant où le premier enfant arrivait dans la salle. Elle alla alors s'occuper des empreintes, car il lui sembla plus facile que Mrs Martinez apprenne par quelqu'un d'autre qu'elle n'était pas faite pour le poste. Mais l'employé du Bureau de l'éducation lui tendit un autre formulaire à remplir, avant de lui montrer où aller se laver les mains et comment positionner ses doigts l'un après l'autre sur la plaque de verre de la machine, qui ressemblait à un photocopieur. Cerise contempla l'écran d'ordinateur ; les ondulations et les lignes qui ornaient le bout de ses doigts y prenaient des proportions monstrueuses. Elle savait que ces motifs recelaient l'irréductible vérité la concernant, et pourtant, encore une fois, elle ne s'y reconnaissait pas.

Le vendredi après-midi, elle dut demander dans quatre boutiques différentes avant d'en trouver une où l'employée la prenne pour une cliente et l'autorise à se servir du téléphone. À côté d'un présentoir en métal auquel pendaient des sacs à main en cuir pareils à des fruits lourds, tenant le combiné à deux mains, elle écouta Mrs Martinez.

– Ça a été un peu compliqué au début, disait-elle, car apparemment, pendant un temps, vous avez utilisé votre deuxième prénom. Mais quand le directeur de la maison de retraite a compris qui vous étiez, il n'a eu que des éloges, et bien sûr rien à signaler concernant tout le reste des vérifications, même pas une infraction au Code de la route. Nous vous attendons lundi à 14 h 45.

Mrs Martinez raccrocha, et Cerise resta plantée là, le combiné contre l'oreille, regardant sans vraiment la voir une femme qui étudiait les sacs à main d'un air morose. Quand la tonalité se mit à gémir, elle raccrocha enfin et quitta discrètement la boutique.

C'était étrange de voir à quel point le monde voulait qu'elle revienne. Étrange que personne ne perçoive qui elle était vraiment. Elle savait qu'il y avait des lois qu'elle avait enfreintes – des lois sur l'aide sociale, au moins.

Elle avait abandonné sa formation, n'avait pas signalé un changement d'adresse ni les modifications dans la composition de son foyer allocataire ; et elle était sûre d'être une criminelle de bien d'autres manières, plus graves. Mais Mrs Martinez avait dit que la vérification de ses antécédents était parfaite. Elle avait dit « Nous vous attendons lundi à 14 h 45 ».

À un moment donné, Cerise s'était convaincue qu'un jour tout finirait par la rattraper et, lorsque cela arriverait, la petite vie qui était en train de s'agglomérer autour d'elle tomberait en miettes, pour redevenir la poussière qu'elle avait été tout ce temps. Mais d'ici là, rien ne comptait vraiment. Il y avait des choses qu'on attendait d'elle – qu'elle fasse son lit le matin, qu'elle garde bien en ordre son étagère, qu'elle quitte le foyer après le petit-déjeuner, puis qu'elle aille travailler, lundi, à 14 h 45 – et elle ferait ces choses parce qu'elle était censée les faire, parce que c'était plus facile que de ne pas les faire, comme l'eau qui, dans la pente, suit toujours le chemin le plus simple.

L'ÉCOLE AVAIT MIS EN PLACE un nouveau programme périscolaire, auquel ils pourraient inscrire Lucy les après-midi, tandis qu'Anna serait sur le campus. Trouver une solution de garde pour Ellen fut en revanche plus compliqué. Au lieu de préparer son séminaire, de prendre possession de son bureau, ou de convaincre Lucy qu'elle allait peut-être se faire des amies, Anna passa les jours suivants à étudier ses options.

Pendant qu'Eliot animait un symposium sur les besoins en régénération des fruits à noyau frais cryogénisés, Anna épluchait les journaux, passait des coups de fil et parcourait les rues de Santa Dorothea sous la pluie. Elle visita des endroits bondés, aussi bruyants qu'un chenil, où les enfants se pressaient tels des chiots turbulents. Elle vit des maisons si impeccablement tenues qu'elle avait du mal à croire que des enfants y avaient un jour mis les pieds, avant de lire le règlement interminable affiché à l'entrée. Elle en vit aussi d'autres qui ressemblaient à des grottes nauséabondes, avec pour seule source de lumière des téléviseurs hurlants.

Puis elle finit par trouver un endroit dont elle espérait qu'il ferait l'affaire. Une assistante maternelle qui habitait non loin de l'école de Lucy. À l'abri dans les bras de sa mère, Ellen avait observé les autres enfants avec intérêt, et elle avait même un peu gloussé quand Mrs Chauncy avait fait danser une marionnette Big Bird devant elle. Le lundi matin, cependant, au moment où Anna l'y déposa pour sa première demi-journée, Ellen s'accrocha à elle.

– Elle va s'habituer, dit Mrs Chauncy en lui tendant les bras.

Mais Ellen se détourna et fourra le visage contre l'épaule de sa mère.

– Je crois qu'elle n'est pas encore tout à fait prête à me voir partir, s'excusa Anna.

Elle prit la main de Lucy entre ses doigts pour l'encourager.

– J'aurais aimé pouvoir passer la matinée ici avec elle avant de commencer à travailler, ajouta-t-elle.

– Elle ne sera jamais contente de vous voir partir, répondit Mrs Chauncy d'un ton sec. C'est à vous de prendre les devants. Une séparation nette est plus facile pour tout le monde que de longs au revoir.

Attrapant fermement Ellen sous les aiselles, elle la prit des bras d'Anna.

Les yeux écarquillés, l'air déconcertée, Ellen protesta, tournant tout son petit corps vers sa mère. Elle plongea vers elle avec une telle force que Mrs Chauncy dut lutter pour l'empêcher de tomber.

– Vous feriez mieux de partir avant qu'elle ne fasse une crise, renchérit-elle, le visage fermé, concentrée sur ses efforts pour maintenir Ellen dans ses bras.

Mais en voyant sa fille se débattre, Anna se figea, déchirée à parts égales entre deux besoins, celui d'arriver à l'heure à son séminaire et celui de réconforter Ellen.

– C'est toujours plus dur pour les mères, commenta Mrs Chauncy en délogeant Anna et Lucy du salon.

Ouvrant la porte d'entrée, elle dit enfin :

– Dans cinq minutes, elle vous aura oubliée.

– *Maaa*, gémit Ellen en tendant piteusement les bras vers Anna.

On l'aurait plutôt crue certaine d'une chose qu'Anna ne comprenait pas encore, certaine que, si elles se séparaient maintenant, elles ne se reverraient plus jamais vivantes.

– Au revoir, dit Mrs Chauncy en élevant la voix pour se faire entendre sous les pleurs d'Ellen. Bonne journée.

Et elle referma la porte, abandonnant Anna et Lucy sur le perron, face au heurtoir de cuivre, à écouter les cris désincarnés d'Ellen.

– Ellie est triste, commenta Lucy, les sourcils froncés par l'inquiétude.

– Ça va aller, répondit Anna, avant d'ajouter pour s'en convaincre elle-même : C'est juste pour quelques heures.

Elle redressa les épaules, s'emplit les poumons pour se donner du courage de cet air saturé de pluie.

– Mrs Chauncy a raison, continua-t-elle alors qu'elles remontaient en voiture. Ellen ne sera pas triste très longtemps. Dans cinq minutes, elle nous aura oubliées.

Le temps de boucler sa ceinture, Lucy ne répondit rien. Puis, avec une sorte de perplexité dans la voix, elle dit :

– Je n'ai pas trop envie qu'Ellie nous oublie.

– Oh non, répondit Anna en tournant la clé de contact et en actionnant le levier de la boîte automatique. Elle se souviendra de nous quand elle nous reverra. Je voulais plutôt dire que ce sera comme pour toi, bredouilla-t-elle, parfois tu es tellement concentrée sur ce que tu fais à l'école que, pendant un moment, tu oublies ce qui se passe à la maison.

– Je suis jamais concentrée comme ça, dit Lucy, mélancolique. J'oublie jamais.

– C'est dommage, fit Anna d'une voix qu'elle voulut légère. Tu serais peut-être plus heureuse si tu pouvais un peu oublier.

– Et si j'oubliais de me souvenir de toi, après ?

– Ça n'arrivera pas, répondit Anna, en se retournant pour engager la marche arrière et quitter l'allée de la maison. Tu te rappelleras de moi au moment où je viendrai te chercher.

Elle espéra que Mrs Chauncy était une femme patiente, espéra qu'elle ne laisserait pas Ellen pleurer dans son lit à barreaux. Elle se rappela le petit corps sombre d'Ellen le jour de sa naissance, pendouillant entre les mains du médecin, et l'espace d'une folle seconde, elle imagina Mrs Chauncy secouant Ellen, la cognant ou l'étouffant à l'aide d'un oreiller.

– Mais et s'il se passait quelque chose, disait Lucy, si tu ne revenais jamais ?

– Ça n'arrivera pas, répéta Anna, accrochée au volant, luttant contre son envie de rebrousser chemin pour aller tambouriner à la porte de Mrs Chauncy.

– Si, ça pourrait arriver, insista Lucy. Tu pourrais mourir.

– Je ne vais pas mourir, dit Anna.

– Comment tu sais ?

– Je le sais, c'est tout. Je reviendrai toujours te chercher, assura Anna.

Mais tout en le disant, elle fut traversée par un élan de superstition : et si elle avait une crise cardiaque ou mourait dans un carambolage sur l'autoroute aujourd'hui même ? Et si elle venait de faire la seule promesse qu'elle ne puisse pas tenir ?

Tout devint terriblement compliqué. Elle ne savait pas ce qui était pire : laisser croire à Lucy que leur sécurité pourrait être assurée ou admettre que l'avenir était toujours incertain ? Elle ne pouvait pas savoir non plus si le temps passé chez Mrs Chauncy rendrait Ellen plus résiliente, comme Sally l'avait promis, ou si cela briserait en profondeur le cœur en formation de sa fille, comme elle-même le craignait souvent.

En s'engageant sur la chaussée pour reprendre sa route dans le matin morne, elle songea à l'intensité avec laquelle elle aimait ses filles ; elle ferait n'importe quoi pour elles, si seulement elle pouvait savoir ce qui était le mieux. Elle se souvint des actes héroïques que d'autres mères avaient accomplis pour leurs enfants. Elle se rappela cette Russe qui, prisonnière avec son fils sous les décombres après un tremblement de terre, l'avait maintenu en vie en lui demandant de sucer le sang des coupures qu'elle s'infligeait au bout des doigts. Elle pensa aux Vietnamiennes qui faisaient bouclier de leur corps pour protéger leurs enfants des balles tirées par les soldats, et à la maman eskimo qui, au milieu de l'hiver, avait fait promettre à ses enfants affamés de manger son corps gelé avant de se glisser hors de l'igloo pour s'allonger dans la neige. Anna avait la certitude qu'elle donnerait, elle aussi, sa vie pour ses filles avec la même facilité qu'un flocon volette dans le vent, avec la même simplicité qu'un pétale tombe d'une rose. Dans une situation extrême, elle saurait exactement quoi faire et elle n'hésiterait pas. Mais mourir paraissait terriblement facile, limpide et évident, comparé à ce qu'on exigeait chaque jour d'une mère ordinaire.

Absorbée par ses idées noires, Anna roulait vers l'école de Lucy sans un mot, se frayant un chemin dans la circulation de plus en plus dense. Ce n'est qu'une fois sur l'autoroute que Lucy rompit le silence :

– Maman, déposer ton bébé chez la nounou, c'est comme aller dans un cauchemar, non ?

– Pourquoi ?

Anna jeta un regard inquiet par-dessus son épaule, tout en enfonçant la pédale d'accélérateur.

– Quand la porte est refermée, tu peux plus savoir ce qui va se passer pour ton bébé. C'est comme quand on s'endort, on peut pas savoir ce qu'il va y avoir dans nos cauchemars…

LE LUNDI APRÈS-MIDI, quand elle pénétra dans le bâtiment pour rejoindre la salle du programme périscolaire, Cerise éprouvait dans tout son corps la même étrange sensation que celle qu'elle ressentait encore parfois dans ses mains ; celle d'être à la fois anesthésiée et atrocement à vif. Elle resta un long moment sur le seuil de cette pièce pleine d'enfants, à écouter la clameur et les rires qui résonnaient dans le couloir, et lorsqu'elle finit par se forcer à entrer, la douleur fut telle qu'elle eut l'impression qu'on l'écorchait vivante.

Il y eut des moments, ce premier jour, où elle se crut tout à fait incapable de supporter la présence autour d'elle d'un si grand nombre d'enfants. Deux fois, elle dut courir aux toilettes se cacher dans une cabine, tremblant comme une feuille à côté d'une cuvette minuscule, les deux mains plaquées sur la bouche, le temps que l'accès de panique se calme assez pour lui permettre de retourner travailler.

Il était plus de 18 heures quand le dernier enfant s'en alla.

– Ils sont épuisants, hein ? glissa Mrs Martinez tandis que Cerise passait l'éponge sur la table d'arts plastiques. C'est toujours comme ça, au début. Et puis il y avait du monde, aujourd'hui.

– C'est sûr, dit Cerise en étalant la peinture sous l'éponge.

En bavant, les couleurs formèrent une bouillie arc-en-ciel que Cerise essuya jusqu'à ce qu'il n'en reste plus rien.

– Tous les enfants ont l'air de bien vous aimer, en tout cas ! Je n'avais jamais réussi à convaincre Lucas et DeLong d'aussi bien ranger, et je n'ai jamais vu Kaylesha se prendre aussi facilement d'affection pour quelqu'un.

– Ils ont tous été gentils, dit Cerise, les yeux sur son éponge pour dissimuler son chagrin.

Même si, sur le coup, les paroles de Mrs Martinez lui

avaient fait plaisir, elle s'en alla certaine de ne jamais revenir. Il faisait nuit dehors, et il pleuvait. Des lames et des éclats de lumière projetés par les réverbères, les maisons, les voitures de passage étincelaient sur le bitume noir de pluie, et les gouttes tombaient dru, pareilles à des larmes indifférentes.

Il y avait un petit parc à quelques rues de l'école. Dans le noir et sous la pluie, il était aussi désert qu'inquiétant, sinistre comme un cimetière avec son enchevêtrement d'arbres et ses balançoires luisantes. En le longeant, Cerise ne put s'empêcher de penser à tous les enfants qui ne joueraient plus jamais ici, elle ne put s'empêcher d'entendre le néant de leurs voix réduites au silence résonner sous la pluie.

Ce soir-là, trop fatiguée pour convoquer ses souvenirs de Travis qui la consolaient, elle resta allongée sur son lit de camp à écouter le martèlement des gouttes, essayant d'échafauder un plan pour échapper à cette vie qui se refermait sur elle. Toute la nuit, elle flotta à la surface de son sommeil, s'imaginant repartir comme elle était venue, trouvant le moyen de disparaître purement et simplement dans la toile du monde, mais lorsqu'elle se réveillait assez pour tenter de réfléchir à l'endroit où elle pourrait aller, ses pensées bavaient comme la peinture sous l'éponge.

Lorsque le jour pointa, et avec lui les gémissements et les bâillements des autres femmes tout autour d'elle, elle songeait aux taches de rousseur sur le petit nez de Lucas, aux blagues de Sheila, au chiot de Jose qui s'était égaré et dont elle espérait qu'il rentre à la maison. Ces enfants la hantaient toute la journée. À midi, quand elle s'installa au réfectoire de la soupe populaire pour manger son hot dog fumant et sa salade de pommes de terre molles en écoutant les jacasseries irrévérencieuses de Barbara, elle pensa au sourire timide de Kaylesha, à Lucy appuyée contre son épaule pendant qu'elle dessinait un cheval ; elle se demanda aussi si Brianna était moins enrhumée. Alors, peu avant 14 h 45, cet après-midi-là, son envie irrésistible de les revoir la ramena là-bas, juste une dernière fois.

LA PREMIÈRE FOIS QU'ELLE AVAIT ÉTÉ ÉMUE par une photo, Anna devait avoir huit ou dix ans. Elle était assise chez le médecin, attendant son tour pour une injection. Elle savait que les piqûres, c'était pour son bien, qu'on attendait d'elle qu'elle soit grande et courageuse. Elle comprenait que, quand ce serait fini, l'infirmière la laisserait choisir une sucette sous cellophane plantée sur un petit bâton blanc et, pourtant, la peur lui emplissait le ventre d'une bouillie gélatineuse. Assise à côté de sa mère dans la salle d'attente, elle n'avait rien trouvé d'autre que les magazines pour ne pas pleurer.

Sa mère lisait *Time*, un autre enfant avait pris la seule revue pour son âge, alors Anna en avait choisi une au hasard sur le présentoir. Elle la feuilletait, parcourant sans vraiment les regarder les mots et les publicités en essayant de ne pas penser à l'aiguille, lorsque tout d'un coup elle tomba sur une image sur laquelle elle s'arrêta. Il s'agissait de la photo d'un pont qui disparaissait presque entièrement dans la brume, avec quelques arbres faméliques en arrière-plan. Ce n'était pas le genre d'image qu'elle aurait qualifiée de « passionnante » et, pourtant, elle avait été captivée ; ses yeux l'étudièrent bien plus longtemps qu'elle n'aurait cru cela possible sur une simple photo.

Et quand elle tourna enfin la page, il y en avait une autre, du même photographe – celle d'un garçon en culottes courtes qui marchait dans une rue –, et puis après ça, encore une autre, tellement de photos défilaient qu'elle était encore occupée à les regarder quand sa mère lui donna un petit coup de coude, lui annonçant que c'était leur tour.

Bien plus tard, en y repensant, elle eut la quasi-certitude qu'il s'agissait du travail d'Henri Cartier-Bresson, et que le magazine qu'elle avait choisi était *Popular Photography*, ou peut-être *Look* ou *Life*. Mais à l'époque, ces noms ne lui disaient rien. Tout ce qui comptait, c'était qu'en regardant ces photos, elle avait eu l'impression d'être happée dans un monde de tranquillité, comme si toute la salle s'était soudain emplie de l'intense silence d'une neige fraîche.

Cela lui rappelait le message affiché aux passages à niveau – « Arrêtez-vous, regardez, écoutez » – sauf qu'au lieu d'une injonction, il s'agissait d'une invitation, et que derrière cette invitation, il y en avait une autre. Si bien qu'elle avait continué à regarder, et qu'à chaque fois, elle découvrait autre chose. Étrangement, assise là à côté de sa mère, les yeux sur ces pages froissées, elle s'était sentie plus présente dans la pièce que lorsqu'elle n'éprouvait que de la peur.

L'alcool sur le coton avait tout de même piqué. L'aiguille lui avait fait mal quand l'infirmière l'avait plantée dans la chair fine de son biceps, et la douleur au bras avait perduré tout l'après-midi. Mais elle avait eu moins mal que ce qu'elle avait craint. Après, elle s'était étonnée elle-même en choisissant goût citron vert, et la sucette était encore meilleure qu'elle ne l'espérait. Dans la voiture, en rentrant, tandis que, par la vitre, elle regardait cette ville qu'elle connaissait depuis toujours, mâchouillant son bâtonnet, Anna s'était rendu compte qu'elle remarquait tout, comme si elle voyait les lieux pour la première fois – un chat tapi sous un pick-up, un grillage couvert de lierre, une femme cintrée dans un manteau, debout à un arrêt de bus –, tout était saisissant, unique et beau d'une façon complètement nouvelle.

Pendant des années, le temps qu'elle avait consacré à contempler des photos, celui qu'elle avait passé l'œil dans le viseur ou à regarder une image renversée sur le verre de visée de sa chambre photographique avaient rendu sa vie plus riche et plus réelle. Et c'était ça le plus important – infiniment plus important que les expositions, les ventes et les récompenses –, cette façon que ce travail avait de la garder éveillée, et ouverte au monde.

Elle s'était dit que ce poste à l'université serait la première étape pour reprendre possession de tout ça.

– Ça ne va pas aider à payer les factures, ça va revigorer ta créativité ! s'était exclamé Eliot quand elle l'avait appelé au boulot pour lui parler de la proposition de Martin Lee.

Mais au bout de quelques semaines, elle avait commencé à se demander si, l'un comme l'autre, ils n'avaient pas eu tort.

Ses étudiants la fatiguaient et l'agaçaient, avec leurs joues roses, leurs piercings au sourcil, la foi ardente qu'ils vouaient à l'art. « Ce n'est qu'un effet de la lumière, avait-elle envie de leur dire, rien qu'un canular de plus. Une photo n'est qu'un résidu, une exuvie. Elle ne change rien à rien. » Au lieu de quoi elle leur parlait profondeur de champ et discutait des principes de la composition, et chacun de ses mots avait un goût de cendre dans sa bouche.

Au lieu de l'encourager, la gentillesse de ses collègues lui donnait l'impression d'être un imposteur. Elle grimaçait intérieurement quand ils la félicitaient pour ses photos et lui demandaient où elle en était de sa vie. « L'art n'est qu'un glaçage, avait-elle envie de répondre. Le monde en est déjà saturé. » Au lieu de quoi elle répondait d'une voix étranglée en mentionnant le bébé, le déménagement et tout ce qui accaparait son temps, avant d'enchaîner en mentant qu'elle avait hâte de ressortir son appareil photo.

Le vendredi soir de la deuxième semaine, quand elle s'assit enfin pour dîner en famille, Anna était si épuisée que sa peau lui faisait mal. Ellen avait le nez qui coulait, ce qui n'augurait rien de bon, Lucy était de mauvaise humeur, et le week-end ressemblait à une course d'obstacles qu'il allait falloir disputer, d'une manière ou d'une autre, jusqu'au lundi matin.

Seul Eliot ne semblait pas le moins du monde ébranlé par leur nouvel emploi du temps.

– Alors ? demanda-t-il en posant une tranche de flétan dans l'assiette de Lucy avant de l'émietter à l'aide de sa fourchette. Ça fait quoi de reprendre le travail ?

– Travail, pagaille, grisaille, dit Lucy en regardant son père penché sur son assiette. Papa, c'est quoi « grisaille » ?

– C'est quand il fait sombre parce qu'il y a trop de nuages, répondit Eliot, tout en adressant un regard à Anna, attendant sa réponse.

Anna soupira.

– Plus difficile que ce à quoi je m'attendais, sans doute.

– C'est encore tout neuf, lui dit-il, compatissant, en extirpant de l'assiette de Lucy une arête qu'il posa au bord de sa propre assiette.

– Il n'y a pas que ça, répondit Anna en lui servant de la salade.

– Quelqu'un te mène la vie dure ? demanda-t-il aussitôt.

– Non, pas du tout. Tout le monde est super.

Anna se servit à son tour et contempla la laitue luisante dans son assiette, les petites lamelles de carotte râpée, les grains de sel presque invisibles.

– Alors quoi ? insista Eliot, en ajoutant une autre arête à son tas.

Essayant tant bien que mal de rester légère, Anna répondit :

– Je n'arrête pas de penser à ce prof que j'avais en master.

– Éclair, panthère, refaire, l'interrompit Lucy en attrapant son lait, manquant de renverser le verre de vin d'Anna sur le carrelage.

– Minute, chut, répondit Eliot en posant l'assiette devant sa fille. C'est à ta mère de parler.

D'un geste expert, Anna inséra une cuillerée de bouillie de riz dans la bouche d'Ellen et dit :

– C'était un bon photographe, mais comme prof, il était nul.

– Nul, pull, bulle, chantonna Lucy en secouant sa fourchette pendant qu'Ellen la regardait, la bouche en cœur.

– Lucy ! fit Eliot. Mange.

– Bref, reprit Anna en nettoyant les joues rebondies d'Ellen, chaque semestre, au premier cours, ce type disait à tous ses étudiants que la meilleure chose qu'ils puissent faire pour le monde, c'était de ne plus prendre une seule photo. Il disait que personne ne devrait devenir photographe, à moins de ne pouvoir faire autrement, et qu'il accorderait un A d'office à tous ceux qui laisseraient tomber son cours dans les vingt-quatre heures. Après quoi, il leur faudrait trimer comme des chiens pour un C.

« À l'époque, poursuivit Anna dans un soupir en regardant son assiette, je croyais que c'était un con.

– *C'était* un con, rétorqua Eliot.

– Je sais, fit Anna. Mais je dois reconnaître que je me demande aussi parfois s'il n'avait pas mis le doigt sur quelque chose.

– Tu es sérieuse ? demanda Eliot.

– Peut-être, répondit Anna, en triturant la chair blanche du poisson du bout de sa fourchette. Je n'en sais trop rien.

– Chien ! chantonna joyeusement Lucy. Bien, tiens !

– Je n'en sais rien, répéta Anna d'une voix éraillée. Parfois, je pense avoir raison et, d'autres fois, j'ai juste l'impression que quelque chose cloche, comme si j'avais oublié un truc important que je connais par cœur.

– Beurre, dit Lucy à mi-voix. Peur… gros péteur.

Elle gloussa et posa un œil furtif sur ses parents. Mais son père regardait sa mère, et sa mère regardait par la fenêtre le ciel qui s'assombrissait.

CELA DEVINT UN PEU PLUS FACILE, avec le temps. Pour les enfants du programme, Cerise était une adulte comme les autres, une créature si lointaine et achevée qu'il était inconcevable qu'elle ait d'aussi grands problèmes que les leurs. Mais quand ils s'aperçurent qu'elle adorait sauter à la corde, qu'elle acceptait de les resservir au goûter et qu'elle ne commettait pas l'erreur de toujours croire le premier qui venait rapporter une dispute, ils en firent presque l'une des leurs.

Lorsque Lucas certifia à Amanda que la petite souris, c'étaient les parents, c'est Cerise qu'Amanda vint trouver pour tirer les choses au clair, et lorsque Delano se cassa le bras en tombant, au gymnase, c'est vers Cerise qu'il courut, fonçant aveuglément à travers le cercle qu'avaient formé ses camarades et les instituteurs inquiets pour aller se blottir, en larmes et écarlate, contre le ventre de Cerise, car il lui faisait confiance pour le protéger et le consoler.

Au moment où elle était avec ces enfants, Cerise parvenait presque à se voir comme ils la voyaient, et ça la soulageait de n'être rien d'autre que Cherie qui leur servait du jus de fruits, coupait du papier cartonné ou mélangeait la peinture. Parfois, dans cette pièce pleine des enfants des autres, elle s'habituait presque au fait que les siens n'étaient plus là, même si l'idée que Travis attendait impatiemment à la Fabrique à Bonheur qu'elle ait fini sa journée la traversait encore régulièrement.

Tous les soirs, quand les parents pressés venaient récupérer leurs bambins, elle voulait les retenir, leur dire à quel point leurs enfants étaient précieux, et les prévenir que chaque minute qui s'écoulait était une minute qui les rapprochait de la fin. Au lieu de quoi elle triait les manteaux, tirait sur les manches, s'occupait des boutons, retrouvait les sacs à dos, les livres de bibliothèque et les pages de devoirs, disait aux enfants de se dépêcher pour filer avec leurs mamans et leurs papas stressés.

Une vie modeste avait donc commencé à se former autour d'elle, telle une coquille qui protégeait et façonnait le petit animal vivant à l'intérieur. On ne lui demandait jamais où elle habitait, ni qui elle aimait, ni ce qu'elle faisait lorsqu'elle ne travaillait pas et, au fil du temps, il devint de plus en plus important que personne ne le fasse. Elle se mit à craindre ces questions non seulement pour ce qu'elles révéleraient, mais aussi parce que la vérité détruirait ce havre qu'elle avait presque commencé à chérir.

– Je peux vous raccompagner, si vous voulez, avait proposé Mrs Martinez un soir tandis qu'elles quittaient toutes les deux l'école. Vous allez être mouillée.

– Oh non ! s'exclama Cerise, avant de se reprendre aussitôt : J'adore marcher, je veux dire.

– Sous la pluie ? fit Mrs Martinez, étonnée.

Cerise se recroquevilla, effrayée à l'idée que son secret pourrait se détricoter comme l'une des couvertures de Barbara si on tirait sur la première maille.

De retour au foyer tous les soirs, elle dînait en compagnie des autres femmes, puis, pendant que les mamans endormaient leurs petits et essayaient de mettre les plus grands devant leurs devoirs, Cerise allait s'asseoir avec les femmes sans enfant, au salon télé, pour se laisser bercer et apaiser son cerveau fatigué.

– On voit jamais de télé à la télé, vous avez remarqué ? lança Barbara.

Agacées, les autres femmes qui regardaient l'écran lui signifièrent de se taire. Mais elle continua :

– Dans le temps, quand le gouvernement voulait tuer les gens, il distribuait des couvertures infectées de la variole. Maintenant, c'est cette merde-en-boîte qui fait le boulot. Ça nous extermine aussi vite, tout en nous gardant juste assez en vie pour consommer des trucs dont on n'a pas besoin.

De temps à autre, sous l'avis de recherche d'Andrea punaisé au mur du fond, quelques-unes commençaient à parler de leur vie, triant et réorganisant leurs histoires comme si leur passé était les sacs qui recelaient leurs derniers effets personnels, réarrangeant et classant leurs problèmes jusqu'à les réduire à quelques mots maniables et toujours à portée de main. *Ma dépression*, disait l'une. Ou *mon opération*. *Avant l'accident de voiture*, répondait une autre. Ou *après ma rechute*. *Quand on m'a licenciée*. *Après le départ de mon mari*. *Depuis que je suis sobre*.

Parfois les femmes pleuraient, et les larmes qui coulaient sur leurs joues fatiguées jusqu'à leur menton tremblant paraissaient minuscules comparées à leur océan de souffrance. Cerise trouvait une sorte de réconfort dans leurs histoires et dans ces larmes – pas parce qu'elle aimait voir toujours plus de souffrance, mais parce que la souffrance était la vraie condition des humains. C'était logique que les gens souffrent, logique que rien n'aille bien très longtemps. En regardant les autres femmes se rassembler autour de celle qui pleurait, pour lui tapoter le dos et essuyer ses larmes, Cerise se sentait presque de sa famille, presque de la famille des femmes qui la réconfortaient.

On éteignait la télévision à 22 heures, puis les femmes allaient se coucher. Tous les lits de camp du dortoir avaient depuis longtemps été revendiqués tels des biens immobiliers – les plus proches des toilettes ou ceux situés dans les recoins sombres étaient plus cotés que ceux qui se trouvaient près de la porte ou au milieu de la pièce. Celui de Cerise était contre le mur du fond, entre Barbara et Maria, et tous les soirs c'était un soulagement exquis d'y retourner, d'avoir un toit au-dessus de sa tête quand la pluie tombait dehors, de dormir dans son propre lit au milieu d'autres humains endormis, sous une couverture qui commençait à conserver son odeur.

Allongée sur son lit de camp, écoutant la pluie battante et le murmure des femmes en train de s'endormir, écoutant Barbara marmonner ses jurons ou Maria chuchoter ses prières, Cerise se concentrait sur Travis, essayant de donner vie aux souvenirs qu'elle gardait de lui. Les nuits où elle parvenait à le trouver dans cet au-delà rien qu'à eux situé entre les vivants et les morts, il était si intensément présent qu'elle sentait presque la chaleur de ses bras autour de son cou et son odeur de levure ; alors elle restait comme ça de longues minutes, souriant à l'obscurité tandis que son oreiller se mouillait de larmes inconscientes.

Parfois, elle ne pouvait s'empêcher de penser aussi à Melody – à la jeune Melody, la vraie, celle qu'elle ne reverrait jamais. Écoutant le murmure des enfants qui remuaient dans leur sommeil, Cerise se souvenait de sa petite fille se faufilant sous les draps pour un câlin. Songer aux enfants qu'elle avait regardés colorier cet après-midi-là lui rappelait Melody quand elle chantait les couleurs de ses crayons comme une formule magique. Mais chaque fois que Cerise commençait à se détendre à travers ces souvenirs-là, un autre se frayait un chemin vers la surface – celui de cette fille, à Santa Dorothea, qui l'avait regardée droit dans les yeux sans la voir, avant de se détourner en riant.

L'autre Melody, plus âgée, n'apparaissait que de temps en temps dans les rêves de Cerise. Parfois, la larme tatouée sur sa joue recouvrait tout son visage, des continents et des océans entiers s'étirant et s'effondrant quand elle parlait. D'autres fois, une gigantesque Melody onirique essayait de grimper sur les genoux de Cerise. Un soir, Cerise rêva qu'elle la regardait entasser des sacs d'ordures sur une plaine déserte.

« Dieu ne fabrique rien qui soit bon à jeter », expliquait-elle à sa mère, en la fixant si intensément dans les yeux qu'on aurait dit qu'elle fouillait son crâne.

« C'est pour ça qu'il nous faut un feu, pour nous débarrasser de tout ce qu'il faut jeter et que Dieu n'a pas créé. »

De temps en temps, très tard le soir, quand tout le

monde s'était enfin endormi, Cerise avait l'impression d'entendre un téléphone sonner, très loin, cette sonnerie lasse et insistante qui enjoignait quelqu'un, quelque part, de décrocher. Mais avant d'avoir eu l'occasion de vraiment se demander ce que ce téléphone pouvait signifier, un jour, en rentrant du travail, elle trouva Barbara dans le dortoir, fourrant ses vêtements et ses couvertures dans des sacs en plastique.

– Qu'est-ce que tu fabriques ? cria Cerise. C'est presque l'heure de dîner.

– J'ai passé de chouettes vacances, marmonna son amie. Mais c'est fini. La bonne femme dit que je dois chercher du boulot ou partir. Et ils pensent que je vais faire quoi comme boulot exactement, putain, avec mon cœur et mes jambes et mes accès de folie ?

Elle regardait partout autour d'elle d'un air impatient, mais refusait catégoriquement de croiser le regard de Cerise.

– Tu peux faire du crochet, suggéra Cerise, à quatre pattes pour récupérer les pelotes de laine qui avaient roulé sous le lit de Barbara. Ou apprendre aux gens.

– Tu connais quelqu'un qui veut bien verser un salaire décent pour du crochet, toi ? demanda Barbara en arrachant les pelotes emmêlées des mains de Cerise. Pas dans ce pays, moi je te le dis, pas depuis que Jésus a cramé le gâteau.

– Tu peux réconforter les gens, dit Cerise, mais Barbara se renfrogna.

– Y a pas d'argent là-dedans, dit-elle.

Elle fourra dans son sac la couverture qu'elle venait de commencer, par-dessus les autres.

– J'ai peut-être jamais eu de bébé, dit-elle agressivement, en regardant quelque chose derrière Cerise d'un air soupçonneux. Mais à un moment donné, j'étais la fille de quelqu'un.

Son crochet tomba par terre. Cerise lui demanda, paniquée :

– Où est-ce que tu vas aller ?

– J'aime pas donner mon adresse aux gens. T'en fais pas, je vais m'en sortir. Et toi aussi, ajouta-t-elle, comme un ordre, en plantant brusquement son regard dans celui de Cerise.

Un instant plus tard, cependant, elle détournait les yeux.

– On se recroisera, dit-elle d'une voix plus faible.

– Quand ? insista Cerise.

– Pour le déjeuner, répondit-elle en soulevant ses sacs, avant de se diriger d'un pas traînant vers la porte. Un jour, peut-être.

Mais le lendemain, elle n'était pas à la soupe populaire du midi, ni le jour suivant, et le lundi, quand elle se montra enfin, ses vêtements étaient sales et déchirés, ses cheveux emmêlés à l'arrière de sa tête. Quand elle la vit hésiter sur le seuil, encadrée par la lumière du jour, Cerise se leva d'un bond et accourut, pour l'aider à porter ses sacs puis son plateau à travers la foule, pendant que Barbara traînait mollement les pieds dans son sillage. Lorsque Cerise posa les sacs à la table où elle s'était installée, l'un d'eux se renversa et des pelotes roulèrent par terre. Barbara, furieuse, entreprit de les ramasser et essaya de tout tasser dans le sac.

– Ça va s'emmêler, remarqua timidement Cerise.

Mais quand elle voulut aider Barbara, celle-ci aboya :

– Laisse ma laine tranquille !

– Quoi ?

– Tu vaux pas mieux que les autres, marmonna Barbara. Sauf que toi, t'as honte de rien. Au moins, les autres attendent qu'il fasse nuit.

– Pour quoi faire ? demanda Cerise.

– Pour essayer de fouiller dans mes sacs. Pendant que j'essaie de dormir. Du coup, je peux même plus me reposer. Faut que je reste réveillée à surveiller mes affaires. Ils s'en prennent à ma laine, aussi – ils emmêlent mes pelotes, ils y font des sales nœuds. Maintenant, ils veulent même me peindre la peau.

– Te peindre la peau ? s'exclama Cerise, perplexe et horrifiée.

– Ils ont de l'encre indélébile. Ils veulent peindre des images, des images empoisonnées, ils veulent me recouvrir d'images tueuses et regarder combien de temps je survis, comme si la vie humaine n'était qu'une putain d'expérience, pour eux.

– Qui ? insista Cerise.

Barbara plissa les paupières.

– Allez tous faire vos dessins du diable ailleurs ! Je vous laisserai pas me chercher la merde !

Le monde entier tanguait, comme dans les parcs d'attractions, une fois la section la plus effrayante passée, quand le manège ralentissait mais qu'on avait l'impression que le monde vacillait et tournait encore, hors de contrôle. Cerise voulut poser une main sur le bras de Barbara, qui se dégagea violemment.

– T'avise pas de t'approcher de moi, siffla-t-elle. Va trouver quelqu'un d'autre pour tes petits jeux, salope !

Laissant son repas intact, elle s'éloigna de la table, rassembla ses sacs déchirés et se traîna vers la sortie, laissant Cerise inquiète et désarmée.

INSTALLÉE DANS SON SIÈGE ENFANT sur la banquette arrière, Lucy déclara :

– Il y a une maîtresse gentille, au programme périscolaire.

– Tant mieux, répondit Anna par-dessus son épaule en sortant du parking de l'école, dans la rue mouillée. Elle s'appelle comment ?

– C'est un joli nom, dit Lucy d'un air absent. Mais j'ai oublié.

– Tu l'aimes bien ?

– Elle dessine bien.

– Ah oui ?

– Oui, elle dessine bien les chevaux, dit Lucy en regardant la pluie.

– C'est chouette, répondit Anna, accélérant pour rejoindre l'autoroute.

Dans le virage de la bretelle d'accès, elle vit un instant apparaître les collines gris-vert qui entouraient la ville. Le week-end précédent, pendant une pause entre deux tempêtes, elle s'était obligée à y retourner pour prendre quelques photos des hectares de vignes, et quelques autres dans le verger d'arbres morts où elle avait fondu en larmes en apprenant, pour la chemise de nuit d'Andrea. Dans le verger, elle avait réussi à saisir cette heure magique entre l'après-midi et le soir où la lumière était à la fois vive et douce. Les arbres semblaient alors chatoyer dans l'air lavé par la pluie. Mais penchée sous son tissu noir, le doigt sur le déclencheur de l'obturateur, guettant la convergence parfaite de la lumière, des nuages et de l'ombre, elle n'avait rien éprouvé de la satisfaction qu'elle trouvait jadis à vivre de tels moments ni ressenti ce plaisir longtemps semblable à une prière.

– Tu as fait des belles photos ? lui avait demandé Lucy quand elle était rentrée.

– Je ne sais pas, avait-elle répondu en soupirant. On verra.

– T'es pas contente ? avait demandé Lucy, en dévisageant sa mère d'un air perplexe et inquiet. Papa disait que tu serais contente, de faire des photos.

– Les choses ne sont pas toujours aussi simples, avait

répondu Anna, mais aussitôt, elle s'en était voulu d'avoir effacé l'éclat sur le visage de sa fille.

À présent, alors qu'elle s'engageait sur la sortie « centre-ville », elle se demandait quand elle aurait une chance de développer ces négatifs, tout en se recroquevillant d'avance à l'idée des piètres images qu'ils allaient probablement révéler.

– Pourquoi on est là ? demanda Lucy de sa petite voix claire et douce.

– Là en Californie, tu veux dire ? demanda Anna. Ou là, vivants ?

– Là dans cette rue, répondit Lucy. C'est pas le chemin de la maison.

– Oh, répondit Anna, laissant de côté les formules qu'elle préparait déjà pour tenter d'expliquer à sa fille le sens de leur déménagement ou celui de l'existence. Ellen a rendez-vous chez le médecin.

Au bout d'une semaine chez l'assistante maternelle, Ellen avait contracté un rhume. En plus de ses joues couvertes de mucus et de son regard terne, elle s'était mise à tant tousser qu'elle n'avait presque pas dormi de la nuit. Si bien qu'à présent, Anna, en plus d'être épuisée, était tenaillée par l'idée qu'elle avait peut-être fait une erreur en confiant Ellen à une nounou. *Mais qu'aurais-je pu faire d'autre ?* se demanda-t-elle, au bord des larmes.

Un feu changea. Le rouge se mit à luire sous la pluie comme une couleur extraterrestre. En appuyant sur la pédale de frein, Anna entendit l'eau siffler sous les pneus. Les files de voitures s'arrêtèrent. Dans la vitrine embuée du café près duquel elles étaient arrêtées, Anna remarqua la photo fanée d'Andrea. Ni la petite fille ni son ravisseur n'avaient été retrouvés, et cette photo tachée de pluie continuait à hanter la ville, s'obstinant dans les vitrines, sur les murs et les poteaux. L'absence d'Andrea était devenue aussi inexorable et oppressante que la pluie. C'était une autre triste réalité à laquelle toute la ville s'était faite, un autre chagrin ordinaire dont on s'accommodait pour mieux l'ignorer.

Le feu durait. Anna jeta un regard sur sa montre et tenta de calculer le temps qu'il lui faudrait encore pour arriver chez le médecin, se garer, sortir tout son petit monde de la voiture. Quand elle comprit que seule la chance leur permettrait d'arriver à l'heure, la tension lui enserra le crâne.

Le feu de circulation suspendu dans l'air gris au-dessus du carrefour passa du rouge au vert émeraude et les voitures commencèrent à avancer. En s'engageant dans le carrefour, Anna se lança dans le vieux canevas de questions :

– C'était comment l'école, aujourd'hui ?

– Ça allait, répondit la voix de Lucy derrière elle.

Regardant dans le rétroviseur, elle remarqua les cernes sous les yeux de sa fille, deux meurtrissures jumelles qui donnaient l'impression qu'elle était l'enfant de quelqu'un d'autre. Lucy dormait toujours aussi mal. La nuit dernière, elle s'était réveillée d'un énième cauchemar en hurlant, et aujourd'hui, elle paraissait distante et mélancolique. Ils avaient tout essayé pour la rassurer ou pour la distraire. Ils avaient rajouté des serrures aux fenêtres, lui avaient offert une poupée spéciale et une autre veilleuse, ainsi qu'une cassette de méditations du soir pour les enfants. Ils s'étaient montrés aimants, apaisants et fermes, et pourtant Lucy pleurait toujours au moment d'aller au lit, elle se réveillait toujours la nuit en criant.

Imprégnant sa voix de gaieté, Anna demanda :

– Tu as fait quoi ?

– Rien, répondit Lucy. Des trucs.

– Des trucs comme quoi ? insista Anna.

– Des guépards.

– Des guépards ? répéta-t-elle d'une voix enjouée en manœuvrant autour d'une voiture qui avait calé. Les guépards sont les animaux les plus rapides du monde, non ?

– Ils vont plus vite qu'une voiture, dit Lucy.

– Waouh.

– Il en reste pas beaucoup, ajouta-t-elle d'une voix blanche. Ils vont sans doute disparaître.

– J'espère que non, dit Anna. Ils sont tellement beaux.

– Mrs Ashton nous a demandé de les décrire – ça veut dire de lui expliquer à quoi ils ressemblent, dit Lucy, sortant un instant de sa léthargie. Et j'ai dit qu'ils avaient des larmes dessinées sur les joues.

– Oh, Lucy. C'est une jolie description.

– Les autres enfants ont ri.

– Ils ont ri ?

– Certains, oui.

Anna oscilla entre indignation et angoisse.

– Ils n'auraient pas dû, dit-elle avec force. C'était grossier de leur part, ce n'est pas bien. Même si quelqu'un s'était trompé, personne n'aurait dû rire. Mais ta description à toi était magnifique.

Lucy se contenta d'un petit haussement d'épaules.

– C'est pas grave, dit-elle sans détourner les yeux de la pluie.

PUIS VINT CE VENDREDI PLUVIEUX DE LA MI-FÉVRIER, où Cerise, en arrivant à l'école, apprit que seuls une demi-douzaine d'enfants étaient inscrits pour l'après-midi.

– Que des filles, remarqua Mrs Martinez, en examinant le calendrier. Je ne crois pas que nous ayons besoin d'être deux. Si cela vous convient, je vais partir. Il y a des muffins à la farine de maïs et des tranches de pommes pour le goûter.

L'idée d'être la responsable alors que le directeur pouvait passer ou le téléphone sonner ne plaisait guère à Cerise. Mais elle accepta car c'était ce que Mrs Martinez voulait entendre. Une fois seule, elle entreprit de couper les pommes en tranches et de répartir les crayons de couleur en attendant la sonnerie qui annoncerait la fin des cours, libérerait les enfants de leurs salles de classe et en enverrait six vers elle. Elle lut leurs noms sur la feuille de présence : Shannon, Kaylesha, Teresa, Lucy, Brianna, Dolores.

La sonnerie retentit, mais aucune fille ne se présenta. Perplexe, Cerise versa du jus de fruits dans des gobelets et attendit, imaginant d'avance le tourbillon de gloussements et de chuchotis qui accompagnerait leur entrée dans la salle. Ce fut une couvée silencieuse qui finit par arriver, six petits visages fermés.

Cerise vint les accueillir à la porte.

– Mrs Martinez est partie tôt, aujourd'hui, dit-elle timidement. Alors je crois que vous n'allez voir que moi, cet après-midi.

Personne ne parlait. Un instant, Cerise crut qu'elles étaient déçues de n'être qu'avec elle, mais en apercevant le menton de Kaylesha qui tremblait, elle demanda :

– Quelque chose ne va pas ?

Shannon fondit en larmes.

– Ils ont trouvé Andrea, dit Brianna.

En voyant le visage dévasté des fillettes, Cerise rêva d'une embardée qui lui permettrait d'esquiver le monde.

– Ils ne l'ont pas vraiment trouvée… précisa Dolores lentement, comme si les mots qu'elle devait prononcer ne tenaient pas dans sa bouche.

– Ils ont trouvé ses morceaux, murmura Shannon.

Cerise se rendit compte qu'elle avait toujours su qu'on ne retrouverait pas Andrea vivante, pourtant elle laissa échapper un hoquet d'horreur et d'incompréhension. Et, comme une palpitation, comme un battement de cœur supplémentaire, sa tête lui souffla : *Melody*. Elle essaya de ne pas y prêter attention. Contemplant les petites filles têtes basses, elle entendit leurs sanglots et souhaita que Mrs Martinez revienne, qu'un instituteur passe par là, surprenne leurs larmes et vienne à la rescousse. Elle aurait voulu ne jamais avoir quitté ses lauriers, elle aurait voulu être là-bas maintenant, recroquevillée sous la pluie. Mieux valait vivre dans la rue, là où il n'y avait aucune chance que les pires nouvelles du monde vous atteignent, là où la vie se limitait à l'essentiel : rester au sec, trouver de quoi manger, passer inaperçue.

Elle se dirigea sans réfléchir vers la porte. Elle crut en tout cas qu'elle avançait, qu'elle se frayait un passage entre les fillettes, mais sans doute trébucha-t-elle, car brusquement, elle se retrouva à genoux au milieu des enfants. Alors elle tendit les mains – pour l'équilibre ? – et les fit venir vers elle, écartant les bras pour les réunir dans un cercle, à l'abri.

Il y avait sans doute des mots, songea-t-elle, des mots qu'elle était censée dire dans une telle situation ; une façon d'expliquer l'horreur pour s'en débarrasser ensuite. Mais elle les avait oubliés, si c'était le cas. Elle regarda les petites filles qui se tenaient toujours la tête basse, cheveux noirs, châtains ou blonds ébouriffés par leur matinée de cours, et un souvenir lui revint : celui de toutes ces heures qu'elle avait passées à coiffer Melody, du contentement qu'elles trouvaient toutes les deux à s'abandonner à cette seule tâche, et de Melody, une fois les premiers gros nœuds démêlés, qui devenait calme et tranquille comme un chat sous les caresses, bercée par le va-et-vient de la brosse.

– L'une d'entre vous a-t-elle une brosse à cheveux ? demanda-t-elle.

Plusieurs des fillettes eurent l'air surprises.

– Je me disais, proposa-t-elle timidement, qu'avec des brosses à cheveux, on pourrait se coiffer les unes les autres.

Personne ne demanda pourquoi. Personne ne ricana, ne pouffa, ou ne dit que Cerise était folle. Au contraire, les fillettes s'abandonnèrent à l'infime soulagement qu'il y avait à s'affairer. Quand elles eurent assez de brosses, Cerise les installa l'une derrière l'autre sur le tapis du coin lecture, et se plaça derrière la petite aux cheveux sombres qui était en CP et s'appelait Lucy.

Le dos de Lucy était raide et minuscule, ses épaules tendues par le chagrin. Elle n'avait pas les cheveux très longs et, d'abord, Cerise se contenta de les effleurer, laissant courir la brosse du crâne jusqu'aux pointes, légère comme un souffle. Sentant sa sollicitude, Lucy l'imita, brossant les cheveux de Kaylesha avec un souci identique, et Kaylesha fit pareil à la petite fille devant elle, jusqu'à ce que la prévenance de Cerise parvienne à Brianna, tout devant, et que leurs brosses se calent sur un même rythme, que leurs cheveux soient lisses, souples et se mettent à crépiter de l'énergie produite par leurs mouvements.

Un moment, leur ouvrage fut ponctué de sanglots et de hoquets occasionnels, ou alors l'une d'elles s'interrompait pour essuyer une larme, se moucher dans un mouchoir de la boîte que Cerise avait prélevée sur le bureau de Mrs Martinez. Puis, graduellement, le calme s'installa dans la pièce – une sensation de paix et même, étrangement, de gratitude.

Brianna dit qu'elle voulait brosser les cheveux de quelqu'un elle aussi, alors Teresa suggéra ceux de Cerise. Dolores tira une autre brosse à cheveux de son sac et, de leur ligne, elles firent un cercle. Quand Brianna ôta l'élastique des cheveux de Cerise et posa la brosse sur le haut de sa tête, Cerise grimaça, craignant de libérer une odeur de fumée qui viendrait empoisonner la pièce. Mais elle sentit le grattement tendre des picots, la traction des milliers de petits cheveux se démêlant. Elle sentit le souffle de Brianna sur sa nuque, la douceur de la main de la fillette après chaque passage de la brosse, et elle se rendit compte que, pendant toutes ces années passées à brosser les cheveux de Melody, Melody ne lui avait jamais une seule fois brossé les siens.

À LA FIN DE L'APRÈS-MIDI, quand elle put enfin quitter le campus, la nouvelle de la mort d'Andrea s'était répandue aux quatre coins de la ville, comme les avis de recherche lacérés par la pluie. Anna était convaincue que Lucy l'avait forcément appris à l'école.

Avant d'aller la chercher, elle avait prévu de passer récupérer Ellen chez Mrs Chauncy. La veille, le médecin avait une fois de plus mis Ellen sous antibiotique, et, toute la journée, Anna avait été un peu inquiète, se demandant si la nouvelle molécule était efficace, si elle avait eu des effets secondaires, brûlant d'impatience de retrouver son bébé. Dès qu'elle avait appris pour Andrea, néanmoins, elle avait compris qu'elle devait d'abord s'occuper de Lucy.

Dans la voiture, elle essaya de réfléchir aux mots qui pourraient soulager sa fille. Mais il ne semblait pas en exister qui soient susceptibles d'arranger les choses. En se garant, elle se résigna donc à espérer qu'on avait au moins épargné à Lucy les pires détails.

À l'école, tout paraissait étrangement normal. Les longs couloirs étaient déserts et silencieux, elle ne croisa que le concierge et une institutrice. Puis, dans la salle des activités périscolaires, Lucy rassembla ses affaires, enfila son ciré et ses bottes de pluie, et dit au revoir à tout le monde d'une voix si douce qu'Anna songea que sa fille avait peut-être, d'une manière ou d'une autre, été préservée de la nouvelle. Elle en éprouva d'abord un bref soulagement, mais en retournant à la voiture, Lucy traînant les pieds et attendant en silence qu'elle déverrouille les portières, Anna se rendit à l'évidence qu'elle ne pourrait pas l'épargner très longtemps. Même sous la pluie, bougies, fleurs et ours en peluche commençaient déjà à s'amonceler autour d'autels de fortune, un peu partout en ville.

Anna démarra et quitta le parking. Jetant un œil dans le rétroviseur, elle vit Lucy qui contemplait la rue mouillée, le visage immobile, ses grands yeux sombres d'une beauté déchirante, et brusquement, elle s'en voulut que toutes leurs conversations les plus importantes aient lieu dans la voiture, alors qu'elle était pressée et se frayait un chemin dans la circulation, avec Lucy sur la banquette arrière.

Elle savait que, si elles ne se parlaient pas à cet instant-là, elles ne seraient plus seules avant l'heure du coucher ; pourtant, elle laissa filer près d'une douzaine de pâtés de maisons avant d'annoncer, à contrecœur :

– J'ai appris une mauvaise nouvelle, aujourd'hui.

Le ton était à la fois trop enjoué et trop prudent. Elle grimaça et jeta un nouveau regard dans le rétroviseur.

Sur la banquette arrière, Lucy acquiesça d'un air solennel.

– Pour Andrea, répondit-elle.

– Tu es au courant ? demanda Anna, d'une voix plus sèche qu'elle ne l'aurait voulue.

Lucy confirma, et leurs yeux se croisèrent brièvement dans le rétroviseur. Sous cet angle et dans cette lumière, le regard de Lucy paraissait vieux et calme.

– Qui te l'a dit ? demanda Anna, en s'arrêtant à un carrefour, guettant une interruption dans le flot de voitures pour s'engager à gauche.

– Les grands, dans la cour, après l'école.

– C'est très triste, continua Anna.

C'était l'heure de pointe et la circulation était dense. Toutes les voitures qui passaient devant elles projetaient une gerbe d'eau sur le pare-brise.

– Je sais, dit Lucy. On aurait voulu que ça n'arrive pas.

– Moi aussi, dit Anna, sans quitter le carrefour des yeux. Qui c'est « on » ?

– Moi et les autres filles à la garderie. Et la nouvelle maîtresse.

– La nouvelle maîtresse ?

– Oui. Je t'ai déjà parlé d'elle.

– Ah oui… c'est vrai. Comment s'appelle-t-elle, déjà ?

– Cherie.

Il y eut un trou dans le flot de voitures, juste assez large pour s'y faufiler, mais Anna hésita une demi-seconde de trop.

– Donc, vous avez parlé d'Andrea, avec cette nouvelle maîtresse ?

– Non.

– Qu'est-ce qu'elle a dit ?

– Rien.

– Elle n'a rien dit ? demanda Anna en se retournant un instant.

Lucy secouait la tête.

– On s'est brossé les cheveux, dit Lucy.

– Vous vous êtes brossé les cheveux ? répéta Anna, perplexe.

– On a toutes brossé les cheveux d'une autre fille.

– Vous vous êtes brossé les cheveux les unes les autres ?

Quelqu'un klaxonna. Anna jeta un regard dans le rétroviseur et vit une Lexus qui attendait impatiemment derrière elle.

– On s'est assises en cercle, expliqua Lucy.

– C'est ce que vous avez fait, pour Andrea ?

– Oui.

– Oh, fit Anna. Et alors, comment tu te sens ?

Lucy haussa les épaules.

– Je suis triste pour Andrea.

– Moi aussi, dit Anna. Et pour ses parents.

Elle vit enfin une occasion de s'engager dans le carrefour.

– Maman ? fit Lucy d'un ton suppliant.

– Oui, Lu, qu'est-ce qu'il y a ? répondit Anna en appuyant sur l'accélérateur et en se préparant à accueillir la nouvelle salve de peurs de sa fille.

– Je pourrais inviter Kaylesha à venir jouer à la maison ?

LE VENDREDI SOIR, LA PLUIE CESSA, le ciel se dégagea, et le samedi matin, en quittant le foyer, les femmes se dispersèrent, comme si elles étaient en vacances, sur les trottoirs qui séchaient et les pelouses fumantes.

C'était stupéfiant, d'habiter un monde si lumineux et aux températures si douces, même si Cerise se disait que quelque chose, forcément, ne tournait pas rond, pour qu'une météo si voluptueuse s'installe alors qu'Andrea était partie pour de bon. Les avis de recherche défraîchis trônaient encore à toutes les fenêtres et sur les murs de la ville, mais beaucoup étaient à présent ornés de rubans et de fleurs, et des tas de petits mots ou d'objets commençaient à s'accumuler à leur pied.

Chaque fois qu'elle croisait l'un de ces petits autels, Cerise s'arrêtait pour l'examiner. En regardant les fleurs, les lettres, les poèmes écrits à la main, elle ne pouvait pas s'empêcher de comparer la situation des parents d'Andrea à la sienne, de se dire qu'eux avaient eu leur fille douze années entières à leur côté avant de la perdre, que, même aujourd'hui, ils possédaient encore des photos d'elle, et ses vêtements, ses jouets, les dessins qu'elle avait faits à l'école.

À midi, le nom d'Andrea semblait résonner partout dans le réfectoire mal éclairé de la soupe populaire, et en allant s'installer avec son plateau à une table libre, dans un coin, Cerise envia presque la chance de ces parents, car toute la ville pleurait leur enfant. Elle venait de finir son gratin au thon quand elle crut entendre Barbara glousser. Aussitôt, elle leva la tête, pleine d'espoir, et balaya la salle du regard ; puis, ne l'ayant pas trouvée, elle entreprit de scruter un à un les visages, table après table, méthodiquement. Barbara n'était décidément pas là, mais la vue de toutes ces têtes aux cheveux noirs, châtains ou blonds penchées sur leur repas lui évoqua les fillettes dont elle s'était occupée, la veille.

De retour dans les rues baignées de soleil, des images de cet après-midi-là continuèrent à lui revenir. Elle se rappela le choc sur les visages des filles à leur arrivée dans la pièce, un choc tel que même Kaylesha avait l'air pâle. Elle se rappela aussi l'horreur dans la voix de Shannon quand celle-ci avait murmuré l'affreuse nouvelle, se rappela Lucy à côté d'elle, si raide qu'un seul mot aurait pu la briser.

Assise sur un banc à la lisière du parc, elle sentit la chaleur lourde du soleil sur son crâne, et sa peau se rappela la caresse des picots de la brosse de Brianna, le léger réconfort qu'elle avait trouvé dans cette sensation. Elle pensa à la facilité avec laquelle les filles s'étaient prêtées au jeu, à la tendresse dans leurs gestes, et elle en conçut la plus infime des fiertés. Elle se rappela ses propres cheveux qui lui tombaient tout en souplesse sur les épaules quand Brianna eut fini de les brosser. Et leur odeur de propre, exempte de fumée, une odeur fraîche comme une ville après la pluie.

Lorsque la lumière commença à se figer et qu'elle ne sentit plus la chaleur du soleil contre sa peau, elle se remit en route vers le foyer. Dans le soir parfumé, elle longea un autre encore de ces autels à la mémoire d'Andrea, s'arrêtant un instant pour étudier le bric-à-brac de peluches et de fleurs que des mains anonymes avaient déposé.

L'un des ours en peluche avait basculé tête la première, alors elle s'agenouilla sur le trottoir pour le redresser, et remettre de l'ordre dans les minces bouquets sous cellophane. Elle aurait aimé que la ville ait partagé son angoisse pour Travis ; si une seule personne avait laissé une peluche ou une rose pour lui, cela lui aurait suffi. Elle aurait aussi aimé posséder une photo de son fils, une seule, ou avoir disposé ne serait-ce que d'une heure de plus avec lui avant l'incendie. Mais en regardant les pétales flétris et les tiges fatiguées des marguerites qu'elle tenait à la main, elle se dit que, par rapport aux parents d'Andrea, elle avait peut-être en fait eu de la chance.

Parce qu'au moins, elle était à côté de Travis au moment de sa mort.

MALGRÉ LE TEMPS MAGNIFIQUE, Anna passa le week-end entre quatre murs, dans l'espoir que cela aiderait Ellen à guérir. Le nouvel antibiotique semblait faire des miracles sur l'infection pulmonaire, mais il donnait la diarrhée à sa fille, ce qui lui avait méchamment irrité les fesses. Si bien qu'entre l'irritation, la toux et une dent qui poussait, Anna consacra tout son week-end à éviter que les gémissements d'Ellen ne se transforment en braillements.

Même préoccupée comme elle l'était, elle ne pouvait s'empêcher de s'émerveiller du récent bonheur de Lucy, devenue si facile à vivre et si sereine qu'Anna avait encore du mal à croire qu'elle était au courant de la mort d'Andrea. Lundi matin, Ellen ne toussait plus, sa dent était enfin sortie et les rougeurs s'étaient si bien calmées qu'Anna put promettre à l'aînée que, si le temps ne changeait pas, elles feraient un saut au parc en rentrant de l'école.

Cet après-midi-là, en pénétrant dans le bâtiment, Anna entendit le joyeux brouhaha qui s'élevait de la salle réservée aux activités périscolaires. Quand elle arriva à la porte, avant de se jeter dans la foule d'enfants, elle s'arrêta et chercha Lucy du regard. C'est Ellen, calée sur sa hanche comme un bébé chimpanzé, qui la repéra la première ; assise à une table basse où s'étalaient crayons et papiers colorés, elle parlait avec animation à la femme accroupie à côté d'elle. En voyant sa sœur, Ellen s'étrangla de plaisir, attirant l'attention de Lucy et de cette femme, qui levèrent les yeux.

– Coucou, maman ! lança Lucy à Anna qui approchait, avant d'ajouter fièrement : Je te présente Cherie !

Croisant le regard d'Anna, la femme la salua du menton, mais sans le sourire professionnel qu'Anna s'était habituée à attendre du personnel éducatif. Elle avait les mains le long du corps, presque fermées, une natte de cheveux blonds relevée en couronne sur la tête, d'une façon un peu démodée, et quand elle se leva dans un froissement de jean sur ses cuisses, Anna découvrit à quel point elle était grande, carrée, les hanches larges, son T-shirt lui couvrant le torse tel un bloc rectangulaire.

– Mais bien sûr… Je vous ai déjà vue, ici ! dit Anna en lui tendant la main. Très contente de pouvoir vous parler une minute. Je tenais vraiment à vous remercier.

Cherie parut surprise, mais elle prit doucement la main d'Anna et, pendant un bref instant plein d'incertitude, elle la tint entre les siennes.

– Me remercier pour quoi ? demanda-t-elle.

– Lucy, dit Anna à sa fille, va chercher tes affaires.

Dès que Lucy se fut éloignée, Anna se tourna vers Cherie.

– D'avoir aidé Lucy au sujet d'Andrea, répondit-elle à voix basse.

La femme jeta un coup d'œil à l'autre bout de la pièce, où la coordinatrice du programme périscolaire discutait avec un autre parent.

– Je suis désolée, bafouilla-t-elle, j'ai fait une erreur. Je n'avais pas l'intention de…

– Elle a incroyablement bien pris la nouvelle, continua Anna. Je ne sais pas quel est votre secret, mais elle n'a pas fait un seul cauchemar depuis qu'elle est au courant.

– Alors ça va, dit Cherie, d'une voix si basse qu'elle semblait se parler à elle-même.

– Pourquoi ? demanda Anna. Qu'est-ce qui se passe ?

– Je suis censée démissionner. Ce soir. Pour contact physique inapproprié.

– Inapproprié… comment ça ?

– Une famille s'est plainte, expliqua Cherie.

– De quoi ?

– J'ai demandé aux filles… de se brosser les cheveux.
– Mais…
– J'aurais dû le savoir, dit Cherie résolument. J'ai pris des cours.
– Des cours spécialisés en petite enfance ? demanda Anna, changeant Ellen de position sur sa hanche et fourrant son visage dans les cheveux de sa fille, le temps d'une microseconde.
Cherie détourna le regard avec une grimace, comme si c'était un homme qu'Anna caressait en public et non un bébé.
– … et sur le développement de l'enfant, compléta-t-elle.
– Et on vous enseigne que vous n'êtes pas censée réconforter les enfants lors d'une expérience traumatique ? demanda Anna en haussant la voix.
Cherie jeta de nouveau un regard vers Mrs Martinez.
– On nous dit qu'on n'est pas censées encourager les contacts physiques dans un contexte éducatif.
– Mais… se brosser les cheveux… C'est absurde !
– Et puis, fit Cherie d'une voix blanche, je leur ai fait partager leurs brosses. C'est comme ça que les enfants attrapent des poux. Ça aussi j'aurais dû le savoir.
Lucy revint avec son pull-over, son sac à dos, des feuilles d'activités et un dessin.
– Voilà, dit-elle, je suis prête.
– Qu'allez-vous faire ? demanda Anna à la femme. Je serais ravie de vous aider à contester la décision…

– Non, s'empressa-t-elle de répondre, avant d'ajouter, après une pause gênée : Ce n'est pas grave.

De façon impulsive, Anna lui dit :

– Nous comptions aller au parc, pour fêter le retour du beau temps. Ça vous dirait de nous rejoindre quand vous aurez fini ?

C'EÛT ÉTÉ SI FACILE, DE REFUSER. Cerise aurait pu la remercier, lui dire qu'elle était prise. Elle aurait pu s'excuser, prétexter qu'on l'attendait, qu'elle devait préparer à dîner pour son mari et ses enfants. Elle aurait pu glisser n'importe quoi, qu'elle avait déjà prévu de cambrioler une banque ou de s'envoler pour la Lune. Elle aurait pu faire quelque chose d'autre qu'acquiescer d'un signe de tête et promettre de rejoindre Lucy, sa mère et sa petite sœur au parc. Et quand elle s'était vue faire oui du menton, il lui avait semblé qu'elle n'avait jamais aussi dangereusement agi au cours de sa nouvelle vie. Tandis qu'elle aidait les enfants à ranger et à retrouver leur blouson ou leur sac à dos, elle se répéta de ne pas y aller. Alors qu'elle leur disait au revoir, en sachant sans vraiment l'avoir intégré qu'elle ne les reverrait jamais, elle fut sûre qu'il valait mieux rentrer au foyer, en empruntant un autre chemin. Sa vie n'était faite que de sables mouvants, poison et fumée noire, et il était absurde de prétendre qu'elle pourrait un jour redevenir simple, entière, solide comme celle des autres gens. Même après le départ du dernier enfant, alors que Mrs Martinez était partie passer un coup de fil, Cerise eut la sensation, en rassemblant ses affaires, que son corps entier la prévenait d'un danger et que des sirènes retentissaient dans sa tête. *N'y va pas,* se dit-elle. *Va n'importe où, sauf là.*

Elle signa la feuille de présence, mit son blouson et s'apprêtait à sortir discrètement quand Mrs Martinez réapparut dans la salle.

– Je suis vraiment désolée, lui dit cette dernière avec un regard triste et chaleureux. Si ça ne tenait qu'à moi, je vous donnerais une seconde chance sans hésitation, mais il y a tant de règles à respecter – et puis vous étiez encore en période d'essai, nous sommes tenus de prendre les plaintes des parents très au sérieux et il se trouve que le parent qui s'est plaint siège au conseil d'administration de l'établissement. Personne n'aurait rien à gagner à ce que l'État nous fasse fermer. J'espère que vous comprenez.

Elle paraissait si bouleversée que, l'espace d'un instant, Cerise eut peur qu'elle ne se mette à pleurer ; et le regret d'avoir fait de la peine à Mrs Martinez vint s'ajouter à tous les autres.

– Ce n'est pas grave, marmonna-t-elle.

– Vous allez beaucoup manquer aux enfants, dit Mrs Martinez en la regardant de ses yeux marron pleins de gentillesse. Et à moi aussi.

– Tout le monde va me manquer aussi, répondit Cerise.

Puis, pour éviter à l'une ou à l'autre de fondre en

larmes, elle tourna brusquement les talons et quitta la salle en titubant.

Il faisait froid et ses pas résonnaient dans le long couloir. Elle avait échoué à nouveau, échoué sans même avoir encore essayé de réussir, échoué avant d'avoir eu le temps de savoir vraiment à quel point cela comptait peut-être, d'être Cherie aux yeux d'une salle entière d'enfants qui étaient ceux des autres. Elle arriva au bout du couloir, traversa le hall silencieux et sortit. Elle voulait partir vers la gauche, loin du parc, faire un détour pour rentrer au foyer où les portes allaient rouvrir pour la soirée et où l'équipe chargée du dîner aurait commencé à cuisiner. Mais avant qu'elle ait pu le faire, ses jambes prirent vers la droite, et elle partit à l'ouest, en direction du soleil, qui commençait tout juste à se coucher derrière les arbres, les immeubles et les lignes électriques.

DANS LE PARC, la lumière avait la clarté d'une eau de montagne, et il y avait dans l'air doux un fond de fraîcheur qui conférait à l'herbe et aux feuilles un aspect plus vert, plus réveillé. Le soleil était presque couché et, à l'aplomb de l'enchevêtrement urbain, le ciel était nervuré de délicats nuages corail. Une petite fontaine se murmurait à elle-même une musique froide. Anna passa les jambes potelées d'Ellen dans les trous de la balançoire et l'aida à agripper les chaînes de ses petites mains douces, puis elle la poussa légèrement et le visage d'Ellen se fendit d'un sourire. Lorsqu'elle avait expliqué au médecin qu'Ellen passait désormais vingt heures par semaine à la crèche, il lui avait dit d'un air grave :

– Vous devriez peut-être réexaminer la question.

Anna s'était retenue de lui répondre qu'elle n'avait pas franchement le choix.

Lucy grimpa sur l'assise en caoutchouc noir d'une balançoire pour les plus grands.

– Pousse-moi, demanda-t-elle.

– Dans une minute, répondit Anna d'un air absent, en donnant une nouvelle impulsion à la balançoire d'Ellen.

Elle pensa à l'animatrice du programme des activités périscolaires. D'où lui était venue cette envie subite d'inviter Cherie à les rejoindre ? Elle ne savait rien d'elle, hormis le peu que lui en avait dit Lucy. Elle voyait déjà qu'elles n'avaient rien en commun, qu'elles ne deviendraient jamais amies. Quoi qu'il se soit passé exactement vendredi après-midi, cependant, depuis Lucy dormait comme un loir. Et dimanche, quand Kaylesha était venue à la maison, les deux petites avaient joué comme deux amies de toujours.

Lucy aperçut Cherie la première, qui approchait sur la pelouse.

– Cherie, regarde ! Je me balance toute seule, s'écria gaiement Lucy. Je vais haut, regarde !

– Sois prudente, cria Cherie alors que Lucy était à son zénith, ne fais pas de trous dans le coucher de soleil !

Lucy laissa retomber sa tête et ses jambes, feignant l'épuisement.

– J'en ai assez de me balancer toute seule, annonça-t-elle. Cherie, tu veux bien me pousser ?

Anna regarda Cherie se placer derrière Lucy et obtempérer, tout son corps oscillant naturellement d'avant en arrière pour accompagner le mouvement. Elle regarda Lucy lever le visage vers le ciel corail, les yeux fermés, ses traits ravis, adoucis. Elle s'était vaguement dit qu'elle pourrait aider Cherie d'une manière ou d'une autre. Elle avait imaginé lui proposer de rédiger une lettre pour se plaindre de son départ de l'école, mais le silence de Cherie lui rappela qu'elles étaient étrangères l'une pour l'autre. Elle poussa de nouveau un peu Ellen tout en cherchant quoi dire ensuite.

– Avez-vous un autre job ? finit-elle par demander.

– Non, répondit Cherie en ahanant sous l'effort de la poussée suivante.

– Qu'allez-vous faire ?

Lucy n'était pas encore redescendue vers le sol que Cherie haussa les épaules.

– Je trouverai bien quelque chose. Probablement pas avec les enfants.

Et elle poussa de nouveau Lucy vers le ciel.

– Vous aimez vous occuper d'enfants ? demanda Anna.

– J'aime les enfants, répondit doucement Cherie.

– Vous en avez ? s'enquit Anna.

Il y eut un blanc. Cherie poussa Lucy plus fort avant de répondre :

– Non.

La balançoire monta de nouveau.

– Tu habites où ? lança Lucy d'en haut.

Il y eut un autre blanc, le temps que Lucy redescende vers la terre, puis Cherie répondit :

– J'habite au foyer d'hébergement pour femmes de Redwood.

– C'est quoi comme maison ? demanda Lucy.

La femme se tut si longtemps, cette fois, qu'Anna se dit qu'elle n'avait pas entendu la question, puis elle expliqua :

– Ce n'est pas une maison. C'est un foyer pour les femmes sans-abri.

– Stop ! cria Lucy.

Elle jeta ses pieds contre le sol afin de freiner assez la balançoire pour sauter à terre. Se retournant vers Cherie, elle demanda :

– Tu es sans-abri ?

– Plus maintenant, si ? Puisque je vis dans un foyer, fit Cherie en s'agenouillant à sa hauteur pour lui parler, ce qui donna à Anna l'impression d'écouter aux portes.

– Mais tu n'avais plus de maison, insista Lucy.

– Eh bien…

– Qu'est-ce qui s'est passé avec ta maison ?

– Oh Lucy, on ne devrait pas… intervint Anna.

– Ce n'est rien, coupa Cherie, mais le silence s'éternisa tant qu'Anna fut certaine que Lucy avait gaffé.

Plantant son regard dans celui de Lucy, Cherie finit cependant par répondre d'une voix blanche :

– Mon mobil-home a brûlé. J'ai perdu ma maison.

– Et maintenant, vous avez perdu votre travail, murmura Anna.

– Maman, maman, maman ! s'écria Lucy en levant un bras vers le ciel comme si elle demandait la parole en classe. Je sais ! Je sais ! Maman, on pourrait lui donner un travail, nous, à Cherie !

À CÔTÉ DE LA PETITE FONTAINE, tandis que le soleil se couchait dans son dos et qu'Anna la dévisageait, que Lucy sautillait sur place et qu'Ellen contemplait la scène, les yeux écarquillés, depuis sa balançoire, Cerise fut assaillie à la fois par une impression de danger et par d'horribles scrupules. Ça la déboussolait, d'avoir si facilement parlé du foyer et de l'incendie. Ça la perturbait d'avoir menti avec tant d'aplomb, quand elle avait assuré ne pas avoir d'enfants, et ça l'effrayait de penser à ce qu'elle risquait de dire ensuite.

Elle n'avait jamais rencontré personne de semblable à la mère de Lucy, même si celle-ci lui rappelait un peu sa tutrice à l'institut universitaire. Elle aimait qu'Anna fût jolie sans avoir l'air parfaite. Elle aimait aussi la manière dont elle traitait ses filles, comme si elle était à la fois amusée et satisfaite, et sa façon de la traiter, elle, comme si le monde était une chose qu'elles partageaient. Elle aimait même les vêtements qu'Anna portait, sa coiffure sans chichis. Elle appréciait trop Anna pour risquer de la décevoir ou de la contaminer, bien trop pour risquer de s'exposer à son jugement.

– S'il te plaît, supplia Lucy comme si Cerise était une barre chocolatée ou un tour de manège. Oh, s'il te plaît, s'il te plaît, s'il te plaît…

Il y eut une longue pause. Cerise, la tête basse, attendit que la mère de Lucy prononce ces mots difficiles qui les libéreraient toutes les deux. Au lieu de quoi Anna finit par dire :

– Je ne suis pas sûre d'avoir dans l'immédiat du travail à vous proposer, mais peut-être que vous pourriez venir passer quelques heures avec nous mercredi après-midi ? Je sais que Lucy serait ravie. Et Ellen aussi, ajouta-t-elle, en hissant le bébé hors de la balançoire.

Cerise ne voulait pas devoir passer davantage de temps avec Lucy et sa drôle de façon de s'exprimer, avec ses millions de sautes d'humeur et ses vêtements débraillés. Lucy avait beau avoir les yeux marron et non bleus, elle avait beau n'être pas du tout aussi belle que Melody au même âge, elle lui rappelait Melody quand même, car son corps était de la taille de celui de Melody, ses cheveux étaient doux comme ceux de Melody, et sa voix était le fantôme de la Melody d'avant que tout tourne mal.

Et Cerise ne voulait surtout pas être avec le bébé. Car si elle touchait Ellen, elle craignait d'être incapable ensuite de la lâcher, craignait que ses doigts ne se changent en griffes si elle la prenait dans ses bras. En présence d'Ellen, elle craignait de se mettre à pleurer sans plus se rappeler comment s'arrêter.

– S'il te plaît ? supplia Lucy en se tournant cette fois vers elle.

Elle avait la voix douce et pressante, aussi pleine d'insinuations que celle de Melody autrefois.

– Oh, s'il te plaît ?

Et alors qu'elle était debout à côté de la petite fontaine dans le tendre crépuscule violet, le seul mot qui vint à Cerise fut :

– Bien sûr.

LE MARDI MATIN, Anna déposa Ellen chez Mrs Chauncy une demi-heure plus tôt que d'habitude et fila au foyer d'hébergement pour femmes de Redwood. C'était un bâtiment terne, peu élevé, dans un quartier fatigué proche du centre-ville. Elle se gara devant, verrouilla la voiture, puis vérifia discrètement de nouveau les portières. Un petit groupe de femmes traînaient sur le trottoir avec leurs sacs et leurs cigarettes. Elle passa au milieu d'elles, un sourire compatissant aux lèvres, mais le regard fixé vers un point plus lointain.

Dans un hall d'accueil au mur bordé de chaises

et à la moquette virant au gris, il y avait un bureau équipé d'un téléphone fixe et d'un fichier rotatif. Tout paraissait si étonnamment normal qu'Anna se rendit compte qu'elle avait eu en tête les gravures de Bedlam, et des femmes au regard halluciné se prélassant sur la paille.

– Nous ne sommes pas ouverts, fit une voix.

Anna sursauta et, regardant autour d'elle, elle aperçut une femme qui approchait dans le couloir. Elle était petite et quelconque, un coin de ses lunettes réparé avec du ruban adhésif noir.

– Je suis navrée, fit Anna, j'aurais juste besoin de… Êtes-vous… Travaillez-vous ici ?

– Oui, dit la femme qui était arrivée dans le hall. Et nous affichons complet, malheureusement. Notre liste d'attente est tellement longue que nous n'acceptons même plus de dossiers.

– Oh, je ne suis pas… C'est-à-dire que… J'ai un toit, bafouilla Anna. Je cherche simplement des informations sur quelqu'un qui vit chez vous.

Affable jusqu'ici, la femme se durcit.

– Et qui êtes-vous ? demanda-t-elle.

– Je voulais inviter chez moi une de vos… Cherie Johnson. Et peut-être même lui proposer de s'occuper de mes filles.

La femme remonta ses lunettes sur l'arête de son nez.

– J'enfreindrais nos règles de confidentialité si je vous disais quoi que ce soit sur nos résidentes.

– Je sais, dit Anna. C'est simplement que… j'ai une responsabilité vis-à-vis de…

Le regard de la femme s'adoucit.

– Vous ne voulez pas mettre en danger vos enfants en aidant Cherie, résuma-t-elle.

– Oui. Enfin, non. C'est…

– Dans ce cas, je veux bien vous en dire un petit peu plus que je ne le devrais, même si je ne sais pas grand-chose.

– Faites au mieux, je comprends.

– Nous avons de nombreuses règles, ici, commença la femme. Faute de pouvoir aider tout le monde, nous essayons de concentrer notre énergie sur celles avec qui nous obtiendrons peut-être de vrais résultats. Si une femme ne peut pas se plier à ces règles, nous lui demandons de partir, pour faire de la place à quelqu'un d'autre.

Elle haussa les épaules.

– C'est difficile, mais c'est comme ça. Quant à Cherie, elle n'a jamais causé le moindre problème, continua-t-elle. Elle prend soin des gens, elle participe aux tâches ménagères et en fait bien plus que ce qu'on serait en droit d'attendre d'elle, sans jamais se plaindre. Elle est géniale avec les enfants – alors que certains gamins ici ont de bonnes raisons de nous donner du fil à retordre.

– Et son… passé ?

– La plupart des femmes ont envie de parler, de raconter leur histoire. Cherie, en revanche, n'a jamais rien dit, en tout cas je n'en ai jamais rien su.

– Elle m'a raconté qu'elle était sans-abri depuis l'incendie de son mobil-home…

– Si c'est ce qu'elle vous a dit, je ne vois aucune raison d'en douter. Elle doit vous faire confiance, pour vous avoir révélé ça. Cherie est une taiseuse, continua la directrice, mais elle a l'air solide, une vraie survivante. Elle est gentille, aucun doute là-dessus. Elle va devoir nous quitter bientôt. Elle va nous manquer.

– Vous quitter ? fit Anna. Pourquoi ?

– Les séjours ici sont limités à trois mois – trois mois, tant qu'on obéit à toutes nos règles.

– Et quelles sont ces règles ?

La directrice redressa à nouveau ses lunettes.

– Les femmes doivent chercher du travail, puis faire de leur mieux pour le garder. Elles doivent participer aux tâches ménagères et rester propres. Nous ne tolérons ni les bagarres, ni les obscénités, ni la consommation d'alcool ou de stupéfiants.

« Je ne crois pas que Cherie ait des problèmes de ce genre, continua la femme. Nous les soumettons à des tests antidrogue. Un seul positif et c'est la porte. Je lui confierais mes propres enfants, si j'en avais.

Elle s'interrompit un instant avant d'ajouter :

– C'est gentil de votre part, de vous intéresser à elle. Ces femmes n'ont besoin que de ça – d'un pont pour retrouver la route. C'est la société qui met les gens à la rue, et seule la société peut les aider à retrouver ce qu'elles ont perdu.

– Le gouvernement… commença Anna.

Mais la femme l'interrompit :

– … est une abstraction. Ces femmes…

Sa voix flotta, comme si elle avait atteint une impasse, puis elle sembla passer à autre chose. Et quand elle parla de nouveau, ce fut avec force et détermination :

– N'oubliez pas l'hospitalité, car, grâce à elle, certains, sans le savoir, ont accueilli des anges.

– C'est de qui ? demanda Anna.

– La Bible, bien sûr. Saint Paul, lettre aux Hébreux. Ce n'est pas toujours facile, d'essayer d'aider, ajouta-t-elle. Mais ce n'est pas non plus facile d'être sans-abri, de ne plus rien avoir que la vie.

– Non, mais il me semble que… Il doit bien exister un moyen, je veux dire…

La femme la jaugea.

– Il y a autre chose que j'essaie de garder en tête, dit-elle. C'est une formule légale, étrangement.

– Et quelle est-elle ?

– Le « droit à la folie », répondit la femme.

– Oh, fit Anna.

Mais l'espace d'un instant, elle ne fut pas très sûre de savoir de quelle folie la femme parlait.

CELA FAISAIT PRESQUE AUSSI MAL que de l'avoir accepté, de devoir renoncer à ce travail. Mardi matin, quand Cerise se réveilla, la journée entière se profilait devant elle, inutile, éternelle et aussi inébranlable qu'une montagne.

– Travaillez bien, lui dit la directrice alors qu'elle sortait, s'intégrant à la file indienne des autres femmes, dans la rue ensoleillée.

Cerise acquiesça et marmonna un merci, mais elle grimaça intérieurement comme sous l'effet d'une gifle.

En milieu de matinée, les enfants commencèrent à tant lui manquer qu'elle songea à y retourner quand même, clandestinement, pour aller traîner autour de l'aire de jeux ou pour se cacher dans le couloir, avec l'espoir ne serait-ce que de les apercevoir. Mais en approchant de la cour, elle rebroussa chemin, par crainte que quelqu'un ne l'aperçoive et ne prévienne la police.

Elle passa le restant de la journée à errer dans un Santa Dorothea que ne connaissaient pas ceux qui avaient un travail, une maison, un but – ruelles, terrains vagues et immeubles désaffectés, cachettes poussiéreuses ou humides, fourrés, poches de nature, tous ces endroits auxquels on n'accédait qu'en rampant ou en grimpant furtivement.

C'étaient les derniers lieux où elle se sentait chez elle. Elle avait rêvé d'un endroit où les gens seraient heureux de la voir, d'une pièce à elle seule où elle pourrait se retirer pour y retrouver Travis. Mais à présent, elle se rendait compte qu'elle n'aurait jamais ces choses-là. Elle avait fait de son mieux et elle avait perdu son emploi, c'était une preuve qu'elle n'y était pas à sa place dès le départ, qu'elle reproduirait à nouveau le truc qui l'avait poussée à le perdre.

« Ils disent que je dois trouver du boulot ou partir », avait marmonné Barbara en rassemblant ses affaires.

Mais les bars et les restaurants n'avaient pas voulu de Cerise, les motels et les maisons de retraite n'avaient pas eu besoin d'elle, et même si elle trouvait une autre école assez imprudente pour l'engager, l'idée de repartir une nouvelle fois de zéro lui était insupportable. Elle se souvint de ces paroles prononcées un jour en pouffant par Melody : « Reviens sur terre, tu crois quand même pas que j'aie ma chance, si ? » Cerise se demandait à présent comment elle avait pu croire à la sienne.

« Tant qu'il y a de la vie, il y a de l'espoir », répétait sans cesse la directrice du foyer. Mais l'espoir était une mystification, juste une façon de piéger les gens pour les forcer à rester en vie. L'espoir était un mirage, un stratagème. L'espoir ne voulait rien dire, et pourtant la vie s'accrochait, pourtant Cerise écumait les rues à la recherche de recoins et de cachettes, pourtant elle retournait à la soupe populaire à midi tous les jours, pour manger de la nourriture de mauvaise qualité et chercher Barbara dans la foule. En fourrant des pommes de terre farineuses dans sa bouche du bout de sa fourchette, elle regarda les autres manger et eut l'impression que leur seule raison d'être était d'aller remplir de leurs étrons de sans-abri la cuvette de toilettes interdites.

Quand le foyer rouvrit, elle alla retirer discrètement

les couvertures de son lit, prit son sac de vêtements et d'articles de toilette sur son étagère, une poignée de *donuts* fripés dans le garde-manger, avant de filer par la porte de la cuisine sans se faire remarquer. À la tombée de la nuit, elle se prépara un lit dans un box d'une étable du champ de foire, balayant de son mieux les planches du sol avec une brosse de pansage à demi décomposée, avant d'étaler le long du mur du fond une épaisseur de vieux journaux, sur lesquels elle déplia ses couvertures en un rectangle bien net.

Une brise traversa le bâtiment vide, remuant poussière et ordures avant de repartir. Le grondement lointain de l'autoroute était le seul bruit perceptible. Après le brouhaha des écoliers et sa vie sans intimité au foyer, le vaste silence des lieux paraissait étrangement accueillant, comme s'il avait attendu sa venue, comme s'il y avait un endroit à l'intérieur de ce silence qui épousait parfaitement les contours de Cerise.

C'était un soulagement d'être à nouveau sans entrave, inconnue, sans obligation envers nul autre que son corps à elle, pauvre petit animal de compagnie. Un soulagement de se détacher des soucis insignifiants et des chagrins d'autrui. Alors que la dernière lueur du jour se dissipait dans l'étable, elle retira ses chaussures et se glissa entre les couvertures. *Travis*, songea-t-elle avec impatience. Elle se raidit et retint son souffle, se concentra de toutes ses forces pour franchir la torture de sa mort et accéder à ce lieu où il vivait toujours. Étendue sous ses couvertures, elle attendit que l'odeur de son bébé, sa voix, son sourire viennent la posséder. Mais cette fois, même si le manque de lui était si déchirant qu'il aurait pu sectionner des atomes, elle ne parvenait pas à le retrouver dans sa tête. Elle se souvenait de morceaux de lui – le creux dans sa nuque, ses joues rebondies et ses jambes robustes – mais ces morceaux étaient mouvants, refusaient de devenir un garçon tout entier.

Malgré tous les efforts de Cerise, Travis ne se présentait pas à elle. Elle se souvenait d'un million de moments passés avec lui – à changer ses couches, à lui donner son dîner ou son bain. Mais elle n'arrivait pas à trouver le chemin qui conduisait à eux deux. C'était comme si ses souvenirs se figeaient à plat, à l'instar des photos dans les albums de Rita, ces petits clichés dont les couleurs se fanaient lentement, pour donner des images pâles et jaunies comme de vieilles ecchymoses.

Dehors, une grenouille esseulée se mit à coasser, un cri timide et plaintif dans la pénombre. Il se passa un instant, puis un chœur lui répondit. Sur son lit de papier, Cerise se laissa un peu bercer par leur chant, elle laissa le temps s'écouler, jusqu'à ce qu'enfin, elle se soit presque habituée au désir lancinant qu'était sa vie.

Elle se réveilla bien plus tard, en entendant des bruits de pas accompagnés de chuchotis. L'adrénaline la fit se raidir, allongée sur le flanc dans l'obscurité, dos contre le mur de son box, retenant son souffle, cherchant à disparaître et à voir dans la nuit.

– Ici, dit un homme.

Elle cherchait désespérément quoi répondre quand les intrus longèrent finalement son box pour pénétrer dans le suivant.

Lorsqu'elle entendit une fille glousser, puis la voix grave de l'homme, sa panique reflua un peu.

Terrifiée à l'idée de trahir sa présence, elle resta allongée là, à moins de deux mètres de l'endroit où ils s'embrassaient, essayant de ne pas écouter, mais incapable d'entendre autre chose. Au son que produisaient leurs corps, à leurs soupirs et à leurs murmures, elle envia presque les petites extases qu'elle leur imaginait.

Mais un instant plus tard, la fille poussa un gémissement plaintif.

– Non, dit-elle. Oh, s'il te plaît.

Sa voix était étranglée, timide et apeurée, comme si elle était brusquement devenue une enfant.

– Ça va te plaire, fit l'homme. Tu vas voir.

La fille laissa échapper un petit cri, un mot étouffé qui ressemblait à « maman », et Cerise sentit une ombre affreuse lui traverser l'esprit. Malade d'angoisse, elle ne bougea pas, se détesta, incapable d'arrêter quoi que ce soit, incapable même de plaquer les mains sur ses oreilles par crainte de faire du bruit. Elle se rappela comment elle avait elle-même découvert l'acte sexuel, se rappela le pénis de Sam devenu gourdin brusquement apparu entre ses jambes à elle, étonnant et insistant comme un camion fonçant droit sur elle, et elle se rappela qu'elle était devenue mère, sans même avoir eu le temps de comprendre ce que Sam essayait de lui faire.

Quand les bruits cessèrent, le coassement des grenouilles envahit le silence. Au bout d'un moment, la voix de la fille demanda, suppliante :

– Est-ce que tu m'aimes ?

Mais Cerise n'entendit pour toute réponse qu'un grognement impatient et le râpement pressé d'une braguette qu'on remonte.

Bien après que le couple fut parti et que les grenouilles eurent cessé d'appeler, quand les box furent à nouveau plongés dans un silence seulement interrompu par un vent intermittent, Cerise était toujours réveillée, tourmentée par tout ce qu'elle avait été incapable de changer, d'interrompre ou de préserver. Juste avant de parvenir enfin à se blottir dans un sommeil ténu, elle crut entendre dans le lointain, au-delà de l'autoroute, la sonnerie incessante d'un téléphone. En écoutant ce son si imperceptible qu'il n'existait peut-être que dans sa tête, elle sentit une désagréable étincelle de désir teinté de mélancolie. *C'est trop tard*, se dit-elle, et elle remonta ses couvertures sur sa tête.

Elle se réveilla dans la fine lumière de l'aube sous une cascade de chants d'oiseaux. L'air était froid contre son visage, et le box sentait la rosée, le foin et le vieux fumier. Elle resta longtemps blottie sous ses couvertures, à regarder le matin poindre lentement, à écouter le bavardage des oiseaux et le grondement croissant de la circulation sur l'autoroute.

Elle n'avait aucune raison de se lever. À présent qu'elle avait perdu son emploi, volé une couverture et enfreint le règlement en ne rentrant pas dormir, il lui était impossible de retourner au foyer, et elle ne savait pas du tout où elle pourrait aller. Allongée sur son lit de journaux, elle se demanda comment elle parviendrait à endurer le gâchis des heures à venir avant de pouvoir à nouveau se perdre dans le sommeil.

La directrice du foyer disait que tout le monde avait besoin de projets. Elle disait que les projets étaient les cordes dont on se servait pour se hisser vers l'avenir. Mais Cerise n'avait que faire de l'avenir. L'avenir n'était que le présent qui s'étirait éternellement, comme des déchets semés le long d'une autoroute sans fin. Elle savait pourtant qu'elle ne pourrait pas rester indéfiniment dans son box. Quelqu'un finirait par la trouver et la forcer à s'en aller. Ou c'est la voracité de son corps qui la ramènerait dans le monde.

Le rectangle de lumière que le soleil levant avait ouvert sur le sol était presque arrivé à elle quand elle se souvint : c'était aujourd'hui qu'elle avait promis de rendre visite à Lucy et à sa mère. *Peu importe,* pensa-t-elle en contemplant d'un œil morne les clous qui saillaient des planches du plafond recouvert de toiles d'araignée, elles ne pensaient probablement pas, de toute façon, qu'elle allait vraiment venir. La mère de Lucy serait sans doute soulagée, et le bébé n'en saurait jamais rien ; quant à Lucy, même déçue, elle s'en remettrait bien assez vite. Cerise se redressa en position assise pour mettre ses chaussures, puis elle se leva et secoua ses couvertures avant de les plier.

Mais tandis qu'elle empilait le papier journal dans un coin du box, le souvenir de l'air abattu de Lucy le jour où ils avaient trouvé Andrea ne cessa de lui revenir. Elle se souvint de la fillette assise devant elle, immobile, tout entière concentrée sur les mouvements de la brosse de Cerise dans ses cheveux. De la sollicitude avec laquelle Lucy avait reproduit ces mêmes gestes, et de la tendresse dont elles avaient toutes fait preuve les unes envers les autres, de leur prévenance et de leur bienveillance. Alors tout d'un coup, elle décida qu'elle irait chez Lucy. Elle irait chez elle pour lui faire ses adieux. Elle n'avait pas besoin d'entrer. Elle n'aurait qu'à expliquer à Lucy, depuis le seuil, qu'elle ne pouvait pas rester. Lui dire qu'elle était désolée, mais qu'elle manquait de temps pour entrer, qu'elle partait loin et qu'elle ne pourrait pas revenir. Après quoi la déception de Lucy ne serait plus son problème.

Il y avait une bonne distance de marche entre le champ de foire et la maison de Lucy. Cerise traversa d'abord des quartiers de maisons aux fenêtres grillagées et aux portes affaissées, leurs jardins à l'abandon jonchés de jouets cassés. Des gens à l'air harassé assis sur les perrons la saluaient du menton ou la regardaient de travers. Elle traversa le centre-ville, avec sa circulation dense, ses immeubles lisses et ses passants sinistres qui écumaient les boutiques, puis arriva dans des quartiers qui ressemblaient à un autre monde, avec leurs rues larges, leurs trottoirs blancs et leurs pelouses veloutées. Les arroseurs automatiques ponctuaient le gazon de leurs yeux de laiton, et de petites pancartes bien léchées avertissaient les passants que les maisons étaient surveillées jour et nuit.

Quand Cerise arriva enfin à la bonne adresse, dans une rue bordée de vieilles bâtisses qui longeait un ravin escarpé, elle n'eut pas le temps de pénétrer dans l'allée que Lucy vint à sa rencontre en dansant.

– Te voilà ! s'écria la fillette en tournant autour d'elle comme un petit chien joyeux. Te voilà. Tu es chez moi !

– Coucou, fit sèchement Cerise. En fait, je suis venue te dire au re…

Mais Lucy ne lui laissa pas le temps de finir sa phrase. Quand elle la prit par la main, Cerise sentit la chaleur de ses petits doigts contre la peau tendre de sa paume.

– Viens ! pressa Lucy en la traînant vers la porte. Ma maman et moi, on a fait des cookies en ton honneur !

Cela semblait encore vaguement inapproprié, ou risqué, d'inviter une sans-abri chez eux. Il y avait quelque chose de vicié dans ce mot – « sans-abri » – qui troublait Anna, comme si ça signifiait davantage que la simple absence de logement, ou comme si la malchance de Cherie était contagieuse, un virus qui risquait de les contaminer. Au téléphone, la veille au soir, Sally lui avait dit :

– C'est gentil de ta part de vouloir aider une sans-abri, mais je n'arrive vraiment pas à comprendre pourquoi tu ferais prendre un tel risque à tes enfants.

– Ce n'est pas un risque, avait rétorqué Anna, assise à côté d'une pile de linge propre.

Le combiné coincé contre son épaule, elle attrapa un T-shirt d'Eliot qu'elle secoua pour en ôter les plis.

– Comment sais-tu que ce n'est pas un risque ? insista Sally.

– Regarde comment Lucy a géré l'histoire d'Andrea. Je suis sûre que Cherie y est pour beaucoup. En quoi elle serait une menace ?

– Elle n'a peut-être pas fait grand-chose. Lucy est peut-être simplement soulagée qu'il y ait une fin à cette histoire.

– Peut-être, répondit Anna en ajoutant le T-shirt plié à la pile d'Eliot. Tout ce que je sais, c'est qu'on s'attendait à ce que Lucy ne parvienne pas à gérer et que ça n'a pas du tout été le cas.

– Et puis tu n'es pas assistante sociale, continua Sally. Cette femme a sans doute tout un tas de problèmes que tu ignores.

– Qu'est-ce que tu en sais ? demanda Anna.

– Sans ça, les gens ne finiraient pas à la rue.

– Les gens deviennent sans-abri quand ils perdent leur toit, répondit sèchement Anna.

Elle tira une chemise de nuit du tas de linge encore chaud. Le vêtement crépita d'électricité statique et se colla aux manches de son pull-over lorsqu'elle commença à le plier.

– On dit souvent aussi que n'importe qui est à trois feuilles de paie de la rue.

– Pas moi, rétorqua promptement Sally.

– Et pourquoi ça ?

– Parce que je viendrais m'installer chez toi.

– Génial, grommela Anna.

– Je suis sérieuse, répondit Sally. Tu ne vois pas ? On ne finirait jamais à la rue, toi et moi. On a trop de ressources pour ça. Avant de devenir sans-abri, il faudrait qu'on se mette à dos tous nos amis et toute notre famille, qu'on perde tous nos savoir-faire. Ce qui fait bien trop. À ta place, je me demanderais pourquoi cette femme en a si peu.

Mais Cherie ne semblait pas malade, à la dérive ou dangereuse, comme son statut de sans-abri pouvait le laisser entendre. Au parc, elle n'avait pas beaucoup parlé, mais elle avait été franche, et cela avait plu à Anna. Anna avait aimé la simplicité avec laquelle elle s'était adressée à Lucy, radieuse de l'écouter.

Et à présent cette femme était chez elle. Ellen sur sa hanche, Anna emboîta le pas à Lucy, qui entraînait fièrement Cherie dans l'escalier pour lui montrer sa chambre. Tandis qu'elle observait Cherie, qui écoutait avec un intérêt sincère le bavardage de sa fille et lui faisait des réponses pleines de pudeur, Anna se dit que les mises en garde de sa sœur étaient infondées, mesquines, méchantes et petites-bourgeoises. Lucy était terriblement heureuse, expansive et à l'aise, quand elle montrait à Cherie sa lampe de chevet Pierre Lapin, ses draps Cendrillon, les dessins qu'elle avait faits avec Kaylesha, et le coquillage avec l'océan dedans que sa tante Sally lui avait envoyé de Tahiti.

Quand Cherie eut fini d'admirer tous les trésors de Lucy, il y eut un petit silence gêné, chacune sur le palier s'efforçant de trouver ce qui était censé suivre. Cherie avait un air peiné, comme si elle voulait parler, mais sans trop savoir quoi dire, de sorte qu'Anna se demanda si ça l'avait mise mal à l'aise d'être observée avec tant d'insistance. Pour dénouer l'instant, elle redressa Ellen sur sa hanche et dit :

– On se demandait, Lucy et moi, si vous seriez partante pour un petit goûter.

Une ombre presque imperceptible traversa le large visage de Cherie, qui sembla hésiter une demi-seconde avant de répondre :

– D'accord.

Dans la cuisine, tandis qu'elles pelaient des oranges, faisaient infuser du thé et disposaient les cookies sur une assiette, Anna se dit qu'il y avait des questions qu'elle devrait poser, des détails qu'elle devrait connaître, avant d'aller plus loin dans leur relation – sur l'expérience professionnelle de Cherie avec les enfants et sur ses qualifications pour s'occuper de Lucy et d'Ellen. Mais elle avait l'impression que demander à Cherie de parler de son passé serait une violation. Et cela lui paraissait également absurde, de demander à Cherie un CV ou des références, d'autant qu'elle n'était pas encore complètement certaine de vouloir l'engager. Elle craignait qu'interroger trop longuement Cherie ne donne l'impression qu'elle s'apprêtait à lui offrir un emploi.

Elle tergiversait encore quand Cherie s'éclaircit la gorge et demanda timidement :

– Qu'est-ce que vous faites, comme travail ? Mis à part vous occuper de vos filles, je veux dire.

– Je suis photographe, répondit Anna en installant Ellen dans sa chaise haute, avant de poser sur le plateau une poignée de Cheerios. Ou plutôt j'étais, ajouta-t-elle avec regret. Maintenant, j'enseigne, surtout.

– En quelle classe ? demanda Cherie.

– Je donne des cours à l'université.

– À l'université ?

La voix de Cherie était à la fois méfiante et pleine d'une admiration mêlée de respect.

– À temps partiel, seulement, précisa Anna.

Elle avait du mal à décider ce que ça lui faisait, d'être celle qu'elle était, face à cette femme qui avait récemment connu la rue, et qui venait de perdre son travail.

– Vous apprenez aux gens à faire des photos ? demanda Cherie. Comme des photos de mariage, ce genre de chose ?

– Je photographie surtout des paysages. Les beaux-arts, répondit Anna d'un ton sec.

Face au désarroi de Cherie, cependant, elle s'adoucit pour ajouter :

– Les mariages aussi peuvent constituer un sujet intéressant.

– Alors vous êtes artiste ? fit Cherie, comme si elle tentait de tirer au clair un point important.

Et même si la question creusa un trou dans son cœur, Anna se força à répondre :

– Oui.

– Ces photos sur les murs, c'est vous qui les avez prises ? demanda Cherie en regardant autour de la cuisine, impressionnée.

– Dans le salon, il y a une photo que j'ai faite, oui… Mais en ce moment, voir mon propre travail me donne le mal du pays, dit-elle.

Comprenant la maladresse qu'il y avait à suggérer à une sans-abri qu'elle ne se trouvait pas bien là où elle était, elle grimaça, mais Cherie ne sembla pas le remarquer. Elle était visiblement absorbée dans ses propres pensées.

– J'ai connu une fille, dit-elle en regardant Anna avec une expression étrangement proche de l'émerveillement, qui rêvait d'être une artiste.

À la suite de quoi elle baissa promptement la tête, comme si elle avait dit quelque chose de choquant, ou trop parlé, et elle entreprit de disposer les quartiers d'oranges sur une assiette.

– Ah ? fit Anna. Lucy, tu veux du lait ou du jus de pomme ?

– Du jus ! répondit Lucy. Du jus pour Lu, ah ah !

– Mais je n'ai jamais vraiment compris les choses que cette fille faisait, ajouta Cherie.

– Et que faisait-elle ? s'enquit Anna en versant du jus de pommes dans une tasse à thé qu'elle posa à la place de Lucy.

– Un jour, elle a ramassé un sac plein de détritus sur le bord de l'autoroute et elle l'a peint en doré. Puis elle a appelé ça *Moisson*.

Anna se mit à rire.

– Ça me rappelle les trucs qu'on faisait à la fac.

– Mel – cette fille –, elle n'était qu'au lycée, répondit Cherie.

Sa voix s'était comme empesée dans un vernis de fierté, puis Cerise se tut un instant avant de baisser d'un ton, comme si elle se livrait à une confidence :

– À l'époque, je trouvais ça complètement idiot. Mais j'ai beaucoup réfléchi ces temps derniers, aux détritus, à toutes ces choses. Et maintenant, je me dis qu'en fait, ce n'était pas si bête.

Anna voulut lui demander pourquoi les détritus lui occupaient l'esprit, mais quelque chose dans la voix de Cherie la prévint que ce pourrait être intrusif. D'autant qu'elle venait déjà, manifestement, de lui faire une confidence importante, même si Anna ne savait pas trop laquelle.

– L'art sert à ça, entre autres choses, il nous incite à réfléchir.

C'était prétentieux comme paroles, et l'humilité dans le hochement de tête de Cherie lui fit l'effet d'un reproche.

– C'est ce que je croyais en tout cas, se reprit-elle.

En se penchant pour servir le thé, elle sentit les mots lui râper la gorge :

– Je pensais que l'art pouvait nous pousser à réfléchir, et à ressentir. Je pensais qu'il pouvait d'une manière ou d'une autre changer les gens. Mais on dirait que beaucoup de problèmes lui échappent, à présent.

Ça la surprit de s'entendre tenir de tels propos à cette pauvre inconnue. Elle décolla les yeux de son thé juste à temps pour apercevoir la douleur qui traversait subrepticement le visage de Cherie. C'était comme l'ombre d'un nuage, ou la grimace qui suit une gifle, et Anna se demanda d'où cela pouvait bien venir, elle se demanda comment la détresse de Cherie pouvait ainsi refléter la sienne.

CERISE ENTENDIT LA DOULEUR DANS LA VOIX D'ANNA et, même si elle n'en comprenait pas bien la source, cela la réconforta un peu de penser qu'Anna lui faisait suffisamment confiance pour lui livrer quelque chose de si important à ses yeux qu'elle en souffrait. Pourtant les mots d'Anna la blessaient également. Un instant, elle avait cru qu'Anna pourrait lui apprendre comment un sac de détritus pouvait devenir de l'art, et c'était décevant de voir la photographe balayer d'un revers de main ce qu'elle avait espéré comprendre. Elle aurait voulu avoir une autre question à poser, mais tandis qu'elle cherchait, Anna changea de sujet.

– On dirait que nous sommes prêtes, dit-elle. Lucy, va te laver les mains.

C'était étrange, d'être à table avec si peu de gens. La pièce était incroyablement tranquille, et les assiettes incroyablement petites. Cerise se sentait sur la retenue, mal à l'aise devant sa tasse et dans la conversation ; elle avait peur qu'un geste involontaire, un mot ne la trahisse. Elle se dit qu'il fallait qu'elle leur annonce son départ, mais ça paraissait déplacé, en plein goûter – d'autant que personne encore ne lui avait demandé de rester. Et puis, pendant qu'elle faisait rouler comme des billes dans sa tête les mots qu'elle allait peut-être utiliser, elle prit conscience que Lucy lui demanderait forcément où elle allait, et pourquoi. Aussitôt, elle se mit à douter de sa capacité à fabriquer un mensonge assez adroit pour assouvir la curiosité de la petite fille.

– Où avez-vous grandi, Cherie ? demanda Anna en lui tendant la petite assiette de cookies.

– Rossi, répondit prudemment Cerise, en prenant un cookie et en faisant passer l'assiette à Lucy, qui l'étudia longuement avant d'y prélever trois biscuits.

– C'était comment ? demanda Anna.

– Ça allait.

Cherie reprit doucement l'assiette à Lucy et la posa à côté d'Anna.

– Rossi n'était pas du tout aussi grand, à l'époque, ajouta-t-elle.

Anna eut un rire ironique.

– C'est ce que disent tous ceux qui ont grandi en Californie.

Cerise était heureuse d'être comme tout le monde, mais elle ne savait trop que répondre sans risquer de se mettre en danger. Elle regarda Ellen attraper avec concentration un Cheerio entre son pouce dodu et son index, puis le fourrer dans sa joue.

Anna rajouta du thé dans leurs tasses.

– J'ai grandi à Spokane, dit-elle en s'appuyant confortablement contre le dossier de sa chaise avant de prendre une autre gorgée. Mais je me souviens surtout des jours que ma sœur et moi passions à la ferme de mes grands-parents. Lucy y est née, et c'est cet endroit que je considère comme chez moi.

Cerise sentit de la nostalgie dans la voix d'Anna, mais avant qu'elle ait eu le temps d'en envisager la cause, Anna lui demanda :

– Vous avez toujours de la famille, à Rossi ?

Cerise grimaça et se recroquevilla intérieurement.

– Non, répondit-elle avec raideur.

Puis, parce qu'il lui sembla qu'elle devait ajouter quelque chose, elle précisa :

– Ma mère et son nouveau mari sont partis s'installer en Floride.

– Vous êtes vraiment tout à fait seule, alors ? fit Anna, avec une expression si douce que Cerise tressaillit.

Cerise baissa la tête vers sa tasse, sentit sa vapeur laiteuse monter vers ses joues. Elle allait partir, décida-t-elle, dès qu'elles auraient terminé leur goûter. Inutile de leur préciser qu'elle ne reviendrait pas. Elle pouvait simplement remercier Anna pour les cookies, passer la main dans les cheveux de Lucy et leur dire au revoir. Elle buvait les dernières gorgées de son thé en préparant ses mots quand, de nouveau, Anna la devança :

– J'ai des négatifs qu'il faut vraiment que je développe, dit-elle en posa sa tasse d'un geste décidé. Je laisse traîner ça depuis trop longtemps. Je me demandais si vous accepteriez de rester jouer avec les filles pendant que je m'en occupe. Je vous paierai au moins ce que vous gagniez à l'école.

– C'est que… bredouilla Cerise.

– Je considère que ça vaut largement ça, d'avoir quelqu'un avec qui nous nous sentons toutes si bien, l'interrompit Anna.

La moindre parcelle de Cerise, le moindre de ses nerfs lui soufflèrent de partir, mais elle était tenaillée par une envie grandissante. L'envie de rester un tout petit peu plus, de profiter de ce sentiment – aussi malavisé fût-il – qu'on réclamait sa présence.

– S'il te plaît ! supplia Lucy, ravie, en sautant de sa

chaise pour se suspendre au cou de Cherie. S'il te plaît, s'il te plaît, s'il te plaît, s'il te plaît…

Et face à la joue de Lucy collée contre la sienne et au regard plein d'espoir qu'Anna avait posé sur elle, il n'y eut d'autre choix qu'acquiescer d'un signe de tête.

– Super ! dit Anna. Je vais vous aider à vous installer, toutes les trois, puis je descendrai travailler dans ma chambre noire.

Anna sembla pousser un soupir invisible, comme si elle s'armait de courage, puis elle se leva d'un air résolu. Sortant Ellen de sa chaise haute, elle sourit à Cerise.

– Allez, dit-elle.

À la mention par Anna de sa chambre noire, Cerise crut apercevoir l'ombre d'une appréhension sur le visage de Lucy. Mais dans la foulée, la fillette courut à l'étage chercher ses jouets, et Cerise suivit Anna hors de la cuisine.

LORSQUE ANNA, EN ALLUMANT LA LUMIÈRE dans sa chambre noire, découvrit que ses châssis avaient été ouverts et que les plans-films qu'elle craignait tant de développer étaient éparpillés par terre, elle conclut que quelqu'un avant elle avait décidé qu'ils ne valaient rien.

Puis, prenant conscience de l'absurdité de son raisonnement, elle remarqua les fleurs bancales dessinées au feutre sur chaque négatif. La surface sombre et opaque du film conférait aux couleurs un aspect étrange et parsemé d'ombres. La colère monta comme une vague, balayant toutes les autres émotions sur son passage, et tout sens de la mesure. Elle sortit en trombe de la pièce, les négatifs gâchés à la main, et remonta comme une furie dans le salon, où Lucy, Cherie et Ellen étaient assises par terre au milieu des jouets.

Passant devant Cherie et Ellen sans leur accorder un regard, elle se planta face à Lucy et lui colla les plans-films sous le nez.

– C'est quoi, ça ? rugit-elle.

Lucy décolla les yeux du singe en peluche qu'elle était en train d'habiller. Plusieurs émotions se succédèrent sur son visage – choc, culpabilité puis terreur.

– Je sais pas, dit-elle en fixant les films tremblants dans la main de sa mère.

C'était la première fois qu'elle jouait la comédie avec une telle assurance, son premier gros mensonge.

– Bien sûr que si, tu sais, siffla Anna en se penchant pour lui saisir le poignet et la relever d'un geste si brusque que Lucy en eut le souffle coupé. Maintenant, parle ! ordonna Anna qui la tenait presque suspendue au bout de son bras.

Cherie fit un petit mouvement dans leur direction, à la fois protecteur et décontenancé. Se souvenant brusquement de sa présence, Anna tourna la tête vers elle.

– Je suis désolée, dit-elle sèchement. Il faut que je parle à Lucy – puis lâchant le poignet de sa fille, elle ajouta : File dans ta chambre, tout de suite !

Une fois à l'étage, Anna referma soigneusement la porte derrière elle, en prenant soin de tourner le bouton afin qu'elle ne claque pas, avant de pivoter sur ses talons et de faire face à Lucy.

– Qu'est-ce que tu as fabriqué, nom d'un chien ? demanda-t-elle, les dents serrées, plantant des couteaux dans chaque mot.

Lucy parut choquée et vulnérable.

– C'est pas moi, c'est Ellie, commença-t-elle, désespérée. Je lui ai dit de pas…

– Ce n'est pas Ellie, la coupa Anna. Ellie ne marche même pas à quatre pattes. Comment oses-tu accuser ta sœur ?

Les traits de Lucy s'affaissèrent, comme si les os eux-mêmes se dissolvaient.

– Je voulais pas…

– Bon sang, Lucy ! explosa Anna. Tu n'as pas le droit d'entrer dans la chambre noire sans ma permission et tu le sais !

Elle avait du mal à reprendre son souffle et avait des fourmillements au bout des doigts. Et pendant une brève seconde, sentir jaillir en soi une telle ardeur moralisatrice, avec une telle netteté, s'élever au-dessus du fatras des jours pour s'embarquer dans cette émotion si forte et passionnée fut presque aussi agréable que faire l'amour. Elle secoua les négatifs, qui s'entrechoquèrent devant le nez Lucy.

– Il y a des produits dangereux, en bas. Et aussi

tout mon travail, dit-elle, le souffle court. Tu vois ça ? C'étaient les premières photos que j'aie prises depuis un an et demi. Et elles sont fichues maintenant. Par ta faute.

Les lèvres de Lucy tremblaient. Elle avait les joues baignées de larmes, et d'autres larmes qui dégringolaient de son menton venaient dessiner des pois irréguliers sur son T-shirt rose.

– Mais elles étaient toutes noires ! se défendit la fillette.

– Ce sont des négatifs, répondit Anna. Tu ne comprends donc pas ? Ils n'avaient pas encore été développés.

– Oh, répondit Lucy, en regardant ses pieds.

– Qu'est-ce qui t'a pris ? demanda Anna. Bon sang, qu'est-ce qui t'a pris de dessiner dessus comme ça ?

– Je sais pas, murmura faiblement Lucy.

– Tu avais forcément une idée derrière la tête. C'était quoi ?

Tout d'un coup, Lucy eut l'air déroutée, comme si la réponse était aussi déconcertante pour elle qu'elle allait l'être pour Anna.

– Je croyais que ça te ferait plaisir, avoua-t-elle.

Aussitôt, la colère d'Anna reflua, la laissant seule, abandonnée dans un monde en train de chavirer, dans son corps échauffé et tremblant – et la honte prit le relais.

– Que ça me ferait plaisir ? dit-elle d'une voix éraillée.

– Tu étais tellement malheureuse. J'ai voulu te dessiner des fleurs pour que tu sois plus heureuse.

C'ÉTAIT TRISTE ET EFFRAYANT, et c'était aussi un étrange soulagement, d'être assise à côté du bébé au milieu des jouets, à écouter Anna darder ses mots cinglants, puis les sanglots et les réponses apeurées de Lucy. Cerise avait presque l'impression d'être de nouveau une enfant, déroutée et consternée par la colère des adultes ; mais elle reconnaissait aussi dans le ton d'Anna l'écho de sa propre rage maternelle. Elle sentit dans sa paume une brûlure, le ressac de la gifle que Melody avait emportée en quittant le mobil-home. Et voir quelqu'un d'aussi aimable qu'Anna s'emporter de la sorte lui procura un infime sentiment d'absolution.

C'est à cause de l'art, se dit-elle, en écoutant les sons qui provenaient de l'étage, émerveillée et mal à l'aise devant les gravures, les tableaux et les photos qui ornaient les murs. Abandonnant un instant Ellen, qui tétait le bras du singe en peluche de Lucy sans quitter des yeux la porte où sa mère avait disparu, Cerise se leva et entreprit de faire le tour de la pièce. Elle se sentit d'abord gênée par sa propre audace, comme si elle dérobait quelque chose d'interdit. Mais alors qu'elle passait d'une image à l'autre, la curiosité finit par lui faire oublier ses scrupules.

Deux des tableaux étaient si jolis qu'ils lui plurent tout de suite – la coupe bleue pleine de tulipes pourpres au-dessus du canapé, et, près de la fenêtre, un canard dessiné de quelques coups de pinceau brumeux s'envolant d'un lac tranquille. Elle fut en revanche déroutée par les deux autres. Ils ne représentaient rien, juste des gribouillis, de grandes balafres et des carrés désordonnés, et leurs couleurs étaient aussi stridentes que la sonnerie d'un téléphone. « Assortir les couleurs au bitume où on dort ? » En se souvenant de Barbara pouffant devant son crochet étincelant, Cerise se demanda ce que des tableaux aussi criards que les couvertures de Barbara pouvaient bien faire sur les murs d'Anna.

La plupart des photographies ne semblaient pas avoir davantage de sens. Elles n'étaient même pas en couleurs, et l'une d'elles représentait seulement un lavabo, une autre un cou et une épaule, et la suivante des ombres sur un mur en béton. Celle qui était signée d'Anna était un peu moins énigmatique, même si elle aussi était en noir et blanc. C'était la photo d'un vaste paysage étrange où des collines s'étendaient en vagues jusqu'à une rangée de douces montagnes au loin. C'était joli, sans doute, mais ça lui procurait un sentiment de solitude, toutes ces collines qui se succédaient presque à l'infini et tout ce ciel, si immense, si ouvert. Elle ne comprenait pas comment une telle image pouvait donner le mal du pays, et elle se demanda si elle avait bien compris lorsque Anna lui avait dit qu'elle enseignait à l'université.

Elle étudiait encore la photo d'Anna quand Ellen poussa un geignement. Jetant un regard derrière elle, Cerise vit que la petite avait basculé et essayait d'avancer vers la porte, les bras tendus devant elle et les pieds battant vainement le sol.

– Ta maman va bientôt revenir, dit-elle en s'approchant.

Debout comme ça au-dessus d'elle, elle eut l'impression que c'était une bombe qu'elle contemplait, pourtant, en la voyant en difficulté à ses pieds, elle se sentit attirée vers le sol par une force aussi puissante que la gravité, elle sentit ses entrailles se serrer et une torsion dans ses seins asséchés. Se forçant à s'accroupir à côté d'Ellen, elle posa le singe de Lucy devant elle et tenta d'animer la peluche en la secouant doucement. Mais ce maigre réconfort ne fit que transformer la frustration d'Ellen en véritable détresse.

– Chut, fit Cerise en se penchant pour lui tapoter le dos.

Mais les pleurs d'Ellen redoublaient, et Cerise craignit qu'en les entendant, Anna ne se fâche aussi contre elle. À contrecœur, elle s'assit par terre et prit Ellen dans ses bras. Elle n'avait pas tenu de bébé depuis Travis. Ellen contre sa poitrine, elle retint son souffle, guettant la torture qui allait forcément la saisir, guettant les hurlements de terreur d'Ellen qui viendraient remplacer les pleurs.

Mais Ellen soupira et se serra contre elle juste comme un bébé qui voulait qu'on le porte, et comme si Cerise était juste quelqu'un qui pouvait la consoler. Calant sa tête contre l'épaule de Cerise, elle remua un petit peu, chercha d'instinct comment leurs corps s'emboîtaient au mieux ; et pendant ce temps, Cerise se tint immobile, essayant de ne sentir ni son contact ni son odeur, de la toucher le moins possible.

Des pensées décousues et sans relief défilaient dans sa tête. Elle espéra que Lucy et Anna trouvent une façon de se pardonner. Elle se dit aussi que, si Anna lui donnait de l'argent, elle pourrait acheter à manger, ce qui serait bienvenu, puisqu'elle n'avait jamais réussi à encaisser les chèques de l'école. Elle craignit d'effrayer Ellen en se mettant à pleurer. Elle regretta que Travis n'ait jamais eu de singe en peluche aussi mignon que celui de Lucy. Elle se dit que, si Anna lui donnait suffisamment d'argent, elle pourrait aussi s'acheter du savon et du déodorant. Et elle se dit aussi que, peut-être, la colère ne signifiait pas toujours la fin de tout.

Ellen était terriblement adorable et appétissante, posée ainsi contre elle. Elle sentait les Cheerios et le shampoing pour bébé, le savon d'Anna et sa sueur sans doute, ainsi que sa bonne odeur naturelle. Ellen poussa un autre soupir tremblant et sa tête se fit plus lourde, contre la poitrine de Cerise. Un moment passa, long comme une vie entière, mais Ellen ne sembla pas le remarquer. Pour finir, Cerise l'enveloppa de ses bras, dépliant les doigts contre sa nuque et contre son dos. Baissant les paupières, elle sentit des picotements dans la chair rayonnante de ses paumes, une sensation semblable à celle de ses seins lorsqu'ils donnaient du lait. Mais peu à peu, elle s'habitua presque à cette nouvelle douleur, au contact de ce bébé qui n'était pas Travis et qui respirait contre son cœur. Et, lentement, la densité du petit corps changea, Ellen endormie devint chaude, molle et lourde dans ses bras.

Cerise la garda ainsi longtemps, et même si ses cellules ne se scindèrent pas pour envelopper Ellen tout entière, même si elle n'absorba pas Ellen comme une éponge, il était agréable de tenir un bébé vivant dans ses bras. Cerise garda Ellen contre elle jusqu'à ce que les bras lui fassent mal et qu'une étrange sensation, pareille à des coups d'épingle, lui envahisse les mains. Cerise la garda contre elle comme si elle pouvait les retenir toutes les deux pour toujours dans ce moment, sans que l'avenir d'Ellen ou son passé à elle s'y introduise.

APRÈS S'ÊTRE EXCUSÉE UNE DOUZAINE DE FOIS, après avoir pardonné à Lucy pour les négatifs fichus et supplié Lucy de lui pardonner aussi, après l'avoir serrée dans ses bras, couverte de baisers et avoir séché ses larmes, après l'avoir aidée à se débarbouiller et installée sur son lit avec un album et une petite armée de peluches, Anna descendit voir Ellen et clarifier la situation avec Cherie.

Elle avait décidé de lui donner vingt dollars. Elle la remercierait d'être venue et lui assurerait que cela leur avait fait très plaisir à toutes les trois, avant de lui dire au revoir et de lui souhaiter bonne chance. Ce n'était pas comme si elle avait promis à Cherie qu'elles deviendraient amies ou qu'elle lui offrirait un travail, se dit-elle en sortant de la chambre de Lucy. Cherie avait l'air tout à fait gentille, et elle lui était reconnaissante d'avoir aidé Lucy, mais leurs vies étaient bien trop différentes pour qu'il y ait une place pour Cherie dans le quotidien surchargé d'Anna. Et puis Anna était trop embarrassée par ce qu'elle avait révélé de sa personne pour vouloir fréquenter quelqu'un qui l'ait vue dans cet état.

Un bref instant, en descendant l'escalier moquetté, Anna en voulut à cette femme de l'avoir vue échouer dans son rôle de mère. *Elle est sans-abri,* remarqua-t-elle avant d'avoir le temps de chasser cette pensée – *et sans enfant –, qu'est-ce qu'elle peut y comprendre ?* Mais, arrivée sur le seuil du salon, ce qu'elle vit l'empêcha de parler tout de suite. Assise par terre, Cherie se balançait doucement en fredonnant un petit air discordant à Ellen qui dormait à poings fermés, dans ses bras. Cherie avait les paupières baissées, et l'expression sur son visage se situait quelque part entre l'extase et la torture, un désir plein de mélancolie si intense qu'il semblait les envelopper toutes les deux. La tête d'Ellen était posée mollement contre l'épaule de Cherie, sa main ouverte pendait le long de son flanc. Touchée par la tendresse qu'une inconnue offrait à sa fille, Anna hésitait, sans plus trouver les mots qu'elle comptait prononcer, lorsque Cherie sentit son regard et rouvrit les yeux.

– Je suis navrée, dit Anna en entrant.

Cela la surprit, c'était si loin de ce qu'elle avait prévu de dire.

– Ce n'est rien, murmura Cherie.

Anna eut un petit rire gêné.

– Je ne me suis pas montrée sous mon meilleur jour.

– J'ai vu pire, je crois, répondit Cherie.

Elle ne bougea pas, pour éviter qu'Ellen se réveille.

– Pire ? fit Anna. C'est difficile à imaginer.

Puis une seconde plus tard, elle ajouta :

– Non, ce n'est pas vrai : en haut, à l'instant, j'aurais pu l'étrangler. Et pourtant, en même temps, à la même minute, je vous jure que j'aurais pu tuer quiconque s'en serait pris à elle, même moi, probablement.

– C'est dur d'être une mère, fit doucement Cherie.

– C'est vrai, répondit Anna, surprise de voir à quel point la compassion de Cherie la touchait. Ma sœur me disait toujours que je ne pourrais jamais comprendre ce que c'était d'être mère tant que je n'aurais pas moi-même des enfants, et c'était vrai, sans doute – je n'y parvenais pas. Mais il m'arrive de me demander si les mères peuvent se comprendre entre elles. Même après la naissance de Lucy, je ne comprenais pas l'attitude de ma sœur vis-à-vis de ses fils. Elle avait eu l'air de tellement les aimer quand ils étaient petits, et puis quand ils ont grandi, c'est comme si elle avait baissé les bras. Mais bon, dit-elle avec un rire peiné, je n'y suis pas encore. Lucy n'a que six ans. Qui sait ce qui se passera quand elle en aura seize ?

Le silence de Cherie lui fit l'effet d'une porte ouverte. Alors elle continua, à mi-voix :

– On est toutes tellement seules, dans notre rôle de mère. On peut parler école, échanger les petites choses craquantes qu'ils disent. On peut se plaindre qu'ils nous en font voir. Mais on ne peut pas parler de l'amour terrifiant qu'on leur porte, ni avouer qu'on s'effraie nous-mêmes, en essayant de s'occuper d'eux sans perdre la boule. On ne peut pas parler de tout ce qu'ils nous apprennent, de tout ce qu'ils nous coûtent, de tout ce qu'on leur doit.

Elle haussa les épaules.

– À moins que je ne sois la seule à penser ainsi, conclut-elle.

– Non, fit Cherie, la tête basse, d'une voix si faible qu'on aurait dit qu'elle ne s'adressait qu'à elle-même. Je crois que la plupart des mères sont comme ça.

– Lucy m'a dit qu'elle avait voulu me faire plaisir, fit Anna avec un autre petit rire. Je lui ai demandé pourquoi elle avait fichu en l'air mes négatifs, et elle m'a avoué qu'elle avait juste voulu essayer de me remonter le moral.

– Elle vous aime, dit Cherie.

– Je sais, soupira Anna. Plus que je ne le mérite.

Un silence d'un genre nouveau se déploya dans la pièce. Ellen grogna et s'enfonça encore un peu plus dans le sommeil. Anna la regardait avec une tendresse impuissante, et Cherie fixait le mur où était accrochée la photo signée d'Anna. Le temps passa – tant de temps que les ombres dans la pièce avaient bougé avant que l'une d'elles ne parle.

– Je peux revenir demain, dit Cherie, si ça vous arrange.

– Oh, fit Anna, tellement surprise que, tout d'abord, elle ne comprit pas ce que Cherie suggérait.

– Peut-être que vous pourriez refaire ces photos, celles que Lucy a saccagées, proposa Cherie.

Ce n'est pas si simple, répondit Anna en son for intérieur. *La lumière ne sera plus la même, la saison a changé. Et puis elles n'en valaient de toute façon probablement pas la peine*, se lamenta-t-elle intérieurement. Elle cherchait comment décliner en douceur la proposition de Cherie quand celle-ci ajouta timidement :

– Ça ferait peut-être du bien à Lucy, elle s'en veut tellement. Et puis, glissa-t-elle dans un accès de courage perplexe et désespéré, j'aimerais vraiment vous aider, par rapport à votre art.

EN S'EN ALLANT DANS LE CRÉPUSCULE, Cerise se sentait à la fois nue et en miettes, si épuisée qu'elle craignait de s'effondrer dans la rue et de s'y endormir. En même temps, pourtant, elle était plus légère, et d'une certaine façon plus vivante. Les lumières s'allumaient autour d'elle – réverbères, vérandas et cuisines des maisons qu'elle longeait. Chez tout le monde, elle voyait à travers les fenêtres la lueur froide et bleutée des postes de télévision, et cela lui donna envie de retourner au foyer. Elle aurait voulu rejoindre les autres femmes dans le salon télé, se perdre à nouveau au sein de cette mini-société, se sentir minuscule et à l'abri dans la demi-vie qu'elle y avait trouvée.

Elle s'arrêta dans une épicerie de quartier pour acheter de quoi manger, un savon et un déodorant premier prix avec l'argent qu'Anna lui avait donné. Quand elle arriva enfin au champ de foire, les projecteurs étaient déjà allumés, déchirant l'obscurité de leur lueur aveuglante qui donnait aux herbes hautes et à la terre un aspect froid, délavé. Évitant la lumière, elle se glissa dans la brèche du grillage et se faufila entre les longs bâtiments jusqu'à l'étable où elle avait dormi la veille.

C'était presque comme rentrer chez soi, de retrouver ainsi intacts ses couvertures et ses sacs. Elle s'était dit en chemin qu'il serait plus sûr de changer de box, mais une fois entre ces quatre murs familiers, elle décida qu'elle préférait prendre le risque de rester. Elle prépara son lit dans un coin, avant de s'asseoir dessus dans la pénombre pour dîner. Quand elle eut fini sa brique de lait, elle referma le sachet de pain de mie, retira ses chaussures et s'allongea entre les couvertures.

D'abord, elle essaya de retrouver Travis, mais voyant que, de nouveau, elle n'y parvenait pas, elle songea à Anna, Lucy, Ellen, et à tout ce qui s'était passé chez elles. Elle voulait penser aux mots d'Anna et aux photos sur les murs de la maison. Elle voulait penser à Ellen dans ses bras et à ce qui l'avait poussée à lui proposer de revenir, mais elle était si épuisée que, pour une fois, le sommeil l'engloutit et la tint captive jusque bien après l'aube.

SEULE DANS LA VOITURE avec sa chambre photographique, Anna se sentait faible et un peu tremblante, comme si elle s'aventurait dehors pour la première fois après une longue maladie. Elle filait vers le nord sur l'autoroute et le soleil de printemps lui piquait les yeux comme du savon, si vif qu'il lui faisait monter des larmes.

Je fais ça pour Lucy, se rappela-t-elle. En se remémorant la façon dont sa fille s'était recroquevillée quand elle avait déversé sa colère sur elle, puis son air ravi quand elle lui avait expliqué ensuite la proposition émise par Cherie, de les garder pendant qu'elle-même irait tenter de remplacer les négatifs, ses remords s'accentuèrent. Elle songea à la joie de sa fille quand elle lui avait dit au revoir et à la main de Lucy dans celle de Cherie, mais elle se rappela aussi l'étrange expression qu'elle avait remarquée sur le visage de Cherie, un désir plein de nostalgie, si intense, si personnel et si stoïque que cela l'avait surprise. Sur l'autoroute baignée de lumière, elle se demanda à nouveau si elle avait bien fait de lui confier ses filles.

La veille au soir, quand Eliot était enfin rentré, elle lui avait montré les négatifs fichus, qu'il avait parcourus en grimaçant. Puis elle s'était mise en devoir de lui raconter tout ce dont Cherie avait été témoin, et la proposition que celle-ci lui avait faite avant de partir.

– Je ne savais pas comment lui dire non, avait-elle dit. C'était tellement généreux – je ne sais pas –, ça venait du cœur. Et puis j'étais tellement gênée. Je ne m'étais jamais sentie aussi mal, je te jure. C'était vraiment gentil de sa part de vouloir faire quelque chose. Mais maintenant, elle a bel et bien prévu de venir s'occuper des filles et je ne sais pas quoi faire.

– Je la laisserais venir, avait répondu Eliot.

Ils se trouvaient dans la cuisine, où Anna préparait le déjeuner de Lucy. Eliot reposa les plans-films sur le plan de travail et commença à peler une carotte.

– Tu ne l'as même pas rencontrée, remarqua Anna. Comment peux-tu dire que tu la laisserais venir ?

– Je me fie à ce que tu m'en as dit, et puis on l'a déjà vue à l'œuvre avec Lucy. Je crois vraiment que tout va bien se passer. D'autant que tu ne seras pas absente plus de… quoi ? Quelques heures ? Je peux même revenir un peu à l'avance, demain. Il me semble que ce serait vraiment bien pour Lucy que Cherie soit là. En plus, je suis sûr que ça l'aiderait, si tu refaisais ces négatifs tout de suite.

– Je ne peux pas *refaire* ces négatifs, tu sais…

Anna aurait voulu que sa remarque fût un simple constat, mais sa voix oscilla entre rancœur et pleurnicherie.

– Je sais, avait répondu Eliot.

Il l'avait regardée fixement un long moment avant d'ajouter :

– Peut-être que les nouveaux seront mieux.

– Peut-être, avait-elle dit, peinant toujours à masquer l'amertume dans sa voix.

Elle avait décidé de retourner d'abord au verger d'arbres morts. Elle prendrait assez de clichés pour remplacer la quantité de négatifs que Lucy avait saccagés et, en rentrant, elle ferait en sorte d'avoir l'air contente de son travail. Cela apaiserait Lucy, et ça ferait peut-être aussi plaisir à Cherie. Si, pour finir, elle ne développait jamais ces plans-films, ça ne serait pas un gros mensonge que de prétendre qu'elle n'avait pas le temps.

Elle quitta l'autoroute, empruntant la même sortie que la dernière fois, mais c'est à peine si elle reconnut le paysage. Les pluies hivernales et le soleil de printemps avaient couvert le sol d'un tapis d'herbe verte parsemé de fleurs sauvages. Une brume de feuilles bourgeonnantes enveloppait les branches des chênes, et des boutons-d'or flamboyaient sur les bas-côtés. Malgré l'exubérance de la saison, Anna se sentait aussi distante qu'un fantôme, qu'une étrangère dans un pays qui n'était pas le sien.

Le soleil descendait dans le ciel, des ombres s'étiraient sur la route, et la lumière prenait la clarté dense d'un début de soirée. Anna songea au verger mort vers lequel elle roulait, elle imagina l'allure qu'auraient les arbres brisés, pareils à des cadavres debout dans l'herbe fraîche. À une époque, elle aurait été capable de tirer quelque chose de cette image. Le désir ouvrit en elle une béance, la nostalgie de tout ce qui était désormais perdu pour elle.

Quand elle franchit le dernier virage et aperçut le verger, elle crut d'abord s'être trompée de route et avoir bizarrement atterri dans un tout autre monde. Son pied glissa de l'accélérateur et un grognement lui échappa dans la foulée – un son si viscéral et gorgé de plaisir qu'elle y reconnut sa voix lorsqu'elle faisait l'amour. Les arbres noueux se dressaient sous ses yeux, leurs branches étaient toujours brisées et couvertes de lichen, leurs troncs lacérés et creux, et le cœur du bois pourri, disparu. Mais ils étaient en flammes, à présent, couverts de millions de fleurs qui luisaient comme autant d'étoiles dans le soleil oblique.

Sans prévenir, elle quitta la route et arrêta la voiture, avant de sortir en titubant comme une ivrogne. Elle avança dans les herbes qui avaient poussé à hauteur de taille ; la sève des tiges et la bave gluante de larves maculèrent son jean, tandis que l'odeur verte de chlorophylle lui emplissait les narines.

Elle n'avait pas envisagé la possibilité de fleurs, elle n'avait jamais pensé que ces arbres pussent être autrement que morts. Tandis qu'elle se frayait un chemin jusqu'au milieu du verger, elle vit que certains étaient vraiment secs, sans le moindre pétale, même si le bois hébergeait encore tout un univers bourdonnant d'insectes et d'oiseaux. Mais la plupart, aussi tordus et abîmés qu'ils fussent, étaient si pleins de fleurs que leurs branches semblaient flotter. C'était comme si ces arbres épuisés étaient soudain devenus une chanson. Un long moment, elle déambula au milieu d'eux sans réfléchir, de plus en plus profondément séduite par cette abondance de beauté gratuite. L'air était épicé de pollen, lequel évoquait moins à ses narines une odeur qu'une texture. Çà et là, la chute d'un tourbillon de pétales attrapait les rayons du soleil.

Hébétée de joie, elle retourna à sa voiture chercher son équipement. Elle installa son pied, chargea le premier porte-film dans l'appareil et, penchée sous le tissu, guettant le moment parfait pour ouvrir l'obturateur, elle éprouva une gratitude intense et sauvage pour ce qu'était sa vie. Vint le moment où la lumière sembla d'une densité parfaite, les ombres aussi riches qu'elles pouvaient possiblement l'être. Appuyant sur le déclencheur, elle entendit le petit clic de l'obturateur en train de s'ouvrir, sentit son amour pour le monde déborder de nouveau, et se demanda, émerveillée : *Mais où étais-je passée ?*

ANNA RENTRA À L'HEURE DU DÎNER, excitée par un verger qu'elle avait trouvé – toute une vallée, raconta-t-elle, pleine d'arbres morts qui étaient en fleurs. Cerise ne comprenait pas comment des arbres morts pouvaient avoir des fleurs, ni que quelqu'un pût se mettre dans un tel état même si c'était vrai, mais elle voyait qu'Anna rayonnait, et lorsque Anna lui demanda si elle voulait continuer à garder Ellen régulièrement pendant qu'elle enseignait, Cerise décela dans sa voix un enthousiasme tout neuf.

Cerise avait conscience qu'accepter serait une erreur, mais elle ne savait pas quoi faire d'autre. Si elle devait rester en vie, il lui faudrait de l'argent, et puis ça faisait un bien fou, que quelqu'un veuille d'elle – même si, en réalité, elle n'était pas celle qu'Anna voulait. Et passer presque toutes ses journées dans cette maison paisible avec le bébé était trop alléchant pour refuser.

Cerise s'était aperçue qu'elle appréciait aussi le mari d'Anna. Quand il changeait les couches sales d'Ellen sans qu'on le lui demande, ou hissait Lucy sur ses genoux pour lui lire une histoire, ou bien posait tendrement sa main sur la hanche d'Anna, on aurait presque dit une créature d'une autre espèce. C'étaient ses plantes, apprit-elle, qu'on voyait partout dans la maison, et ses boutures qui étaient alignées sur le rebord des fenêtres. En les découvrant, elle n'avait pas pu s'empêcher de penser au petit jardin qu'elle avait planté avec Travis, à l'air ravi de son fils quand il creusait la terre – ni non plus de penser à l'issue finale de tout ce bonheur qu'il avait connu. Mais même ces avertissements n'avaient pas suffi à l'empêcher de promettre qu'elle reviendrait le lendemain.

Alors désormais, une étrange routine modela ses jours. Tous les matins à l'aube, elle se réveillait dans son box à l'étable, heureuse de n'avoir toujours pas été repérée. Frissonnant dans la lumière grise, elle pliait la couverture qu'elle avait prise au foyer et celle que Barbara lui avait offerte, pour les cacher sous les journaux qui lui faisaient office de matelas. Elle se lavait le visage et les aisselles à l'aide d'une éponge et d'eau dont elle avait rempli sa bouteille la veille au soir au robinet extérieur, rafraîchie ensuite par la nuit. Elle passait des vêtements propres, mangeait quelques tranches de pain de mie, se brossait les dents, avalant le dentifrice pour ne pas laisser sur le sol d'indices de sa présence. Puis, ayant dissimulé ses affaires dans le coin le plus sombre du box, elle s'éclipsait avant que la lumière ne devienne trop vive.

Quand elle n'était pas chez Anna, elle passait le plus clair de son temps à essayer de rester propre. Se laver les cheveux était le plus difficile. Elle s'était rendu compte que les gens trouvaient obscène ou dangereux, en entrant dans des toilettes publiques, de la voir penchée au-dessus du lavabo, les cheveux pleins de mousse, alors elle essayait de n'utiliser que des toilettes munies d'une serrure, malgré la difficulté de demander la clé.

Tous les deux ou trois jours, elle se rendait dans une laverie automatique. Pendant que son linge tournait dans le tambour, elle respirait l'air humide à l'odeur de cigarette et de lessive en feuilletant de vieux magazines, où elle découvrait les régimes réussis des stars, les dix conseils les plus sexy pour exciter son homme, les couleurs pastel les plus belles pour illuminer son coin repas, et les endroits à ne pas manquer la prochaine fois qu'elle irait visiter La Nouvelle-Orléans.

Cerise avait si souvent refusé qu'on vienne la chercher au foyer ou qu'on l'y dépose le soir, prétextant que marcher lui faisait du bien ou qu'elle adorait les trajets à pied, qu'elle se doutait qu'Anna n'était pas dupe. Une fois, une seule, elle avait fait une folie : elle avait pris le bus. Après quoi elle avait décidé qu'il valait mieux économiser que dépenser bêtement son argent à quelque chose que ses jambes pouvaient faire.

Sans plus de papiers d'identité, il lui était impossible d'encaisser les chèques de l'école, mais elle les conservait sur elle, à l'abri dans une poche de son blouson fermée par un zip, et elle essayait d'économiser aussi la majeure partie de l'argent qu'Anna lui donnait. Elle continuait à rêver de la chambre qu'elle aurait un jour, un endroit calme comme un sanctuaire, où elle pourrait se réfugier afin d'être seule. C'était son unique objectif, outre celui de rester invisible.

Elle appréciait de plus en plus Anna, même si, le temps passant, elle semblait devoir lui cacher de plus en plus de choses. C'était comme si tous ses secrets, à force de pourrir, étaient d'une manière ou d'une autre devenus des mensonges. À présent qu'elle avait rencontré quelqu'un à qui elle pourrait presque s'imaginer faire assez confiance pour lui avouer qui elle était vraiment, elle ne trouvait aucune manière d'expliquer sa vie qui ne risque de détruire son refuge. Parfois, Anna l'invitait à rester dîner ; assise à table avec toute la famille, à se passer les filets de poulet grillés et les pommes de terre nouvelles, à aider Ellen à manger sa banane ou sa purée de légumes, à servir du lait à Lucy en écoutant ses rimes et ses histoires sans fin, elle désirait plus que tout être la femme qu'ils la croyaient tous être.

Cerise aimait les enfants d'Anna autant qu'elle aurait voulu avoir aimé les siens. Elle les adorait tendrement et patiemment, mais avec un détachement qui lui permettait de dire non à Lucy, d'écouter Ellen s'endormir en pleurant au moment de la sieste sans sentir ses seins gonfler en réponse. Elle aimait les filles d'Anna avec précaution et sans abandon, et les filles lui rendaient cet amour. Tous les jours, au moment où Cerise arrivait, Ellen s'illuminait comme un arbre de Noël, et à son retour de l'école Lucy était surexcitée de la revoir.

Parfois, lorsque Ellen faisait la sieste, Cerise continuait à étudier les images sur les murs de la maison. Elle s'arrêtait devant chacune tour à tour et laissait ses yeux errer à leur guise, attendant que quelque chose la saisisse – une émotion ou un éclair de compréhension. Mais peu importe le temps qu'elle y passait, elle ne semblait pas trouver comment y pénétrer, ou comment les caser en elle. Une ou deux fois, elle essaya de poser des questions à Anna au sujet de ces photos, mais ses réponses ne semblaient jamais correspondre à ce que Cerise cherchait.

Quand elle demandait pourquoi elles n'étaient pas en couleurs et qu'Anna, en retour, évoquait la nostalgie ou l'espérance, la clarté de la vision ou la pureté des lignes, c'était comme si elles parlaient de deux choses différentes.

À la fin de la journée, c'était un répit autant qu'un crève-cœur de retourner au champ de foire. Chaque fois qu'elle retrouvait le trou dans le grillage toujours pas réparé, son angoisse refluait un peu, et quand elle pénétrait dans le box et retrouvait ses affaires intactes, elle se détendait encore davantage. C'était, en quelque sorte, son essence même qui l'attendait dans ce lieu vide – la Cerise à laquelle elle ne pouvait pas échapper et vers qui elle finissait toujours par retourner. Elle dînait, préparait son lit et s'y glissait, espérant chaque fois que personne ne la découvrirait pendant son sommeil.

Cela faisait longtemps qu'elle n'était pas parvenue à retrouver son chemin jusqu'à cet autre monde où son fils semblait vivre. Et il y avait des moments, quand elle était allongée sur son lit de papier, où Travis lui manquait si atrocement qu'elle n'en revenait pas de sentir son cœur battre encore. Il lui arrivait de s'inquiéter pour lui, aussi. Elle avait l'impression diffuse que la mort n'était qu'un grillage séparant les défunts des vivants, et elle s'inquiétait de savoir Travis de l'autre côté, seul, apeuré, se demandant pourquoi sa mère l'avait abandonné. Ça la rendait malade, de ne pas pouvoir le consoler, de ne pas pouvoir franchir ce grillage afin de lui expliquer ce qui lui était arrivé, avec des mots qu'il pourrait comprendre.

Mais il y avait aussi des moments où Travis voyageait avec elle tel un gentil fantôme, ou un autre être que son corps abritait. Étrangement, il avait l'air plus vieux qu'elle ne l'était elle-même, et en un sens plus sage, parce qu'il était hors de la vie, parce qu'il savait ce qui se passe quand on meurt. Elle ne l'oubliait pas, pas une seule minute ; mais il arrivait que ses souvenirs deviennent plus ronds, moins dangereux, moins pressants, davantage des perles que des couteaux.

Longtemps, Cerise parvint à garder l'idée de Melody en quarantaine, pour éviter qu'elle ne contamine ses autres souvenirs ou ses rares projets. Mais un soir, tandis qu'elle étalait son matelas de journaux, une photo floue de dernière page attira son regard. C'était celle d'une femme mince en salopette, juchée sur une échelle, un pinceau à la main. L'échelle était posée contre le mur d'un bâtiment sur lequel on distinguait l'esquisse d'un dessin. La femme tournait le dos à l'objectif, cependant quelque chose dans la forme de ses épaules et dans son port de tête lui rappela Melody. « Artiste muraliste au travail », disait la légende.

Attrapant le journal à deux mains, Cerise se précipita vers la porte de son box. Penchant la feuille dans la lumière, elle lut que le Conseil des arts de la côte Nord avait récemment accordé une bourse à Melody Rapin pour une fresque qui allait orner la façade ouest du nouveau centre artistique et culturel d'Arcata. *Samedi matin*, tel était le titre de l'œuvre, sélectionnée parmi plus de cent dossiers de candidature.

Cerise sortit en titubant de l'étable sans pouvoir quitter l'image des yeux, essayant de la voir plus clairement à la lumière qui s'attardait encore dans le ciel, entre les bâtiments. Mais elle avait beau être certaine que c'était bien sa fille sur cette échelle, elle n'en saurait pas plus à propos de ce qu'elle peignait, et sur ce que ce « samedi matin » signifiait pour Melody.

Cette nuit-là, Cerise resta éveillée longtemps, savourant la preuve que Melody allait bien, et sa fierté que la fresque de sa fille ait été considérée comme la meilleure, tout en essayant d'ignorer une pointe de chagrin à la lecture de son nouveau nom de famille. Tenant l'article dans sa main comme un talisman, elle se remémora ces lointains samedis matin qui l'avaient rendue si heureuse. Les yeux fermés, elle se laissa bercer par le chant rond des grenouilles, se plaisant à imaginer que Melody aussi, en ce temps-là, avait été heureuse.

Mais quand les grenouilles cessèrent brusquement de chanter, effrayées par quelque raton laveur ou quelque chouette de passage, Cerise ouvrit les paupières dans un sursaut. Fixant l'obscurité depuis son lit sommaire, elle s'obligea à reconnaître que ce bonheur qu'elle prêtait à Melody n'était qu'un espoir de plus. Et elle s'obligea aussi à ne pas oublier combien l'espoir s'était toujours révélé futile.

TOUT D'UN COUP, il y avait des arbres fruitiers abandonnés partout. Même en ville, Anna les remarquait, en pleine floraison dans des terrains vagues, des ruelles et des jardins envahis par les mauvaises herbes. À l'extérieur de Santa Dorothea, elle trouva d'autres vergers délaissés et d'autres arbres fruitiers isolés – qui fleurissaient parmi les chênes sur les versants des collines, ou le long des petites routes de campagne, dans les peuplements isolés de sapins ou de séquoias.

– Parle-moi de ces arbres, avait-elle demandé à Eliot le soir où elle avait découvert le verger mort en fleurs.

– Qu'est-ce que tu veux savoir ?

Ils étaient dans la salle de bains, se préparaient à aller se coucher. Mais malgré sa fatigue à cette heure tardive, et l'heure matinale à laquelle devait sonner le réveil, Anna se sentait à nouveau bien dans son corps, plus passionnée, décontractée et vivante qu'elle ne l'était depuis des mois. En mettant du dentifrice sur sa brosse, elle dit :

– L'hiver dernier, j'étais persuadée que ce verger était complètement mort.

Levant le menton vers le miroir, Eliot fit glisser son rasoir dans la mousse blanche, dessinant une bande de peau nette de sa pommette à sa mâchoire.

– Il n'était pas mort, juste abandonné, dit-il.

– Pourquoi abandonnerait-on un verger ?

– Ça n'a aucune valeur, asséna-t-il en s'interrompant pour rincer son rasoir.

– Des fruits sans valeur ? fit Anna, la brosse à dents au bord des lèvres. C'est un oxymore, non ?

– Les arbres produisent moins en vieillissant. Alors un jour, récolter les fruits finit par ne plus valoir tout le travail que ça demande. Et puis, ce sont des variétés anciennes qui sont plantées dans la plupart de ces vieux vergers. Elles ont peut-être super bon goût, mais elles résistent mal au transport. Du coup, en attendant qu'un promoteur s'intéresse au terrain, ça coûte moins cher de ne rien en faire.

– Mais ces arbres étaient couverts de fleurs, fit Anna. Je crois que je n'en avais jamais vu autant.

– C'est souvent ce qui se passe, quand les arbres sont stressés ou mourants, ils fleurissent davantage. Des fleurs qui éclosent tôt, à la première vague de chaleur.

Il eut un rire amer.

– Un autre cadeau du réchauffement climatique, en somme.

– Quel âge peut avoir un verger de ce genre ? demanda Anna.

– Difficile à dire…

Eliot tendit de nouveau le cou devant le miroir, retroussa les lèvres et passa le rasoir depuis son menton jusqu'à sa pomme d'Adam. Puis relâchant sa grimace, il ajouta :

– Sans entretien, les arbres peuvent vite devenir moches. Certains pruniers vivent cent ans ou plus, mais ça m'étonnerait que ton verger à toi soit si ancien. Peut-être qu'il date de la Grande Dépression, ou d'avant la Seconde Guerre mondiale. Et c'est déjà très vieux.

– Tu sais combien on trouve d'arbres de ce genre dans les environs, quand on commence à regarder ? fit Anna.

Eliot rinça son rasoir et le tapota contre le bord du lavabo.

– Bien sûr. Des tonnes.

Il se tourna vers elle et lui adressa un franc sourire, soutenant son regard si longtemps que, lorsqu'il continua, l'ironie qu'il affichait s'était muée en tendresse.

– Il y a beaucoup de fruits sur cette planète dont on ne fait rien, dit-il.

Cela devint une sorte de quête, de trouver ces arbres tant qu'ils fleurissaient encore. Pendant les rares moments qu'elle parvenait à voler au reste de sa vie, Anna écuma la campagne pour les repérer. Elle conduisait lentement et freinait souvent, s'égarait sur les routes secondaires, cherchant pommiers, pruniers, poiriers ou figuiers plantés il y avait bien des années pour les années à venir, par des gens qui gisaient désormais dans des tombes disparues, tandis que leurs maisons, leurs granges et leurs champs retournaient à la terre, ne laissant plus que ces vieux arbres, messages envoyés par des inconnus, ou cadeaux laissés par des fantômes. Ignorant clôtures, pancartes et chiens, elle marchait à travers les collines et les vallons comme s'ils lui appartenaient, et, de retour dans sa chambre noire, à chaque nouveau tirage, elle avait hâte de découvrir le suivant.

Le dernier dimanche de mars, ayant laissé les filles à Cherie, Anna partit vers le sud, parcourir des routes qu'elle choisissait au hasard et qui finirent par la mener bien plus loin que la campagne qu'elle connaissait, dans un paysage de collines désertes battues par les vents, si larges, si raides et si rocailleuses qu'on aurait presque dit des montagnes. Elle se gara près d'une trouée dans la clôture en barbelés qui longeait la route. Son appareil photo sur l'épaule et son trépied à la main, elle grimpa jusqu'au sommet de la colline, sous un ciel chargé de gros nuages. En haut, elle regarda vers l'ouest, où s'étendait une terre vaste et vide, presque surnaturelle, un lieu de cailloux et de solitude où l'herbe était rare.

La radio avait prévenu que le temps était en train de changer, et elle le sentit en marchant ; elle perçut cette tension qui s'accumulait, signalant l'arrivée d'un orage. Elle le vit aussi à l'étrangeté crémeuse de la lumière. Le relief était accidenté, son matériel était lourd, et elle eut si soif au bout d'un moment que sa bouche lui faisait presque mal. Mais malgré l'absence d'arbres, quelque chose l'attirait – la désolation du paysage, peut-être, ou la simple joie d'être seule, seul corps et seul esprit vagabondant dans ces vastes collines désertes.

Tard dans l'après-midi, tandis que le ciel à l'ouest prenait un aspect lisse et ardent sous les nuages menaçants, elle tomba sur un arbre solitaire. Dressé sur le versant d'une colline de plus, il était à la merci de l'orage à venir. Une vieille mésaventure l'avait fendu en deux, et une moitié gisait au sol, tel un tronc mort. Ce qui avait été le cœur de l'arbre n'était plus qu'une cavité noire, béante ; cependant la blessure devait être tellement ancienne que les bords en étaient devenus aussi doux que des lèvres.

Malgré tous les affronts, il était en fleur. Les nuages noirs s'amoncelaient en surplomb, mais le soleil bas qui brillait au-dessous brunissait le bois brisé et incendiait chaque frêle pétale. Cet arbre avait quelque chose de si sauvage qu'Anna en fut presque effrayée. Elle dut se rappeler que ce n'était qu'un effet de la lumière, s'il apparaissait devant elle à présent comme une sorte de gloire terrestre. Mais l'ironie ne suffisait pas à entamer son émerveillement.

Le vent se levait. Ses cheveux battaient contre ses joues, et ses yeux s'emplissaient de larmes. Elle savait qu'un cliché de cet arbre ne sauverait ni ne changerait rien. Mais ça lui était égal désormais. Le temps pressait. La lumière s'intensifiait encore, mais elle disparaîtrait tout aussi vite. Ouvrant son trépied, elle le planta sur le sol rocailleux de telle sorte que l'arbre se dresse au-dessus d'elle, lumineux contre le ciel turbulent. Elle n'avait le temps que pour une seule photo avant que cette lumière sauvage se dissipe.

QUAND LA FIN DU MOIS DE MARS ARRIVA, le champ de foire était plein de squatteurs.

Les premiers habitants s'étaient faits aussi discrets que Cerise ; ils se cachaient même les uns des autres, disparaissaient au coin des bâtiments et dissimulaient leurs affaires loin des regards. Mais avec les jours qui rallongeaient, l'air qui se réchauffait, ils arrivèrent en nombre croissant, gagnés par une audace qui inquiétait Cerise.

Un jeudi matin, au début du mois d'avril, alors qu'elle s'était glissée sous ses couvertures après son dîner frugal, elle entendit que des gens se rassemblaient devant son étable. Leurs voix qui portaient loin dans le crépuscule lui arrachèrent une grimace, et elle frissonna en sentant la fumée de leur feu de camp. Allongée dans les dernières lueurs du soir, elle regretta de ne pas avoir le courage d'aller leur rappeler de rester discrets.

Elle finit par s'endormir au son de leurs conversations, mais d'un sommeil superficiel et haché. Aux alentours de minuit, des éclats de rire la réveillèrent pour de bon, et son insomnie dura des heures. Jurons et cris de joie des inconnus résonnaient toujours entre les bâtiments. Au début, elle craignit simplement l'arrivée de la police venue déloger les fêtards, ou que les fêtards, lassés les uns des autres, ne se mettent en quête de gens comme elle. Mais la nuit passant, elle comprit que ce qu'elle redoutait le plus depuis le début était advenu : son havre n'existait plus.

Dès qu'il fit assez clair, elle empaqueta ses affaires et se glissa dehors, longeant les gens endormis autour du baril noir de suie. Le ciel à l'est rougissait avec le jour.

Elle se faufila dans la brèche du grillage et partit dans l'aurore.

Le matin, elle fit sa lessive et essaya de réfléchir à un endroit où elle pourrait dormir. Mais quand l'heure de se rendre chez Anna arriva, elle n'avait toujours pas d'idée. Elle cacha finalement ses affaires dans un buisson du ravin, à l'arrière des maisons qui bordaient la rue. Un bref instant, elle se dit même qu'elle pourrait dormir là, mais la pente était trop raide et accidentée. De toute façon, elle ne voulait pas que la vie d'Anna côtoie de si près sa vraie vie.

Anna était rayonnante quand Cerise arriva chez elle.

– Je viens de coucher Ellen, dit-elle en la faisant entrer. Mais elle ne dort pas encore.

Cerise acquiesça d'un signe de tête et la suivit dans le couloir. Elle se demanda si Anna l'avait vue descendre la pente du ravin. Mais Anna s'exclama, enthousiaste :

– J'ai une bonne nouvelle ! Une femme que j'avais rencontrée cet automne vient de m'appeler – la femme du prédécesseur d'Eliot à la banque de graines. Elle veut voir mon travail.

Cerise ne réagit pas, attendant qu'Anna explique.

– Elle va peut-être acheter certaines de mes nouvelles photos.

– C'est bien, dit Cerise, timidement.

– Oui, répondit Anna. Ce serait génial, de vendre quelque chose à une telle collection, surtout en ce moment, car ma prochaine exposition n'est que dans six mois. J'espère juste que…

Une ombre passa sur son visage, et un court instant, elle eut l'air de réfléchir intensément. Puis elle balaya tout ça d'un haussement d'épaules désolé et sourit à Cerise.

– Bref, continua-t-elle, je voulais vous demander si vous accepteriez de rester avec Lucy et Ellen pendant qu'Eliot et moi allons dîner chez eux ce soir. Je peux repasser après mon séminaire et vous aider à faire manger les filles avant d'y aller. Et bien sûr, nous vous ramènerons chez vous en voiture.

Chez elle. Quand elle pensa à son box vide au champ de foire et à ses couvertures dans le ravin, le cerveau de Cerise se noua.

– D'accord, dit-elle pour masquer sa confusion.

Anna la regarda affectueusement.

– Vous m'avez tellement aidée – vous nous avez tous aidés. On vous doit tellement.

Ça troublait Cerise qu'Anna lui parle de cette façon. Ça lui faisait même presque peur. Mais malgré son désarroi, rassemblant son courage, elle dit :

– Je peux les voir, moi aussi ?

– Les voir ?

– Vos photos, fit-elle timidement.

– Oh, répondit Anna, vaguement déconcertée. Bien sûr, je serais ravie de vous les montrer. C'est gentil de demander.

Jetant un œil à sa montre, elle ajouta :

– J'ai encore quelques minutes avant de partir pour le campus.

Anna la précéda à la cuisine. Un étui noir et plat était posé sur la table, aussi épais qu'un livre, et si grand qu'il aurait pu contenir un journal déplié. Anna commençait à peine à en défaire le zip quand le babyphone sur le plan de travail se mit à crépiter, emplissant la pièce des marmonnements pleurnichards et des petits bruits d'Ellen tournant dans son lit.

– On dirait que je m'y suis prise trop tôt, commenta Anna. Vous allez probablement devoir la recoucher dans un petit moment.

Ouvrant le portfolio, elle révéla une pile de tirages encadrés dans des passe-partout.

– Allez-y, vous pouvez jeter un œil pendant que je vais la chercher.

Anna disparut, la laissant seule avec les tirages. Cerise avait peur de les toucher, peur de les tacher ou de les froisser par accident ; elle avait peur, aussi, que ça ne l'aide pas à comprendre pourquoi ces photos comptaient autant. Pendant que le babyphone retransmettait les murmures d'Anna et les gazouillis d'Ellen jusque dans la cuisine, elle souleva précautionneusement la première photo. Elle était à peu près de la taille de celle du salon, mais ce n'était pas un vaste paysage, seulement une rangée d'arbres. Et pas de jolis arbres, pas les beaux arbres symétriques que Cerise aurait choisi de photographier. C'étaient des arbres tordus et défigurés, cassés, noircis, presque morts, même si, malgré leurs difformités, les branches étaient couvertes de fleurs resplendissantes.

Cerise étudia les autres photos d'Anna les unes après les autres, laissant ses yeux errer et s'attarder dessus jusqu'au moment où son regard décrocha, se replia au-dedans d'elle, dans une sorte d'extase douloureuse. Du babyphone, sourdaient des murmures pleins d'amour qui ne la regardaient pas, mais Cerise était incapable de s'arracher aux images pour aller l'éteindre. C'était comme si un membre relié à son corps et dont elle avait oublié l'existence parce qu'il s'était endormi était en train de se réveiller – ça picotait, ça chatouillait, ça fourmillait. C'était douloureux, cette folle envie qui enflait en elle, et en même temps, ça semblait contenir la réponse à son désir plein de nostalgie. Contempler ces arbres brisés en fleurs revenait à écouter la plus triste des musiques – et elle éprouva presque de la gratitude d'être en vie pour ressentir une telle douleur.

Quand elle arriva au dernier tirage de la pile, cependant, elle resta bouche bée, sa main abîmée plaquée contre ses lèvres pour retenir son gémissement. Son cerveau se ferma, comme s'il était incapable de croire ce que ses yeux voyaient, et pourtant, elle ne pouvait pas s'empêcher de regarder. C'était la photo d'un arbre solitaire sur le versant pelé d'une colline sous un ciel d'orage. Son tronc s'était presque scindé en deux, et une moitié était étendue sur le sol pierreux. Entre tous les arbres qu'il y avait sur la terre, Cerise le reconnut – même si, sur la photo d'Anna, il flamboyait de mille fleurs.

– Désolée d'avoir été si longue, dit Anna en entrant

dans la cuisine, Ellen sur sa hanche tel un jockey aux yeux ronds. Il a aussi fallu que je la change.

Elle se penchait pour fourrer son nez contre la joue d'Ellen quand elle remarqua la tête que faisait Cerise et se redressa.

– On dirait que vous avez vu un fantôme, dit-elle en traversant la cuisine pour venir à côté d'elle. Tout va bien ?

Les larmes qui coulaient de ses yeux étaient si denses que pendant un moment, Cerise ne vit rien qu'elles.

– Ça va ? entendit-elle Anna lui demander, entre tendresse et inquiétude.

– Oui, ça va, répondit Cerise presque agressivement.

Elle tendit le dernier tirage à Anna. Essuyant ses larmes, elle ajouta :

– C'est juste... ce n'est rien. Elles sont belles, vos photos.

– Vous trouvez ? demanda Anna, perplexe. Merci. C'est gentil.

Dévisageant Cerise encore un peu, elle ajouta :

– Vous êtes sûre que tout va bien ?

CELA DÉCONCERTAIT ANNA, d'avoir trouvé Cherie en larmes. En route pour le campus, elle se demanda s'il s'était passé quelque chose au foyer qui ait pu la perturber. Malgré elle, en se penchant pour mettre la radio, elle se souvint de l'avertissement de Sally et se sentit gagnée par un léger voile d'inquiétude.

Elle était presque sur l'autoroute quand elle entendit la nouvelle. Une fille au pair, une jeune Parisienne, avait tué l'enfant dont elle était venue s'occuper aux États-Unis en le noyant dans la baignoire pendant que ses parents travaillaient. Suivit le commentaire d'un porte-parole quelconque selon lequel le secteur de la petite enfance avait besoin de davantage de régulations, puis le présentateur enchaîna sur la vague de chaleur record. Au lieu de la rue ensoleillée de l'autre côté du pare-brise, Anna ne vit plus qu'Ellen qui regardait joyeusement Cherie remplir la baignoire.

Une peur épaisse lui envahit la poitrine. Elle n'avait aucune excuse – ouvrir sa porte à une sans-abri qu'elle ne connaissait pas, engager, pour s'occuper de ses enfants, une femme qui avait été renvoyée d'un poste où, précisément, elle s'occupait d'enfants. On ne finissait pas à la rue sans raison – Anna le savait. Elle était en partie réticente, au fond d'elle-même ; elle avait toujours su que Sally disait vrai, que la malchance seule n'avait pu précipiter Cherie dans une misère si profonde. Elle savait aussi qu'elle ne l'avait pas engagée pour lui porter secours, ni pour que Lucy n'ait pas une trop mauvaise image du monde. Non. Elle avait engagé Cherie parce qu'elle avait elle-même si désespérément besoin d'aide qu'elle était prête à prendre des risques stupides. Elle avait engagé Cherie afin de se servir d'elle, et elle allait payer pour son égoïsme, à présent.

Elle entendit la baignoire se remplir. Prise d'un accès

de noirceur, elle vit l'excitation d'Ellen au moment où Cherie la posait dans l'eau tremblante, puis elle vit la résolution durcir les traits placides de Cherie, et surgit ensuite l'image du visage bleui d'Ellen au jour de sa naissance. Une main sur le volant, Anna braqua vers le trottoir et, de l'autre, elle fouilla à tâtons dans son sac pour récupérer le téléphone portable de Jesse. Un camion la frôla en klaxonnant. Frénétiquement, elle ouvrit le clapet du portable et tapa le numéro de chez elle.

Ses poumons commençaient à brûler, et elle s'aperçut qu'elle retenait son souffle. Mais avant qu'elle ait eu le temps de respirer, le téléphone sonna. Cherie décrocha tout de suite.

– Allô ? fit-elle sans qu'il y ait rien de particulier dans sa voix, mais celle-ci parut si sonore à Anna qu'elle sursauta.

Elle prit une petite gorgée d'air et chercha confusément une explication à offrir pour son appel.

– Allô ? répéta Cherie.

Sa voix était un peu méfiante et impatiente à présent, comme Anna lorsqu'elle répondait à un appel anonyme.

– Allô ? fit Cerise, d'une voix plus forte cette fois, exactement comme Anna elle-même l'aurait fait pour décourager un cambrioleur ou un kidnappeur.

« *Dileuh ?* » entendit-elle Ellen gazouiller.

Et brusquement, la honte l'envahit. Une honte plus grande encore que ne l'avait été sa terreur. Plus distinctement que la rue devant elle, elle vit Cherie qui tenait le téléphone avec un froncement de sourcils. Elle vit Ellen accrochée à elle, comme si Cherie était un arbre, vit aussi le rai de soleil sur le sol. Alors elle comprit que son appel était la seule menace qui pesait sur le bonheur de leur journée, et cela lui fit l'effet d'une gifle.

L'idée folle la traversa que Cherie allait reconnaître le son de sa respiration et comprendre que c'était elle, à l'autre bout de la ligne. Tout doucement, elle décolla le téléphone de son oreille. Mais juste avant que son doigt ne touche le bouton pour couper la communication, elle entendit Cherie murmurer d'une voix brisée par la douleur :

– Melody ? C'est toi ?

CERISE RACCROCHA ET RESTA LÀ, Ellen sur sa hanche, les yeux machinalement posés sur les rectangles de soleil au sol de la cuisine. Elle avait décroché simplement parce qu'elle s'était dit que c'était peut-être Anna ou bien Eliot qui téléphonait à la maison. Mais face à ce silence chargé, elle avait eu le sentiment étrange que la personne à l'autre bout du fil était quelqu'un qu'elle connaissait. L'idée que ça puisse être Melody ne lui vint qu'au moment où elle s'entendit prononcer son nom. Ça faisait si longtemps qu'elle ne l'avait pas fait que le mot lui avait paru bizarre et maladroit dans sa gorge. Aussitôt, elle avait été atterrée par la quantité d'espoir et d'appréhension qu'elle avait fait remonter à la surface avec lui.

Sur sa hanche, Ellen commença à gémir et à se frotter les yeux.

– C'est l'heure de ta sieste, hein ? fit-elle faiblement, en la rapprochant de son flanc.

Il faisait lourd, à l'étage, dans la chambre d'Ellen. Elle ouvrit la fenêtre pour aérer et s'installa dans le rocking-chair, Ellen sur ses genoux. Un long moment, elle se balança, mécaniquement, les yeux rivés sur les rideaux qui dansaient dans le courant d'air, se demandant comment elle avait pu être assez bête pour croire qu'il s'agissait peut-être de Melody. Ellen poussa un léger soupir d'aise. Baissant le regard, Cerise vit les petites paupières se clore, la main s'ouvrir comme si elle venait de lâcher une balle du bout des doigts. C'était agréable et simple de sentir la chaleur d'Ellen, et son poids sur ses genoux était aussi apaisant qu'une drogue. Arcata, avait dit la femme au camping – une cabane dans les arbres, au milieu des bois. Jusqu'ici, Cerise avait toujours perçu ces informations comme une preuve supplémentaire que le premier bébé qu'elle avait aimé était perdu pour toujours.

À présent, pourtant, tandis qu'elle tâtait d'une main somnolente la poche où elle avait glissé la coupure de journal, une autre pensée germa, une question dont elle avait encore du mal à tracer les contours. Mais avant d'être parvenue à la formuler clairement, elle avait rejoint Ellen dans les plis du sommeil.

Anna quitta le campus dès la fin de son séminaire et rentra directement chez elle. *Je suis ridicule*, songea-t-elle en garant la voiture, mais lorsqu'elle ouvrit la porte de derrière et pénétra dans l'obscurité de la cuisine, elle trouva un silence qui emplissait la maison comme un dense brouillard marin.

– Coucou ! lança-t-elle. C'est moi !

La maison absorba ses mots sans rien offrir en retour. En montant à l'étage, Anna sentit son cœur s'emballer. Elle s'avança vers les chambres éteintes et se rendit compte qu'elle marchait à pas de loup. L'idée la traversa que, si elle parvenait à ne pas faire un bruit, elle prendrait peut-être Cherie sur le fait.

Quand elle arriva sur le seuil de la chambre d'Ellen et les trouva toutes les deux endormies dans le rocking-chair, son soulagement le céda vite à l'humiliation. Contrite, elle resta sur le seuil à les contempler. Ellen était affalée sur les genoux de Cherie, la bouche ouverte et les bras ballants. Cherie avait les jambes écartées et la tête renversée en arrière, offrant aux regards toute la longueur de son cou massif et le triangle de peau tendre sous sa mâchoire. Même endormie, elle tenait Ellen avec précaution, le torse du bébé entre ses paumes abîmées pour l'empêcher de glisser. Elles avaient l'air vulnérables, toutes les deux, complètement à la merci du monde, mais sereines malgré tout, à l'aise dans leur sommeil. Les rideaux dansaient à la fenêtre ouverte et l'air était chargé de l'odeur verte et fraîche du printemps – la pièce tout entière exhalait une tranquillité si profonde qu'Anna sentit son cœur se serrer.

Elle les regardait toujours quand Cherie bougea dans son sommeil, marmonnant et secouant la tête comme si elle parlait dans ses rêves. Elle grogna, et c'était un son si personnel et si angoissé qu'Anna eut brusquement l'impression d'être une voyeuse. Elle pivota et s'empressa de disparaître sur la pointe des pieds.

Elle avait encore trois heures devant elle avant de passer prendre Eliot pour se rendre chez les Laughlin, et presque autant sans doute avant que Lucy ne rentre de chez Kaylesha. Dans la cuisine, elle en profita pour ranger ses photos dans le portfolio. En les parcourant, toutes parfaitement tirées, signées et montées dans leur passe-partout, elle éprouva un plaisir solide comme le pain. Mais l'idée que finir dans des galeries, des musées ou gagner leur place sur les murs de collectionneurs du genre de Carole Laughlin serait ce qui pourrait leur arriver de mieux suscitait encore en elle une pointe de mélancolie. Avec sévérité, elle se demanda ce qu'elle voulait de plus, sans trouver aucune réponse pour remplacer cette douleur.

Jusqu'ici, elle avait fait deux bons tirages de l'arbre solitaire. En bas, dans sa chambre noire, elle s'installa pour retoucher le second, passant patiemment son minuscule pinceau sur les grains de poussière blancs afin qu'ils disparaissent dans le grain de la photo. Puis elle s'occupa du ménage – nettoya les pinces, récura les bacs et balaya. Elle versa le contenu de la pelle à poussière dans la poubelle trop pleine avant de monter la vider. Dans l'escalier, elle remarqua, au milieu des tirages ratés, parmi les vieilles bandes-tests et les emballages de plans-films, les négatifs que Lucy avait fichus en l'air. S'arrêtant au milieu des marches, elle les sortit de la poubelle. À la vue des fleurs bancales sur leur surface à la fois sombre et laiteuse, elle fut envahie de remords.

Je devrais les garder, se dit-elle, *en souvenir*. Mais l'instant d'après, elle fut prise d'une envie subite de les brûler. Elle trouva des allumettes dans la cuisine, puis sortit dans le jardin de derrière, avec la poubelle et un journal récupéré dans la corbeille à recyclage. La moustiquaire claqua bruyamment derrière elle. Il faisait plus clair dehors que dans la maison, même si la nuit tombait vite. À l'ouest, le ciel était chargé de nuages couleur sorbet, et elle distinguait déjà plusieurs étoiles à l'aplomb de sa tête. L'air était frais et verdoyant, plein de vie contre sa peau.

Un vieux baril en ferraille abandonné par les propriétaires précédents était planté en bordure du ravin. Anna posa la poubelle et froissa plusieurs feuilles de journal qu'elle y jeta. Elle voulait de grandes flammes, vives et chaudes. Elle aimait cette idée de brûler toutes ses difficultés et tous ses faux départs, pour repartir de zéro dans une nouvelle saison. Elle craqua une allumette, huma la petite bouffée de soufre qui s'en échappa dans le soir frais et, en approchant la flamme du bout de papier le plus proche, elle se demanda si c'était toujours légal, de brûler des ordures dans son jardin.

Mais le feu prenait déjà. Le bord de la feuille qu'elle avait allumée rougeoya un bref instant, et tout se gondola brusquement sous les flammes. Avec hésitation – presque malicieusement, au début – puis avec une rapidité et une détermination impressionnante, le feu gagna tout le papier. Il y eut un bruit de souffle, pareil à une inhalation gigantesque, et des flammes s'élevèrent, féroces et étonnamment sonores, qui firent reculer Anna d'un pas.

Elle resta là un instant, fascinée, sentant la chaleur fourmiller contre sa peau. Puis elle s'approcha. Renversant la poubelle au-dessus des flammes, elle laissa ses déchets dégringoler dans le feu.

QUAND LA FUMÉE COMMENÇA À S'INSINUER dans le sommeil de Cerise, ses rêves la reconnurent. C'était une vilaine fumée, l'odeur d'objets bas de gamme en train de brûler, et un moment, elle fut absorbée par ses rêves, qui offraient d'étranges explications à sa présence. Quand ces rêves la conduisirent enfin à Travis et au mobil-home, Cerise échappa à l'horreur en se réveillant. *Un cauchemar*, se dit-elle en se débattant pour échapper à ses griffes. Mais au lieu de disparaître, l'odeur de fumée s'intensifia.

Ouvrant les yeux, elle jeta des regards éperdus dans l'obscurité autour d'elle. Elle avait du mal à se rappeler où elle était – chez Rita, dans son appartement, ou chez Jake ? Elle se leva, titubante. Le bébé serré contre elle, elle dévala l'escalier, puis avança à travers les pièces plongées dans le noir, jusqu'à ce qu'elle trouve la porte. Se débattant avec le bouton pour qu'il cède, elle ouvrit, triomphante, et se rua dehors dans le crépuscule avec l'enfant qu'elle avait sauvée.

BIEN AVANT QUE LES PLEURS D'ELLEN ne parviennent à son cerveau ou même à ses oreilles, elle les sentit lui lacérer le corps. D'instinct, elle détacha aussitôt ses yeux des flammes et vit la silhouette sombre de Cherie sortir en trombe par la porte de la cuisine, Ellen dans ses bras.

– Qu'est-ce qui ne va pas ? s'écria Anna en lâchant la poubelle pour se précipiter vers elles. Qu'est-ce qui s'est passé ? Elle va bien ?

Mais Cherie, hébétée, passa devant elle sans s'arrêter. Elle semblait se diriger vers le ravin quand, brusquement, elle remarqua le feu. D'abord, elle s'en écarta, affolée, avant de s'arrêter, comme trop sonnée pour continuer. Lorsque Anna arriva à sa hauteur, elle scrutait le crépuscule d'un air hagard, aussi essoufflée que si elle venait de courir longtemps.

– Qu'est-ce qui ne va pas ? répéta Anna en lui saisissant le bras. Qu'est-ce qui s'est passé ?

Ellen sanglotait, alors Anna voulut la lui prendre des bras, mais Cherie la serra contre elle et se détourna.

– J'ai réussi, dit-elle, triomphante et stupéfaite. Finalement, j'ai réussi.

Il y avait ce triomphe et cette stupeur dans sa voix, mais quand elle se tourna vers Anna, elle avait le regard vide et creux.

– Quoi ? Vous avez réussi quoi ? Qu'est-ce que vous voulez dire ? cria Anna en essayant d'atteindre sa fille.

Mais Cherie esquiva de nouveau, s'accrochant à Ellen comme à une poupée de chiffon qu'elle ne voulait pas partager. Dans la lueur désordonnée des flammes, l'angoisse, l'effort physique et une détermination féroce lui déformaient le visage.

– Mama, sanglotait Ellen en tendant piteusement les bras vers Anna.

– Donnez-la-moi ! hurla Anna.

Agrippant le bras de Cherie, elle lui laboura la chair de ses doigts.

– Rendez-moi ma fille !

Un bref instant, Cherie eut l'air interloquée. Puis elle regarda Ellen dans ses bras, comme si c'était une étrangère, comme si elle ne savait pas du tout qui était ce bébé, ni comment il était arrivé là.

– Oh, dit-elle enfin, même si ça ressemblait davantage à un grognement qu'à un mot.

– Qu'est-ce qui se passe ? s'égosilla Anna, en la secouant de nouveau, l'autre bras tendu vers Ellen. Qu'est-ce qui ne va pas, merde !

L'angoisse traversa le visage de Cherie.

– Oh, fit-elle d'une voix rauque et pleine de désespoir cette fois.

Sans un mot, elle tendit Ellen à Anna, qui prit fermement sa fille, s'imprégnant du contact de son dos jusqu'à l'intérieur de ses os, vérifiant qu'elle n'avait rien, pas de blessures ou de frayeurs qui ne puissent être apaisées par la simple présence de ses bras.

– Qu'est-ce qui s'est passé ? s'étrangla Anna.

Et comme Cherie ne répondait pas, Anna serra un peu plus Ellen contre sa poitrine.

– Il faut me le dire. Je vous faisais confiance.

Mais Cherie se contenta de tressaillir et baissa la tête.

– Qu'est-ce qui ne va pas ? insista Anna.

Cherie affichait un air tellement abruti, tellement prolo qu'Anna eut envie de la gifler pour qu'elle réponde.

– Qu'est-ce qui vous arrive ? Il s'est passé quoi, là-haut ? fit-elle en jetant un œil vers la maison, avant de regarder avec une satisfaction mauvaise Cherie qui se recroquevillait.

« D'accord, finit-elle par dire, comme Cherie ne répondait toujours pas. Dites-moi : nom de Dieu, qui est Melody ?

Cherie laissa échapper un grognement et chancela comme si elle avait été poignardée.

– Hein ? s'étrangla-t-elle. Comment êtes-vous au courant ?

– Qui est-ce ? insista Anna. Qui est Melody ?

Elle vit Cherie aux prises avec quelque chose, vit sa

bouche s'ouvrir puis finalement se refermer. Puis pour finir, la tête basse, Cherie répondit d'une voix blanche :

– Je crois que j'ai fait un cauchemar.

– Un cauchemar, pouffa Anna, méprisante. Un cauchemar ne rend pas fou.

– Celui-ci a bien essayé, dit doucement Cherie, sans lever les yeux.

– Je n'y crois pas. Il y a autre chose.

– Je ne suis pas folle, se défendit Cherie en levant brusquement la tête, avant d'ajouter, le regard fuyant : Même si, parfois, j'aimerais bien.

– Vous avez bu ? Vous avez pris de la drogue ?

– Non. Je n'ai jamais touché à ça.

Cherie regardait le feu d'un air triste.

– Vous avez rêvé quoi ? insista Anna.

Mais Cherie frissonna et secoua la tête. Une larme coula le long de sa joue, reflétant un instant la lueur des flammes, puis tomba.

Anna sentait la compassion l'envahir, mais elle persévéra :

– Il n'est rien arrivé à Ellen ?

– Oh… non ! répondit très vite Cherie, choquée. Mais en me précipitant dehors, je l'ai fait pleurer.

– Bon, fit Anna d'une voix désormais plus lasse que froide. Je suis navrée. J'ai eu tort de réagir au quart de tour comme ça. C'est juste que… vous m'avez fait peur ! Si un jour vous avez des enfants, vous saurez. On s'inquiète d'abord toujours pour ses enfants.

– Je sais, chevrota Cherie.

Elle chancela, comme prise de vertiges, et se cacha le visage dans ses paumes défigurées.

La dernière couleur s'estompait dans le ciel, la fumée s'était dissipée et, dans le baril, le feu n'était plus qu'un tas d'étincelles. Serrant Ellen dans ses bras, Anna regarda Cherie se balancer d'avant en arrière en silence, la tête dans ses mains et les épaules agitées de soubresauts.

Brusquement, Ellen tendit les bras vers elle.

– Dideuh ?

Alors Anna fit un pas afin qu'Ellen puisse toucher l'épaule de Cherie.

Et la seconde suivante, en étreignant elle-même Cherie, elle ne détecta aucune odeur d'alcool ou de drogue dans son haleine ; elle reconnut simplement le parfum déjà familier de son shampoing premier prix et de son corps solide, qu'elle avait souvent senti en récupérant Ellen dans ses bras.

D'AUSSI LOIN QUE CERISE SE SOUVIENNE, jamais une femme ne l'avait étreinte. Au début, elle ne désira rien de plus que rester pour toujours dans le confort des bras d'Anna. Pendant quelques instants, Anna et Cerise demeurèrent ainsi l'une contre l'autre, Ellen en sandwich entre elles deux, leurs souffles réchauffant la petite poche qu'elles formaient toutes les trois dans la fraîcheur de la nouvelle nuit. Mais quand le choc s'atténua, prenant conscience qu'elle était beaucoup plus grande qu'Anna, Cerise fut si embarrassée à l'idée qu'elle sentait peut-être mauvais qu'elle ne put s'empêcher de s'écarter.

Lentement, son bras libre toujours contre le dos de Cerise, Anna la guida à travers le jardin jusqu'à la maison. Dans la cuisine, elle lui tendit Ellen, alluma la lumière, et mit de l'eau à bouillir pour le thé qu'elle fit infuser dans une théière ornée de roses, avant de le servir dans des tasses aussi légères que des bulles, ajoutant ce qu'il fallait de lait et de sucre pour lui donner le goût tiède et sucré du lait humain.

– Tout va bien ? demanda-t-elle à Cerise quand elles furent toutes les deux assises, Ellen de retour sur les genoux d'Anna, et leurs tasses posées devant elles sur des soucoupes en porcelaine.

Cerise sentit qu'Anna la sondait, mais qu'elle s'inquiétait aussi pour elle. Fixant l'intérieur de sa tasse, elle répondit doucement :

– Ça va, oui. Je suis désolée de vous compliquer la vie.

– Vous ne compliquez rien du tout, dit Anna. Ôtez-vous cette idée de la tête.

Puis elles se turent, buvant leur thé, laissant la vapeur éclore contre leurs joues à chaque petite gorgée qu'elles prenaient.

– J'aimerais savoir ce qui s'est passé, finit par dire Anna, mais d'une voix calme et tendre cette fois. Je pourrais peut-être aider davantage, si je savais.

Il s'écoula un long moment, durant lequel Cerise tergiversa. Pour finir, d'une voix si crue que les mots ne pouvaient que sortir sanglants, elle dit :

– S'il vous plaît, ne me demandez pas ça.

Elle jeta un bref regard vers Anna, mais au lieu de la colère qu'elle s'attendit à lire sur son visage, elle fut surprise de la voir abattue, tellement lointaine et tournée vers elle-même qu'on aurait dit qu'elle entendait des voix venues d'un autre temps.

– Je voudrais vous le dire, supplia Cerise. J'aimerais pouvoir. Je suis désolée.

Sa phrase s'était terminée en murmure. Puis le silence dura si longtemps qu'un frisson lui parcourut l'échine, pareil à un avertissement. *Elle est au courant*, pensa-t-elle, oscillant entre le désir ardent et la terreur de savoir ce qu'Anna allait peut-être répondre. Mais quand Anna parla enfin, elle ne mentionna ni Melody ni Travis.

– J'ai avorté, dit-elle avant de s'interrompre pour inspirer un grand coup, contemplant le souvenir qui semblait se déployer devant elle. Il y a des années. J'ai avorté. Je ne l'ai jamais dit à personne, continua-t-elle intensément, la voix pleine de tristesse et d'une sorte d'étonnement. Jamais. Vous êtes la première personne à qui j'en parle.

Baissant la tête, Cerise laissa les mots d'Anna lui traverser le cœur.

– Ça a compté, dit Anna. Tout ce temps, je l'ai porté en moi. Ce n'est pas une chose qui m'enchante ou dont je suis fière, mais peut-être qu'en un sens ça m'a aidée à garder le cap.

Cette fois, quand Anna brisa le silence, c'était comme si elle s'adressait de nouveau à Cerise, et non aux fantômes qui semblaient s'être rassemblés dans la pièce. Cerise sentait son regard sur sa tête baissée.

– Je ne sais pas ce qui vous est arrivé, dit-elle, c'est sans doute plus dur que tout ce qui a pu m'arriver à moi, alors je n'ai probablement pas mon mot à dire. Mais peu importe ce que c'est, peut-être que ça pourrait vous aider en fin de compte.

Les paumes repliées dans ses poings, et ses poings coincés entre ses cuisses sur la chaise, Cerise ne parvenait qu'à secouer la tête, sans lever les yeux.

– Bref, fit Anna au bout d'une minute. Je vous promets de ne plus vous interroger. Un jour, quelqu'un m'a laissée libre de garder le silence, et à présent, je vous transmets ce cadeau.

Maladroitement, Cerise dit :

– Je n'ai jamais eu… d'amie comme vous.

Jetant un bref regard vers Anna, elle voulut s'assurer qu'elle n'avait pas gaffé. Mais Anna la considérait toujours, sans que son expression ait changé.

– Moi non plus, je n'ai jamais eu d'amie comme vous, lui dit-elle quand leurs regards se croisèrent.

Plus tard, quand la théière fut vide, et juste avant que Lucy ne débarque en trombe dans la cuisine, Anna posa à Cerise une dernière question :

– Vous voulez que j'annule nos projets ?

– Nos projets ? demanda Cerise, en essayant de se rappeler quels projets elles avaient faits ensemble.

– Pour ce soir ? Vous préférez que je vous raccompagne chez vous ?

– Oh non, fit Cerise, surprise.

– Vous êtes sûre ?

Anna l'étudiait avec hésitation.

– Ça ne sera pas trop dur pour vous, de rester avec les filles ?

– Non, non, dit Cerise, déterminée. Tout va bien se passer.

ASSISE DANS LA VOITURE EN BAS DE L'ALLÉE, phares éteints, Anna regardait la maison en écoutant le ronron du moteur. L'habitacle baigné dans les lueurs du tableau de bord avait un côté à la fois anonyme et plein d'intimité. Cependant, malgré le calme qui y régnait, Anna débordait toujours d'émotions, tant d'émotions qu'elle ne parvenait pas à relâcher le frein à main pour partir.

La lumière accueillante de la cuisine creusait un petit trou dans la nuit, soulignant les contours des boutures d'Eliot sur le rebord de la fenêtre. Anna apercevait Lucy qui pratiquait pour son cours de danse, les bras tendus comme pour embrasser l'air, sa queue-de-cheval rebondissant derrière elle tel un gentil petit animal. Elle voyait Cherie apparaître puis disparaître.

Quand elle avait fait sa connaissance, Anna était partie du principe que la vie de Cherie ne pouvait être que limitée et sans intérêt, et que ses petits problèmes étaient les siens seuls. Mais Cherie avait tant fait pour elle et pour sa famille que c'en était fabuleux. À l'abri dans la pénombre de la voiture, Anna se souvint du plaisir qu'elle avait éprouvé le matin même en parlant de son travail à Carole Laughlin ; elle se souvint qu'après avoir raccroché, elle avait balayé le salon du regard et que, pour la première fois, elle s'était vraiment sentie chez elle. Elle songea à Ellen, à présent en pleine santé, puis à Lucy entrée en trombe dans la cuisine un peu plus tôt, l'air si radieux qu'on avait du mal à croire qu'elle ait pu à un moment donné peiner à s'endormir et n'avoir pas eu d'amis. Le point commun de tous ces changements était Cherie, mais pourquoi et comment, cela demeurait un mystère – tout comme la nature de ce qu'elle avait fait.

Il y avait tellement de mystères. Anna se rappela la voix de Cherie dans le combiné, qui avait lancé, tremblotante : « Melody ? C'est toi ? » Elle repensa à Cherie sortant de la maison en titubant tel un zombie, aux larmes éclairées par les flammes qui tremblotaient à son menton. Elle avait beau savoir au plus profond de son être que ses filles ne risquaient rien avec Cherie, elle ne savait pas pour autant qui était vraiment cette femme. Les yeux sur la fenêtre éclairée, elle prit conscience de quelque chose qui était toujours vrai – plus on se liait à quelqu'un, plus on s'approchait du mystère en son cœur.

Elle pensa au mystère qu'étaient ses filles – ces étrangères, ces invitées, ces amis très chères insoupçonnées –, en quelque sorte tombées dans leur propre vie à travers elle. Ses filles si proches par le ton de leur voix et le contact de leurs mains, par leur chair et par leur souffle plus précieux que les siens propres. Mais ses filles en même temps si lointaines, avec leur âme inviolable, leur moi secret séparé du sien pour l'éternité. Elle avait follement besoin d'elles ; elles étaient indispensables à sa propre identité, et même son art dépendait d'elles.

Fermant les yeux, elle vit à travers les larmes sombres qui envahissaient ses paupières l'autre mystère qui l'avait habitée, ce morceau de tissu organique qui n'avait jamais revendiqué un sexe ni accédé à un visage mais qui avait existé à l'intérieur d'elle malgré tout, qui avait étrangement contribué à la façonner par son absence. En buvant du thé au lait, elle avait confié à Cherie ce secret qu'elle avait toujours tu. En parler en avait un peu estompé le chatoiement, mais elle était heureuse de l'avoir fait.

Assise là dans sa voiture, elle se dit qu'il était l'heure. Il fallait qu'elle passe prendre Eliot, pour aller chez les Laughlin par le dédale de routes obscures. Elle imagina le bon dîner qu'on allait leur servir, le bon vin et les mets exotiques, imagina comment, dans la pièce où se trouvaient des photos d'Ansel Adams, d'Edward Weston et d'Alfred Stieglitz, elle allait ouvrir son portfolio et étaler son travail sur la table d'acajou ; elle imagina les arbres brisés en train de briller sur le bois poli. Mais elle resta là, dans sa voiture au point mort, trop pleine d'émotions pour s'en aller.

Un bout de conversation qu'elle avait eue avec Cherie quelques semaines plus tôt lui revint.

– C'est comment, avait-elle demandé, la vie au foyer ?

C'était simplement de la curiosité, et elle fut surprise du désarroi qu'elle avait lu sur le visage de Cherie, même si cette dernière lui avait répondu avec sa placidité habituelle :

– Ça va.

Puis, après coup, elle avait ajouté :

– Elles parlent beaucoup de Dieu.

– Et vous en pensez quoi ? avait demandé Anna.

Cela faisait longtemps qu'elle n'avait pas discuté de religion, et elle se demandait si la foi qu'on avait à offrir au foyer était semblable à celle que son neveu Jesse professait, elle se demandait ce que quelqu'un comme Cherie penserait du dieu de Jesse.

Cherie avait haussé les épaules.

– Ça en aide certaines, sans doute.

– Et vous ? avait insisté Anna.

– Je ne sais pas en quoi ça pourrait m'aider, avait répondu Cherie, et sa voix lui avait paru dure, jamais aussi proche de la colère.

À présent, dans la capsule sombre de sa voiture, une

idée étrange commença à germer dans sa tête, mais quand elle fut plus claire, Anna comprit que c'était ce qu'elle avait toujours voulu que ses photos suggèrent : peut-être que la vie a créé Dieu et non l'inverse, quoi qu'en dise la religion de Jesse. Peut-être que ce qui a fabriqué Dieu, c'est la vie, toute la vie – chaque naissance et chaque mort, avec toutes les épreuves et toutes les joies entre les deux. Peut-être que la vie avait fabriqué Dieu comme un bébé fabriquait une mère, de sorte qu'à l'instar de l'arrivée d'un bébé qui transmuait une femme en quelque chose de plus grand qu'elle, tout ce qui existait dans le monde transmuait le vide qui l'avait précédé en Dieu.

Tout cela était tellement vaste, dur et beau, tellement étrange.

Nous sommes là – vivants –, songea-t-elle, en contemplant la lumière à la fenêtre de la cuisine, en la contemplant jusqu'à ce qu'elle éclose et s'étale, jusqu'à ce que la folie de tout ça la fasse sourire.

Elle espéra que tout irait bien pour Cherie, espéra qu'ils iraient tous bien. *Que Dieu nous garde,* supplia-t-elle, s'adressant à l'obscurité et à la lumière. Elle resta encore un peu dans la voiture, dont le moteur ronronnait toujours, les yeux sur la fenêtre où Lucy s'était remise à danser. Elle attendit jusqu'à y voir net de nouveau, son sourire s'estompa et elle se sentit les idées claires. Alors elle passa la première et s'en alla par le chemin que ses phares ouvraient dans la nuit.

Après le départ d'Anna, Cerise fit bouillir des pâtes, réchauffa de la sauce tomate et râpa du fromage, sous le regard intéressé d'Ellen, juchée sur sa chaise haute, et pendant que Lucy tourbillonnait au milieu de la pièce.

Dans cette cuisine qui n'était pas la sienne mais qu'elle connaissait tout autant, elle détailla une branche de céleri. Elle coupa une miche de pain dont elle beurra les tranches, versa du lait dans deux verres et un gobelet. Elle posa deux assiettes sur la table, puis une autre de pâtes à la tomate découpées en petits morceaux sur le plateau de la chaise haute. Après le repas, elle donna un bain à Ellen pour effacer les taches orange sur ses joues, dans ses cheveux et entre ses doigts potelés. À genoux à côté de la baignoire, elle regarda Ellen asperger tout autour d'elle en gloussant, puis la sortit dégoulinante de l'eau, pour la sécher et lui mettre une couche de nuit et un pyjama en flanelle, avant de la bercer jusqu'à ce qu'elle s'endorme.

Elle fit ensuite trois parties de Sept Familles avec Lucy, retrouva sa chemise de nuit préférée sous l'armoire, lui rappela de mettre ses vêtements sales dans le panier à linge, et la surveilla pendant qu'elle se mouillait le visage et se brossait les dents, du dentifrice plein le menton. Une fois Lucy dans son lit en compagnie d'une demi-douzaine de peluches et de deux fois plus de livres, Cerise éteignit la lumière, alluma la veilleuse et se pencha pour lui faire un bisou.

– Bonne nuit, dit-elle d'une voix qu'elle voulait enjouée.

– Je t'aime, déclara Lucy qui enfonça la tête dans son oreiller pour jeter les bras autour de son cou.

– Moi aussi, répondit Cerise, en tapotant la main de Lucy, avant de se libérer et de quitter la chambre à la hâte.

Elle redescendit à la cuisine ranger les restes, rincer les assiettes et remplir le lave-vaisselle. Essuyant la table, les plans de travail et le plateau de la chaise haute avant de balayer, elle essaya de se focaliser sur les tâches qu'elle accomplissait, sur la lavette qui dessinait ses courbes humides sur les surfaces, sur les poils du balai qui poussaient les miettes dans la pelle à poussière.

La lavette étalée pour sécher et le balai rangé dans le placard, elle éteignit la lumière et s'assit à la table dans la pénombre de la cuisine pour attendre la suite, le regard posé sur la nuit de l'autre côté de la fenêtre. Les idées flottaient et filaient dans sa tête tels des poissons derrière les parois de verre d'un aquarium. Anna était gentille de lui avoir fait du thé. Il faudrait bientôt lancer le lave-vaisselle. Ce soir, Anna insisterait pour la ramener au foyer en voiture. Pourvu que personne n'ait repéré ses affaires dans le ravin. Elle ne voulait pas perdre la couverture de Barbara. Elle regretta de n'avoir pas fait un joli dessin à Lucy. De ne pas pouvoir dire à Anna tout ce qu'elle lui avait apporté. Peut-être qu'il n'y avait jamais eu de pile dans ce détecteur de fumée. Et peut-être que, de toute façon, ça ne changeait rien.

Quand elle entendit des pas hésitants dans l'escalier, elle ne bougea pas avant qu'ils soient arrivés en bas.

– C'est toi, Lucy ?

– J'arrive pas à dormir, gémit Lucy. Je peux rester avec toi, juste un petit peu ?

La fillette se rua dans la pièce comme si la permission lui avait déjà été donnée.

– Viens là, soupira Cerise.

Et Lucy lui grimpa sur les genoux. Elle était terriblement petite, et toute noueuse, juchée sur les cuisses de Cerise ; elle était chaude et elle sentait bon, sa chair rare était ferme sous la chemise de nuit. Ses cheveux, quand Cerise y plongea le nez, étaient doux comme des pétales de fleurs.

Elles restèrent longtemps comme ça, dans le demi-jour qui filtrait de l'escalier, puis Lucy dit :

– Pourquoi tes mains, elles sont toutes brillantes ?

Avant d'ajouter :

– Maman m'a dit que ce n'est pas poli de demander, mais j'ai pensé que ça te gênerait pas. Ça te gêne ?

L'air inquiet, elle se tourna pour scruter le visage de Cerise.

– Non, je… fit Cerise en prenant une inspiration plus grande que son corps. Ce n'est pas grave. Je me suis brûlé les mains.

Elle expira le trop-plein d'air.

– En jouant avec des allumettes ? demanda Lucy.

– Non.

– Alors quoi ?

– En essayant de sauver quel… quelque chose.

– Et alors ? demanda Lucy en se blottissant contre Cerise comme si celle-ci s'apprêtait à lui raconter une histoire pour s'endormir.

– Alors quoi ? demanda prudemment Cerise.

– Tu as sauvé ce que tu essayais de sauver ?

– Non, dit-elle d'une voix éteinte.

– Oh, répondit Lucy. Tu peux pas le remplacer ?

– Non.

– C'est pour ça que tu es toujours triste ?

– Je ne suis pas toujours triste.

– Si… un peu. Tu es toujours un peu triste. Comme la pluie, ajouta-t-elle en se blottissant davantage.

– La pluie n'est pas triste, dit Cerise en fixant la nuit, dehors.

– Elle l'est quand tu es dessous, dit Lucy. Un jour, j'ai vu une dame qui était très triste sous la pluie.

Cerise se rappela le temps qu'elle avait passé recroquevillée sous les lauriers, la pluie gouttant sur son visage, et elle se rappela aussi tout le temps pendant lequel elle avait cherché ou fui Travis à travers les rues détrempées. Serrant Lucy contre elle, elle répondit :

– La pluie n'est triste que si toi, tu es déjà triste.

– Quand on danse et qu'il est l'heure d'arrêter, ma professeure de danse dit qu'il faut fabriquer une fin.

– Fabriquer une fin ?

– Oui, une fin *satrisfaisante*, pour qu'on soit contents d'arrêter.

– Oh.

– Elle dit que les fins n'arrivent pas toutes seules. C'est pour ça qu'il faut les fabriquer.

– Parfois, c'est difficile.

– Je sais, fit Lucy avec un hochement de tête plein de sagesse. C'est pour ça qu'on s'entraîne. Quand la fin est satrisfaisante, on se sent triste mais faisante.

– Faisante, comment ça ?

– En faisant qu'on accepte que le trou reste ouvert.

– C'est ta professeure qui t'a dit ça ? demanda doucement Cerise.

– Non, non, répondit Lucy en secouant la tête. Je me le suis appris toute seule.

Lucy posa la tête dans le creux de l'épaule de Cerise et se tut si longtemps que Cerise la crut endormie. Elle commençait à réfléchir à la meilleure manière de ramener Lucy dans son lit quand celle-ci se remit à parler.

– C'est quoi que t'as perdu ? demanda-t-elle.

Les mots ouvrirent Cerise en deux, des entrailles jusqu'à la gorge, comme des lames.

– Mon bébé, finit-elle par dire, sans regarder Lucy, envoyant ses mots loin au-dessus de la tête de la fillette, dans la pénombre.

– Tu avais un bébé ? fit Lucy, épatée.

– J'en avais deux.

Cerise se raidit, prête à encaisser le moment où Lucy sauterait au sol et quitterait la pièce en hurlant.

Mais Lucy, toujours aussi tranquille contre sa poitrine, lui demanda simplement :

– Des filles ou des garçons ?

– Un de chaque.

– Une fille et un garçon, dit Lucy en se blottissant encore davantage. Et ils s'appelaient comment ?

– Travis, dit Cerise, avant de se rendre compte que, si elle pensait souvent à lui, elle n'avait pas prononcé son nom une seule fois depuis qu'elle l'avait hurlé dans les collines, sous l'arbre brisé.

– Travis, répéta Lucy. Et ta fille ? C'est quoi le nom de ta fille ?

– Melody.

Le mot prit vie sur sa langue, comme une saveur disparue si longtemps qu'elle en avait oublié le goût, ne lui laissant que l'envie.

– Travis et Melody, dit Lucy d'un air heureux. Et ils sont où, maintenant ?

– Melody s'est enf… Melody a grandi. Et elle est partie. C'est ce que font les filles, dit Cerise pour s'en convaincre. Elles grandissent et elles quittent leur mère. Elle habite au nord d'ici, ajouta-t-elle.

– Au pôle Nord ? demanda Lucy.

– Non.

– Pourquoi tu ne la vois pas ?

Cerise haussa les épaules.

– Elle est fâchée contre moi. Et… sans doute que moi aussi, je suis fâchée contre elle.
– Pourquoi ?
– À cause de tout ce qu'elle a fait de mal.
– Elle n'a pas fait exprès.
– Comment le sais-tu ?
– Les filles ne font jamais exprès. Mais des fois, les choses se gâtent et c'est tout, comme un accident.
– Oh, murmura Cerise.
– Elle n'est plus fâchée, maintenant, insista Lucy.
– Qu'est-ce qui te fait dire ça ?
– Les filles ne restent pas fâchées, expliqua Lucy. On est punies dans notre chambre et puis notre maman commence à nous manquer. Et ton fils, il est où ?
Dans les instants qui suivirent, Lucy attendit patiemment que sa petite question enfle au point de devenir si grande qu'elle emplit la cuisine, au point que bientôt Cerise, comprimée, n'eut plus d'air pour respirer et cracha une réponse étranglée :
– Il est mort.
Le mot était une pierre cruelle qui lui râpait la gorge. Mais quand elle l'eut prononcé, elle vit aussi à quel point il était petit, un son humain parmi d'autres – rien à voir avec toute l'horreur qu'il signifiait. Et après qu'elle l'eut prononcé, elle put respirer, comme si ce mot, d'une manière ou d'une autre, atténuait un peu le chagrin.
– Mort ? fit Lucy.
Cerise confirma d'un signe de tête, avant de se

recroqueviller en prévision de la réaction horrifiée de Lucy.

Au lieu de quoi Lucy lui demanda :

– Comment il est mort ?

– Dans un incendie, dit Cerise à la hâte, pour éviter d'être écrasée.

Des larmes lui piquèrent les yeux, lui bouchèrent les sinus et la gorge. Lucy contemplait son visage vacillant, fascinée.

– Ton incendie ? demanda-t-elle.

– Quoi ?

– Le feu qui a brûlé ton mobil-home ?

– Oui.

– Et tes mains ?

En confirmant d'un signe de tête, Cerise sentit un grattouillement, des fourmis, une douleur dans ses paumes.

– Il jouait avec des allumettes, conclut Lucy posément.

Du bout des doigts, Cerise étala ses larmes.

– Non, dit-elle. C'était un accident, dans l'installation électrique. C'était juste un accident, rien d'autre. Ce n'était la faute de personne.

Les mots paraissaient si simples, si petits que c'en était risible – un accident –, comme si Travis avait fait pipi dans son pantalon. Comme s'il n'y avait jamais eu personne d'autre à blâmer.

– J'ai essayé, dit-elle. J'ai essayé de le sauver. Mais… je n'ai pas réussi.

Elle se rappela le sentiment de triomphe qu'elle avait

ressenti plus tôt dans la journée, quand elle était sortie dans le crépuscule en portant Ellen dans ses bras. Animée d'une brusque certitude, elle ajouta :

– Je l'aurais sauvé si j'avais pu.

Lucy acquiesça solennellement, comme si ça n'avait jamais fait aucun doute.

– Il est né quel jour ? demanda-t-elle.

– Quel jour il est né ?

Cerise se souvint de son petit corps glissant qui avait jailli d'elle, elle se souvint de sa légèreté quand elle l'avait pris, mouillé, entre ses mains pour le poser sur sa poitrine, encore relié à elle par le cordon ombilical. Elle ferma les yeux et se laissa inonder par l'odeur de la naissance, riche comme le grain, comme le sperme ou comme le sang frais.

– Quand ça sera son anniversaire, on pourra faire un gâteau, toi et moi. On le portera dehors, on allumera des bougies et on le jettera très très haut dans le ciel pour que Travis l'attrape, comme ça il verra que tu vas bien et il n'aura plus besoin de se faire du souci pour toi. Il aime le chocolat ?

Cerise imagina Travis dans le ciel, mangeant un gâteau au chocolat, et même si elle savait que ce n'était pas là qu'il se trouvait en réalité, elle comprit soudain que, où qu'il fût, il était bien. Dans un éclair de liberté insoutenable, elle comprit que Travis n'avait plus mal, qu'il n'était plus triste et qu'il n'avait plus peur. Où qu'il fût, elle ne lui manquait plus.

Elle serra un peu plus Lucy contre elle, fourra son visage dans les cheveux de la fillette.

– Oui, il aime le chocolat, dit-elle. Travis aimait le chocolat.

Contente de son idée, Lucy acquiesça d'un signe de tête. Mais aussitôt Cerise la sentit se raidir, et Lucy demanda d'une voix soucieuse :

– Tu crois pas qu'il sera triste si sa sœur n'est pas là ?

Plus tard, bien après avoir recouché Lucy, Cerise se leva de sa chaise dans la cuisine laissée dans l'obscurité et descendit au sous-sol. Elle n'était jamais entrée dans la chambre noire d'Anna, et elle ouvrit la porte avec prudence. On n'y voyait rien, et l'interrupteur, quand elle l'actionna, ne fit qu'ajouter des ombres ambrées à l'obscurité. Tâtonnant de nouveau, elle trouva une vraie lampe, mais la pièce que celle-ci révéla n'était pas du tout telle qu'elle l'imaginait.

Elle avait un aspect plus clinique que magique, presque une salle d'hôpital, avec ses bacs et ses ustensiles, son équipement impressionnant, ses plans de travail froids et son odeur vaguement aigre. Lorsqu'elle vit à quel point tout était ordonné, elle craignit d'abord de ne pas trouver ce qu'elle était venue chercher. Mais la seconde suivante, elle aperçut le tirage, posé sur le plan de travail.

Comprenant que, pour le glisser sous son blouson, elle allait devoir le plier, elle faillit se raviser. Mais, pour finir, elle le prit quand même, pliant soigneusement le papier en deux, grimaçant malgré tout quand l'émulsion se craquela en une cicatrice blanche. Elle sortit ensuite les chèques de l'école de la poche intérieure de son blouson. Lorsqu'elle eut trouvé un stylo, elle les endossa du nom de la femme qui les avait gagnés, puis, ajoutant le nom d'Anna à celui de Cherie, elle les posa à l'endroit où elle avait trouvé la photo.

Elle monta au premier étage et passa un long moment au pied du lit de Lucy, à contempler son visage placide, imaginant le bébé qu'elle avait été et la femme qu'elle deviendrait. Si elles venaient à se revoir un jour, peut-être qu'elles ne se reconnaîtraient pas, deux étrangères ensemble dans un ascenseur ou se croisant dans un parc. Pourtant, elle était sûre qu'elles s'aimeraient toujours, malgré tout.

Elle se trouvait dans la chambre d'Ellen lorsqu'elle entendit la voiture s'engager dans l'allée. Elle se pencha au-dessus des barreaux du lit pour s'imprégner une dernière fois de la brume tiède de ses rêves de bébé, avant de quitter la chambre et de redescendre à pas de loup. Elle avait mis son blouson et attendait à la porte d'entrée quand Eliot ouvrit.

– Comment s'est passée la soirée ? s'enquit Anna.

– Bien, répondit Cerise. Les filles vont bien. Mais… il faut que je parte.

Elle regardait Anna droit dans les yeux, alors Eliot s'effaça d'un pas.

– Il est tard, s'excusa Anna, je sais. Mais si vous laissez Eliot vous raccompagner, je suis sûre que vous pourrez être au foyer avant le couvre-feu.

– Non, fit Cerise en secouant la tête. Je veux dire, il faut que je parte d'ici. Je ne reviendrai pas.

– Vous ne reviendrez pas ? dit Anna.

Cerise vit cent sujets d'inquiétude à la lutte sur son visage.

– Je sais que vous… vous m'avez tous aidée, ajouta-t-elle avec un regard vers Eliot. Mais j'ai quelque chose d'important à faire.

– Quoi donc ? demanda Anna, et comme Cerise ne répondait rien, elle ajouta doucement : Si vous me le dites, je pourrai peut-être aider.

– C'est quelque chose que je dois résoudre à la dure, répondit Cerise, toute seule.

– Mais je…

– Vous en avez tellement fait pour moi, supplia Cerise, s'il vous plaît, faites encore ça.

– Mais qu'allez-vous faire ?

Anna avait l'air si déroutée que Cerise hésita un instant avant de répondre :

– J'ai besoin de trouver ce qu'une certaine personne veut dire par « samedi matin ».

– Mais vous allez me manquer, dit Anna, d'une voix peinée. Et les filles, vous ne pouvez pas juste les…

– Je sais, dit Cerise. Je suis vraiment désolée. Dites aux filles… dites-leur au revoir.

– D'accord, dit Anna lentement, la voix grinçante de scepticisme. Je leur dirai ça.

– Enfin… non, dites-leur plutôt que je les aime, corrigea Cerise en laissant les mots jaillir à toute force. Oui, dites-leur que je les aime et que je ne les oublierai jamais. S'il vous plaît.

Anna croisa son regard et, pendant une demi-minute, elle se regardèrent dans les yeux, chacune suppliant l'autre en silence avant de finalement céder, pour donner la priorité au mystère qui les reliait. Anna acquiesça d'un signe de tête et Cerise s'avança vers elle, tendant un bras pour l'étreindre. Un infime instant, elles restèrent ensemble, la photo d'Anna plaquée à son insu entre elles deux, puis Cerise se libéra et se dirigea vers la porte ouverte. Descendant les marches, elle partit vers la flaque de lumière au coin de la rue. Parce qu'elle savait qu'Anna et Eliot regardaient, elle n'osa pas se retourner. Elle pressa au contraire le pas, jusqu'à ce qu'elle ait bifurqué dans une autre rue et que leur maison soit cachée par d'autres dans la nuit.

L'air était frais et doux. Comme un baume sur son visage. Jetant un œil à droite puis à gauche, elle quitta le trottoir, se glissa dans un jardin et descendit dans le ravin. La photo d'Anna plaquée contre sa poitrine d'une main, elle crapahuta maladroitement le long de la pente raide, glissant sur les brindilles et sur les feuilles, en essayant de ne pas perdre l'équilibre, jusqu'à l'endroit où elle avait déposé ses affaires. Elle les localisa à tâtons puis remonta avec elles jusqu'à la route.

Sous le premier réverbère, elle sortit de son blouson la coupure de journal abîmée et étudia la photo, avant de relire le texte, qu'elle connaissait par cœur. Elle le remit dans sa poche et reprit sa route. Portant ses affaires dans ses mains abîmées et serrant la photo d'Anna contre sa poitrine, elle quitta le quartier, en traversa d'autres pleins de maisons grandes comme des châteaux, éclairées par des projecteurs et protégées par des alarmes, puis plus loin longea des stations-service et des épiceries ouvertes jour et nuit, des bars, des sex-shops et des parkings éclairés, où des hectares de voitures étaient plantés en rangs bien ordonnés, pareils à des champs de maïs, avant de laisser la ville derrière elle et de suivre l'autoroute qui promettait de la conduire à la côte.

Parfois, elle songeait à Ellen et Lucy se réveillant le matin, déconcertées par son absence et par les explications confuses de leurs parents, et son cœur se pinçait. « En faisant qu'on accepte que le trou reste ouvert », avait dit Lucy, et même si elle détestait l'idée que Lucy ait très vite à mettre en pratique cette leçon, elle savait dans son cœur que la fillette en serait capable. D'autres fois, elle pensait à Anna et à l'amitié qu'elles avaient nouée, et elle haïssait l'idée que, entre toutes les femmes, ce soit Anna qu'elle ait dû blesser. Mais elle espérait qu'à la fin, quelque part, Anna comprendrait.

Elle finit par apercevoir l'océan, tard le lendemain matin. Elle le vit d'abord en longeant la crête d'une haute colline – un lointain trait gris étincelant de lumière. Pendant un long moment, elle avança vers lui face au vent – quelquefois ce vent la faisait vaciller comme un chiot, et d'autres fois, il la cinglait comme il cinglait les vagues elles-mêmes. Cerise pensa aussi à Melody et aux océans de la planète minuscule tatouée sur sa joue. Et, songeant à l'immensité du vrai monde, qui rendait difficile d'y trouver quelqu'un qui y était perdu, elle fut reconnaissante que Melody porte la Terre sur son visage.

Lorsqu'elle arriva enfin à la mer, le soleil se couchait. La route se terminait sur une falaise en surplomb du Pacifique, le long de laquelle courait la route étroite qui, vers le nord, menait à Arcata et au Canada et, vers le sud, conduisait au Mexique. L'autoroute luisait comme de l'étain dans la lumière pâlissante. Cerise la franchit en une demi-douzaine de pas, puis traversa un champ où sifflaient les herbes hautes aplaties par le vent et, arrivée au bord du précipite, elle baissa la tête. Soixante mètres plus bas, l'océan était sombre, mais plus loin, ses eaux étaient toujours dans la lumière. Affrontant la pleine force du vent, elle se sculpta une maison dans les bourrasques et regarda le feu qui enflammait l'horizon, jusqu'à ce que ses yeux se voilent de larmes déclenchées par le vent, le froid et la lumière, jusqu'à ce que le soleil disparaisse sous la ligne de l'océan.

Puis elle regarda l'eau en contrebas de la falaise, vit les brisants sombres qui s'étiraient le long du rivage telle une infinie chaînette au crochet, et même si elle se sentait attirée vers eux comme sous l'effet d'une autre loi de la physique, elle ignora l'invitation. Pivotant sur ses talons, l'océan à sa gauche, elle partit vers le nord, sur la route luisante dans le crépuscule.

REMERCIEMENTS

Je tiens à remercier les experts dont les informations et la perspicacité m'ont été d'une aide précieuse : *Procédures d'avortement* – Lisa Peterson, du Centre de planning familial Six Rivers. *Culture du blé en sol aride* – Emmy Michaelsen. *Pompiers* – Ed Leon, caserne de Healdsburg. *Accouchement* – Renee Baker. *Procédures médicales* – Monika Balsalmo et Chris Winters. *Être mère* – Wendy Blair, Penny Chambers, Elaine Greene, Elisa Livingston, Stacy McRee, Melinda Misuraca, Gwen Rosewater, Caroline Draper Swift, Melanie Thornton, Connie Wolfe, Molly Wood. *Photographie* – Heather Fisher, Jackie Kell, Tom Leavitt, Jim Lugo, Belinda Starkie. *Stockage des semences (ministère de l'Agriculture des États-Unis)* – Dr Rich Hannan, de la Western Regional Plant Introduction Station, Pullman, État de Washington.

Aucune de ces personnes n'est responsable des erreurs que pourrait contenir ce livre.

J'aimerais remercier également mes Lecteurs adorés : Susan Gaines, Ray Holley et Sean Swift, ainsi que Rosemary Ahern, Brenda Copeland, Kate Elton, Virginia

Hegland, Bill Horvitz, Beverly Lewis, Kate Parkin, Patti Trimble, Elizabeth Wales, Susan Wasson, et Georgina Hawtrey Woore.

Ce roman et moi-même devons beaucoup aussi aux usagères, au personnel, aux bénévoles et à la directrice (Susan Lowry) du foyer d'accueil pour femmes sans-abri The Living Room, à Santa Rosa, en Californie.

Et parce que aucun livre ne vient au monde sans l'intervention de nombreuses personnes, j'aimerais remercier celles et ceux qui ont rendu cette édition française possible. Parmi eux : Julia Pavlowitch, Aurélie Bontout-Roche, Anna Khachaturova et Karine Modeste, aux éditions Phébus ; Catherine Lapautre, Mathilde Lamborot et Claire de Robespierre, à l'agence Michelle Lapautre ; Elizabeth Wales et Neal Swain, de la Wales Literary Agency.

Et, pour finir, Nathalie Bru, à qui je suis extrêmement reconnaissante d'avoir donné à *Windfalls* une nouvelle vie en français sous le titre *Apaiser nos tempêtes*.

*

Julia Pavlowitch, Éditrice d'*Apaiser nos tempêtes*, souhaite adresser un remerciement tout particulier à l'équipe qui a rendu cette publication possible, ainsi qu'à Franck Bouysse pour avoir trouvé le titre *Apaiser nos tempêtes*.

Cet ouvrage
a été mis en pages par In Folio,
reproduit et achevé d'imprimer
en juillet 2021
dans les ateliers de Normandie Roto Impression s.a.s.
61250 Lonrai
N° d'imprimeur : 2102443

Imprimé en France

Dépôt légal : août 2021